O GUIA DO HERÓI PARA SER UM FORA DA LEI

CHRISTOPHER HEALY

O GUIA DO HERÓI PARA SER UM FORA DA LEI

Ilustrações
Todd Harris

Tradução
Silvia M. C. Rezende

1ª edição

Rio de Janeiro-RJ / Campinas-SP, 2017

VERUS
EDITORA

Editora: Raïssa Castro
Coordenadora editorial: Ana Paula Gomes
Copidesque: Cleide Salme
Revisão: Raquel de Sena Rodrigues Tersi
Capa: Amy Ryan
Projeto gráfico: André S. Tavares da Silva

Título original: *The Hero's Guide to Being an Outlaw*

ISBN: 978-85-7686-373-1

Copyright © Christopher Healy, 2014
Todos os direitos reservados.
Edição publicada mediante acordo com HarperCollins Children's Books, divisão da HarperCollins Publishers.

Ilustrações de capa e miolo © Todd Harris, 2014

Tradução © Verus Editora, 2017
Direitos reservados em língua portuguesa, no Brasil, por Verus Editora. Nenhuma parte desta obra pode ser reproduzida ou transmitida por qualquer forma e/ou quaisquer meios (eletrônico ou mecânico, incluindo fotocópia e gravação) ou arquivada em qualquer sistema ou banco de dados sem permissão escrita da editora.

Verus Editora Ltda.
Rua Benedicto Aristides Ribeiro, 41, Jd. Santa Genebra II, Campinas/SP, 13084-753
Fone/Fax: (19) 3249-0001 | www.veruseditora.com.br

CIP-BRASIL. CATALOGAÇÃO NA FONTE
SINDICATO NACIONAL DOS EDITORES DE LIVROS, RJ

H344g

Healy, Christopher, 1972-
 O guia do herói para ser um fora da lei / Christopher Healy ; ilustração Todd Harris ; tradução Silvia M. C. Rezende. - 1. ed. - Campinas, SP : Verus, 2017.
 il. ; 23 cm.

 Tradução de: The Hero's Guide to Being an Outlaw
 ISBN 978-85-7686-373-1

 1. Romance infantojuvenil americano. I. Harris, Todd. II. Rezende, Silvia M. C. III. Título.

16-38068 CDD: 028.5
CDU: 087.5

Revisado conforme o novo acordo ortográfico

Para Charlotte, Jonah, Jenn e Stu

⊷ SUMÁRIO ⊷

Mapa dos treze reinos 9

Prólogo: Coisas que você não sabe sobre os fora da lei 11

PARTE I A FUGA

1. O fora da lei nunca está por perto quando você precisa dele 15

2. O fora da lei desmaia quando vê sangue 19

3. O fora da lei dá uma de médico 24

4. O fora da lei não sente dor 30

5. O fora da lei escuta seu pai 41

6. O fora da lei pede socorro 47

7. O fora da lei fica maluco 56

8. O fora da lei não sabe se entra ou sai 61

9. O fora da lei fica verde 69

10. O fora da lei fede a peixe 74

11. O fora da lei entra onde não foi chamado 83

12. O fora da lei nunca se esquece do papai e da mamãe 87

PARTE II NO MAR

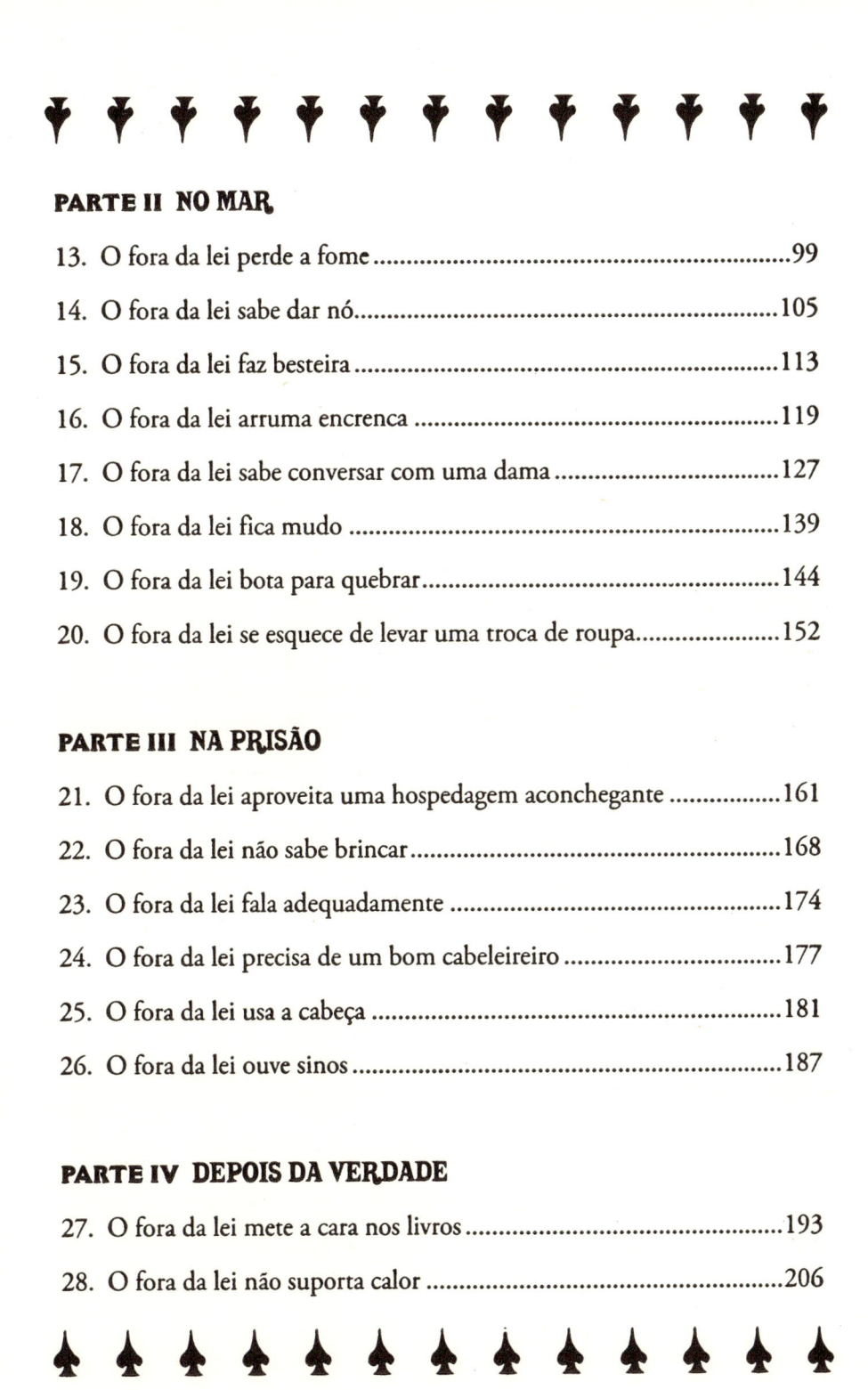

13. O fora da lei perde a fome 99
14. O fora da lei sabe dar nó 105
15. O fora da lei faz besteira 113
16. O fora da lei arruma encrenca 119
17. O fora da lei sabe conversar com uma dama 127
18. O fora da lei fica mudo 139
19. O fora da lei bota para quebrar 144
20. O fora da lei se esquece de levar uma troca de roupa 152

PARTE III NA PRISÃO

21. O fora da lei aproveita uma hospedagem aconchegante 161
22. O fora da lei não sabe brincar 168
23. O fora da lei fala adequadamente 174
24. O fora da lei precisa de um bom cabeleireiro 177
25. O fora da lei usa a cabeça 181
26. O fora da lei ouve sinos 187

PARTE IV DEPOIS DA VERDADE

27. O fora da lei mete a cara nos livros 193
28. O fora da lei não suporta calor 206

29. O fora da lei brinca de girar a garrafa 214

30. O fora da lei limpa o prato 228

31. O fora da lei descamba para o mau caminho 232

32. O fora da lei derrete corações 238

33. O fora da lei tem jeito com as pessoas 246

34. O fora da lei pode salvar o seu reino 255

PARTE V AO ATAQUE

35. O fora da lei fica sem palavras 265

36. O fora da lei anda com uma gangue da pesada 274

37. O fora da lei não fica sem palavras 278

38. O fora da lei invade o castelo 292

39. O fora da lei recebe notícias dos amigos 312

40. O fora da lei pode ser um herói 321

41. O vilão vence 334

Epílogo: O herói viveu feliz para sempre... ou não 336

Agradecimentos 349

MAPA DOS TREZE REINOS

◆ PRÓLOGO ◆

COISAS QUE VOCÊ NÃO SABE SOBRE OS FORA DA LEI

O fora da lei tem um chapéu cheio de penas.

O fora da lei é alérgico a frutos do mar.

O fora da lei nunca se esquece de passar fio dental.

Ah, fora da lei é uma pessoa procurada por ter sido acusada de crimes terríveis.

Certo, acho que essa última parte você já sabia. Mas, caso contrário, você deve estar se perguntando: "Que papo é esse de fora da lei? Este livro não é sobre a Liga dos Príncipes? Aqueles caras são *heróis*. Ou, pelo menos, aspirantes *a*".

Depois de ter lido os dois primeiros livros desta série (o que pode ser uma boa ideia antes de seguir adiante com este), sim, você tem todos os motivos para acreditar que os famosos Príncipes Encantados — Liam, Frederico, Duncan e Gustavo — sempre continuariam firmes do lado da lei. Primeiro eles salvaram seus reinos de uma bruxa vingativa, depois invadiram um castelo para tirar das mãos do rei Bandido um artefato mágico poderoso e muito perigoso. Esses príncipes definitivamente são bons moços.

E mesmo assim, neste livro, eles se tornam fora da lei. Na verdade, poucos meses depois da já mencionada invasão do castelo, o pessoal da Liga viu o rosto de cada um estampado em cartazes de "Procura-se" espalhados pelos Treze Reinos.

Antes que você comece a gritar "estraga-prazeres!", deixe-me explicar que você acabaria sabendo a respeito da história dos cartazes de "Procura-se" no capítulo 4. E, fala sério, o título do livro já dá a dica, não dá? Se eu quisesse estragar de verdade, teria contado sobre o fiasco que ocorre no capítulo 16 — Frederico tentando respirar enquanto é engolido por ondas violentas; Gustavo tentando abrir a boca de uma serpente do mar; Liam tentando desesperadamente encontrar seus amigos entre os destroços do navio; e Duncan tentando desentalar um balde de sua cabeça.

Mas não vamos nos distrair. Porque esse naufrágio horroroso não teria acontecido se os Príncipes Encantados não tivessem ficado marcados como fora da lei. E *isso* nunca teria acontecido se eles tivessem se saído bem na missão de invadir o castelo do rei Bandido. Mas não — eles foram embora sem nem perceber que tinham falhado. Voltemos ao reino de Harmonia, do príncipe Frederico, que vou mostrar o que estou querendo dizer.

PARTE I
A FUGA

1
O FORA DA LEI NUNCA ESTÁ POR PERTO QUANDO VOCÊ PRECISA DELE

— Hum-hum!

O rei Wilberforce não estava de bom humor, e vinha assim desde que o príncipe Frederico saíra de casa, meses antes. Seu filho nunca falara com ele daquela maneira. E tudo isso aconteceu só porque ele mandou embora a noiva do filho. Mas que opção ele tinha? Ella era má influência. O rei já tinha perdido as contas de quantas vezes Frederico quase morrera por culpa dela. Enviar a moça para o exílio seria o que qualquer bom pai teria feito.

Pelo menos foi isso que Wilberforce disse a si mesmo, meio resmungando, enquanto se jogava no trono de veludo vermelho. Aparentemente se esquecendo da própria regra que dizia que "um homem elegante jamais fica inquieto", ele mexia distraído nas dúzias de medalhas que enfeitavam a frente de seu paletó roxo de caimento perfeito. Seus ombros, antes sempre erguidos e imponentes, agora pendiam pesados para a frente, formando uma corcundazinha.

— Hum-hum! — resmungou o rei novamente.

— Vossa Alteza? — indagou o homem alto, magro e educado parado diante do trono. — Com todo respeito, creio que é meu dever lembrá-lo de que estou... aqui. A menos, é claro, que o senhor tenha me chamado apenas para ter alguém com quem pudesse resmungar. Nesse caso, por favor, Vossa Alteza, prossiga com os resmungos.

— Não entendo aquele menino — disse Wilberforce, meio murmurando.

— Você é o criado pessoal dele, Reginaldo. Conhece o príncipe melhor do que ninguém. Por que ele iria embora de casa? O que deu nele?

— Talvez parte do problema, Vossa Alteza, esteja no fato de o senhor se referir a ele como "o menino" — opinou Reginaldo. — Frederico já é um homem.

— Que age como um menino — retrucou o rei. — Por que essa necessidade de sair pelo mundo em busca de *aventura*? — Ele soltou a última palavra como se fosse uma maldição. Antes que Reginaldo pudesse responder, o rei disparou: — Por acaso não ofereço diversão suficiente aqui no palácio? Temos bailes reais todas as semanas. Banquetes! Concertos de bardos! Frederico nem parou para ver a galeria de arte real com a nova série de retratos de gatos que encomendei para ele. Um deles mostra um gatinho em uma rede de dormir; Frederico adora esse tipo de coisa.

— Talvez, senhor — interveio Reginaldo, finalmente —, o príncipe esteja em busca de algo mais desafiador.

— Desafiador? — berrou o rei. — Como se o menino desse conta de um desafio. Ele não tem fibra, determinação, ímpeto. No ano passado, eu lhe dei um jogo de gamão personalizado. Depois de *uma* tentativa, ele desistiu, alegando que era muito difícil de jogar.

— Para ser sincero, Vossa Alteza, acredito que a dificuldade se deu por conta do dado redondo que o senhor o forçou a usar. O dado nunca parava de rolar.

Wilberforce arqueou uma sobrancelha.

— Você esperava que eu desse ao meu filho um dado cheio de pontas? Ele poderia furar um olho.

— Se o senhor está tão preocupado com a segurança, então dê a ele um dado do tamanho de um melão — sugeriu Reginaldo, secamente. Apesar de tecnicamente ele servir ao rei, sua lealdade era para com o príncipe, que ele praticamente criara desde o nascimento. — Afinal, dados de tamanho normal podem causar asfixia por engasgo.

— Você está sendo um tanto insolente, não está, Reginaldo?

— Insolente, senhor? — retorquiu o criado.

— Está sendo insolente. Abusado. Seu insolente abusado.

— Eu jamais faria isso, Vossa Alteza. Olhe para todas essas medalhas em seu peito: Melhor Postura, Equipe Campeã de Paciência, Bigode Mais Sedoso. Tenho o maior respeito por um monarca que realizou tantas... proezas *incríveis*.

— Insolente! — berrou Wilberforce. — Insoleeeente! — Ele se levantou e apontou para a saída, com o braço duro feito uma placa de estrada. — Quero que vá embora, Reginaldo. Fora daqui.

— Da sala? — perguntou Reginaldo. — Ou do palácio?

— Pense mais além — disse o rei, com desprezo.

— Do reino, então. Como desejar. — Reginaldo fez uma reverência. — Espero que um dia o senhor perceba que não é porque a sua esposa morreu em uma aventura que o seu filho morrerá na mesma circunstância. O senhor precisa deixar Frederico fazer as próprias escolhas. Do contrário, só vai afastá-lo ainda mais. — Dito isso, o criado se virou e saiu andando.

Wilberforce inclinou o corpo para a frente.

— Se encontrar Frederico por aí... — Mas Reginaldo já tinha ido embora. O rei recostou-se largado de volta no trono e terminou o que estava dizendo: — Cuide dele.

Então tirou uma das medalhas do paletó e deu uma olhada nela. "VENCEDOR: PÃO MAIS CROCANTE, FEIRA DA PANIFICAÇÃO DE HARMONIA." Jogou a medalha com raiva no chão e se pôs a resmungar novamente. Mais tarde, a porta se abriu e Wilberforce tratou de se endireitar rapidinho, enquanto um criado entrava.

— Desculpe incomodá-lo, Vossa Alteza — disse o criado. — Mas tem alguém aqui que deseja vê-lo.

Frederico!, pensou Wilberforce. *Ele voltou para casa.*

— Mande entrar. Imediatamente.

— O visitante? Hum, é que ele está acompanhado de alguns amigos — iniciou o criado.

— Sim, claro, eu deveria ter imaginado que ele ainda está viajando com aqueles vagabundos — disse o rei. — Mas cuidaremos deles mais tarde. Diga para o menino entrar.

— Menino? Mas...

— Vá! Faça-o entrar!

O criado deixou a sala do trono apressadamente. Wilberforce tratou de estampar um sorriso de boas-vindas no rosto, quase tremendo enquanto esperava. Porém, um segundo depois, quando o visitante adentrou a sala, ele franziu a testa e contraiu os olhos. Não era Frederico. Era um homem alto, de ombros largos, com uma cicatriz no rosto e um capacete que parecia ser o crânio de algum animal monstruoso. E ele vinha acompanhado de dez sujeitos igualmente questionáveis, todos ostentando espadas de guerra.

O rei se encolheu e sussurrou:

— Quem... quem é você?

— Eu sou Randark, chefe militar de Dar e soberano de Nova Dar — o estranho se apresentou. Quando ele falava, o bigode, que tinha sido dividido em duas tranças grossas, balançava sobre o peito protegido por uma armadura. — E estou aqui para fazer uma oferta ao rei de Harmonia.

Se Frederico estivesse em casa, certamente teria alertado seu pai sobre lorde Randark, o ditador malvado e cruel que quase destruiu a Liga dos Príncipes no verão anterior. Teria contado para o pai sobre a Perigosa Gema Jade do Djinn, o artefato místico que deu a Randark o poder de controlar as pessoas como se fossem humanos de estimação. Teria mencionado até mesmo como Randark — com a gema — supostamente tinha sido engolido por um cardume de enguias-dentes-de-aço famintas. Mas, naquele momento, quando Frederico poderia ter sido muito, muito útil para seu pai, ele estava a quilômetros de distância, desmaiando ao ver um goblin com uma farpa espetada no dedão do pé.

2
O FORA DA LEI DESMAIA QUANDO VÊ SANGUE

Frederico nem sempre foi um caso perdido. Claro, ele cresceu em um palácio com taças à prova de derramamento, banheiras acolchoadas e criados sempre prontos para assoar o seu nariz — mas isso era coisa do passado. Tudo bem, coisa de alguns meses atrás. Nesse meio-tempo, Frederico *mudou*. Transformou-se em um homem que enfrentou bruxas, negociou com gigantes e fugiu de masmorras. Ele provou que podia ser corajoso — quer dizer, quando tinha um aliado ou três ao lado. Trabalhar sozinho ainda era um desafio para ele. E, infelizmente, não havia nenhum amigo por perto quando o goblin ergueu o pé cascudo e balançou o dedão inchado e infeccionado na cara dele.

Enquanto a cabeça de Frederico ia de encontro ao chão e sua consciência se esvaía lentamente, os acontecimentos dos últimos três meses passaram por sua mente como um filme, o lamentável encadeamento de eventos que o fizera chegar a este ponto.

Tudo começou quando Frederico deixou a casa do pai. Ele saiu pisando duro sob o arco de mármore da entrada do palácio, com a cabeça girando em um redemoinho de emoções — vergonha por Ella ter sido banida, orgulho por finalmente ter enfrentado seu pai, ansiedade diante da perspectiva de deixar para trás todos os confortos da realeza. Mas ele tinha um plano: ir ver Rapunzel. A curandeira de cabelos longos de Sturmhagen tinha um jeito acolhedor que fazia com que Frederico se sentisse calmo e confortável sempre que estava ao seu lado. Ela entedia suas piadas, fazia a melhor sopa de nabos que ele já tinha experimentado e salvara a vida dele duas vezes. Só de pensar em Rapunzel, Frederico já acreditava que tudo ia dar certo.

Infelizmente, vê-la não causou o mesmo efeito. Quando Frederico finalmente conseguiu chegar à cabana de Rapunzel, nos confins da floresta de Sturmhagen, percebeu que ela não estava só. Pela janela da cozinha, Frederico viu o vulto familiar de ombros largos do seu amigo, o príncipe Gustavo. *Eu não devia ficar surpreso*, pensou. *Afinal, Gustavo era o Príncipe Encantado* dela.

— Sorte dele — disse Frederico em voz alta, tentando convencer a si mesmo de que realmente sentia isso. Então virou seu cavalo de volta para a floresta e saiu... vagando sem rumo.

Passou vários dias às margens do lago Dräng, na companhia de Reese, o gigante — mas não gostou do modo como a gigantesca mãe de Reese, Maude, lambia os lábios quando olhava para ele, por isso acabou achando melhor ir embora. Foi muito bem recebido na Terra dos Trolls, mas a "cama" que o sr. Troll construiu para ele — um pedaço de madeira áspera apoiado precariamente sobre duas pedras — não chegava nem perto de seus padrões de conforto; assim, ele disse educadamente ao seu anfitrião que tinha um compromisso muito importante em outro lugar. Dali seguiu para a cabana de Duncan e Branca de Neve, em Sylvaria, mas soube pelos anões que o casal tinha se mudado.

— Acho que você quer saber para onde eles foram — disse Frank, o anão, de um modo um tanto rude.

— Sim, eu gostaria — respondeu Frederico.

— Foi o que pensei — resmungou Frank. E saiu andando.

Frederico não tinha dúvida de que, se aparecesse no palácio de Avondell, Liam lhe ofereceria um quarto. Mas a esposa de Liam também estaria lá — e Rosa Silvestre não era uma pessoa com quem Frederico estava disposto a dividir o mesmo teto.

Após treze semanas na estrada, e sem ter para onde ir, Frederico voltou para Harmonia. Ele chegou ao palácio no fim do dia, mas não teve coragem de cruzar os portões. Em vez disso, seguiu com sua égua, Genoveva, por mais alguns metros, onde abriu um cobertor e se recostou no portão de ferro forjado do palácio, ajeitando com todo cuidado os cordões dourados que pendiam das dragonas de seu paletó azul-bebê. Não demorou muito para que suas pálpebras pesassem. Mas, antes que tivesse a chance de sonhar com tortinhas de pêssego mornas e sorvete de cardamomo, Frederico foi despertado por uma estranha luz azul a poucos centímetros de seu rosto.

— Fada! — berrou ele, antes de ficar em pé com um pulo e tentar, inutilmente, escalar o portão.

— Errado! Errado! — respondeu uma vozinha aguda enquanto ele escorregava pelas barras de ferro e caía desajeitado no chão. E só quando se virou e deu uma boa olhada na criaturinha que o assustara, uma mulher pequenina, banhada em uma luz azulada, flutuando a mais ou menos um metro do chão, Frederico voltou a respirar aliviado.

— Eu, hum... Não sei se você estava tentando dizer que eu estava *fazendo* algo errado ou se eu a chamei pelo nome errado — disse Frederico baixinho —, mas, em todo caso, acho que a última opção deve ser a mais provável. Você *não* é uma fada, é?

A mulherzinha azul sorriu, balançando suas anteninhas prateadas.

— Errado. Erradinho.

— Se não estou enganado, você é uma duende — disse Frederico, lembrando-se da descrição que Rapunzel fizera de seus ajudantes encantados.

— Certo! — esgoelou a pequenina, e deu algumas cambalhotas no ar.

Frederico sorriu.

— Desculpe pela minha primeira reação — disse, com as bochechas corando. — Mas é que nunca estive com uma duende antes. Pensei que você fosse uma fada, e as fadas me deixam nervoso. Não que eu já tenha estado com uma fada antes. Mas meu amigo, Liam, enfrentou uma muito malvada. Você conhece a história da Bela Adormecida? De qualquer maneira... é um prazer conhecê-la. Eu sou o príncipe Frederico. — Ele se curvou em uma reverência.

— É claro que você ser Frederico — disse a criatura, com uma risadinha parecida com o barulho de guizos de um trenó. — Frederico é magrinho feito um palito de picolé. Frederico usa roupas com espaguetes dourados. Frederico nunca toca em sujeira. Você é Frederico. Igualzinho dizer a Zel.

Ele contraiu as sobrancelhas.

— Foi assim que a Rapunzel me descreveu? — Então se deu conta. — Não, espere. Que importância tem isso? A Rapunzel me descreveu! Ela mandou você vir atrás de mim?

— Acertou! — A duende imitou a reverência dele, curvando-se em pleno voo. — Piscadinha — disse ela.

— Piscadinha?

— Piscadinha!

— Hum, tudo bem. — Frederico piscou.
A duende balançou a cabeça e riu. Então apontou para si mesma.

— Eu ser Piscadinha.

— Ah, seu *nome* é Piscadinha. Bom, srta. Piscadinha, por que Rapunzel mandou você me procurar?

— Zel precisa de ajuda. Muitos habitantes da floresta se ferindo ultimamente. Zel disse que você ajudar. Venha a jato.

— Não sei em que poderei ser útil — disse Frederico. — Quer dizer, eu vou, é claro. Mas não sou nenhum médico talentoso. E, diante das lágrimas mágicas curadoras da Rapunzel, não sei...

— Venha a jato! — esgoelou Piscadinha.

— Estou indo! — disse Frederico enquanto dobrava mais que depressa seu cobertor e o ajeitava sobre a sela de Genoveva. — Hum, srta. Piscadinha? Você sabe se já tem *outro* homem, bem... ajudando a Rapunzel? Um homem grande? Com longos cabelos loiros e hábitos de higiene duvidosos?

— Você não entende o que ser "venha a jato"?

Frederico montou em seu cavalo e seguiu a duende até a cabana, que ficava em Sturmhagen. E ficou aliviado ao ver que Gustavo não estava lá. Só que Rapunzel também não se encontrava ali.

— Tem alguém em casa? — chamou Frederico. A resposta veio na forma de um segundo facho de luz azul, que passou zunindo por seu rosto. Era outro duende, dessa vez um macho.

— Você ser Frederico — disse o duende. — Magrinho feito um palito de picolé.

— Sim, sou eu. — Frederico suspirou, então desceu do cavalo. — Rapunzel está?

— Zel está na floresta. Muitos pacientes. Ocupada-ocupadíssima — disse o duende. — Você espera aqui.

Fig. 1
Zupi e
Piscadinha

— Posso fazer isso — respondeu Frederico. — Mas, nesse meio-tempo, acho que... — Então ele percebeu que os dois duendes já tinham desaparecido entre os pinheiros que circundavam o pequeno vale. Ele respirou fundo. — Bom, acho que vou ficar à vontade.

Nisso um goblin saiu mancando da floresta. Pingando uma gosma que podia muito bem ser suor ou lama, a criatura cor de ferrugem veio cambaleando na direção de Frederico. O serzinho batia na cintura do príncipe, mas suas longas orelhas pontudas, o nariz de batata e os dentes afiados indicavam que era melhor não se meter a besta com ele.

Frederico correu para a cabana e fechou a porta com um baque. Mas a criatura começou a bater na porta.

— Meu dedão do pé — resmungava a pobre criatura. — Dói muito.

— Hum, a Rapunzel não se encontra no momento — informou Frederico. — Terei o maior prazer em anotar o seu nome e endereço.

— Me ajude — choramingou o monstrinho do outro lado da porta. — A mulher dourada disse que todos que viessem à cabana dela seriam curados. Por favor.

Na hora, Frederico se lembrou de seu herói favorito. Então se perguntou: *O que Sir Bertram faria?* Não importava o desafio que tivesse de encarar — fosse um orc falando uma língua desconhecida ou uma baronesa fazendo a refeição principal em um prato de sobremesa —, Sir Bertram, o Pomposo, nunca perdia a calma e a compostura e, acima de tudo, a educação. Não havia dúvida quanto ao que o cavaleiro dândi faria em uma situação como aquela.

— Muito bem — disse Frederico. — Vamos... hum, ver o que posso fazer. — Ele abriu a porta e com todo cuidado saiu para examinar o monstro, que pingava lama e mancava de uma perna. — Um duende doente. Ha. Tente dizer isso cinco vezes bem rápido. Bom, arrisco dizer que tem algo errado com o seu pé.

— Isso mesmo — confirmou o goblin, apesar de não ser um duende. — Veja! — Ele apoiou a mão suja no ombro de Frederico e ergueu o pé descalço na cara do príncipe, exibindo uma farpa, que devia ter uns sete centímetros de comprimento, cravada no dedão inchado.

Nisso Frederico desmaiou.

3
O FORA DA LEI DÁ UMA DE MÉDICO

Quando abriu os olhos, Frederico esperava ouvir o rosnado horrível do goblin. Mas, em vez disso, teve uma agradável surpresa ao se deparar com o rosto sorridente de Rapunzel, com seus enormes olhos brilhantes e bochechas redondas com covinhas.

— Obrigada por ter vindo — disse ela. — Mas você precisa passar a impressão de que está morto toda vez que aparece na minha casa?

— Em minha defesa — começou Frederico —, desta vez eu estava muito bem e saudável quando cheguei. Você que não viu. Por sinal, lindo vestido. O azul realça seus olhos.

— É muito bom vê-lo — disse ela, corando discretamente. Então puxou para trás os longos cabelos loiros que chegavam até a cintura e os amarrou em um rabo de cavalo. — Mas, na verdade, é o mesmo vestido branco de sempre. Só tingi. Achei que era hora de mudar. — Ela o ajudou a ficar de pé.

— Tem alguém tocando pandeiro? — perguntou Frederico enquanto massageava o galo que se formara atrás da sua cabeça.

— São Piscadinha e Zupi — respondeu Rapunzel, acenando na direção dos duendes que voavam por perto. — Eles fazem esse barulho quando conversam na língua deles. Acho que não querem que você entenda o que estão falando de você.

— Por quê? — perguntou Frederico, dando uma ajeitada em sua roupa. — Estou tão mal assim? Você tem um espelho?

Rapunzel sorriu.

— Relaxe, Frederico. Não entendo muito a língua dos duendes, mas tenho certeza de que eles não estão rindo da sua aparência. Acho que estão rindo do seu desmaio.

— Acertou! — Piscadinha esgoelou alegremente.

Frederico afrouxou o colarinho.

— Como você sabe que eu... — Então notou que o goblin se encontrava sentado sobre um balde virado, a poucos metros de distância. A criatura balançou o pezinho, que agora estava livre da farpa. — Ah, entendi — disse Frederico. — *Ele* deve ter contado tudo. Bom, sabe, era uma farpa muito, *muito* grande e...

— Não era uma farpa — explicou Rapunzel. — Era uma flecha. Na verdade, era um pedaço de flecha. A outra parte quebrou quando o pobrezinho saiu correndo em busca de ajuda.

— Tive sorte de escapar com vida — disse o goblin. — Com certeza eles teriam me matado.

— Eles quem? — perguntou Frederico.

— Os humanos... grandes e feios — respondeu a criatura. — É claro que para mim vocês *todos* parecem grandes e feios. Sem querer ofender. Mas não fiz nada para aqueles sujeitos. Eu estava apenas resolvendo alguns problemas, cuidando da minha vida, quando eles apareceram e atiraram em mim.

Frederico voltou-se para Rapunzel e sussurrou:

— Você acha que ele está dizendo a verdade?

— Infelizmente, sim — respondeu ela. — Ouvi histórias parecidas de outros pacientes. Vários seres da floresta foram vítimas de ataques nas últimas semanas. Para ser sincera, muito mais do que posso dar conta. Foi por isso que mandei te chamar. Eu esperava que você pudesse me ajudar.

— Ajudar como?

— Enquanto eu cuido dos casos mais graves com as minhas lágrimas — disse ela —, você poderia cuidar dos, hum... casos mais corriqueiros.

— Como farpas encravadas?

— Isso mesmo... — Ela deixou escapar uma risadinha sem jeito. — Se eu soubesse que você viria sozinho, teria dito para os duendes ficaram aqui para lhe fazer companhia. Pensei que a Ella viesse junto.

— Pensou? — Os ombros de Frederico penderam. — Ah, sim, a Ella... Bom, nós... Nós terminamos tudo.

— Ah! — Rapunzel ergueu as sobrancelhas, surpresa. — Quer dizer, isso é... Hum, sinto muito.

— Está tudo bem — disse Frederico. — Nós entramos num acordo. Simplesmente não fomos feitos um para o outro. Por exemplo, quando estávamos voltando de Rauberia, eu quis parar e passar a noite em uma pousadinha adorável chamada Cabana da Vovó; eles ofereciam um serviço vinte e quatro horas de bolinhos quentinhos. Mas Ella insistiu em ficar em uma estalagem chamada Fígado Malhado. Acho que era esse o nome; tinha um homem desmaiado jogado em cima da placa. Eu não imaginava que pudesse existir um lugar pior que a Perdigueiro Rombudo, mas aquele era. Enquanto eu prendia nossos cavalos do lado de fora, Ella se envolveu em uma briga. Quando entrei, ela estava em posição de ataque com um punhal entre os dentes. Foi nesse momento que comecei a repensar seriamente nossa relação. Não me entenda mal. Ella e eu sempre seremos bons amigos. Isso se ela me perdoar por ter permitido que meu pai a expulsasse de Harmonia. Mas enfim... *eu* fiquei surpreso quando vi que o Gustavo não estava aqui.

— Gustavo? — perguntou Rapunzel, desconfiada. — Por que o Gustavo estaria aqui?

— Não sei — gaguejou Frederico. Então limpou a garganta. — Porque, sabe, ele mora aqui perto. Se estava precisando de ajuda, pensei que ele seria a primeira pessoa a quem você fosse recorrer.

— Preciso de um enfermeiro — disse Rapunzel. — Alguém gentil. Que saiba lidar com os pacientes. Você acha que o Gustavo se encaixa nesses requisitos?

Frederico riu.

— Se você ficar, prometo que as coisas serão mais fáceis — disse Rapunzel. — Vou pedir para Piscadinha e Zupi lhe darem uma mãozinha.

— Não, não, não! Ná-ná-ni-ná-não! — gritou Zupi, voando entre eles. — Nosso trabalho é trazer novos pacientes; não temos tempo para dar mãozinha para príncipe palito.

— Que história é essa de palito? — perguntou Frederico.

— Xiu, Zupi! — ralhou Piscadinha, surgindo ao lado de seu amiguinho duende. — Zel precisa, então faremos. E, se Frederico cair de cara no chão outra vez, estaremos aqui para terminar trabalho dele.

— Não caí de *cara* no chão — resmungou Frederico. Em seguida, voltou-se para Rapunzel. — Será que você não poderia deixar um balde de lágrimas comigo? Não deve ser muito difícil pingar algumas gotas em qualquer um que aparecer.

— Sinto muito — respondeu ela, balançando a cabeça. — Depois que perdemos aquele frasco que eu lhe dei no castelo do Deeb Rauber, não me sinto confiante para fazer isso outra vez. Eu odiaria se as minhas lágrimas fossem usadas de maneira errada. E, para ser sincera, não quero desperdiçar nenhuma. Todos pensam que a minha mágica vai durar para sempre, mas e se não durar? E se houver apenas uma determinada quantidade delas em mim? E se chegar um tempo em que minhas lágrimas serão apenas água salgada?

Frederico não disse nada.

— Então, você vai fazer isso? — perguntou Rapunzel, esperançosa. — Você vai me ajudar?

Ele respirou fundo e pensou: *Como se eu pudesse dizer não para você.* Em seguida assentiu, e Rapunzel lançou os braços ao redor dele.

◆•▶

— Bom dia!

Deitado em uma cama improvisada no estábulo, Frederico abriu os olhos bem na hora em que Rapunzel jogou uma maçã em sua direção. Ele tentou apanhar, mas a fruta bateu em seu rosto e caiu no seu colo.

— Desculpe por não ter nada melhor para servir de café da manhã — disse ela, apressada. — Tenho uma emergência para atender em Fluguesburgo. Os duendes estão esperando. A gente se vê à noite.

— À noite? — perguntou ele, ainda atordoado. Mas Rapunzel já tinha partido, montada em sua égua, Poli. — Tudo bem — disse Frederico, esfregando os olhos. Então pegou a maçã e se levantou para lavá-la (afinal, a fruta tinha tocado em sua calça). No caminho do poço, no entanto, ele parou ao ver um facho de luz azul.

— Paciente novo! — berrou Zupi.

— Já? — Frederico passou os dedos entre os cabelos castanho-claros. — Mas eu devo estar medonho.

— Acertou! — disse Piscadinha com sua vozinha estridente, voltando da floresta seguida por um lobisomem com cara de triste.

— Posso trocar de roupa, pelo menos? — perguntou Frederico. Ele vestia um de seus pijamas de seda lilás. E chinelos de lã.

— Lobisomem. Agora — ordenou Zupi.

Frederico bufou e voltou-se para o paciente. Com uma cara de terrier tristonho, o lobisomem apontou para o seu traseiro e ganiu.

— Rabo quebrado — explicou Piscadinha.

Frederico sorriu.

— Deve estar doendo. — Ele tocou na cauda fraturada, e o lobisomem soltou um uivo agudo.

— Errado! Errado! — gritaram os duendes em coro.

— Já percebi — disse Frederico. — Desculpe, senhor. Humm...

— Rabo dói quando mexe — disse Piscadinha, solícita.

— Ah! Precisamos de uma tala! — falou Frederico. — Igual à que Sir Bertram, o Pomposo, usou na aventura *O caso da pista de dança escorregadia*, quando seu fiel escudeiro, Niles Tibbets-Wick, deu uma topada com o dedo mínimo. Piscadinha, Zupi, vocês poderiam arrumar um pedaço de madeira e barbante?

Cinco minutos depois, o lobisomem voltava alegremente para a floresta com a cauda devidamente imobilizada. E Frederico estava se sentindo muito orgulhoso de si, o que o ajudou a suportar as horas que passou atendendo um paciente atrás do outro.

No final da tarde, quando Frederico se despedia de um gnomo vesgo, para quem ele fez um tapa-olho muito elegante, Rapunzel chegou. Ela surgiu dentre as árvores e desceu exausta de seu cavalo.

— Viva! Zel voltou! — gritou Piscadinha.

— Agora podemos ir embora! — trinou Zupi. Em seguida, os duendes desapareceram floresta adentro.

— Afinal, o que aconteceu em Fluguesburgo? — perguntou Frederico.

— Outro desses ataques aleatórios de homens armados — respondeu Rapunzel. — Quem quer que sejam, eles estão marchando por Sturmhagen, vindo do leste, e pelo jeito atacam quem estiver no caminho.

— Humm — murmurou Frederico, sentando em um pedaço de tronco embaixo do beiral da cabana. — Eu arriscaria dizer que era o pessoal do Deeb Rauber, mas o exército bandido costuma roubar, não atacar pessoas. Talvez fosse melhor enviar uma mensagem para Liam.

— Acho que sim — concordou Rapunzel, sentando ao lado dele no banquinho apertado. — Como foram as coisas por aqui? Espero que não tenha ficado muito sobrecarregado.

— Sobrecarregado? Ah, de forma alguma — disse Frederico, endireitando-se. — Na verdade, foi moleza. Eu diria que dei conta do recado com maestria.

— É mesmo? — Rapunzel ficou impressionada. — Mas você ainda está de pijama!

Frederico deu uma olhada.

— Bom, eu não disse que estava descarregado. Nem sobrecarregado, nem descarregado... apenas carregado.

Rapunzel balançou a cabeça.

— Frederico, você pode ser você mesmo quando estiver comigo. Não precisa fingir ser o que não é.

— Ah, não estou fingindo — disse ele com toda sinceridade. — Sou atrapalhado assim mesmo.

— Tudo bem — disse ela. — Porque somos... amigos. E amigos devem se sentir à vontade na companhia um do outro.

— Eu me sinto à vontade. Um pouco à vontade demais, talvez. Vou tirar o pijama. — Ele estava indo em direção ao estábulo quando os duendes surgiram da floresta, apavorados.

— Socorrinho! Na floresta! — gritou Piscadinha.

— O que aconteceu? — perguntou Rapunzel, levantando-se.

— Ele está ferido! — respondeu Piscadinha.

— Quem está ferido?

— Ele disse para não chamar Zel — adicionou Zupi, olhando feio para sua companheira. — Ele disse não estar muito ferido.

— Mas é *grave*! — insistiu Piscadinha. — Flechas nas costas. Perna em uma armadilha. Não consegue andar!

— *Quem?* — perguntou Frederico.

— Gustavo — responderam os duendes ao mesmo tempo.

Fig. 2
Frederico,
pensativo

4
O FORA DA LEI NÃO SENTE DOR

O príncipe Gustavo já se meteu em situações bem mais complicadas. Como naquela vez em que ele foi jogado de uma torre muito alta e caiu em um espinheiro (o famoso incidente do qual Rapunzel o curou). E, mais recentemente, quando ele quase morreu estrangulado nas mãos de um carcereiro ridiculamente imenso (Rapunzel também o salvou dessa). Portanto, para o príncipe de longos cabelos loiros, musculoso e de armadura, ter algumas flechas espetadas no ombro e uma perna presa em uma armadilha de urso era uma situação que ele podia tirar de letra. Claro que estava doendo mais do que quando seus irmãos colocaram um porco-espinho em sua cama, e, sim, agora ele não conseguia ter acesso a comida e água, mas mesmo assim não estava *muito* preocupado. Ei, ele estava na selva e imaginou que mais cedo ou mais tarde algum urubu impaciente ia acabar achando que ele já estava morto, começar a cheirar ao redor e... *bum!* Não, Gustavo tinha certeza de que conseguiria tirar essa de letra.

Isso até Rapunzel aparecer.

Ele bufou no momento em que viu o rosto rosado dela surgindo de trás de um pinheiro, com os duendes orbitando ao seu redor como luazinhas.

— Era só o que faltava! — resmungou Gustavo. — Não falei para vocês, seus traidores azuis, não irem buscar a Irmã Cabelos Dourados?

— Os duendes fizeram a coisa certa — disse Rapunzel.

— *Tivemos* de contar para Zel — argumentou Piscadinha. — Você estar morrendo!

— Eu *não* estou morrendo! — vociferou Gustavo. E se contorceu de dor.
— Seus vaga-lumes irritantes.

Rapunzel correu até ele e examinou a perna ferida, esmagada na altura do tornozelo pelos dentes de ferro de uma armadilha de caçador.

— Minha nossa! Você está péssimo.

— Eu sei, eu sei — disse Frederico, ofegante, enquanto se apoiava em uma árvore para recuperar o fôlego. — Meu rosto sempre fica vermelho quando corro. Mas vai voltar ao normal dentro de meia hora. Ah! Você não estava falando de mim.

— Trancinhas? O que é que *você* está fazendo aqui? — berrou Gustavo, surpreso. — E onde estão suas trancinhas?

Frederico se aproximou de Rapunzel, agachando-se ao lado do príncipe abatido.

— Bom dia para você também, Gustavo — disse ele. — Rapunzel, acho que suas lágrimas podem dar um jeito nisso, não é mesmo?

— Curar os ferimentos, sim — disse ela. — Mas soltar a perna da armadilha?

— *Aff!* — bufou Gustavo. — De que adiantam essas suas lágrimas mágicas se você não consegue nem abrir uma armadilha de urso?

Rapunzel o encarou.

— Relaxa, Loira — disse Gustavo. — Você sabe que só estou brincando. Olha, arrume uma barra de ferro bem forte que eu abro essa coisa sozinho.

Ela se voltou para os duendes que voavam acima de sua cabeça.

— Tem um pé de cabra no estábulo, perto das ferraduras extras. Será que vocês dois conseguem trazê-lo até aqui?

Zupi e Piscadinha saíram voando, deixando um rastro de luz azul.

— Agora, vamos dar uma olhada nessas flechas — disse Rapunzel.

— Que flechas? — disse Gustavo, como se não estivesse acontecendo nada de mais. Em seguida, ergueu o braço até a altura do ombro e arrancou duas flechas afiadas das costas. — Viu... Eu estou... bem — falou entredentes, seu rosto tão contorcido que parecia uma daquelas caretas que fazem nas abóboras no Halloween.

Frederico titubeou, mas aguentou firme.

— Eu também! Estou bem. Nem vou desmaiar.

Rapunzel meneou a cabeça.

— Não sei qual dos dois é pior.

— Quem fez isso com você, Gustavo? — perguntou Frederico.

— Caçadores de recompensas — respondeu ele. — Um grandalhão com dentes amarelados, outro com orelhas pontudas e armado de arco e flecha, outro de olhos pequenos com furões gigantes adestrados, e mais outros dois.

— Você disse furões? — indagou Frederico. — As pessoas adestram furões gigantes?

— Isso não importa agora — interferiu Rapunzel. — Fale mais sobre os caçadores de recompensas. O que um caçador de recompensas esperava ganhar com a sua captura?

— Uma bela fortuna — respondeu Gustavo, olhando incrédulo para eles. — Sou um dos homens mais procurados dos Treze Reinos.

— Procurado por quê? — A ideia era tão absurda que Frederico quase riu.

Gustavo fez uma pausa.

— Vocês dois não sabem?

Frederico e Rapunzel balançaram a cabeça.

— Vejam — disse Gustavo, esticando o braço até a perna que estava livre para tirar um pedaço de papel guardado dentro da bota. — Arranquei este da parede de um açougue em Esbórniaburgo. Mas eles estão por toda parte. Pensei que já tivessem visto.

Ele entregou o papel para Frederico, que o desenrolou e começou a ler.

PROCURA-SE

pelo CRIME de ASSASSINATO:

a chamada "LIGA dos PRÍNCIPES",

da qual são membros:

PRÍNCIPE LIAM, de ERÍNTIA;

PRÍNCIPE GUSTAVO, de STURMHAGEN;

PRÍNCIPE FREDERICO, de HARMONIA;

PRÍNCIPE DUNCAN, de SYLVARIA;

PRINCESA LILA, de ERÍNTIA;

PRINCESA BRANCA DE NEVE, de SYLVARIA;

LADY ELLA, espadachim de HARMONIA;

e LADY RAPUNZEL, mística de STURMHAGEN.

Frederico ergueu os olhos.

— Não acredito no que estou vendo — disse, surpreso.

— Eu sei — Gustavo respondeu, um tanto ofendido. — As garotas nem pertencem à Liga! É a Liga dos *Príncipes*, minha gente!

— Como eu posso ser acusada de assassinato? — exclamou Rapunzel. — Eu, que dedico a vida a curar as pessoas!

— Isso não faz nenhum sentido — gaguejou Frederico. — E... e... assassinato de quem?

— Continue lendo — sugeriu Gustavo solenemente. Frederico desenrolou mais um pouco o cartaz.

A LIGA é CULPADA
do CRUEL ASSASSINATO
de VOSSA MAJESTADE ROSA SILVESTRE,
PRINCESA de AVONDELL.

— Essa não! — exclamou Frederico. — A Rosa foi...?

— Pelo jeito, sim — disse Gustavo. — E um maldito bardo escreveu uma música sobre como *nós* fizemos isso. Não se fala de outra coisa nos últimos dois dias. Não acredito que vocês não ouviram falar nada.

— Isso é terrível — lamentou Rapunzel. — Eu salvei a vida da Rosa Silvestre há pouco tempo. Aquela picada de cobra quase a matou, mas eu a trouxe de volta. E agora...

— Não tenho palavras para expressar o que estou sentindo — disse Frederico.

— Eu sei — adicionou Gustavo. — Quer dizer, ela pode até não ter sido a pessoa mais amigável que já conhecemos... Ela *forçou* o Capa a se casar com ela contra a vontade... e *mandou* a gente para a prisão sem motivo... e *tentou* sacrificar todos nós para que pudesse roubar uma pedra mágica e dominar o mundo... — Gustavo parou. — Vixe, por isso que todo mundo está achando que fomos nós.

— Mas não há provas — disse Frederico, ainda chocado com a notícia. — Quer dizer, não podem existir, uma vez que não fizemos isso. Quem falou para os bardos que somos os responsáveis? Quem armou essa pra cima da gente?

— E as pessoas realmente acreditam que somos assassinos? — indagou Rapunzel ingenuamente.

— Com base nas coisas que têm atirado em mim, sim — respondeu Gustavo. — Machados, tijolos, barris em chamas, e isso foi de um pessoal que apareceu na minha porta. Os caçadores de recompensas de verdade ainda não tinham conseguido me pegar, até ontem.

Um pensamento terrível passou pela cabeça de Frederico. Ele leu as últimas linhas do cartaz.

QUALQUER PESSOA QUE ENTREGAR
os FUGITIVOS — VIVOS —
na CORTE REAL de AVONDELL
RECEBERÁ como RECOMPENSA
RIQUEZAS INCALCULÁVEIS.

— Esses caçadores de recompensas ainda estão atrás de você, não estão? — disse ele. — E agora vão encontrar nós três aqui, juntinhos?

— Não faça tempestade em copo d'água — falou Gustavo, fazendo um gesto de desdém. — Eu despistei aqueles idiotas lá na fronteira com Carpagia. Vai levar dias até que eles consigam achar o meu rastro de novo.

De repente eles se viram cercados por caçadores de recompensas. Seis homens surgiram dentre as árvores, incluindo um que trazia pela coleira três criaturas de pelagem cinza do tamanho de um pônei.

Fig. 3
Caçadores de recompensas, dos mais variados tipos

— Estão vendo, furões gigantes — disse Gustavo.

— Eles não são furões gigantes. São *surigatos* gigantes — berrou o homem de olhos pequenos que segurava as coleiras. Seus animais de estimação sibilaram e mostraram os dentes afiados. — *Surigatos* cruéis, astutos e comedores de cobra.

— Suricatos — corrigiu Frederico.

— Você não consegue se segurar, não é mesmo? — disse Rapunzel para ele.

— Eles são *surigatos*! — retrucou o caçador de recompensas. — Os animais são meus, e eu digo que são *surigatos*!

— Eu sei, faz tempo que estou dizendo que *surigatos* está errado — disse outro caçador, um elfo magrinho com um arco comprido pendurado sobre os ombros.

— Chega! — Um homem com capuz avançou; duas espadas curvadas formavam um X em suas costas, e seu cinto estava carregado de punhais. Ele puxou o capuz para trás, expondo o rosto enrugado e os lábios finos circundando a boca disforme cheia de dentes opacos. — O próximo que discutir gramática vai levar uma facada no olho.

Ele foi para cima de Frederico e arrancou o cartaz de "Procura-se" das mãos do príncipe. Então apontou para o retrato falado de Frederico.

— Este é você?

Frederico deu uma boa olhada no desenho.

— Hum, sim, sou eu. Não tem como negar. O desenho ficou muito bom, infelizmente. Os traços, sabe? O artista que contratamos para fazer os retratos da nossa família me deixou com uma cara de gnomo, e o escultor que fez a estátua da vitória da Liga dos Príncipes colocou um nariz de tucano em mim, mas o sujeito que desenhou os cartazes de "Procura-se"? *Ele* acertou em cheio.
— Ele soltou um suspiro e continuou: — Só que agora estamos em desvantagem. Você sabe quem eu sou, mas ainda não se apresentou.

O líder sorriu.

— Meu nome é Verdoso — disse o homem. — Gostei de você. Você tem coragem. Pena que vão matá-lo quando eu te entregar. — Ele fez sinal para seus comparsas. — Levem este aqui, e a garota também. — Uma dupla de gêmeos loiros e altos segurou Frederico e Rapunzel. Apesar de Frederico temer por sua vida e pela de seus amigos, ele não pôde deixar de sentir uma pontinha de orgulho; ninguém nunca havia lhe dito que ele tinha coragem.

Verdoso então se aproximou de Gustavo, que ainda estava preso no chão. O caçador de recompensas sacou umas de suas espadas, enfiou a lâmina entre os dentes da armadilha e forçou até abrir, libertando a perna de Gustavo.

Gustavo deu um tapa na própria testa.

— Maldição! — exclamou. — Eu *tenho* uma espada! Eu podia ter feito isso! — A espada esquecida foi, é claro, tirada dele mais que depressa.

Os três prisioneiros foram levados floresta adentro, com Gustavo pulando em uma perna só, e o elfo arqueiro, logo atrás, com o arco apontado para eles.

— Dá um tempo, Orelhas Pontudas — reclamou Gustavo. — Até parece que vou sair correndo.

— Ah, você não conseguiria escapar mesmo se estivesse em plena condição física — respondeu o arqueiro com toda frieza. — E, uma vez que abordou o tema com tanta delicadeza, não existe nenhuma raça nos Treze Reinos que tenha orelhas mais bem feitas do que nós, elfos.

— Você não é um pouco alto demais para um elfo? — indagou Gustavo. — Você não devia estar fazendo brinquedos em algum outro lugar?

O arqueiro fungou.

— Sou um elfo avondeliano. Você está me confundindo com aqueles artesãos ignorantes, os elfos svenlandenses. Aqueles pequenos rechonchudos bobalhões que adoram fazer cookies e consertar sapatos. E usam aqueles sapatos ridículos com a ponta curvada para cima! Aquelas criaturas não merecem ser chamadas de elfo. Daqui a pouco vão começar a posar para estátua de jardim, igual aos gnomos.

— Pete! — vociferou Verdoso. — Vou socar goela abaixo esse seu rabo de cavalo sedoso, se você disser mais uma palavra sobre os elfos svenlandenses. Melhor ainda, não vou dar a sua parte da recompensa.

Pete bufou, mas não abriu mais a boca. Eles deixaram a floresta, saindo em uma estrada de pedras, e os prisioneiros foram colocados em uma imensa jaula de ferro que estava na traseira de uma carroça.

— E aí, Verdoso? — indagou Frederico enquanto a porta da jaula era trancada. — Acredito que você esteja fazendo isso pelo ouro, certo?

— Estou entendendo por que dizem que você é o inteligente da turma — respondeu Verdoso.

— Dizem isso de mim? Sempre pensei que Liam fosse o mais inteligente — falou Frederico. — Bem, mas gostaria de lembrá-lo de que, por acaso, sou um príncipe muito rico. Se nos deixar ir embora, terei o maior prazer em lhe pagar uma quantia *muito* superior à que Avondell está oferecendo.

Verdoso soltou uma risada seca e rouca.

— Nenhum reino tem mais dinheiro que Avondell — disse ele. — Aproveite o passeio. — O caçador de recompensas de barba ruiva assumiu as rédeas da carroça, enquanto os outros seguiram a cavalo (em um caso, em um suricato gigante).

— E agora? — perguntou Frederico, cruzando os braços quando a carroça entrou em movimento. — Os caçadores de recompensas estão todos na frente. Se formos tentar fugir, a hora é esta.

— Primeiro o mais importante — disse Rapunzel e rapidamente pingou uma lágrima sobre o tornozelo ferido de Gustavo. Enquanto enxugava o rosto, ela lançou um sorriso caloroso para ele. — Não dá para salvar o dia se você não estiver novinho em folha, não é mesmo?

Gustavo girou o pé algumas vezes, com um sorriso largo no rosto.

— Muito bem — disse ele. — Vamos cair fora daqui. — Então ficou em pé, balançou a perna recém-curada e deu um chute colossal nas barras de ferro. A porta nem se abalou. Gustavo, no entanto, caiu sentado, gemendo e segurando o pé novamente machucado. Rapunzel o encarou, incrédula.

— Piscadinha! — disse Frederico.

— Tudo bem. Vou dar outra lágrima para ele — disse Rapunzel. — Só preciso esperar um pouco; vai ser difícil conseguir arrancar uma lágrima agora.

— Não, estou falando de Piscadinha e Zupi! — explicou Frederico. Duas luzinhas azuis pairavam do lado de fora da jaula, acompanhando a carroça. — Vocês trouxeram o pé de cabra?

— Muito pesadinho — respondeu Piscadinha, balançando a cabeça.

— Vocês vão precisar ir atrás de ajuda então — Frederico sussurrou para eles, olhando ao redor para se certificar de que nenhum caçador estava vendo.

— Quem? — perguntou Rapunzel. — Todos os nossos amigos moram a mais de um dia de viagem daqui.

— Já sei! — Os olhos de Frederico brilharam. — Vá ao castelo de Sturmhagen e diga para os irmãos de Gustavo que precisamos da ajuda deles.

— Não — Gustavo interveio com firmeza. — De jeito nenhum. — Os irmãos mais velhos de Gustavo adoravam zoar com a cara dele. Os dezesseis. A vida toda, eles atormentaram o irmão mais novo: tirando sarro, pregando peças e roubando a fama dele sempre que possível. Quando a Liga salvou os bardos, foram eles que ficaram com os louros.

— Dezesseis guerreiros fortes que provavelmente conseguirão nos alcançar dentro de poucas horas — disse Frederico. — Sinto muito, Gustavo, eles são a nossa única esperança. Vão, duendes. Falem com os príncipes de Sturmhagen! E não demorem. — De canto de olho, ele percebeu que Rapunzel o olhava intensamente. Achou que pudesse ser admiração. Ou isso, ou ele estava com um pedaço de casca de maçã preso entre os dentes. Na dúvida, ele fechou a boca.

Os duendes saíram em disparada.

Segurando o pé dolorido, Gustavo resmungou:

— Era só o que me faltava, uma reunião de família.

◆•▶

Vinte minutos depois, Piscadinha e Zupi estavam diante da muralha de pedras brancas do castelo de Sturmhagen. Após procurarem em vão pelas salas decoradas com peles e chifres, os duendes pararam embaixo de uma cabeça de veado empalhada, sem saber o que fazer.

— Nada de príncipes grandalhões — lamentou Zupi.

— Impossível — disse Piscadinha, impaciente. — Eles deveriam estar aqui.

Uma criada trajando avental de pele de alce se assustou ao sair de uma sala nas proximidades.

— Saiam daqui, seus demoniozinhos azuis!

— Errado! — estrilou Piscadinha. A pequenina cruzou os braços e, apesar de estar suspensa no ar, bateu o pezinho como se estivesse em terra firme. — Diga onde estão os príncipes.

— Temos uma mensagem para eles — completou Zupi.

— Mensagem? — A criada olhou desconfiada para as criaturinhas. — Vocês estão no lugar errado, então. Eles estão na masmorra.

— Os príncipes montam guarda na masmorra? — perguntou Zupi.

— Os príncipes são os *prisioneiros* — respondeu a criada. — É chocante, eu sei. Os dezesseis foram declarados traidores. Foi o rei Olaf, o pai dos rapazes, quem mandou prender todos eles. Ninguém conseguia acreditar. Nem sei o que os rapazes fizeram... Espere aí. Por que estou contando isso a vocês? Nem sei quem vocês são. Eu devia... Hum... para onde eles foram?

Os duendes voaram para a sala do trono e se esconderam atrás de uma tocha para espionar o rei Olaf. O monarca de dois metros de altura se encontrava cabisbaixo em seu trono, parecendo um urso velho. Os duendes poderiam ter voado até ele e perguntado por que seus filhos tinham sido mandados para a prisão, mas o rei não estava sozinho. O trono da esquerda, lugar de costume reservado à rainha Berthilda, estava ocupado (na verdade, superocupado) por um estranho — um homem tão musculoso que fazia com que o rei Olaf parecesse um anão perto dele. Respirando pesadamente, o brutamontes tinha uma máscara vermelha e preta que cobria sua cabeça da metade para cima e um bigode comprido que descia até a altura da barriga.

Os duendes nunca tinham visto Baltasar antes, portanto não sabiam que ele era o sádico carcereiro da masmorra que quase matara Gustavo, poucos meses antes. Assim como não sabiam que Baltasar era um dos generais de confiança de lorde Randark. Mas perceberam que tinha encrenca ali no momento em que bateram os olhos nele. E trataram de cair fora o quanto antes.

— E agora? — perguntou Piscadinha enquanto eles sobrevoavam o pátio de pedra.

— Precisamos arrumar outra pessoa para ajudar a Zel — respondeu Zupi, esbaforido.

— Ah! Os Príncipes Encantadinhos! — exclamou Piscadinha, com um rompante.

— Dois Príncipes Encantadinhos estão presos com a Zel.

— Sim, mas ainda tem mais dois. Zel disse. E um deles é o mais heroico de todos.

— Qual deles?

Piscadinha contraiu os olhos, pensou um pouco, então abriu novamente.

— Duncan! É o príncipe Duncan. Ele mora em Sylvaria.

Zupi encolheu os ombros.

— Então vamos para Sylvaria!

5

O FORA DA LEI ESCUTA SEU PAI

Castelovaria, o lar dos monarcas de Sylvaria, era diferente de todos os palácios reais dos outros reinos. Em primeiro lugar, ele era rosa-salmão. A maioria dos construtores de castelos preferia usar pedras rústicas ou talvez, no caso de algo mais sofisticado, mármore. Mas Castelovaria tinha sido projetado por seu proprietário, o rei Rei — um homem que certa vez disse aos cientistas reais que "dessem um pouco mais de vida ao arco-íris".

— Tentem colocar uma nova cor entre o laranja e o amarelo — ordenou o rei. Os cientistas pediram demissão depois disso.

Na verdade, ao longo de seus vinte e cinco anos de reinado, o rei Rei e a rainha Apricotta viram praticamente todos os criados pedirem demissão. Agora o castelo contava apenas com três guardas sem treinamento algum, uma camareira e um ajudante de serviços gerais, de nove anos, chamado Pip. A família real era obrigada a cuidar de tudo sozinha. E por isso Branca de Neve, a esposa do príncipe Duncan de Sylvaria, estava começando a se arrepender de ter se mudado da cabana deles na floresta para Castelovaria.

— Dunky, você sabe que não sou de fugir de trabalho, afinal é sempre uma boa oportunidade para assobiar — disse Branca de Neve enquanto lavava uma pilha de pratos de mais de um metro de altura (a rainha tinha servido mirtilos no café da manhã e achou que seria divertido colocar um mirtilo em cada prato). Mesmo enquanto labutava à beira da pia, a princesinha usava um de seus elaborados vestidos de criação própria; este era amarelo-canário, com fitas enroladinhas penduradas nas mangas. Ela parou para tirar uma das fitas da água ensaboada. — Mas morar aqui é muito cansativo.

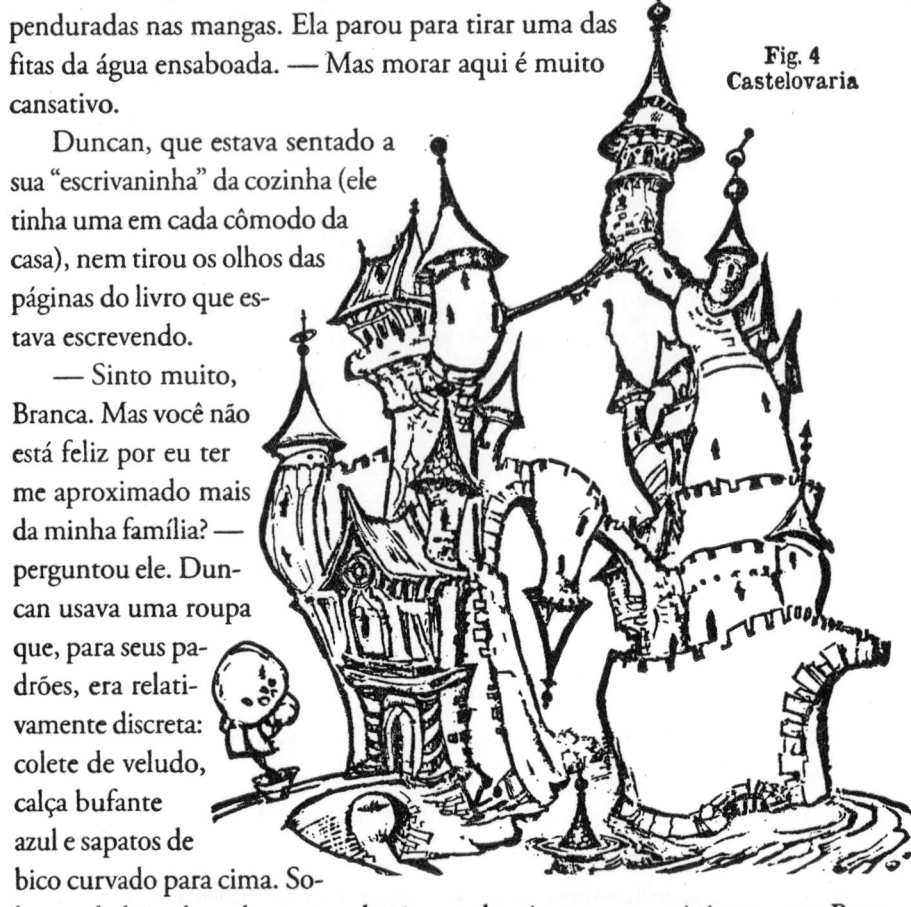

**Fig. 4
Castelovaria**

Duncan, que estava sentado a sua "escrivaninha" da cozinha (ele tinha uma em cada cômodo da casa), nem tirou os olhos das páginas do livro que estava escrevendo.

— Sinto muito, Branca. Mas você não está feliz por eu ter me aproximado mais da minha família? — perguntou ele. Duncan usava uma roupa que, para seus padrões, era relativamente discreta: colete de veludo, calça bufante azul e sapatos de bico curvado para cima. Sobre a cabeleira de cachos pretos havia um chapéu-coco em miniatura, que Branca de Neve fizera de presente como prêmio por ele ter salvado o reino. — E meu trabalho está rendendo aqui — continuou ele, batendo sobre as páginas do seu quase finalizado *O guia do herói para se tornar um herói*. — Vou começar o capítulo sobre os perigos de uma calça apertada.

Ele deu uma olhada para a esposa.

— Mas não quero te ver infeliz — disse. — Você acha que a gente devia voltar a morar com os anões?

Branca de Neve suspirou e ajeitou a tiara enfeitada de bolotas.

— Não. Mas você tem certeza de que não podemos contratar mais alguns ajudantes?

— Ninguém mais quer trabalhar aqui — respondeu Duncan, encolhendo os ombros em um pedido de desculpa. — Até tentamos arrumar mais gente.

E você não imagina os incentivos que a minha família ofereceu para os candidatos: uso ilimitado do cortador de unhas real, aspargos à vontade, um pombo de origami todas as sextas-feiras... Apesar de eu achar que não deveríamos ter oferecido esse último item, uma vez que nenhum de nós sabe fazer origami.

— Pip, por que você gosta de trabalhar aqui? — perguntou Branca de Neve, voltando-se para o menino de cara suja que estava limpando umas das cinquenta e sete lareiras de Castelovaria.

— Bom, eu me sinto seguro aqui — disse ele. — Meu último patrão era um ogro. Literalmente. Eu vivia com medo de ser devorado por ele.

— Já sei! — exclamou Duncan, todo animado. — Vou fazer alguns cartazes de "Precisa-se de ajudante: Venha trabalhar para a família real. Não vamos devorá-lo". Pernoca Figueiredo! — Essa última parte foi Duncan dando nome para um ratinho que saiu correndo do guarda-louça.

Nesse exato momento, a porta da cozinha soltou das dobradiças. (Não se preocupe; ela nunca foi presa mesmo.)

— Isso é *sempre* muito emocionante — disse o rei Rei, batendo palmas. — Vou fazer outra vez.

O monarca magrelão colocou a porta de volta no lugar, empurrou-a novamente com um estalo e bateu palmas de novo. Enquanto ele pulava, seus cachos subiam e desciam pelas laterais da coroa almofadada, parecendo um par de asas.

— Venha, filho — disse o rei. — Preciso lhe ensinar tudo sobre como governar um reino.

— Não é necessário, pai — respondeu Duncan mais que depressa. — Além do mais, preciso terminar o livro. Meus fãs estão esperando. — Ele começou a escrever em uma folha em branco.

Talvez você se identifique. Se você já foi criança (e tenho certeza absoluta de que você já foi), sem dúvida sabe como é chato quando um de seus pais resolve tirar você da sua brincadeira preferida para ensiná-lo a pregar botões, tirar folhas da calha entupida ou separar a gema da clara — e você nem prestou muita atenção, pois no fundo sabia que nunca iria precisar fazer essas coisas. Foi exatamente assim que Duncan se sentiu naquele momento. Apesar de já ser adulto. Os adultos também não gostam quando seus pais lhes dizem como fazer as coisas. E, nesse caso, Duncan tinha razão, uma vez que as habilidades de seu pai como governante eram duvidosas, para não dizer coisa pior.

— Bobagem — falou o rei Rei, abrindo a capa xadrez vermelha e verde. — Venha comigo. — Ele pegou o filho pela mão e o puxou da cadeira.

— Divirta-se — cantarolou Branca de Neve enquanto o marido era levado da cozinha arrastado.

— Pai, precisamos mesmo fazer isso? — resmungou Duncan.

— Sim, sim. É muito importante — respondeu o rei, levando o filho por um corredor longo e cheio de curvas até uma sala enorme, cujas paredes eram revestidas de mosaicos feitos de macarrão seco. — Chegamos — disse o monarca. Então apontou para uma cadeira de braços forrada de veludo de estampa de tigre. — Isso é um trono. É ali que o rei senta. E, se você olhar para a esquerda, verá outro trono. E aquela dama sentada nele é uma rainha.

— Sim, eu sei — murmurou Duncan, acenando para sua mãe de modo apático.

— Olá, Duncan — saudou a rainha Apricotta, sorrindo e chacoalhando as tranças ruivas. — Ah, está na hora de você aprender tudo sobre as obrigações de um rei?

— Pelo jeito, sim — disse Duncan, meio azedo. — Apesar de eu não achar que...

Mas o rei Rei o arrastou até as gêmeas de cabelos escuros como a noite que estavam paradas perto da janela, olhando uma para a outra através de óculos de lentes redondas e grossas.

— Provavelmente você também já conhece Mavis e Marvella — disse o rei.

— Há dezesseis anos — respondeu Duncan com um suspiro.

As meninas viraram para olhar o irmão.

— Duncan, você está enorme! — exclamou Marvella.

— Não, meninas, Duncan continua do mesmo tamanho — disse a rainha do seu trono. — Vocês é que estão com óculos de lentes de aumento.

As gêmeas ergueram os óculos e concordaram.

— É mesmo!

— Estávamos brincando de encolher — explicou Mavis. Em seguida, as meninas colocaram os óculos novamente. — Ha-ha! Encolhemos outra vez! Tudo está gigante!

— Sim, Mavis e Marvella são suas irmãs — disse o rei. — Mas elas também têm títulos oficiais. Mavis é a tesoureira real, o que significa que ela cuida de todo o ouro do reino. E Marvella é... humm, acho que é ministra do Frango. Não consigo lembrar. Mas nenhuma das duas funções é muito importante. Ser rei, no entanto, é *muito* importante. Quando se é rei, você tem muitas obrigações. Você faz decretos sobre coisas como qual será o nosso inseto nacional, ou se uma refeição pode ser chamada de café da manhã se for servida depois do meio-dia. Como rei, você decide de que cor a cerca deve ser pintada. Você analisa mapas, organiza o galinheiro... Não, espere, essa função deve ser da Marvella. O mais importante é que tem pessoas, gente de verdade, que moram em Sylvaria e são chamadas de "súditos". E vez ou outra esses súditos *precisam* de alguma coisa. Por isso eles vêm ao castelo para pedir ao rei. O que é muito legal, pois o povo acaba *vindo aqui*.

Duncan tinha perdido metade do discurso do pai; estava prestando atenção nas irmãs e imaginando como devia ser divertido ver através das lentes de aumento daqueles óculos. Quando percebeu que o rei tinha parado de falar, ele voltou-se para o pai e perguntou:

— Por que está me dizendo tudo isso? O senhor é o rei, não eu.

— Por enquanto — disse o rei Rei. — Mas algum dia eu não estarei mais por aqui, e o reino passará para você. Talvez muito antes do que você imagina.

Duncan contraiu as sobrancelhas.

— Quanto pessimismo, pai. O senhor ainda é jovem. Bom, não *tão* jovem assim; tem um monte de pelos saindo das narinas e cheira a livros velhos. Mas ainda é jovem para um rei. Veja o pai da Branca de Neve, o rei de Yondale; ele está com cento e doze anos e ainda tem todos os dentes, e estou falando dos dentes de leite. É muito estranho um homem velho com dentes tão pequenininhos na boca. Meu argumento é: O senhor ainda vai ficar aqui por anos e anos, então por que se preocupar com isso?

O rei Rei caiu na gargalhada.

— Não se preocupe, filho. Não estou prevendo o meu fim ou algo do tipo — disse, dando um tapinha na cabeça de Duncan. — Só quero ter certeza de que você está pronto para governar o reino um dia. Agora, venha comigo. Vou mostrar onde guardo o coçador de costas real.

Mas o coçador de costas podia esperar. Naquele momento, dois duendes azuis invadiram a sala do trono.

— Visitantes! — exclamou a rainha Apricotta, animada, e começou a ajeitar as tranças.

Mavis e Marvella ergueram os óculos, boquiabertas.

— Pessoas encolhidas *de verdade* — sussurrou Marvella, assombrada.

— Vocês são embaixadores do Mundo das Fadas? — perguntou o rei. — Eu estava esperando. Vocês estão dezessete anos atrasados. Não que eu esteja reclamando. Como foram de viagem?

— Precisamos falar com o Príncipe Encantadinho! — berrou Zupi.

— O príncipe Duncan! — esclareceu Piscadinha.

— Sou eu! — exclamou Duncan, surpreso. — Sou os dois! Isso se estiverem falando da mesma pessoa.

— Sério? É você? — perguntou Zupi, desconfiado.

Duncan assentiu. Os duendes se entreolharam e encolheram os ombros.

— Homens assustadores pegaram Zel — contou Piscadinha.

— Quem é Zel? — quis saber Duncan.

— Tem certeza de que você é o cara certo? — perguntou Zupi. — Zel! Loira, cura pessoas...

— Ah, você quer dizer Rapis — disse Duncan.

— Não, quero dizer Zel. Quem é Rapis? — devolveu Zupi.

— Frederico e Gustavo também — interveio Piscadinha. — Homens assustadores pegaram todos eles.

Isso foi tudo que Duncan precisou ouvir. Ele ergueu a cabeça e declarou:

— O dever me chama, pessoal! Preciso ir!

Duncan percebeu que sua família ficou triste.

— Mas não se preocupem, eu voltarei. E trarei lembrancinhas de viagem!

Todos voltaram a sorrir.

Dez segundos depois, após pegar todos os detalhes que conseguiu com os duendes, Duncan voltou correndo para a cozinha e derrubou a porta.

— Frederico, Gustavo e Rapunzel foram capturados! Preciso salvá-los!

Branca de Neve colocou sobre a pia o prato que estava lavando.

— Vou pegar as minhas coisas — disse, mais que depressa.

— Você quer vir comigo? — perguntou Duncan, surpreso. — Em uma aventura?

— Se for para sair do castelo, sim.

Os dois saíram correndo. Pip olhou tristonho do seu montinho de cinzas.

— Lá se vão as duas pessoas menos malucas deste lugar — disse ele. — Mas quem sou eu para julgar alguém? Estou falando sozinho.

— Dunky, será que não é melhor pedirmos ajuda para o Liam? — perguntou Branca de Neve enquanto eles apanhavam os cavalos no estábulo.

Duncan balançou a cabeça.

— Eu não incomodaria o Liam na lua de mel dele.

6
O FORA DA LEI PEDE SOCORRO

Alguns meses antes, na mesma época em que Frederico fugiu de Harmonia, o príncipe Liam também tinha caído no mundo sozinho. Ele não sabia exatamente por que Rosa Silvestre decidira anular o casamento, mas não quis correr o risco de ficar e dar a ela a oportunidade de mudar de ideia. E assim foi embora correndo de Avondell, dizendo para si mesmo que a melhor fase da sua vida estava só começando. Ele não precisava mais ser um herói. Ninguém mais vinha a sua procura para pedir ajuda; ninguém implorava que ele salvasse uma avó sequestrada ou livrasse uma fazenda de uma invasão de brutamurras. Finalmente, ele estava livre para levar a vida que quisesse. O único problema era que ele não tinha a menor ideia do que queria fazer da vida.

Ele tentou ser pastor de cabras por um tempo, mas, após algumas semanas sem nenhum ataque de lobo, acabou ficando entediado e trocou as cabras por uma capa nova. Tentou ganhar a vida construindo cabanas de madeira, mas seu primeiro cliente o demitiu pelo excesso de alçapões de fuga. Até tentou vender bichinhos feitos com casca de nozes na estrada — mas não tinha talento artístico, e a maioria das pessoas achava que suas criações eram restos de barrinhas de castanhas. Quando um de seus clientes quebrou um dente ao tentar comer um bonequinho do príncipe Gustavo, Liam se deu conta de que estava no caminho errado. Ser um herói era a única coisa que ele sabia fazer.

E era tudo que ele queria fazer.

Ele só precisava descobrir onde. Com certeza não ia ser em Avondell, o reino de Rosa Silvestre. Como ele não estava com um pingo de vontade de encarar seus pais em Eríntia, acabou optando por Hithershire — uma terra que, até onde ele sabia, era carente de heróis nacionais.

Hithershire tem bandidos, monstros e desastres naturais, assim como qualquer outro reino, disse Liam para si mesmo enquanto galopava pelas colinas verdejantes, rumo a sua nova morada, *mas não tem um herói para proteger o seu povo. Até agora.* Montado em seu vigoroso garanhão preto, Trovão, com a espada reluzente de lado e a capa azul tremulando ao vento, Liam se sentia revigorado e pronto para enfrentar qualquer desafio. Não demorou muito e ele se deparou com uma situação que implorava por uma intervenção heroica.

Havia uma carroça de maçãs virada na estrada, com meia dúzia de corpos espalhados ao redor. *Um ataque de bandidos*, imaginou Liam. Ele esporou Trovão e disparou na direção da carroça, onde pulou do cavalo, sacando a espada antes mesmo que seus pés tocassem o chão. Os dois vendedores de maçãs se encolheram quando o viram.

— Não temam, cidadãos — anunciou Liam. — Vocês estão salvos agora.

— Sim, nós sabemos — disse um dos vendedores, um jovem alto, de cabelo desgrenhado e avental sujo. — O que é muito bom, não é?

— Quem é você, afinal? — perguntou o outro vendedor.

— Sou o príncipe Liam, de Eríntia. Estou aqui para salvá-los.

— Chegou um pouquinho tarde, não acha? — o homem riu, cutucando o amigo.

Sem perder a pose, Liam olhou ao redor. Agora que podia ver mais de perto, notou que os corpos largados no chão pareciam ser de bandidos — desacordados, com as mãos e os pés amarrados. Liam franziu a testa.

— Você viu a briga? — perguntou o vendedor mais alto, exibindo um sorrisão no rosto e um olhar apaixonado. — Ela é incrível.

— Ela imobilizou todos eles em menos de dez segundos — completou o mais baixinho.

— Quem fez isso? — indagou Liam.

— Nossa nova heroína — disse o mais alto, muito empolgado. — Ella, a Dama da Espada.

— Ella? — repetiu Liam, desconfiado. — Cabelos castanhos curtos? Usa uma calça que assovia quando ela anda?

— Ah, você já viu a moça? — perguntou o altão, empolgado. — Ela não é incrível?

— A Ella fez isso? O que ela está fazendo em Hithershire? — indagou Liam. — E onde está Frederico? Ela não estava acompanhada de um homem muito, errr, *elegante*, estava?

O altão negou com um aceno de cabeça.

— Não. Ela estava sozinha. *Maravilhosamente* sozinha.

O baixinho pousou as mãos no peito.

— Mal posso esperar para ser assaltado outra vez.

— Só para ter certeza, vocês *não estão* mais precisando de ajuda? — perguntou Liam.

— Não.

Liam suspirou e voltou para seu cavalo.

— Ei, espere! — chamou o vendedor mais alto. — Você também é um herói, não é? Um herói não iria deixar toda essa bagunça para a gente limpar, não é mesmo?

Liam deu uma olhada nas quatrocentas maçãs, ou mais, espalhadas pela estrada e soltou outro suspiro. Uma hora e meia depois, com a carroça erguida e todas as maçãs de volta no lugar, Liam finalmente montou em seu cavalo e acenou para os vendedores.

— Não se preocupe — disse o altão. — Vamos falar para todo mundo de você: príncipe Liam, o recolhedor de frutas caídas!

— Dá um tempo — resmungou Liam enquanto se afastava.

◆●◆

Ao longo das semanas que vieram, Liam ouviu os cidadãos de Hithershire louvando os feitos de Ella a cada vila que passou. E Ella parecia mesmo estar um passo à frente dele. Ele sempre chegava minutos depois que ela tinha acabado de colocar para correr uma gangue de goblins de uma loja de doces, salvado criancinhas assustadas de uma creche em chamas, ou amarrado os pés e as mãos de um ladrão decepcionado. *Preciso encontrá-la*, pensou Liam — e só havia um modo que ele conhecia de atrair a atenção dela.

— Socorro! Socorro! — gritou. Ele estava sozinho em um moinho, nos arrabaldes de uma cidadezinha chamada Buracofundo. — Socorro! — gritou novamente. Então cruzou os braços e esperou. Não demorou muito e Ella apareceu, descendo pelas pás do moinho com seu florete em punho, pronta para a luta.

— O que está acontecendo... Hum? Liam! — Ela lançou os braços ao redor dele num abraço caloroso. — Como é bom te ver. Mas o que aconteceu? Você não precisa de ajuda.

— Precisei de ajuda para encontrá-la — disse ele. — Portanto... obrigado.

Ella cruzou os braços e olhou desconfiada.

— Não gostei do truque. E se tiver alguém precisando *de verdade* da minha ajuda, neste exato momento?

— Eu não estaria muito preocupado — disse Liam com um sorrisinho. — Acho que você já capturou todos os criminosos deste reino.

Ella não conseguiu conter um sorriso. E Liam não pôde deixar de notar quão bem ela se encaixava no papel de heroína aventureira. Ela usava um colete de renda verde por cima de uma camisa de mangas bufantes e sua calça "de briga" de cetim com as pernas enfiadas dentro das botas. O cabelo estava curto e assimétrico — um visual que ela resolveu manter depois do corte improvisado, obra de uma enguia-dentes-de-aço no verão anterior.

— Obrigada — agradeceu ela. — Mas o que você está fazendo aqui?

— Vim para ser o herói de Hithershire.

— A vaga já foi preenchida. — Ella sorriu novamente e executou um floreio com a espada. — Além do mais, por que você iria querer isso? Dois reinos já não são suficientes? Você tem Eríntia *e* Avondell. Falando nisso, estou surpresa que Rosa Silvestre tenha deixado você sair de perto dela. — De repente, Ella deu um pulo, olhando de um lado para o outro. — Espere, ela não está escondida atrás de uma pedra, está?

— Não vejo a Rosa desde a anulação do nosso casamento.

Ella arregalou os olhos.

— Uau! Acabou mesmo? Como você conseguiu convencê-la a concordar com isso?

Liam limpou a garganta.

— Eu, hum, posso ser muito convincente quando quero. E resolvi que finalmente tinha me cansado dela.

— Nossa! — exclamou Ella, passando os dedos entre os cabelos, enquanto tentava digerir a novidade. — Estou surpresa. Quer dizer, da última vez que te vi, você parecia estar feliz em voltar para Avondell e assumir o papel de marido fiel de Rosa Silvestre.

Liam até se arrepiou.

— Você também partiu com Frederico.

— Sim, bem... — Ela ficou sem jeito. — Nosso relacionamento durou até chegarmos a Harmonia. Não o vejo desde então. Eu meio que... terminei com ele.

Os dois permaneceram calados por um tempo.

— Interessante — disse Liam, finalmente. — Nós dois estamos, hum, livres. Acho que poderíamos...

— Virar parceiros — completou Ella. — Parceiros na luta contra o crime. Vamos enfrentar juntos todos os malfeitores de Hithershire e... ver o que acontece.

Liam estendeu a mão, e Ella a apertou.

— Parceiros então — disse ele. — Vamos mostrar a que viemos.

A parceria de Liam e Ella durou aproximadamente quarenta e cinco minutos.

Na cidade seguinte, eles se depararam com um assalto — ladrões estavam saqueando a casa do prefeito. Ella queria entrar por uma janela aberta e surpreender os ladrões; Liam insistia em um ataque surpresa pela porta da frente. Nenhum dos dois queria ceder. Cada um fez as coisas do seu jeito; depois que tudo terminou, a casa estava destruída. Liam acabou enroscado nas cortinas da sala, Ella com um saco de farinha virado sobre a cabeça, e os ladrões voltaram sãos e salvos para o esconderijo deles, levando uma carriola cheia de objetos roubados.

Fig. 5
Parceria forjada

— Eu teria me saído melhor sozinha — resmungou Ella.

— Então é melhor ficar sozinha — retrucou Liam.

— Vou mesmo! — ela berrou na cara dele.

— Eu também! — gritou ele de volta.

— Depois de limparmos toda esta bagunça!

— Sim! Depois que... Hum, claro, tudo bem. — E pendurou de volta na parede um quadro que tinha caído.

Duas horas depois, quando a casa estava arrumadinha outra vez, Ella e Liam seguiram em caminhos opostos. Nenhum dos dois viu o xerife colando um cartaz de "Procura-se" na cerca da casa do prefeito — um cartaz com a cara deles.

◀●▶

Na tarde seguinte, enquanto fazia sua ronda como herói solitário novamente, Liam ouviu outro grito de socorro. *Cara*, pensou ele, *Hithershire não é um lugar seguro*. Ele seguiu os gritos até um campo remoto, atrás de um celeiro caindo aos pedaços, onde se deparou com um velhinho de cabelos brancos, pendurado de cabeça para baixo em um pessegueiro.

— Graças a Deus! — disse o homem, quase sem forças. — O sangue já desceu todo para a minha cabeça. — Ele apontou para o pé direito, preso por uma corda na altura do tornozelo. — É uma armadilha — disse, encolhendo os ombros, sem jeito.

Nisso Liam percebeu uma movimentação de canto de olho — Ella! Pelo outro lado do celeiro, a garota se aproximava. Assim que ela viu Liam, os dois dispararam feito loucos na direção da árvore.

— O salvamento é meu! — gritou Ella, correndo o mais rápido que podia.

— Eu vi primeiro! — rosnou Liam, em disparada.

Quando estavam a poucos metros do homem pendurado, os dois mergulharam. O velhinho se ergueu com a maior agilidade, saindo do caminho e deixando Liam e Ella trombarem um contra o outro, testa com testa.

— Bom, foi mais fácil do que eu esperava — disse o velhinho.

Com uma mão, ele soltou a corda presa ao tornozelo e pulou no chão. Fez sinal para um parceiro escondido entre os galhos da árvore e saiu de lado enquanto uma rede caía sobre seus supostos salvadores. Liam e Ella, que ainda estavam esfregando a testa dolorida, olharam chocados para o sorriso desdentado do velhinho.

— Eu *disse* que era uma armadilha. — O velhinho riu. — Vocês tiveram o prazer de ser capturados por Wiley Cabeçabranca, o caçador de recompensas mais velho dos Treze Reinos.

Presos dentro da rede pesada, Liam e Ella não tinham como sacar suas espadas. Então só restou se encararem.

— A culpa foi toda sua — argumentou Ella.

— Minha? — desdenhou Liam. — Foi você que não conseguiu se segurar e deixar que eu cuidasse de um resgatezinho apenas.

— Se você não tivesse tanta necessidade de ser melhor do que eu, nós não estaríamos nesta enrascada — retrucou Ella.

— Podem descer, rapazes — disse Cabeçabranca para o alto. Mais três caçadores de recompensas surgiram dentre as folhas. O primeiro era um homem rotundo com grossas costeletas ruivas, o segundo um rapazote magrelo com uma máscara, e o terceiro... Bom, Liam e Ella reconheceram o terceiro na hora.

— *Rúfio* — vociferou Liam. — Eu devia ter desconfiado que isso tinha um dedo da Rosa Silvestre. Muito bem, podem me levar de volta para Avondell. Mas deixem a Ella em paz.

— Ohh, uma declaração de amor — disse Cabeçabranca, esfregando as mãos. — Mas acho que não vou poder atender ao seu pedido. Vamos receber dinheiro por vocês dois. Ei, Rúfio, já que tem intimidade com o sujeito, por que não o amarra para nós. Tom Amarelão, cuide da garota.

Rúfio, o Soturno, o caçador de recompensas preferido de Rosa Silvestre, encarou Liam sob a sombra de seu capuz. Mas, quando o atarracado Tom Amarelão se curvou para puxar a rede, Rúfio bateu com o cabo da espada na cabeça do homem, derrubando-o na hora.

— Por que você fez isso? — perguntou Cabeçabranca, confuso. — Combinamos de dividir o dinheiro em quatro. Eu devia ter desconfiado que você iria nos trair, seu infeliz ganancioso. — Ele sacou um facão do cinto e voltou-se para o rapazinho mascarado. — Vamos, garoto — disse. — Ele não vai dar conta de lutar contra nós dois sozinho!

O velho caçador de recompensas avançava para cima de Rúfio quando caiu de cara no chão, depois de levar uma rasteira do bastão do rapazote. Cabeçabranca deu uma cambalhota e ficou em pé com um pulo.

— Seu pirralho traidor! Você está de conchavo com Rúfio? — berrou o velhinho. Ele estendeu o braço para trás e se preparou para arremessar o punhal. — Eu não devia ter me associado com um moleque.

— Não sou um moleque — disse o jovem caçador de recompensas, arrancando a máscara e soltando uma onda de cachos castanhos. Cabeçabranca piscou, confuso, antes de levar uma paulada na cabeça.

— Lila! — Liam e Ella gritaram ao mesmo tempo.

— Você está ficando boa com o bastão — disse Rúfio para Lila, franzindo o cenho ao fazer o elogio. — Mas tirar a máscara foi exibicionismo desnecessário. Os dois segundos que você gastou fazendo isso poderiam ter lhe custado a vida.

— Desculpe, Ruf — disse Lila, sem graça. — Acho que meu irmão e eu herdamos a mesma veia exibicionista.

— Você disse isso só porque gosto de agitar a minha capa? — perguntou Liam, num tom desafiador. — Pois, se for isso, posso lhe provar que um bom floreio de capa pode ser útil. Espere! Nem sei o que está acontecendo aqui! Alguém poderia me explicar?

Lila respirou fundo.

— Eu ia dizer para vocês se sentarem primeiro, mas, como já estão no chão, talvez seja melhor permanecerem aí mesmo. — E, enquanto Rúfio puxava a pesada rede de cima de Ella e Liam, Lila contou a novidade.

— Rosa Silvestre... morreu? — indagou Liam, desviando os olhos para o antigo moinho, pois, naquele momento, ele não podia encarar a irmã. — E tem gente pensando que fui eu?

— *Todo mundo* acha que foi você — disse Rúfio, sem rodeios.

— Eles acham que *todos nós* fizemos isso — esclareceu Lila. — Eu também estou na lista. É por isso que tenho viajado disfarçada.

— Não acredito — disse Ella. — Quer dizer, todo mundo sabe que eu não era a maior fã da Rosa Silvestre, mas isso é... horrível.

Lila agachou ao lado do irmão e pousou o braço no ombro dele.

— Você está bem? — perguntou.

— Se você tivesse me perguntado isso alguns meses atrás — disse ele baixinho —, eu teria dito que Rosa Silvestre é uma das pessoas que mais odeio no mundo. Mas, desde a invasão do castelo do rei Bandido, venho me questionando se não a julguei com muito rigor. Agora nunca vou saber.

Rúfio limpou a garganta, mas se absteve de qualquer comentário.

Ella ficou em pé.

— Desculpe por ser prática em um momento como este, mas não podemos ficar aqui. Todos os caçadores de recompensas dos Treze Reinos devem estar atrás de nós. Sem mencionar os cavaleiros, soldados e guardas. Precisamos avisar Frederico e os outros.

Liam se levantou e limpou a garganta.

— Você tem razão — disse. — Precisamos ir para Harmonia, Sylvaria, Sturmhagen... e temos muito chão pela frente. Acho melhor partirmos agora mesmo.

— Não podemos fazer isso — disse Rúfio. O cavanhaque grisalho era a única parte visível do rosto oculto pela sombra do capuz. — Uma vez que Lila se preocupa com vocês, sinto que é meu dever dizer que estão cometendo um grande erro.

— Sem essa, Rúfio. Você também gosta deles, não gosta? — disse Lila, dando uma cutucada nas costelas do sujeito taciturno.

— Não — ele respondeu. — Mas mesmo assim digo que a melhor opção é se esconderem.

— Não vai rolar — disse Ella.

— Não enquanto nossos amigos estiverem em perigo — adicionou Liam.

— Seria muita imprudência se arriscarem na estrada — insistiu Rúfio.

— Vamos tomar cuidado para que ninguém nos veja — disse Ella, segura.

Rúfio deu uma olhada para o rosto esperançoso de Lila, então olhou de volta para os outros.

— Vou tentar explicar de outra maneira: eu sou o *melhor* caçador de recompensas destas bandas. Cabeçabranca é o caçador de recompensas *mais velho*. Tom Amarelão é o mais *ganancioso*. E existe outro homem que é o caçador de recompensas *mais perigoso*. O nome dele é Verdoso. E posso garantir que ele virá atrás de vocês.

— Vamos correr o risco — disse Ella.

— Sylvaria faz fronteira com este reino — adicionou Liam. — Se partirmos agora, estaremos no castelo de Duncan até o fim da tarde. — Ele voltou-se para a irmã. — Quanto a você, mocinha...

— Não me chame de mocinha.

— Ela vai ficar bem — interveio Rúfio.

Liam deu um beijo na cabeça de Lila antes de ele e Ella montarem em seus cavalos e colocarem o pé na estrada.

— De nada! — gritou Lila, aborrecida, enquanto os dois sumiam de vista.

— Não liga, não — disse Rúfio. — Ninguém escuta o que eu digo também.

— O que vamos fazer agora? — ela perguntou.

Ele bufou.

— Vamos atrás do verdadeiro assassino.

7
O FORA DA LEI FICA MALUCO

É claro que Duncan não estava em casa. Ele e Branca de Neve já tinham partido para salvar Frederico, Gustavo e Rapunzel. Ella e Liam descobriram isso... mais tarde.

— Desculpem, mas os senhores disseram que Duncan e Branca de Neve foram *salvar* alguém?

— Isso mesmo — respondeu o rei Rei.

— Que eles foram me *salvar?* — perguntou Liam, esfregando as têmporas.

— Você é Frederico, não é? — perguntou o rei.

— Não, sou Liam.

— Espere — Ella interveio. — O senhor está dizendo que Frederico foi capturado?

— Não fomos nós que dissemos isso — disse a rainha Apricotta. — Foram os insetos azuis brilhantes.

Liam olhou para Ella.

— Acho que os caçadores de recompensas já pegaram Frederico.

— Sim — confirmou o rei Rei. — Pegaram também uma tal de Rapis. E uma outra chamada Zel. Ou... Espere, acho que era Gustavo.

— Onde eles estão? — perguntou Ella.

— Na luuuuuua — disseram Mavis e Marvella em coro.

— Como?

— Os insetos cintilantes moram na lua — explicou Marvella.

— Não — disse Liam, impaciente. — Não quero saber onde vivem os insetos sibilantes...

— Insetos *cintilantes* — corrigiu Mavis. — Você é lindo, mas é um pouco surdo.

Liam deu um tapa na testa.

— Os insetos cintilantes disseram para onde os caçadores de recompensas levaram Frederico? — perguntou Ella.

— Para Avondell — respondeu a rainha Apricotta. — Foram pela Estrada do Pinheiro Velho, seguindo para oeste de Sturmhagen.

— Viram, mamãe escuta muito bem — comentou Mavis. A rainha Apricotta corou.

◆•▶

Verdoso e seus homens pegaram a Estrada do Pinheiro Velho, seguindo para oeste de Sturmhagen, e passaram por Avondell, levando junto os prisioneiros. Frederico, Rapunzel e Gustavo observavam, desanimados, a floresta passando ao largo. De repente uma noz — com um pedacinho de papel preso ao redor — passou voando por entre as grades da jaula onde eles estavam presos e acertou a cabeça de Gustavo.

— Ei! — ele reclamou. — Que ideia de jerico foi essa? — Então pegou a noz e estava quase a jogando de volta na direção das árvores quando Frederico segurou seu braço.

— Não! — disse ele.

O caçador de recompensas de barba ruiva, que guiava a carroça, virou para ver o que estava se passando.

— O que está acontecendo aí atrás?

— Ah, não é nada, senhor — respondeu Frederico. — Um passarinho que passou e deixou cair uma noz na cabeça do meu amigo.

O homem olhou para eles desconfiado, mas voltou a atenção para a estrada quando a carroça passou em cima de alguma coisa, chacoalhando a jaula e tilintando as chaves penduradas ao lado do banco do condutor. Frederico pegou a noz e desenrolou o bilhete com todo cuidado.

— Você não vê que isto é uma mensagem? — sussurrou para Gustavo.

— O que está escrito? — perguntou Rapunzel baixinho, aproximando-se para espiar.

As seguintes palavras estavam escritas em uma letrinha miúda:

Hora do resgate! Distraiam o condutor.

Todos ergueram os olhos. Paralelamente à estrada, um pouco além das árvores, Duncan e Branca de Neve vinham montados em seus cavalos, emparelhados com a carroça. O casal acenou vigorosamente para eles.

— De onde *eles* vieram? — indagou Gustavo, depois deu de ombros. — Pelo menos não são meus irmãos.

— O que vamos fazer? — perguntou Rapunzel.

Frederico respirou fundo.

— Vamos fazer o que está escrito no bilhete.

Ele correu para os fundos da jaula, que ficava atrás do condutor.

— Com licença, senhor... hum.

— Barba Ruiva — respondeu o caçador de recompensas.

— Sr. Barba Ruiva — repetiu Frederico, com toda educação. — Eu gostaria de lhe agradecer. Tivemos um solavanco agora, mas de maneira geral a viagem tem sido muito tranquila. Muito mais agradável do que se poderia esperar quando se está dentro de uma jaula de ferro.

— Obrigado — agradeceu o homem, erguendo orgulhosamente o queixo coberto de pelos ruivos. — Fique contente por eu estar no comando das rédeas, e não Norin Machado-Preto. — Ele apontou para um dos enormes gêmeos loiros que seguiam a cavalo, um pouco mais adiante. — Aquele cara é incapaz de desviar de um buraco.

— Machado-Preto? — disse Frederico. — Todos os caçadores de recompensas têm uma cor no nome?

— É uma tradição — disse o condutor. — Você conhece o Verdoso, é claro. O elfo ali se chama Pete Azuleno. E o sujeito do suricato é o Erik Malva. O irmão de Norin se chama Corin Espada-de-Prata. Apesar de a espada dele ser preta, por isso fica um pouco confuso.

Enquanto o condutor conversava com Frederico, Branca de Neve atirou com muita destreza um caroço de pêssego e conseguiu derrubar o molho de chaves. Frederico ouviu as chaves caindo na estrada e fingiu ter batido a cabeça nas barras da jaula.

— Opa! — exclamou ele. — Outro solavanco!

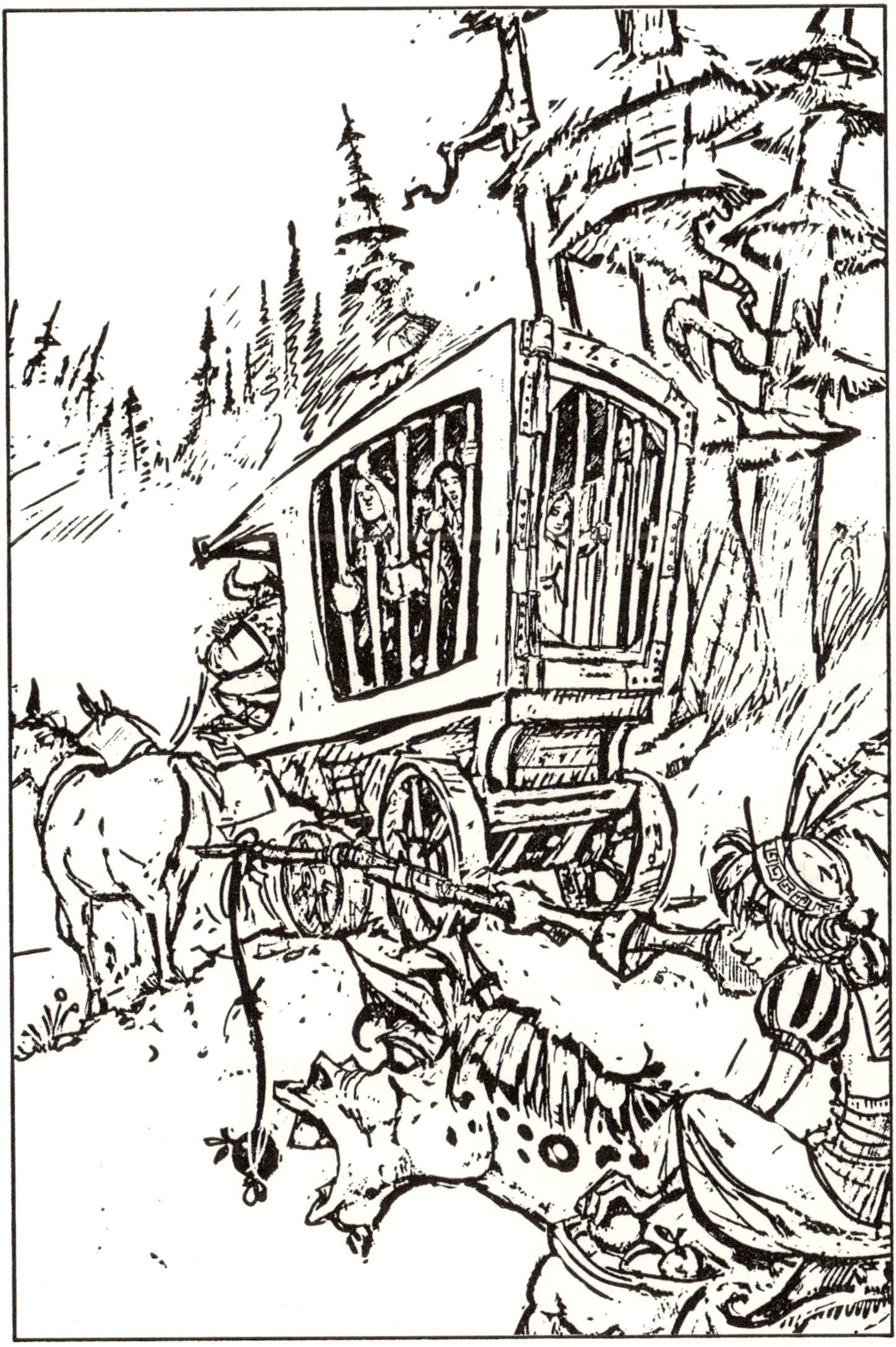

— Que estranho — disse Barba Ruiva. — Não senti.

— A culpa foi toda minha — falou Frederico. — Eu não devia distraí-lo enquanto dirige. Siga em frente. — Ele se voltou para Gustavo e Rapunzel.

— A pontaria da Branca de Neve é incrível — sussurrou Rapunzel, admirada.

— E agora? — indagou Gustavo. A resposta veio logo em seguida, quando o cavalo de Duncan, Papavia Jr., surgiu dentre as árvores e entrou na estrada, seguindo a carroça. Primeiro eles pensaram que o cavalo vinha sozinho, mas logo perceberam que Duncan estava pendurado de cabeça para baixo, sob a barriga do animal.

Rapunzel preparou suas lágrimas.

Com a cabeça passando a poucos centímetros do chão, Duncan pegou as chaves. Segurou a argola com os dentes, virou agilmente para cima e se acomodou de volta na sela. Em seguida, fez sinal de positivo para os amigos e pulou do cavalo para a traseira da carroça, segurando nas barras. Papavia Jr., aliviado por se ver livre de Duncan, deu meia-volta e desapareceu entre as árvores novamente.

— Gustavo, você está ótimo — disse Duncan enquanto tentava se equilibrar na beirada estreita. — Emagreceu?

— Coloque a chave no buraco da fechadura — berrou Gustavo —, antes que eu o puxe aqui para dentro por entre as barras.

— Certo. — Duncan destrancou a porta.

Frederico deu uma olhadela por cima do ombro e ficou aliviado quando percebeu que Barba Ruiva seguia de costas para eles.

— Não acredito que isto está funcionando — disse ele.

Estava funcionando. Quase perfeitamente. Pena que Duncan não era o único que estava tentando salvá-los, naquela tarde, na Estrada do Pinheiro Velho.

8
O FORA DA LEI NÃO SABE SE ENTRA OU SAI

— Devem ser eles — Liam sussurrou para Ella. Eles estavam montados em seus cavalos, escondidos atrás de uma moita de sempre-vivas, observando Verdoso e seu pelotão de caçadores de recompensas vindo na direção deles.

— Mas onde estão Frederico e os outros? — perguntou Ella. — E *o que* são aqueles animais gigantes?

— Parecem suricatos — disse Liam. — Ou será *surigatos*? — Ele encolheu os ombros. — Vai ser a primeira coisa que vou perguntar para o Frederico assim que o salvarmos.

— Olhe, estou vendo uma carroça vindo mais atrás! — Ella apontou para a estrada adiante. — Eles devem estar presos nela.

— Perfeito — disse Liam, tirando uma corda comprida de dentro do alforje. — Depois que os cavaleiros passarem, eu ataco o condutor. Roubamos a carroça e vamos embora antes que eles percebam.

— Não vai funcionar — falou Ella. — A carroça nunca vai conseguir correr mais que os cavalos deles.

— O que você sugere, então? — perguntou Liam, irritado.

— Ficamos escondidos — respondeu ela. — E atacamos o máximo de homens que conseguirmos em uma emboscada.

— Bom, a *melhor* opção seria derrubar o condutor.

— E chamar a atenção dos sujeitos mais perigosos para a nossa presença?

— Isso não vai acontecer... Droga. Eles estão quase chegando. Preciso me posicionar. — Liam pulou do cavalo e procurou por uma árvore próxima, onde pudesse amarrar a corda.

— Não faça isso, Liam — sibilou Ella. — Você vai acabar nos entregando. — Ela pegou um estilingue, carregou-o com uma pedra e mirou na direção de Verdoso, que se aproximava.

— Guarde isso! — sussurrou Liam enquanto laçava um galho alto. — Você vai acabar alertando o condutor. Vamos fazer do meu jeito.

— Você não está sempre certo, Liam — retrucou Ella, firmando a mão e tensionando o estilingue.

— Assim como não estou sempre *errado*!

Nenhum dos dois tinha percebido que, naquele exato momento, Duncan estava na parte de trás da carroça, abrindo a porta para libertar seus amigos.

Os caçadores de recompensas passaram pelo bosque que servia de esconderijo para Ella e Liam. Ela cerrou os dentes e manteve o estilingue apontado para Verdoso, mas não disparou. Ele segurou firme na corda, mas não pulou. Cada um ficou esperando que o outro entrasse em ação. Até que, finalmente, os dois perderam a paciência — ao mesmo tempo. A pedra foi arremessada, direto na cabeça de Verdoso — mas, antes de acertar o alvo, um dos suricatos deu um pulo e entrou na frente. O animal soltou um guincho agudo antes de cair.

— Emboscada! — gritou Verdoso.

Mas Liam já estava balançando no ar, pendurado na corda. Barba Ruiva ergueu os olhos a tempo de ver a sola das botas de Liam vindo na direção de sua cara barbada. O caçador de recompensas pulou da carroça segundos antes de Liam aterrissar no banco do condutor e puxar as rédeas, fazendo os cavalos pararem de supetão.

Duncan, que já não estava muito firme na traseira da carroça, deixou cair as chaves e foi arremessado com a força para dentro da jaula, cuja porta bateu e o trancou com os outros, lá dentro.

— Não me lembro de ter planejado esta parte — disse ele, aterrissando no colo de Gustavo.

— Liam? — perguntou Frederico.

— Agradeça depois — disse Liam, olhando para os prisioneiros. — Agora precisamos dar o fora daqui.

As palavras foram entremeadas por zunidos rápidos, à medida que Pete Azuleno disparava uma saraivada de flechas contra a carroça. Cada uma atingiu o alvo, prendendo as bordas da capa de Liam ao banco do condutor. Ele se debatia, tentando olhar para a frente, mas estava preso pela própria capa.

— Droga!

Ella, nesse meio-tempo, saiu da floresta em disparada, montada em seu cavalo, e estava cruzando espadas com todos os caçadores de recompensas restantes.

— Ei, Liam — ela gritou, desviando de um golpe de Verdoso. — O que acha de fugirmos daqui o quanto antes?

— Estou tentando — ele respondeu, resmungando, debatendo-se embaixo da capa esticada. — Alguém de vocês, aí dentro, tem alguma coisa cortante? Não consigo alcançar minha espada.

Duncan abriu a bolsa que trazia pendurada ao cinto e tirou uma faquinha de esculpir que sempre levava consigo, "caso eu me depare com um pouco de argila". Ele passou a faquinha para Liam, que segurou desajeitado a pequena lâmina com dois dedos e começou a cortar o laço da capa, preso ao pescoço.

— Não acredito que *já* vou perder a capa — ele resmungou.

— Minha nossa! Ella está em apuros — exclamou Frederico enquanto sua ex-noiva chutava um suricato gigante e ao mesmo tempo desviava de um machado de guerra.

Gustavo olhava ansioso para a briga.

— Cara. *Como* eu queria estar ali.

— Olhem! — disse Rapunzel, apontando para a traseira da carroça.

Branca de Neve tinha surgindo da floresta correndo, as várias fitas coloridas de seu vestido tremulavam ao vento. Ela pegou a chave que estava caída no chão e se aproximou cautelosamente da carroça.

— Muito bem, Branca! — sussurrou Duncan, todo feliz.

Com cuidado, Branca de Neve subiu na traseira da carroça.

— Você consegue, Branca! — incentivou Frederico

— Claro que sim — disse ela. — Você sabe quantas vezes o Duncan já ficou trancado? Dentro de vários lugares: baús, armários, lancheiras...

— Branca de Neve, a *porta* — Rapunzel a lembrou.

Branca de Neve soltou uma risadinha sem jeito, virou a chave e abriu a porta — no mesmo instante em que Liam conseguiu se desvencilhar da capa.

— Muito bem — disse ele. — Vamos cair fora daqui! — Estalou as rédeas e colocou os cavalos em ação.

Quando a carroça disparou a toda velocidade, Branca de Neve perdeu o equilíbrio e começou a tombar para trás. Todos que estavam dentro da jaula avançaram para socorrê-la, e cada um segurou por uma fita. Juntos, eles conseguiram puxá-la de volta para cima — e para dentro da jaula. A porta bateu com um baque logo atrás dela.

— Você está brincando comigo — resmungou Gustavo. O número de prisioneiros agora tinha aumentado de três para cinco.

— Não tem problema — disse Branca de Neve, erguendo o braço. — A chave ainda está comigo... Opa! — A carroça deu um solavanco. O molho de chaves saiu voando da mão dela e caiu na estrada, ficando para trás.

— Você está brincando comigo — repetiu Gustavo.

— Não se preocupem — disse Liam, olhando por cima do ombro. — Enquanto eu estiver no comando das rédeas... *Epa!* — Liam foi arremessado direto ao chão quando um suricato gigante pulou sobre o banco para ocupar seu lugar.

— Pelos bigodes do gatão! — gritou Duncan.

Enquanto a carroça seguia desgovernada estrada afora, os prisioneiros olharam para trás e viram Liam rolando na poeira.

— Que sorte! — Branca de Neve gritou para ele. — Agora você pode pegar as chaves!

Os caçadores de recompensas se espalharam quando a carroça veio para cima deles, dando a Ella uma pausa mais do que necessária. Ela viu Liam caindo sem capa na estrada e correu até ele. Liam pegou as chaves e pulou para pegar uma carona no cavalo de Ella.

— Não diga nada — disse ele, resmungando.

— Nem preciso — devolveu Ella, soltando um sorrisinho convencido enquanto eles disparavam atrás da carroça desenfreada.

Verdoso deu uma boa olhada na cara dos dois quando passaram por ele.

— Hoje é o nosso dia de sorte... Eles também estão com a cabeça a prêmio! — Então se voltou para os gêmeos. — Encrenca ao Quadrado, vão atrás daquele cavalo! Os outros, detenham a carroça!

Enquanto Ella e Liam vinham a galope, os gêmeos emparelharam com eles, estampando sorrisos malvados. Norin Machado-Preto balançava seu machado, e Corin Espada-de-Prata agitava sua espada que não era de prata.

— Abaixe! — Liam e Ella disseram um para o outro ao mesmo tempo. As armas dos irmãos toparam uma contra a outra, e os gêmeos foram arremessados de seus cavalos.

— Seus palermas! — esbravejou Verdoso.

Duncan comemorou enquanto ele e seus amigos sacolejavam aos trancos dentro da jaula apertada.

— Hurra! Vamos escapar dessa!

— Odeio ser estraga-prazeres — disse Rapunzel, tentando manter-se em pé —, mas tenho certeza de que suricatos não sabem dirigir.

O animal olhou para trás, segurando as rédeas na boca, e soltou um grunhido, como se estivesse ofendido.

— Fique de olho na estrada, doninha! — berrou Gustavo. O suricato olhou de volta para a estradinha, que agora descia tortuosa ao longo de uma encosta, e grunhiu.

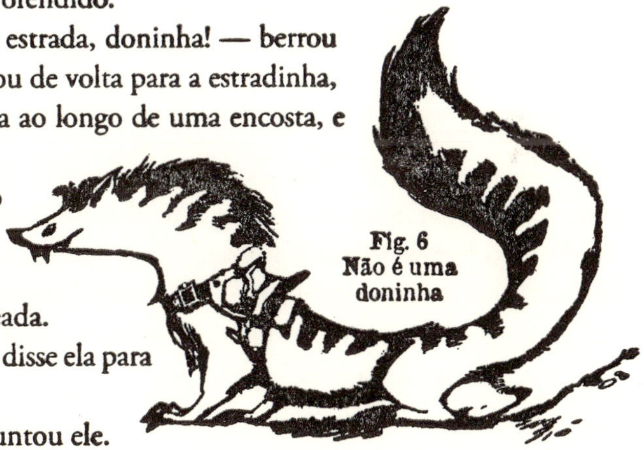

Instigando seu cavalo a ir o mais rápido que podia, Ella conseguiu alcançar a carroça desenfreada.

Fig. 6
Não é uma doninha

— Passe as chaves — disse ela para Liam.

— Por quê? — perguntou ele.

— Vou pular na carroça.

— Não, eu vou.

— Liam, agora não é o momento. — Ela arrancou as chaves da mão dele, pulou do cavalo e aterrissou na traseira da carroça. Então se segurou nas barras de ferro para se firmar. — Cuide do suricato — disse para Liam.

Ele resmungou e correu para a frente da carroça, esticando o braço para alcançar o galho de uma árvore.

— Ei, suricato! — chamou, agitando o graveto. — Veja só o que eu tenho! Veja!

O suricato soltou as rédeas e olhou para Liam, ofegando, animado.

— Pegue! — gritou Liam, jogando o graveto para dentro da floresta. O suricato pulou da carroça e desapareceu entre as árvores. Com todo cuidado, Liam pulou de volta para o assento do condutor. — Eca! — resmungou ao pegar as rédeas ensopadas de baba.

Na traseira da carroça, Ella destrancou e abriu a porta da jaula.

— Segure a porta aberta! Segure aberta! — gritaram todos, lá de dentro. — Não deixe fechar outra vez!

— Relaxem — disse Ella, entrando na jaula. — Estamos livres agora. Liam vai nos tirar daqui!

— Com todo prazer — confirmou ele, estalando as rédeas.

Suas palavras foram ditas entre vários zunidos rápidos. Os caçadores de recompensas vinham logo atrás, e Pete Azuleno disparava outra saraivada de flechas. Cada uma atingiu o alvo, e os cavalos que puxavam a carroça — com os arreios cortados — saíram em direções opostas. Liam gritava, segurando as rédeas soltas, enquanto a carroça descia desgovernada pela estradinha sinuosa.

— Imbecil! — berrou Verdoso com seu arqueiro. — Precisamos deles vivos, seu idiota!

Pete parou seu cavalo abruptamente, levantando poeira.

— Sou um elfo — disse ele, cruzando os braços orgulhosamente. — Só continuarei a perseguição depois que receber um pedido de desculpas decente.

Verdoso estava soltando fumaça.

— Por que estou trabalhando com você outra vez?

Enquanto isso, a carroça em disparada balançava e sacolejava — assim como seus passageiros. A estrada estreitou, e os galhos das árvores batiam contra as barras de ferro.

— Acho que eu preferia quando o cachorrão estava nas rédeas — disse Branca de Neve no momento em que a tiara de bolotas pulou de sua cabeça.

— Não se preocupe, Branca — disse Duncan. — Estou te segurando. Tudo vai acabar bem.

— Duncan, esta mão é *minha* — disse Frederico.

— Mas é tão macia — comentou Duncan, admirado.

— Eu uso creme hidratante.

— Segurem-se! — gritou Liam enquanto a carroça passava em cima de uma pedra pontuda e era arremessada pelos ares. Quando as rodas pousaram no chão novamente, Frederico e Duncan, que ainda estavam de mãos dadas, foram arremessados e saíram voando pela porta aberta. Gustavo pulou, tentando segurá-los, tropeçou na tiara de Branca de Neve e caiu da carroça. Os três saíram rolando até parar dolorosamente em meio aos cascalhos.

— Bom, esse foi um jeito de sair da jaula — gemeu Gustavo.

Pete Azuleno, que tinha acabado de receber um pedido de desculpas nada sincero, corria atrás da carroça novamente quando viu a pilha de príncipes estatelada no meio do caminho. Ele puxou as rédeas para a esquerda e virou abruptamente — e foi para cima do cavalo de Verdoso. Os dois animais acabaram se chocando e seus cavaleiros caíram sobre Erik Malva e seus suricatos assustados. Os três caçadores de recompensas rolaram para fora da estrada, barranco abaixo.

— Levantem, levantem — disse Gustavo, puxando Frederico e Duncan. Ele saiu correndo pela estrada, seguido por seus companheiros príncipes.

A carroça continuou desgovernada estrada abaixo, indo em direção a uma curva sinuosa.

— Segurem firme — disse Liam, agarrando as beiradas do assento. Dentro da jaula, Branca de Neve e Rapunzel entrelaçaram os braços com Ella. A carroça entrou na curva, foi arremessada por cima de uma porção de pedras enormes e arbustos e aterrissou com um *splash* em uma grande e borbulhante poça de lama. Liam escorregou do banco e atolou na gosma escura; as garotas foram lançadas para a frente da jaula; a porta se fechou; e a chave pulou da fechadura e desapareceu no lamaçal.

— Estamos vivas — disse Rapunzel, mal acreditando.

— Eu preferia não ter de passar por isso novamente — adicionou Branca de Neve.

— Liam, venha aqui e ajude a encontrar as chaves — disse Ella com os braços esticados entre as barras de ferro e as mãos mergulhadas na lama escura.

Tirando a lama dos olhos, Liam procurava inutilmente.

— Não estou achando.

Gustavo chegou, seguido por Frederico e Duncan, esbaforidos.

— Loira, você está bem? — gritou ele enquanto afundava no atoleiro.

— Mais ou menos — respondeu Rapunzel. — Ainda estamos trancadas dentro desta jaula.

— A situação é bem mais feia que isso — adicionou Frederico, olhando para o alto da colina, atrás deles. Os caçadores de recompensas se aproximavam. Montados em seus cavalos novamente. Todos eles.

— Ei, isso não é justo — disse Duncan. — Os caras do mal recuperaram seus cavalos, e eu perdi o pobre Papavia Jr. outra vez.

— Precisamos abrir a jaula — disse Liam, puxando inutilmente a porta de ferro trancada.

— Você não vai conseguir — disse Ella.

— Vamos enfrentá-los — disse Gustavo, estalando as juntas.

— Não, vocês todos, me escutem — disse Ella. — Vocês precisam correr. Eles têm cavalos e armas e... suricatos. Caiam fora daqui enquanto é tempo. A única coisa pior do que alguns de nós serem apanhados é *todos nós* sermos apanhados.

Todos olharam para Liam, que respirou fundo e assentiu.

— Voltarei para buscá-la, Branca — disse Duncan, um pouco menos confiante que o normal.

Frederico e Gustavo olharam relutantes para Rapunzel.

— Rapazes, corram — disse ela. — Eles estão quase chegando.

Os príncipes saíram chapiscando lama e desceram pela encosta da montanha. Antes de sumirem de vista, Liam virou e disse:

— Nós *vamos* salvar vocês.

— Salvem a si mesmos primeiro! — berrou Ella em resposta. E os príncipes desapareceram.

A gangue de Verdoso chegou segundos depois e desceu dos cavalos.

— Que trapalhada — disse Verdoso, zangado.

— Bom, ainda ficamos com três — disse Barba Ruiva. — Que foi o mesmo número com que começamos.

Verdoso se inclinou para a frente e berrou na cara do comparsa.

— Poderíamos estar com *todos*. Ainda quero *todos* eles. — Ele olhou para as garotas, então andou até a beirada da encosta íngreme, por onde os príncipes tinham fugido. — Pete! Erik! Venham comigo. Vamos atrás deles. Montados nos suricatos.

— *Surigatos* — corrigiu Erik.

— Vocês — disse Verdoso —, tirem a carroça da lama e levem-na para a corte real de Avondell. Quanto mais rápido colocarmos essas damas no Corredor da Morte, mais rápido pegaremos nosso ouro.

— Espero que o Corredor da Morte não seja o que parece ser — disse Rapunzel, empalidecendo.

— Sim — falou Branca de Neve. — Talvez não seja um *corredor*, e sim um cômodo grande, cheio de prisioneiros esperando para morrer.

— Não foi isso que eu quis dizer — disse Rapunzel.

Ella pousou as mãos sobre os ombros das duas.

— Vamos sair dessa — disse, cheia de segurança. Então olhou ao longe. — É com os rapazes que estou preocupada.

9
O FORA DA LEI FICA VERDE

Os príncipes estavam exaustos. Fazia quatro dias que eles corriam, percorrendo quilômetros de terreno acidentado, escondendo-se atrás de árvores e descendo pelas encostas das montanhas na esperança de ganhar distância dos caçadores de recompensas que vinham no rastro deles. Eles dariam tudo por uma cama ou um prato de comida quentinha, mas era preciso evitar as cidades e os vilarejos — um fato triste que eles constataram quando buscaram refúgio em uma estalagem na pequena Aldeia do Torto e quase perderam Duncan para um estalajadeiro enfurecido, armado com uma frigideira quente.

Um menestrel em trajes de cetim ia começar a cantar para os hóspedes da estalagem quando os príncipes entraram.

— Ele é bom e gentil e não sabe blasfemar! Quando os reinos estavam por afundar, ele veio nos salvar! — cantarolava o homem com uma voz doce, dedilhando um bandolim.

— De quem será que ele está falando? — indagou Duncan.

— Pelo menos não é de nenhum de nós — disse Frederico, fechando a porta atrás deles e dando uma olhada por uma janela ao lado, para verificar se não havia nenhum sinal de caçadores de recompensas.

Nisso, o estalajadeiro, que estava às voltas com o fogão, ouviu a porta batendo e virou para ver quem tinha chegado. Seu rosto ficou vermelho na hora, e as narinas dilataram.

— Assassinos do demo! Vocês mataram a nossa Bela Adormecida! — berrou o homem, enfurecido, enquanto pulava por cima do balcão e agitava a frigideira quente na cara de Duncan. Por sorte, Gustavo salvou o dia ao empurrar o amigo franzino do caminho, para cima de uma mesa.

— Não sou assassino — protestava Duncan enquanto Liam e Frederico o livravam do que restara da mesa. — A única coisa em mim capaz de matar são meus passos de dança. — Mas ninguém prestou atenção em sua defesa. Todos os fregueses do lugar se juntaram ao estalajadeiro para expulsar os príncipes da cidade.

E foi de volta à vida selvagem que, minutos depois, eles ouviram as fungadas dos suricatos vindo atrás deles. Quando finalmente se depararam com as margens de uma corredeira, os príncipes ficaram para lá de aliviados.

— Aqui é o lugar perfeito para despistá-los — disse Liam. — Não vamos deixar rastros na água.

Havia uma canoa de pescador na beira do rio. Eles subiram na canoa e a empurraram (deixando um bilhete e algumas moedas para o dono da canoa). Quando se deixaram levar pela correnteza, finalmente conseguiram recuperar o fôlego — com exceção de Frederico, cuja cabeça estava enterrada entre as pernas.

— Você deixou cair alguma coisa? — perguntou Duncan.

— Não — respondeu Frederico, com a voz trêmula. — É que eu nunca tinha estado em uma canoa antes. E pelo jeito estou mareado.

— *Rioreado* — corrigiu Duncan, apesar de não ter sido muito solidário de sua parte.

Gustavo se remexeu no lugar.

— Qual é o plano agora? — perguntou ele. — Vamos direto para o palácio de Avondell, certo? E tiramos as garotas da prisão?

— Qualquer coisa, contanto que voltemos para terra firme — murmurou Frederico.

Gustavo apanhou os remos.

— Muito bem. Vamos direto para o palácio de Avondell.

— Não — discordou Liam. — Não vamos fazer isso outra vez.

Os outros olharam surpresos para ele.

— Qual o problema? — perguntou Gustavo. — Vai abandonar a vida de herói só porque viramos fora da lei?

— Não — disse Liam novamente. — Quer dizer, sim. Precisamos salvar nossas amigas, mas não vamos fazer *isso* outra vez. — E ergueu as mãos para indicar o estado sujo e esfarrapado em que se encontravam. — Toda vez que um de nós é capturado, alguém surge com um plano de resgate mal planejado. E sempre acabamos metidos em uma situação pior do que antes. Vejam o que aconteceu no meu casamento. Vejam o que aconteceu com aqueles caçadores de recompensas!

— Para ser justo — disse Frederico —, Duncan e Branca de Neve estavam indo muito bem até...

— Isso não vem ao caso! — interrompeu Liam. — Vamos libertar Ella, Rapunzel e Branca de Neve. Mas desta vez vamos fazer *direito*.

— E como vai ser, exatamente? — perguntou Gustavo.

— Vamos provar a nossa inocência — respondeu Liam.

◆•▶

Em uma câmara desnecessariamente escura, no coração da fortaleza antes conhecida como Castelo von Deeb, lorde Randark supervisionava com os braços cruzados sobre o peito robusto seu exército de bandidos em ação. Dezenas de homens suados passavam por ele esbaforidos, carregando máquinas de puxa-puxa, mesas de pingue-pongue e barricas cheias de massa crua de cookie. Depois de levados para fora, os itens ofensivos eram jogados no fosso, com todos os outros pertences que lembravam o jovem Deeb Rauber, que reinara como rei Bandido.

Rauberia deixara de existir. Agora o lugar se chamava Nova Dar — uma terra onde não havia tempo nem lugar para banalidades, como entretenimento ou diversão. Lorde Randark cuidou disso.

Enquanto quatro bandidos carregavam uma cama elástica suja de chocolate, um deles caiu na besteira de assobiar. Os outros três pararam na hora, fecharam os olhos e se encolheram, esperando pelo pior. Um segundo depois, o chefe militar estava em cima do assobiador, bufando feito um touro selvagem. Randark dobrou a cama elástica ao redor do homem, prendendo-o dentro dela como se ele fosse recheio de churros.

— Continuem — ordenou o chefe militar.

Então recuou um passo para ficar vendo enquanto os outros dois carregavam a cama elástica retorcida com seu pobre passageiro. Durante o reinado de Rauber, um deles teria libertado o amigo, depois que estivessem fora de vista, mas Randark nem se preocupava que coisas assim pudessem acontecer. Seu estilo de governar com punhos de ferro acabou lhe rendendo a total lealdade desses homens.

Um mensageiro vestido de preto irrompeu na sala, um emissário da Liga dos Mensageiros do Mal. O homem estava com as mãos trêmulas e a respiração ofegante.

— Lorde Randark, trago notícias de Avondell — anunciou com a voz entrecortada.

**Fig. 7
Novo morador**

Randark o encarou, esperando.

— Três das damas procuradas foram capturadas — relatou o mensageiro. Então engoliu em seco. — Mas sinto informar que o príncipe de Eríntia e os outros três conseguiram fugir. Os caçadores de recompensas ainda estão atrás deles, por isso estou certo de que é uma questão de tempo.

O chefe militar coçou as longas tranças de sua barba preta antes de desaparecer subitamente em um canto escuro da câmara rochosa e começar a murmurar baixinho. *Ele está falando sozinho*, pensou o mensageiro. *Ele é completamente louco. E eu estou morto.* Mas então ele ouviu uma segunda voz. Randark não estava sozinho. Ele estava com alguém oculto na escuridão. E não estava apenas falando — estava *discutindo*. O mensageiro aguçou os ouvidos, rezando para que a sua sentença final não fosse o tópico da conversa. "... é melhor não correr o risco", ele pareceu ter ouvido um deles dizendo. O rapaz estava prestes a tentar sair na surdina quando Randark pegou algo brilhante e voltou para a luz tênue. O chefe militar parou diante do mensageiro, segurando uma esfera de vidro enorme na palma da mão.

— Leve isto para os nossos amigos do mar — disse Randark. — Eles saberão o que fazer.

— Imediatamente — disse o mensageiro, pegando a grande bola de cristal e quase desmaiando de alívio. Então se virou para ir embora.

— Ah! — disse Randark. — Depois que tiver feito a entrega, volte aqui e pule dentro do fosso das enguias-dentes-de-aço.

— Sim, senhor. — O mensageiro suspirou e partiu para sua viagem até Yondale.

10

O FORA DA LEI FEDE A PEIXE

À noite, a Floresta Retorcida de Yondale é o tipo de lugar sinistro, escuro e repleto de barulhos estranhos que fazem você pensar que as árvores deformadas e lúgubres vão ganhar vida e arrancar sua cabeça. À luz do dia ela é um pouco menos assustadora — você tem a sensação de que as árvores vão comer apenas um dos seus pés, ou talvez alguns dedos. Por isso, enquanto passava pela floresta, Lila lembrou que a doce, ingênua e pequenina Branca de Neve tinha enfrentado sozinha aquele lugar. Foi na Floresta Retorcida de Yondale que a madrasta de Branca de Neve, a rainha de Yondale, tinha abandonado a jovem princesa para morrer. Mas Branca de Neve sobreviveu e seguiu para a floresta muito mais feliz de Sylvaria (que, coincidentemente, era chamada de Floresta Muito Mais Feliz). *Também vou sobreviver à minha jornada*, pensou Lila. *Afinal, estou acompanhada do melhor caçador de recompensas do mundo.*

— Por que voltamos para este lugar? — ela perguntou para Rúfio, abaixando-se para passar por baixo de um carvalho com cara de mal.

— Wiley Cabeçabranca é de Yondale — respondeu Rúfio do alto de seu cavalo. — Assim como Verdoso. E eles foram os primeiros caçadores que ficaram sabendo sobre a recompensa pela Liga dos Príncipes. Eles viram os cartazes de "Procura-se" espalhados pelo porto de Yondale.

— É claro! — exclamou Lila. — Era de imaginar que os cartazes apareceriam primeiro em Avondell, uma vez que é onde supostamente Rosa Silvestre foi assassinada. Mas não sabíamos de nada até poucos dias atrás, quando Reinaldo escreveu a música. Se a notícia sobre o assassinato se espalhou por Yondale primeiro, então talvez o crime tenha acontecido aqui.

— Se você já sabe de tudo, por que se dá o trabalho de fazer perguntas?

— Por acaso você está sorrindo embaixo desse capuz? — perguntou Lila, brincalhona.

— Eu lhe asseguro que não — disse Rúfio.

— Às vezes acho que você é o único que acredita em mim, Ruf.

— Eu queria muito que você parasse de me chamar assim — resmungou o caçador de recompensas.

— Você sabe que é verdade, Ruf. Até mesmo meu irmão ainda acha que sou uma inútil.

— Não acho que seja o caso. Você precisa dar um desconto ao príncipe Liam agora. Ele sofreu uma grande perda, e, falando como alguém que já passou por isso, uma perda pode afetar profundamente um homem.

— Você está falando da sua filha, não é?

Rúfio fechou os olhos e se lembrou da menina, que devia ter quase a mesma idade de Lila — a única pessoa que ele nunca conseguira encontrar.

— Como eu já disse — ele fungou —, por que você se dá o trabalho de fazer perguntas?

— Desculpe — disse Lila, mais que depressa.

Eles prosseguiram em silêncio até as árvores se abrirem para campos verdejantes, de onde era possível avistar os telhados da cidade de Yondale, mais adiante.

— Que alívio! — exclamou Lila, fazendo um afago no pescoço do seu pônei. — Acho que meu amigo Rabanete já estava ficando um pouco assustado com aquela floresta.

— Não entendo as crianças — resmungou Rúfio. — Quem coloca o nome de Rabanete em um cavalo?

Lila caiu na risada.

— Foi *por isso* que eu dei esse nome a ele! — ela disse entre uma gargalhada e outra, praticamente se dobrando sobre a sela enquanto eles trotavam pelo campo banhado de sol. — Foi por *isso*! Sempre morro de rir quando alguém me pergunta! — Ela enxugou uma lágrima. — Essa foi boa! Pergunte outra vez!

— Não.

Lila e Rúfio passaram pelas movimentadas ruas pavimentadas com conchas da cidade de Yondale e seguiram para o porto barulhento, onde homens fortes empurravam carriolas cheias de linguados se debatendo, e gaivotas gordas davam rasantes para pegar restos de barrigadas de peixes. Eles viram marinheiros saindo cambaleantes de tavernas com nomes como Escarro da Sereia e Cueca Virada. Viram gatos sarnentos correndo atrás de caranguejos fujões. E viram os cartazes de "Procura-se" da Liga dos Príncipes por toda parte. Lila usava um chapéu de aba larga e os cabelos presos dentro dele, na esperança de que isso pudesse ajudá-la a se disfarçar. Quando a dupla chegou às docas e começou a fazer perguntas, os marinheiros e os pescadores responderam sem pestanejar — afinal, todos conheciam a fama de Rúfio, o Soturno.

— Aqueles cartazes? — indagou um pescador de lagostas enquanto descarregava baldes de frutos do mar do seu barco. — Sim, todo mundo por aqui ouviu falar do assassinato da princesa, terrível!

— Uau — exclamou Lila. — Até em Yondale as pessoas achavam que Rosa Silvestre era terrível.

— Eu quis dizer que o *assassinato* foi terrível — disse o pescador. — Não a princesa. A dama era a Bela Adormecida! Uma garota adorável, até onde se sabe.

Fig. 8
Investigação, com gosto de maresia

— Sei — disse Lila, cheia de ironia.

— Temos motivos para crer que a princesa pode ter encontrado seu fim aqui no porto de Yondale — disse o caçador de recompensas, louco para mudar de assunto.

— Bem, não é muito *raro* desaparecer alguém por aqui — disse um pescador de camarões com gorro de lã na cabeça. — Mas é pouco provável que uma princesa estivesse vagando por aqui, e à noite.

— Vocês sabem dizer como ela era? — perguntou o pescador de lagosta.

— Magra — disse Lila. — Cabelos avermelhados presos em um penteado imenso e ridículo. Pele alva. Uma cara de nojo assim... — Ela torceu os lábios e enrugou o nariz, como se estivesse sentindo cheiro de peixe podre (o que estava mesmo).

— Parece muito com aquela passageira que entrou no *Tempestade* dez noites atrás — disse o vendedor de lulas, esfregando as mãos sujas de tinta no avental.

— *Tempestade?* — perguntou Rúfio.

— É um navio — respondeu o homem. — Pertence a piratas da pior espécie.

— Espere — disse Lila, contraindo as sobrancelhas. — Então Rosa Silvestre foi raptada por piratas? Ela morreu mesmo?

— A dama que vocês descreveram com certeza estava vivinha da silva quando subiu naquele navio — disse um homem que trabalhava com camarões e estava por perto. — Eu também a vi.

— Assim como eu — adicionou o pescador. — Mas eu não diria que foi um rapto. Ela subiu a bordo como se não estivesse acontecendo nada de errado.

— Isso mesmo, havia dois caras de preto com ela — disse o vendedor de lulas. — Mas eles estavam juntos apenas. Não estavam segurando, ou empurrando, ou carregando, nem nada do tipo. Eles a acompanharam até o *Tempestade* e depois que ela embarcou eles foram embora.

— Acho que eram os mesmos caras de preto que penduraram os cartazes de "Procura-se" na manhã seguinte — disse o homem das lagostas. — Acho que eram soldados de Avondell.

— Não pode ser — duvidou Lila. — Os soldados de Avondell usam uniforme listrado de azul e prata. Esses sujeitos que vocês viram provavelmente eram capangas da Rosa Silvestre. — Ela deu um puxão no capuz de Rúfio. — Ruf, você entende o que isso significa? Rosa Silvestre forjou a própria morte! E depois culpou a Liga.

— Não temos provas disso — disse Rúfio. — Nem temos certeza de que a mulher em questão *era* a princesa Rosa Silvestre.

— Sabe quem pode confirmar isso? — perguntou o homem dos camarões, espantando uma gaivota que tentava enfiar o bico em seu bolso cheio de iscas. — O rei Edvin.

— Por que o rei de Yondale saberia algo sobre isso? — perguntou Lila.

— Porque, antes de a dama misteriosa subir no *Tempestade* — explicou o homem —, ela esteve no palácio real. E de lá veio direto para o porto. — Ele apontou para um castelo velho, praticamente em ruínas, no alto de uma colina não muito distante, com vista para o porto. Gaivotas barulhentas voavam ao redor das torres desmoronando.

— Venha — disse Rúfio para Lila. — Precisamos de uma audiência com esse rei.

◆•▶

O interior do palácio real de Yondale estava tão destruído quanto o exterior. Pegadas marcavam os tapetes que cobriam os corredores onde quadros pendiam tortos de fios quase arrebentando. No tempo da rainha de Yondale o castelo era maravilhoso, mas, desde que ela despencara de um penhasco quando estava sendo perseguida por anões enfurecidos, o lugar caíra nesse estado calamitoso. Não havia nada que impedisse o rei Edvin de reformar seu lar; ele simplesmente não ligava. Sua filha tinha se mudado, e a esposa havia se transformado em uma bruxa assassina. Depois disso, o rei decidiu que queria ficar um tempo sozinho, por isso deu férias por tempo indeterminado para todos os seus criados.

Quando Lila e Rúfio encontraram o velho monarca, ele estava sentado em um banquinho empoeirado, diante de uma mesinha quadrada, jogando uma partida de xadrez contra si mesmo que já durava quase dois anos. Sobre a careca, ele tinha uma coroa opaca, e a ponta da longa barba grisalha estava enfiada no cós da calça. Com dedos tortos e trêmulos, ele moveu um peão uma casa adiante no tabuleiro. Então olhou para os visitantes. Havia tantas rugas em seu rosto que Lila mal conseguia ver onde ficavam os olhos.

— A princesa Rosa Silvestre de Avondell? — perguntou o rei Edvin com uma voz rouca. — Sim. Sim, ela me visitou, não faz muito tempo. Uma menina muito gentil.

— Vossa Alteza — disse Rúfio —, posso lhe perguntar qual foi o propósito dessa visita?

— Ela pediu permissão para usar o nosso porto naquela noite — respondeu Edvin. — O que foi muita consideração da parte dela.

— Pediu permissão? — indagou Lila. — Esquece. Não era a Rosa Silvestre.

— O que mais a princesa disse? — inqueriu Rúfio.

— Ela... — O idoso rei fez uma pausa e coçou a cabeça cheia de manchas senis com o cavalo do jogo de xadrez. — Não consigo me lembrar. Acho que não era nada muito importante.

— Por favor, senhor, tente — disse Lila. — O senhor sabe que Rosa Silvestre supostamente está morta, não sabe? E que a *sua filha* é uma das acusadas do assassinato?

O rei pareceu surpreso.

— Branca de Neve? Ah, isso é ridículo. Branca de Neve jamais causaria mal a alguém.

— Claro que não — disse Lila. — Mas metade do mundo pensa que ela é uma assassina, graças àquela perversa da Rosa Silvestre. Ela forjou a própria morte e quer que a sua filha seja punida por isso!

— Não temos certeza — Rúfio começou a dizer, mas Lila o interrompeu.

— A sua filha, meiga e gentil, está sendo tratada como uma criminosa! É por isso que o senhor precisa se lembrar do que aconteceu naquela noite.

Rei Edvin inalou o ar ruidosamente.

— Bom, quando a princesa Rosa Silvestre esteve aqui, ela me pediu para usar o porto — disse ele. — Depois ela... — O rosto do velhinho paralisou de repente, e seu olhar ficou distante.

— Vossa Alteza? — cutucou Rúfio.

— Já disse tudo que sei — falou o rei de repente, num tom seco e formal. Ele olhava para a frente, para o nada. — Acho que é melhor saírem deste castelo agora mesmo.

— Rei? — insistiu Lila.

— Vocês ouviram o que eu disse — falou o rei. — Nossa conversa terminou. Vocês devem ir embora.

Rúfio pousou a mão sobre o ombro de Lila e a empurrou para longe do senhor.

— Aquilo foi muito estranho, não foi? — sussurrou Lila enquanto seguiam na direção da porta. — Pareceu que de repente estávamos falando com outra pessoa, você não achou?

— Mais uma vez você fez uma pergunta cuja resposta já sabe — respondeu Rúfio. Seus olhos passeavam ao redor da sala enquanto eles andavam. De repente, Rúfio sacou a espada, avançou até uma enorme janela panorâmica e empurrou para o lado as cortinas carcomidas pelas traças para então revelar um homem careca e coberto de tatuagens, usando colete e kilt. Lila o reconheceu na hora: Madu, o homem-cobra de Dar. E, entre os dedos cerrados de sua mão esquerda, ela viu uma pedra laranja brilhando.

— A Perigosa Gema Jade do Djinn — sussurrou Lila. — Como é possível?

Madu sacou a espada de lâmina larga e ameaçou Rúfio. Com a concentração do dariano quebrada, o rei Edvin voltou ao normal.

— Hum? — murmurou o senhor, piscando para o tabuleiro de xadrez. — Ah, estou vendo uma ótima jogada!

— Tire o rei daqui! — disse Rúfio para Lila enquanto ele enfrentava Madu. Ela correu de volta até o rei Edvin.

— O senhor está em perigo — disse, estendendo a mão para ele. — Venha comigo.

Quando então um homem grande e forte, coberto da cabeça aos pés com uma armadura cheia de cravos pontiagudos, colocou-se entre eles.

— Sinto muito, mas precisamos do velhinho — disse Jezek. Em seguida, ele ergueu o braço e fez sinal para Madu. — Jogue isso aqui!

Madu interrompeu a luta com Rúfio, girou o braço e arremessou a pedra laranja. Jezek a pegou no ar.

Lila deu meia-volta e saiu correndo, mas, quando estava quase chegando à porta, sentiu um solavanco e os músculos enrijecendo. Ela tentou correr, mas seus membros pareciam presos dentro de um bloco de concreto. Uma voz ecoou dentro de sua cabeça: *Volte aqui.* E então ela estava virando e cruzando a sala lentamente, indo na direção do brutamontes coberto de cravos. Lila sabia que Jezek estava controlando-a com a Gema do Djinn, mas não podia fazer nada. Ela tentou se concentrar, mas sua mente e visão obscureciam cada vez mais.

Rúfio notou o modo como Lila olhava para o vazio e enlouqueceu. Deu uma cotovelada na cara de Madu, enrolou a cortina ao redor dele e correu para cima de Jezek. Peças de xadrez voaram quando o caçador de recompensas apanhou o tabuleiro e acertou a única parte do corpo de Jezek que não estava coberta de cravos — seu rosto. O tabuleiro partiu ao meio quando acertou o nariz do dariano, que cambaleou atordoado para trás.

Lila ouviu Rúfio gritando:

— Corra!

Ela ficou feliz quando percebeu que *conseguia*. Enquanto tentava alcançar a porta de saída, Lila viu Madu se debatendo no chão, seu corpo girava e se contorcia enquanto ele se transformava em uma cobra de nove metros de comprimento.

Lila podia ouvir o barulho parecido com papel sendo amassado da serpente gigante rastejando logo atrás enquanto ela e Rúfio corriam pelo corredor que levava à porta principal do palácio. Quando estavam quase chegando, Rúfio soltou um gemido de dor.

— Aaai!

A mandíbula da cobra estava encravada no ombro dele, suas presas enterradas na carne. Lila sacou seu bastão e, com toda força, bateu no focinho da cobra. A criatura se encolheu, soltando Rúfio, e voltou sibilando pelo corredor. Rúfio recostou-se contra a parede e escorregou até o chão.

— Você está bem, Ruf? — Lila agachou ao lado de seu mentor.

— Não — respondeu ele com dificuldade. — O veneno está na minha corrente sanguínea. Você vai ter de ir sozinha.

— Até parece — disse Lila, passando o braço ao redor do ombro de Rúfio, tentando ajudá-lo a ficar de pé.

— Pare com isso, Lila — advertiu ele, ofegante. — Eles estarão de volta a qualquer segundo. Você precisa ir.

— Não sem você.

Rúfio abaixou o capuz, e sua cor parecia de cera.

— Vou ficar bem, Lila — disse. — Não é a primeira vez que sou picado por uma cobra. Meu sangue é resistente à maioria dos venenos.

— Você não parece muito bem — falou ela. — Seu rosto está cheio de veias azuladas.

— Olhe nos meus olhos, Lila — ele insistiu. — Preciso ter certeza de que você vai sobreviver. Não posso perder mais uma.

O som de passos ecoou pelo corredor. Os darianos estavam chegando. Eram mais de dois. Rúfio se apoiou no batente da porta para ficar em pé.

— Vou segurá-los. Por favor, vá. Conte para o seu irmão tudo que descobrimos.

Dois darianos fortões vestidos de preto apontaram no corredor, atacando Rúfio com espadas. Apesar de abatido e fraco, o caçador de recompensas conseguiu desviar das investidas.

— Corra — murmurou para Lila. — Agora. Vá.

Lila correu. *Ele disse que vai ficar bem*, falou para si mesma. *Ele disse que é resistente a veneno de cobra.* Mas ela era esperta o suficiente para saber que, quando um adulto não quer assustar uma criança, ele diz o que a criança quer ouvir, seja verdade ou não. Lágrimas escorriam em seu rosto enquanto ela descia correndo o despenhadeiro íngreme.

◄●►

Mais tarde, dentro do castelo Yondale, Madu e Jezek estavam em uma pequena alcova de pedra com janelas altas de vitral, com um rei Edvin de olhar vidrado ao lado deles. Sobre um pedestal havia uma bola de cristal brilhando, parecendo estar cheia de uma névoa verde. A névoa se abriu, revelando o rosto assustador de lorde Randark.

— Missão cumprida, chefe — disse Jezek.

— E a garota? — perguntou Randark.

— Ela fugiu — relatou Jezek. — Tudo saiu do jeitinho que o senhor queria.

11
O FORA DA LEI ENTRA ONDE NÃO FOI CHAMADO

— Tem certeza de que ninguém mora aqui? — perguntou Frederico, referindo-se à toca de paredes de terra onde ele e os outros príncipes estavam encolhidos para se esquivar das raízes que pendiam do alto. Ele deu uma olhada nos cantos escuros, que a luz da pequena tocha de Liam não conseguia atingir. — Estou certo de que aquilo ali no canto são ossos.

— São mesmo. Ossos muito *antigos* — confirmou Liam.

— Ah, um quebra-cabeça — disse Duncan, aproximando-se da pilha de restos mortais com marcas de dentadas. Em seguida, começou a rearranjar os ossos. — Vamos ver o que forma.

— A questão é que, seja qual for a criatura que cavou este buraco, ela já foi embora faz tempo — disse Liam. — Portanto, vamos pensar; sabemos que não vai demorar muito até a gente precisar fugir novamente. Verdoso está no nosso rastro há dias.

— Sim, nem pelo rio conseguimos despistá-lo — concordou Gustavo.

— Os espinheiros também não ajudaram muito — adicionou Frederico. — Nem o pântano. Ou a cachoeira.

— Não se esqueça do milharal — lembrou Duncan.

— Sim — resmungou Liam. — Como algum de nós poderia se esquecer do milharal?

— Ainda estou tirando grãos de milho de dentro dos meus sapatos — salientou Frederico.

— Concentrem-se — Liam chamou a atenção do grupo. — Temos um mistério para solucionar.

— Ah, sim. Bem, vamos ver — disse Frederico. — Quem eram os inimigos de Rosa Silvestre?

— Você quer dizer além de nós? — perguntou Gustavo.

Fig. 9
Antigo morador

— Na verdade, ninguém ficou muito feliz depois que ela anulou o nosso casamento — disse Liam, olhando fixamente para a chama tremulante da tocha. — Mas quem teria ficado tão aborrecido a esse ponto? — Ele arregalou os olhos, chocado. — Meus pais.

— Você acha mesmo que seu pai e sua mãe podem ter mandado matar Rosa Silvestre? — perguntou Frederico.

— E depois jogaram a culpa em mim? — indagou Liam em voz alta. — Não quero acreditar que isso seja verdade, mas não tenho como evitar. Ninguém ansiava mais por aquele casamento do que eles.

— Acho que devíamos seguir para Eríntia — disse Frederico.

— Bem a tempo! — exclamou Duncan. — Pois acabei de juntar estes ossos. E agora sabemos que tipo de criatura morreu aqui nesta caverna. — Com um floreio, ele apresentou seu trabalho. — Era... *um esqueleto*!

— Brilhante — resmungou Gustavo.

— Humm, estes ossos são humanos — disse Liam, inspecionando. — Talvez não devêssemos ter entrado nesta toca.

— E essa é a deixa para irmos embora — disse Frederico, passando de quatro entre Liam e Gustavo e indo em direção à entrada, coberta de raízes retorcidas. Quando estava quase chegando, um vulto surgiu à sua frente. Verdoso o pegou pelo colarinho do pijama imundo e o puxou pela abertura. O caçador de recompensas jogou Frederico em cima de Erik Malva, em seguida se abaixou e berrou na abertura da toca:

— Vocês podem sair agora. É melhor que ninguém tente fugir, a não ser que estejam querendo que o Pete use o seu amigo aqui de alvo.

Um a um, os príncipes saíram engatinhando da toca, para encarar os três caçadores de recompensas — e os três suricatos gigantes.

— Dou um crédito por vocês terem tentado — disse Verdoso, encarando-os com os olhos apertados. — A maioria não consegue fugir de mim nem por um dia, muito menos por uma semana. Mas, no final, tudo que vocês conseguiram foi se cansar e me deixar irritado. Vocês sabem por que dizem que eu sou o caçador de recompensas mais perigoso destas bandas? Porque nunca desisto de uma caça. Jamais. — Ele contraiu ainda mais os olhos. — Uma vez fui atrás de um homem dentro de um vulcão.

— Bom, você nunca teve de enfrentar homens como nós — retrucou Liam, encarando-o.

— Você quer dizer um valentão convencido, um idiota musculoso, um baixinho esquisito e um varapau de pijama de seda? — disse Verdoso. — É, você tem razão. Essa combinação é novidade para mim. Agora vamos para Avondell.

— Tenho uma pergunta — disse Duncan, erguendo a mão. — O que os suricatos comem?

— *Surigatos* — Erik corrigiu.

— Não, está errado — bufou Pete. — O certo é suricatos.

Erik limpou a garganta e se pôs a amarrar as mãos de Frederico.

— Eles costumam comer cobras — disse. Então contraiu os olhos para Duncan. — Mas podem destroçar vocês se eu mandar.

— Ah, não estou preocupado com isso — disse Duncan. — Eu só estava pensando se não foi um suricato que morou naquela caverna. Mas não pode ser. Seja lá o animal que viveu ali, ele não comia cobras; comia esqueletos.

Pete bufou.

— Vocês não são capazes de reconhecer a toca de um bicho-papão?

— Bicho-papão? — repetiu Frederico, nervoso. — O que é isso?

— É uma criatura assustadora — disse Pete. — Peluda como um troll, mas cascuda como um besouro. Tem garras enormes e oito olhos, como uma aranha.

— Igual àquela coisa que está em cima da árvore? — perguntou Duncan, apontando para o alto. Com um urro, um bicho-papão medonho, do tamanho de um ogro, pulou bem no meio deles. Assustado, Pete disparou uma flecha contra a criatura, atingindo-a no peito, mas isso só serviu para enfurecê-la ainda mais. O monstro estalou as garras parecidas com as de uma lagosta para Verdoso, que sacou suas duas espadas para se defender. Sob o comando de Erik, os suricatos começaram a arranhar o bicho-papão furioso, mas suas presas foram inúteis na casca grossa do monstro.

Nem um pouco curiosos para ficar e dar os parabéns a quem quer que vencesse a luta, os príncipes sumiram pela floresta densa. Eles subiram colinas, cruzaram riachos, venceram pântanos (a única parte que Frederico gostou) e se esconderam em cavernas, o tempo todo olhando para trás. Após uma semana de fuga ensandecida, finalmente subiram no alto de um rochedo e avistaram o palácio de Eríntia ao longe.

12

O FORA DA LEI NUNCA SE ESQUECE DO PAPAI E DA MAMÃE

Conseguir chegar ao pomposo palácio dourado já era um desafio e tanto, considerando que todos os homens, mulheres e crianças que circulavam pelas ruas prósperas de Erintiópolis pareciam estar à procura do inimigo público número um: o príncipe Liam. Mas, graças a disfarces bem escolhidos (mantos com capuz, com o brasão da Sociedade Real dos Massagistas de Pés), os

Fig. 10
Sociedade Real
dos Massagistas
de Pés, falsa

fugitivos conseguiram passar despercebidos na cidade e entrar no palácio pela porta da cozinha.

— Posso tirar isto agora? — resmungou Gustavo, empurrando o capuz para trás assim que eles entraram na imensa cozinha. Em meio a prateleiras cheias de vidros, ele começou a desamarrar o manto. — Parece mais uma capa.

— Como isto pode parecer uma capa? — retorquiu Frederico. — Tem mangas!

— Dá para vocês falarem mais baixo? — Liam deu uma bronca nos dois. — Estamos *escondidos*, pessoal. Não acredito que estou dizendo isso, mas por que vocês não fazem como o Duncan?

Gustavo franziu a testa.

— O príncipe Matusquela só está quieto porque está com a boca cheia de pasta de amendoim.

Todos olharam para Duncan, que estava com quatro dedos mergulhados em um vidro que ele tinha acabado de surrupiar de uma prateleira.

— Na verdade, é pasta de castanha-de-caju — disse ele sem jeito, sorrindo e mostrando os dentes sujos.

Liam deu um tapa na própria testa e bufou.

— Gustavo, não tire o manto — disse secamente. — Vamos procurar meus pais. — Ele abriu a porta que dava para os corredores internos do palácio e deu de cara com um criado, que levou o maior susto.

— O que vocês estão fazendo aqui? — berrou o homenzinho de avental enquanto Liam virava de costas rapidamente e puxava o capuz de volta. — Vou chamar o... Ah, desculpem. Vocês são os massagistas de pés. Deve estar na hora do tratamento semanal do rei.

— Isso mesmo — disse Liam, engrossando a voz.

— O que vocês estão fazendo na cozinha? — perguntou o criado, tentando ver o rosto de Liam, oculto pelo capuz.

Frederico arrancou o vidro das mãos de Duncan e falou:

— Pasta de castanha-de-caju! É um ótimo hidratante. Sua Majestade gosta quando passamos entre os dedos dos pés.

— E é deliciosa — completou Duncan.

O homem encolheu os ombros.

— Se isso agrada ao rei... — E abriu caminho para os príncipes. — Mas é melhor se apressarem — adicionou. — Está quase na hora de Sua Majestade ir para a cama.

Liam guiou os outros o mais rápido possível, sem levantar suspeitas, até o terceiro andar, mostrando o emblema da Sociedade dos Massagistas para qualquer um que olhasse duas vezes para eles. Quando chegaram aos aposentos reais, Liam tocou na maçaneta, pronto para entrar e apanhar seus pais de surpresa, mas, antes que o fizesse, Duncan resolveu bater à porta.

Liam olhou furioso para ele.

Duncan deu de ombros.

— É educado bater antes de entrar — disse ele em defesa própria.

Liam e os outros príncipes invadiram o quarto, trancando a porta atrás deles no momento exato em que o barrigudo rei Gareth, já de pijama, estava fechando o armário. O rei virou para encarar os invasores, deixando as portas do armário escancaradas. Nesse momento, os príncipes tiraram o capuz.

— Ah! É você — disse Gareth. — Que visita mais inesperada.

— Sim, pai, sou eu — disse Liam. — Venho em busca de respostas. Onde está a mamãe?

— A sua mãe — repetiu o rei, olhando fixamente para o filho. — Ela está viajando, não? Foi para muito longe. Ela vai ficar tão triste quando souber que perdeu a sua visita. Você sabe como são as mulheres, sempre reclamando: "Por que meu filho não visita a sua pobre mãe?"

Liam contraiu as sobrancelhas.

— Tem algo errado? O senhor está agindo de um jeito estranho.

— Estranho, eu? Não. Que bobagem a sua. — Gareth cruzou as pernas e se recostou casualmente no guarda-roupa, enrolando o bigode parecido com o de uma morsa. — Essa... estranheza que você sentiu em minha voz é simplesmente alegria por ter meu filho e seus amigos aqui, sim? Por favor, contem como foi o dia de vocês.

— Bom, dormimos em uma caverna na noite passada — iniciou Duncan. — Quando acordei, pela manhã, descobri que uma família de lagartixas tinha entrado na minha calça. Em seguida...

— Você está escondendo alguma coisa, pai — disse Liam de supetão, aproximando-se do rei. — Diga a verdade sobre o que aconteceu com Rosa.

— Rosa Silvestre? Ah, a Bela Adormecida, sim? — disse Gareth. — O que aconteceu com a moça, como dizem no meu país, foi *muito triste*.

Frederico arregalou os olhos.

— Vero!

Liam empurrou o pai de lado e abriu a porta do guarda-roupa. Em meio à fileira de paletós dourados estava Vero, o garboso espadachim carpegiano, ex-braço-direito de Deeb Rauber.

— Boa noite — cumprimentou o bandido. Então, com um movimento de seu longo rabo de cavalo, pulou para o quarto, mais elegante do que nunca em suas botas pretas de cano alto e camisa de mangas bufantes. Ele não parecia nem um pouco abalado, tanto que nem tocou o florete pendurado ao lado de seu corpo. — Vocês pensam que me pegaram — continuou Vero. — Mas creio que todos vocês sabem o que tenho aqui na palma da minha mão, sim? — Ele ergueu o punho cerrado e abriu os dedos o suficiente para deixar o estranho brilho laranja escapar.

— A Perigosa Gema Jade do Djinn — sussurrou Frederico.

— Mas nós vimos quando ela foi destruída — disse Liam.

— Não acreditem em tudo que veem — disse Vero. Então apontou para o rei Gareth, parado no canto como uma estátua.

— É verdade — disse o rei de repente. — Eu estou sendo, como dizem no meu país, *controlado por ele*. Vejam, vou puxar meu bigode sedoso. — E, com isso, o rei deu um puxão no próprio bigode.

— Viram? — indagou Vero com um sorriso. — A pedra ainda funciona muito bem, não?

— Então Deeb Rauber está por trás disso tudo? — perguntou Liam, sem poder acreditar.

— Hum. Não suporto o pirralho, mas nunca pensei que ele fosse um assassino — disse Gustavo.

— Eu garanto a vocês que Deeb Rauber não ocupa mais o trono de Rauberia — disse Vero.

— Você o derrubou? — perguntou Frederico. — E agora está no comando?

— Quem me dera — disse Vero, suspirante. — Mas não. Eu sirvo a um homem muito superior.

— Ei, não que a conversa não esteja boa nem nada — disse Gustavo —, mas nós vamos brigar agora ou não?

— Chegamos a um xeque-mate, não? — disse Vero. — Vocês estão em quatro, e eu, sozinho. Mas eu tenho a gema. Eu diria que a disparidade está equilibrada.

— É possível disparidades ficarem equilibradas? — questionou Duncan. — Soa estranho.

— Tenho uma proposta — continuou Vero. — Eu me lembro de você, príncipe Liam. E da dama que era sua aprendiz, Ella, contra quem duelei; fiquei muito impressionado com a moça. Mas você e eu nunca tivemos uma oportunidade. Proponho que duelemos, agora mesmo. Um contra um. Se eu vencer, vocês quatro vão para a masmorra; se você vencer, algo que não me preocupa, eu lhe dou a gema.

— Eu, hum, estou sem espada — disse Liam, com as bochechas vermelhas.

— Pegue a minha — disse Vero, pegando um florete extra de dentro do guarda-roupa e jogando-o para Liam. — E eu lhe dou a minha palavra de carpegiano que não usarei os poderes da gema em você. Mas, em troca, quero que seus três amigos também deem a palavra deles.

Frederico e Gustavo concordaram.

— Não sei que palavra devo lhe dar — disse Duncan. — Talvez "cólica"; essa eu não costumo usar muito.

— Eles prometem — disse Liam. — Rapazes, afastem-se.

Os outros três príncipes saíram andando pelo quarto e pararam ao lado do mancebo cheio de perucas da rainha.

— Pronto? — perguntou Vero.

Liam se colocou em posição de combate e levantou o florete. Vero guardou a gema no bolso do colete e exibiu a palma da mão vazia.

— Cumpro com as minhas promessas. Como você sabe, a gema não funciona sem contato direto.

O que era verdade, e, por conta disso, o rei Gareth, que ainda estava parado no canto, de repente recuperou o controle de si.

— Liam! O que você está fazendo aqui? Não acredito que teve coragem de aparecer neste reino depois do que fez! E *você*, homem malvado do rabinho de cavalo! Você torturou meu cérebro com esse seu discursinho afetado e fraseado esquisito. Guardas! Guardas! Venham aqui, agora! Guardas!

— Sinto muito, Vero. O duelo vai ter de esperar — disse Liam. — Mas obrigado pelo florete. Rápido, rapazes, para a janela. Vamos descer pelo tubo da calha.

— Mas ainda não sabemos o que está acontecendo — falou Frederico.

— E algo me diz que não vamos poder contar com a ajuda do meu pai — insistiu Liam. — Para a janela. *Agora!*

Enquanto Vero procurava pela gema no bolso, Duncan abriu a janela mais que depressa e deu uma olhada para fora.

— Ei, eu conheço aqueles caras — disse Duncan. Gustavo o puxou de volta, um segundo antes de uma flecha entrar voando e acertar uma das perucas da rainha.

— É o Dente-Verde e seus capangas — disse Gustavo. — Eles nos encontraram outra vez.

— Lembram quando eu disse que estava um pouquinho impressionado com vocês, rapazes? — gritou Verdoso, lá de baixo. — Agora só estou irritado.

— E eu também não estou nada feliz — adicionou Erik Malva. — Perdi dois *surigatos* naquela briga com o bicho-papão.

— Então a fuga pela janela está fora de questão — anunciou Frederico.

Dois guardas arrombaram a porta com um chute.

— Vossa Alteza! O que aconteceu?

— Aquele homem de rabo de cavalo é um... — Gareth começou a gritar, então seus olhos ficaram vidrados — ... um... um amigo meu, muito confiável. E muito elegante, não? Ele não está me incomodando. Mas os quatro usando manto, eles não são massagistas coisa nenhuma. Prendam-nos.

Vero estava com a mão dentro do bolso do colete e um sorrisinho malvado estampado no rosto.

— Liam, diga para eles quem você é de verdade — sugeriu Frederico.

— Isso não vai ajudar — respondeu Liam. A situação deles era péssima, e Liam só conseguia pensar em uma saída. — Gustavo, faça aquilo que você sabe fazer de melhor.

Gustavo sorriu.

— Stuuuuuurm-haaaaa-gennnnn! — gritou e partiu de cabeça para cima dos guardas. Os dois homens foram apanhados tão de surpresa que nem tiveram tempo de erguer as espadas; apenas gritaram quando o príncipe fortão se chocou contra eles, tirando-os do caminho. Liam, Frederico e Duncan vieram logo atrás.

Apareceram mais guardas enquanto os príncipes desciam por uma escada em caracol até o térreo. Eles saíram em disparada por um corredor que parecia não ter fim, onde tudo, do rodapé aos cestos de lixo, era folheado a ouro, até que finalmente avistaram uma janela aberta, com as cortinas flutuando ao vento como se estivessem acenando para eles. Mas, justamente quando iam pular para *fora*, outra pessoa pulou para *dentro*.

— Irmãzinha? — disse Liam, surpreso.

Lila levou o maior susto, mas, assim que reconheceu quem estava parado à sua frente, ela atirou os braços ao redor do irmão e enterrou o rosto no peito dele.

— Oh, Liam, é horrível — disse ela. — A Gema Jade do Djinn...

— Já sabemos — disse Liam, girando-a e empurrando-a de volta na direção da janela. — Não sabemos como os homens de Rauber conseguiram recuperar a pedra, mas vamos falar sobre isso depois. Agora precisamos cair fora daqui antes que os guardas do papai nos alcancem.

— Guardas do papai? — perguntou Lila.

— E o Verdoso — adicionou Frederico, pulando logo atrás dela.

— Verdoso? — perguntou Lila, ainda mais confusa.

Já fora dos domínios do palácio, os cinco saíram correndo. Correram o mais rápido e o máximo que conseguiram, até que, em um beco escuro de Erintiópolis, Frederico viu uma cadeira — uma cadeira velha infestada de cupins que alguém jogara no lixo — e sentou nela.

— Sinto muito — disse ele, esbaforido. — Mas vocês sabem há quanto tempo não me sento em algo que não seja uma pedra?

Os outros olharam para trás e, como não havia nenhum sinal de seus perseguidores, também deram uma parada para recuperar o fôlego.

— Vejam isto — disse Duncan, remexendo dentro de um latão de lixo. — Alguém jogou fora este chapéu perfeitinho. — Ele tirou do lixo um chapéu roxo de três bicos e o colocou na cabeça.

— Estou tão feliz por ter encontrado vocês — disse Lila, apoiando-se em seu bastão enquanto tirava a bota esquerda e chacoalhava algumas pedrinhas de dentro.

— Onde está o Rúfio? — perguntou Frederico, abanando-se com uma espátula velha.

Lila fechou os olhos e balançou a cabeça.

— Ah — falou Frederico num tom suave, baixando os olhos. — Sinto muito.

— Mas como? — perguntou Liam, abraçando a irmã.

— Foram os darianos — disse ela, tristinha. — Mas ele fez com que eu conseguisse escapar. Ah, eu queria que você estivesse lá, Liam. Como fomos nos desencontrar em Yondale?

— Yondale? — perguntou Liam. — Nunca estivemos em Yondale.

— Mas como você sabe sobre a gema, então? — indagou Lila. — Os darianos estão usando a gema para controlar o rei Edvin, em Yondale.

— O pai da Branca de Neve! — disse Duncan. — Faz tempo que não o vemos. Ele ainda está com aquele pedaço de tomate preso na barba?

— Espere, Lila, do que você está falando? — perguntou Liam. — Os darianos não podem estar usando a gema em Yondale. O Vero está usando a gema no papai. *Aqui!*

— Impossível — disse Lila. — A Gema do Djinn está em Yondale. Acredite. Eu vi.

— Nós também, menina — disse Gustavo.

— Bom, a gema não pode estar em dois lugares ao mesmo tempo — apontou Frederico.

Lila torceu o nariz, frustrada.

— Veja, tudo que eu sei é que aquele homem-cobra medonho e um bando de darianos usaram a gema no rei Edvin em Yondale. E parece que eles também a usaram em Rosa Silvestre, para fazer com que ela entrasse em um navio.

— A Rosa? — rompeu Liam.

— Isso mesmo! — gritou Lila, dando um pulo e segurando Liam pelo colarinho. — Você me deixou tão agitada que até esqueci de contar: Rosa Silvestre está viva!

Os quatro príncipes — até mesmo Duncan — ficaram mudos. Segundos depois, Liam deu um abraço apertado na irmã.

— Essa é a melhor notícia que ouvimos nos últimos tempos — disse Frederico. — Rosa Silvestre está viva.

— Ainda tenho uma chance de agradecer a ela — disse Liam, baixinho.

— E podemos provar que não a matamos — falou Gustavo.

— E eu finalmente posso pegar de volta aquele lápis que ela pediu emprestado — adicionou Duncan.

Todos olharam para ele.

— Era um lápis muito bom — disse o príncipe.

Gustavo colocou Duncan dentro da lata de lixo.

Liam limpou a garganta.

— Ouçam, todos. Isso é muito sério. Os darianos já assumiram dois reinos. E temos motivos para acreditar que eles não vão parar por aí.

Frederico fechou os olhos.

— *Eram* eles que estavam causando todo aquele tumulto com os seres da floresta de Sturmhagen — lembrou ele. — Os darianos estavam em marcha para a conquista dos reinos.

— E precisamos detê-los antes que assumam o controle de *tudo* — disse Liam. — O que pode muito bem acontecer, uma vez que aparentemente eles recuperaram a Gema do Djinn. Não podemos esquecer o que aconteceu quando Ella estava sob o encanto daquela pedra amaldiçoada.

— Ela quase te matou — Duncan acrescentou orgulhosamente. — Viu? Eu me lembro de alguma coisa.

— E, hum, desculpem por dizer o óbvio, mas pelo jeito eles têm no mínimo duas pedras — disse Lila. — Como podemos ter certeza de que não têm mais?

— Não podemos — respondeu Liam. — O futuro dos Treze Reinos está em jogo. E é por isso que a Liga dos Príncipes precisa parar de fugir. Precisamos enfrentar os darianos.

— Mas como? — perguntou Frederico. — Basta a gente dar as caras que uma multidão de gananciosos cai matando.

— É por isso que a prioridade ainda é limpar nosso nome — disse Liam.

— O que faremos encontrando Rosa Silvestre — concordou Lila.

— Exatamente — Liam respondeu.

— Ela foi levada para um navio chamado *Tempestade* — Lila revelou.

— Engraçado — Duncan riu. — O Frank apelidou a minha flauta de Tempestade.

— Vamos precisar tomar muito cuidado quando formos para o porto de Yondale — continuou Lila. — O lugar está lotado de darianos.

— Obrigado pela dica — agradeceu Liam. — Mas você não vai conosco.

— Fala sério — ela bufou, cerrando os punhos.

— Fica fria, irmãzinha. Você não vai porque preciso que alguém avise todo mundo sobre os darianos. Dois monarcas já estão nas mãos deles. Você precisa alertar os governantes dos outros onze reinos.

Ela olhou desconfiada para o irmão.

— Você está querendo que eu viaje um bocado.

— Na verdade, você só precisa ir para Harmonia — disse Frederico. — Procure por Esmirno. Com suas botas sete léguas, ele é capaz de percorrer os onze reinos em uma tarde.

— Você faria isso por nós? — perguntou Liam, olhando no fundo dos olhos da irmã.

— Tá bom! — respondeu ela, meio resmungando.

— Obrigado — agradeceu Liam. — O Gustavo vai com você.

— Ele vai? — falou Gustavo. — Quer dizer, eu vou. Vou para lhe dar cobertura, menina.

— Não, obrigada — disse Lila, erguendo as mãos. — Pode deixar que eu dou conta do recado sozinha. Fiquem juntos e encontrem a Rosa Silvestre.

— Ótimo — concordou Gustavo, mais que depressa. — Você vai sozinha. Eu fico *aqui* com os outros. — E deu uma piscadela nem um pouco discreta para Liam.

— Gustavo — disse Lila com um suspiro —, não perca tempo tentando me seguir. Você sabe que vou te despistar em três segundos.

O príncipe ficou de ombros caídos.

— Sim, eu sei — ele resmungou.

— Muito bem, irmãzinha — falou Liam. — Você pode ir sozinha. Mas, por favor, tome cuidado.

— Tomarei — respondeu ela, abraçando o irmão. Lila ponderou se ela e os príncipes não deveriam trocar de lugar, mas ela sabia que eles jamais iriam topar. — Tratem de encontrar a Rosa Silvestre.

— Eu prometo — garantiu Liam.

Duncan começou a desfilar ao redor, ajeitando o chapéu de três pontas na cabeça.

— Bom, este chapéu já me deu muito mais sorte do que eu imaginava — disse ele. — Estou pronto para navegar!

— Navegar? — repetiu Frederico, ficando verde só de pensar.

— Vocês não ouviram o que eu disse? — perguntou Lila. — O *Tempestade* é um navio. Se vão atrás dele, precisam sair em alto-mar.

Liam assentiu.

— Conheço um pirata que pode nos dar uma carona.

PARTE II
NO MAR

13
O FORA DA LEI PERDE A FOME

Nem toda Flargstagg cheirava a meia velha recheada de casca de abóbora azeda. Na parte ensolarada da cidade, os príncipes passaram por algumas casinhas que espalhavam o agradável e inconfundível perfume de raspas de limão e por outra em que inalaram uma lufada do aroma de noz-moscada. Mas, quando cruzaram para a metade menos agradável da vila, eles pararam assim que sentiram o odor da Perdigueiro Rombudo.

— Chegamos — anunciou Duncan. — Esse fedor a gente nunca esquece.

No fim de uma rua sem saída, calçada de pedra, úmida e com esgoto a céu aberto, encontrava-se a velha taverna onde os quatro príncipes fundaram oficialmente a Liga dos Príncipes. Por detrás das portas com marcas de facas da Perdigueiro Rombudo, escapava uma barulheira que podia ser tanto de uma festa quanto de uma briga.

— Tem certeza de que é uma boa ideia? — perguntou Frederico quando Liam tocou no punhal que fazia as vezes de maçaneta. — Os clientes daqui não são exatamente modelos de cidadãos. Será que eu preciso lembrá-lo do que aconteceu da última vez que recrutamos um deles?

— Acredite, eu me lembro — disse Liam num tom solene. — Mas estou com um bom pressentimento.

— Ha! — Gustavo riu. — Veja só quem passou a acreditar em pressentimentos.

Liam abriu a porta e os príncipes se depararam com uma cena de verdadeiro caos. Ladrões de olho roxo despejavam suas canecas na cara de bárbaros xingando. Goblins balançavam nas presas de um mamute empalhado. Assassinos falastrões quebravam pratos na cabeça de assaltantes que agitavam tochas. E ainda não era possível ter certeza se aquilo era briga ou festa.

Mas, assim que todos viram os príncipes, a comoção parou subitamente. Um bárbaro careca e enorme se destacou da multidão — Marretas, o brutamontes sem camisa famoso por usar os punhos imensos para derrubar seus inimigos.

— Vocês são os criminosos mais procurados dos Treze Reinos — disse ele

Os príncipes se prepararam para o pior.

— Parabéns! — disse Marretas, animado. — Isso é fantástico! — Ele trocou aperto de mãos com os príncipes enquanto a multidão ao redor aplaudia e gritava. Bonifácio K. Ripsnard, o dono da taverna, que tinha o nariz torto e a barba sempre por fazer, veio correndo para verificar se suas celebridades preferidas não estavam sendo sufocadas.

— Abram espaço para eles. Abram espaço para eles — gritava Ripsnard, empurrando para o lado um bandido imundo que esfregava o livrinho de autógrafos na cara de Gustavo. — Sejam bem-vindos, príncipes! Venham comigo. Vou lhes servir comida e bebida apropriadas. Ou pelo menos alguma comida e bebida inapropriadas... Não quero prometer algo que não posso cumprir.

O garçom acompanhou os príncipes até a mesa oficial da fundação da Liga, nos fundos da taverna. Enquanto isso os clientes continuavam olhando, admirados.

— Acho que o nosso status de fora da lei nos tornou ainda mais populares na Perdigueiro Rombudo — disse Frederico.

— Ah, sem dúvida — falou Ripsnard, sorrindo. — Até mandamos emoldurar um dos cartazes de "Procura-se" de vocês. — Apontou para o bar, onde o cartaz estava pendurado entre os sapatos velhos de Duncan (que tinham sido presos a uma prancha de madeira, como se fossem um troféu de caça) e uma bola de fio branco identificada como "FIO DENTAL USADO PELO PRÍNCIPE FREDERICO".

— Meu o *quê*? — perguntou Frederico, assombrado. — De onde veio aquilo?

— Da lata de lixo da casinha — disse Ripsnard. — Eu sabia que só podia ser seu, uma vez que os nossos frequentadores nunca fazem nenhum tipo de higiene bucal.

— Estou... honrado? — disse Frederico, sorrindo.

— Sr. Ripsnard — disse Liam —, precisamos falar com o capitão Garáfalo. Ele está aqui?

O garçom ergueu uma sobrancelha.

— O pirata — tentou Frederico. — Paletó comprido, barba preta rala.

— Tem um monte de dentes faltando — explicou Gustavo, e então adicionou, meio sem jeito: — Graças a mim.

— Ele encomendou meu livro antes do lançamento — soltou Duncan, empolgado.

— Ah, você está falando do capis Garáfalo — disse Ripsnard, acenando com a cabeça. — Claro, vou dizer para ele vir até aqui.

Minutos depois, o grisalho capis Garáfalo se aproximou da mesa dos príncipes com um sorriso matreiro no rosto.

— O que posso fazer por vocês, companheiros? — perguntou com sua voz áspera e animada. Seus olhos brilharam quando ele notou o chapéu de três pontas de Duncan. — Ah! Acho que vocês querem saber o que eu acho do chapéu. Aprovado, eu diria! Te deixa com cara de valentão. Mas uma ou duas penas cairiam bem.

— Penas? — murmurou Duncan, tocando a aba vazia do chapéu.

— Capis Garáfalo, estamos aqui por causa de um assunto urgente — interrompeu Liam. — Você disse que, se um dia precisássemos de um navio muito veloz, poderíamos contar com o seu. Estamos precisando de um.

— Sim — resmungou o pirata, coçando a orelha de abano. — Eu disse isso, não disse?

— Então, a oferta ainda está de pé? — perguntou Liam. — Seu navio está disponível?

— Posso saber por que vocês precisam dele? — perguntou Garáfalo, curioso.

— Precisamos ir atrás de outro navio — respondeu Liam. — Do *Tempestade*.

— Do *Tempestade*? — indagou Garáfalo, surpreso. — Mas eles são piratas!

— E *você* também é — disse Gustavo, contraindo as sobrancelhas.

— Claro que sou — afirmou Garáfalo. — E dos melhores. Só estou dizendo que a tripulação do *Tempestade* é... um tipo *diferente* de pirata.

— Por acaso está com medo deles? — perguntou Frederico. — Porque eu tenho medo de *você*. Portanto, se você estiver com medo *deles*...

— Medo? Até parece. — O corsário barbudo se endireitou e forçou uma risada. — Mas, mesmo que estivesse, o que não estou, eu não perderia a chance

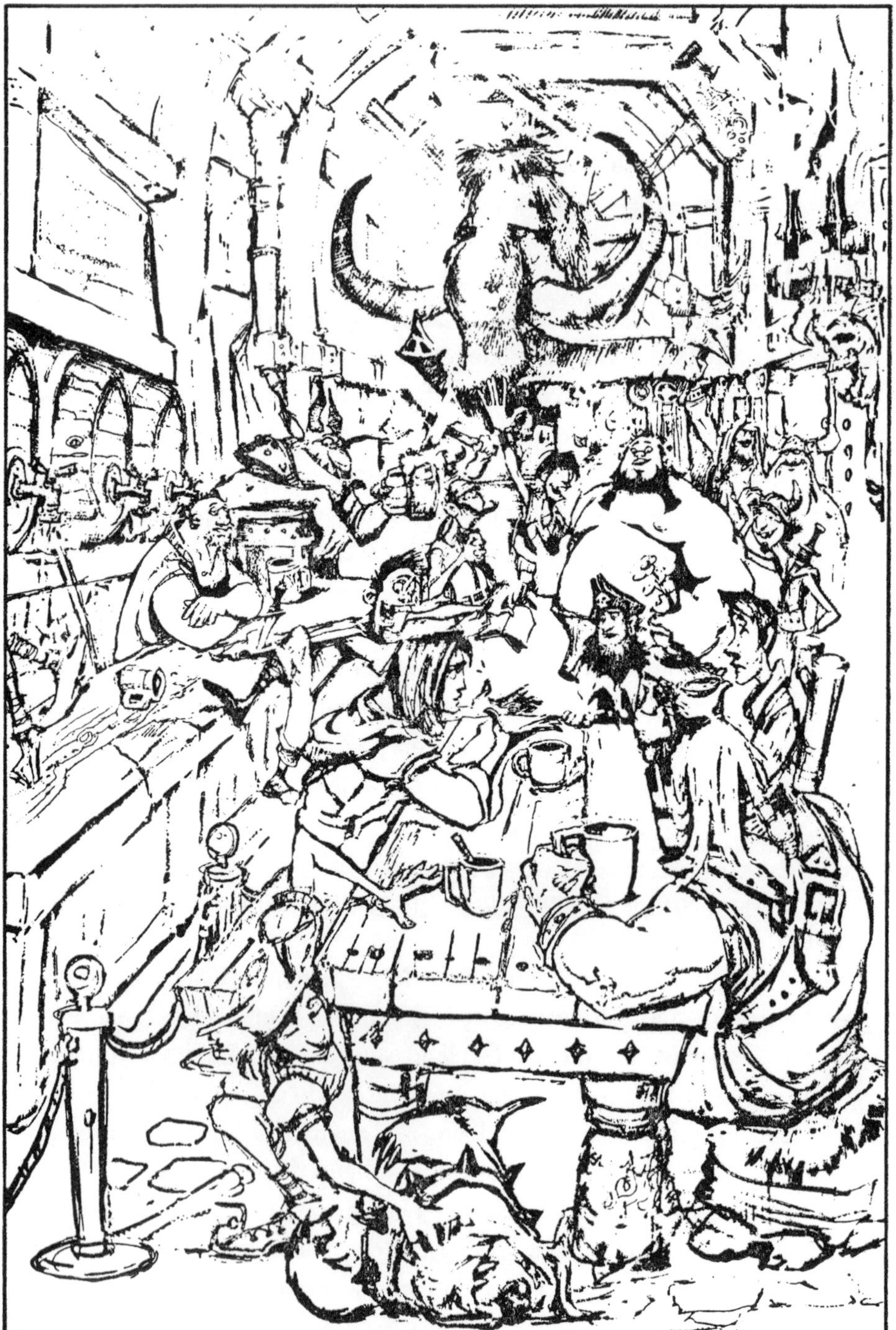

de trabalhar com a Liga dos Príncipes só por causa de um medinho qualquer. O que eu não tenho.

— Então você vai nos levar? — perguntou Liam. — O *Tempestade* saiu do porto de Yondale faz umas três semanas.

— Perfeito — disse Garáfalo, meneando a cabeça vigorosamente. — É lá que o meu navio está atracado.

— Não é um lugar um pouco distante para deixar o seu navio? — perguntou Gustavo.

— De jeito nenhum — falou Garáfalo. — É naquele porto que todos os melhores piratas deixam seus navios atualmente. Vou direto para lá preparar tudo. Por que vocês não relaxam aqui, fazem uma bela refeição e me encontram mais tarde no... hum...

— Porto de Yondale? — disse Liam.

— Isso, lá mesmo. Vejo vocês lá. Preciso ir. — O pirata deu no pé.

— Isso não pareceu estranho para vocês? — perguntou Frederico.

— Um pouco — disse Liam. — Mas precisamos de um navio. Você conhece outro capitão em quem podemos confiar e que não vai se virar contra nós para pegar a recompensa?

— Acho que você tem razão — concordou Frederico, levantando-se. — Vamos?

— Mas e o jantar? — perguntou Duncan, esfregando a barriga. — Estou faminto.

— O Matusquela tem razão. Há dias não fazemos uma refeição decente — disse Gustavo. Então se virou e gritou: — Ei, garçom! O que tem para comer neste lugar?

Frederico cruzou os braços.

— Eu gostaria de lembrar que o *Tempestade* está quase um mês na nossa frente.

— E *eu* gostaria de lembrar que você ainda está de pijama. — Gustavo riu.

— Bingo! — berrou Duncan. E ele e Gustavo bateram as mãos no alto. Vermelho, Frederico olhou para Liam em busca de apoio.

— Nós *estamos* um pouco sem energia — disse Liam, em tom de desculpa.

Ripsnard, o garçom, apareceu.

— O que vocês querem comer? Muito bem, deixem-me ver — disse, puxando um bloquinho do bolso do avental para dar uma olhada. — Os especiais de hoje são pata de jacaré em conserva, dente moído, creme de alguma coisa e... hum, mingau de aveia.

— Vou querer o mingau de aveia — disse Frederico diante da agradável surpresa.

— Ah, não, eu li errado — corrigiu Ripsnard, contraindo os olhos. — Na verdade é mingau de *aranha*.

Frederico soltou um suspiro.

— Traga um de cada para mim — disse Gustavo.

14

O FORA DA LEI
SABE DAR NÓ

— Como vamos saber qual é o navio que estamos procurando? — perguntou Frederico, tentando conter um bocejo. Depois de uma semana de muita caminhada, e dormindo em camas improvisadas de folhas, os príncipes finalmente tinham chegado ao porto de Yondale.

— Procure pelo Garáfalo — disse Liam. Ele pousou a mão acima das sobrancelhas para proteger os olhos do sol do meio-dia enquanto olhava atentamente para cada galeão e escuna atracados.

Duncan estava encantado com a floresta de mastros balançando e com o tropel de marinheiros carregando caixotes de balas de canhão e engradados de bebidas. Bandeiras de cada um dos Treze Reinos — e de outras terras desconhecidas — tremulavam ao vento ao longo do cais enquanto gaivotas grasnavam barulhentas ao alto.

— Isso é tão emocionante — comentou ele. — Meu chapéu não vê a hora de conhecer o mar!

Tirando o chapéu de três bicos de Duncan — que agora, por cortesia de um galo muito assustado, contava com três penas vermelhas presas na aba —, os príncipes tinham trocado suas roupas surradas por novas. Antes de deixarem a Perdigueiro Rombudo, Ripsnard fez a gentileza de arrumar para eles modestos trajes de marinheiro (e eles fizeram a gentileza de não perguntar por que as três camisas tinham buracos de faca). Mas Frederico ainda estava desconfiado.

— Vocês não acham que o capitão Garáfalo vai nos entregar, acham? — perguntou, escondendo o rosto de um pescador que passava.

— Não. Eu acho que ele está disposto a fazer *qualquer coisa* para trabalhar conosco — respondeu Liam.

— Provavelmente. É que tem muita gente aqui — disse Frederico, erguendo o colarinho. — Espero que encontremos Garáfalo antes que *alguém* nos encontre.

— Você está falando daqueles três sujeitos enfurecidos montados no suricato gigante? — perguntou Duncan.

— Sim, deles — respondeu Frederico. — Eu odiaria dar de cara com eles novamente.

— Então é melhor você não olhar para a esquerda — alertou Duncan.

Os quatro olharam para a esquerda.

Um suricato enorme farejava ao longo do cais, com Verdoso, Erik Malva e Pete Azuleno montados em seu lombo peludo.

— Eles ainda não viram a gente — sussurrou Liam. — Saiam andando discretamente e não façam movimentos bruscos.

Mas então um vento forte soprou e Duncan soltou um grito.

— Opa! — disse ele, como se nada estivesse acontecendo. — Quase perdi meu chapéu.

Um segundo depois, o suricato disparou pelo cais, vindo na direção deles.

— Corram! — berrou Liam. Os príncipes deram no pé, costurando pelo mercado aberto do porto. Gustavo empurrou para o lado alguns marinheiros desavisados e vendedores de sardinhas, mas era impossível correr de verdade em meio àquela multidão.

— Lá está o capis Garáfalo! — gritou Duncan, pulando e apontando para um naviozinho, atracado além do mercado. — Estou vendo!

— Aquele não pode ser o navio dele — disse Liam, franzindo a testa. — Ele é tão... tão...

— Continue correndo, sr. Reclamão — vociferou Gustavo. Mas o suricato rosnador tinha conseguido abrir caminho, empurrando vários compradores assustados, e seguia com seu longo corpo peludo no rastro dos fugitivos. Verdoso e Pete desceram do animal. Os quatro príncipes ficaram juntinhos, e os marinheiros e vendedores ao redor deles recuaram, sussurrando uns com os outros.

— Pensaram que iam conseguir escapar? — berrou Verdoso.

— Pensamos — retorquiu Liam. — Foi por isso que corremos.

— Bom... — O caçador de recompensas sorriu, sacando suas espadas gêmeas. — Espero que finalmente vocês tenham reconhecido que nunca vão conseguir escapar de mim.

— Jamais — Gustavo berrou de volta. — Não reconhecemos nada.

— Pessoal — sussurrou Frederico enquanto os caçadores de recompensas avançavam. — Tem uma passagem entre a barraca de caranguejo e o quiosque de lula, logo adiante. Preparem-se para correr. Sei como vou distraí-los.

— Você não vai dizer para eles quem nós somos de verdade, vai? — sussurrou Liam.

— Eu sou tão previsível assim? — perguntou Frederico. Em seguida, colocou-se à frente do seu pequeno grupo e endireitou os ombros. — Atenção, povo do porto! — gritou. — Vocês sabem por que esses caçadores de recompensas estão atrás de nós? É porque somos a Liga dos Príncipes! Os mesmos daqueles cartazes de "Procura-se"! Quem conseguir nos apanhar ficará imensamente rico!

Quando percebeu o que Frederico estava tramando, Verdoso foi para cima dele. Mas o caçador de recompensas foi detido por dois pescadores de tubarão, mais rápidos.

— Tire as mãos dele — vociferou um dos homens. — Essa recompensa é minha!

De repente, a multidão avançou. Marinheiros e peixeiros gananciosos empurravam e davam cotoveladas na ânsia de colocar suas mãos salgadas nos fugitivos valiosos. Enquanto os caçadores de recompensas eram detidos pela confusão, os príncipes correram para trás da barraca de caranguejo.

— Capis Garáfalo! — Liam gritou enquanto eles corriam na direção do pequeno navio pirata, de um mastro apenas. Ele tinha quase um quarto do tamanho dos imensos galeões ali atracados, e várias tábuas soltas no casco coberto de cracas do mar. Em sua proa estava escrito *Casca de Noz*. — Que lixo — murmurou Liam.

— É nisso que dá contratar um capitão em uma cidade que não tem mar — apontou Frederico.

Encostado na amurada do navio, Garáfalo acenava para eles.

— Ah, finalmente chegaram! Venham, subam a bordo, companheiros!

— Abaixe a rampa — Liam gritou para ele, olhando preocupado por cima do ombro.

Fig. 11
O *Casca de Noz*

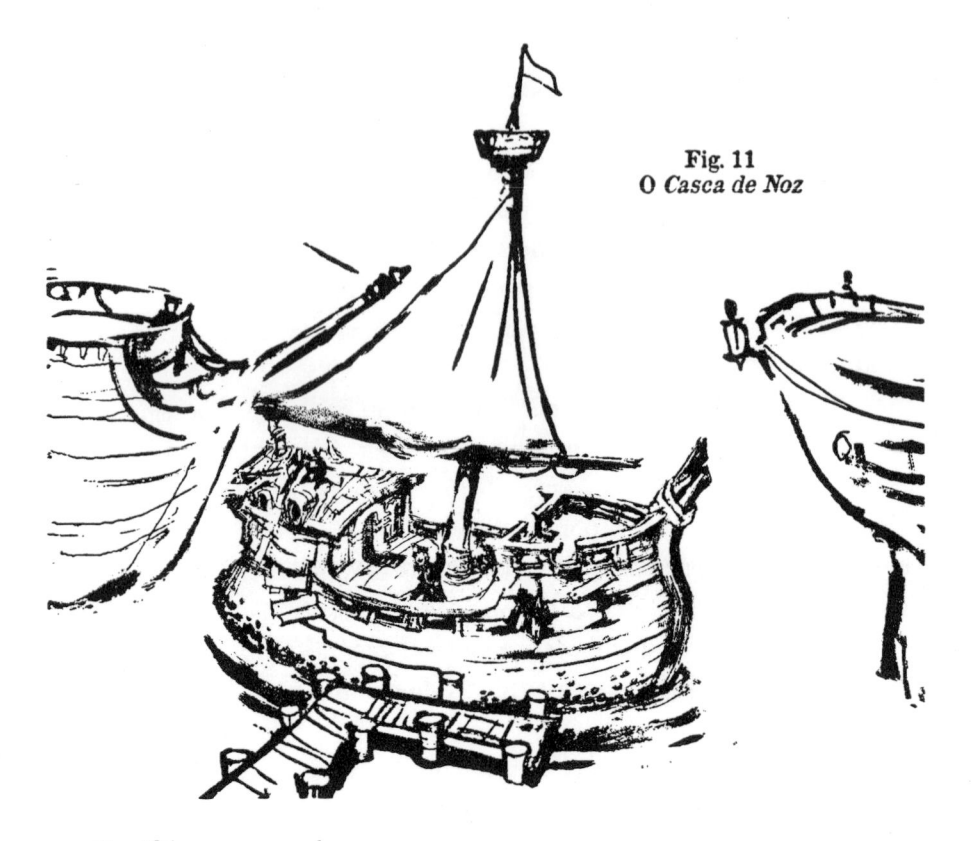

Garáfalo coçou a cabeça.

— Acho que não temos uma. Tentem a corda. Foi assim que subi.

Os príncipes correram para a corda, gritando:

— Rápido! Rápido!

— Rápido — ecoou Garáfalo. — Isso mesmo. Humm. E agora, vejamos. — Ele deu uma olhada ao redor do convés, mordendo o lábio inferior.

— O que você está fazendo? — gritou Liam. — Onde está a tripulação?

— A tripulação — repetiu Garáfalo. — É, eu tenho uma. Tripulação!

A porta da cabine do navio se abriu e Marretas, o bárbaro gordão, saiu a passos pesados. Ao lado estava um sujeito orelhudo meio ogro — Dagomiro Hardrote —, que os príncipes também reconheceram da Perdigueiro Rombudo.

— Isso é tudo? Só eles dois? — perguntou Frederico, apavorado.

— É um prazer trabalhar com vocês — disse Hardrote com uma voz gutural.

— Vamos cair fora daqui — disse Liam.

— Sim — concordou Garáfalo. — Bom, ainda estamos atracados ao cais. Portanto, primeiro precisamos soltar as cordas. Se eu soubesse onde elas estão presas...

— Este navio não é seu, certo? — perguntou Liam, sem rodeios. — Você nunca tinha pisado neste navio antes, tinha? Provavelmente o roubou ontem à noite.

— Na verdade, faz vinte minutos — confessou Garáfalo. — Mas, ei, o fato de eu ter roubado um navio faz de mim um grande pirata, não faz?

— Hum, alguém poderia me dar uma ajudinha aqui? — Gustavo lutava desesperadamente para impedir que uma horda de pescadores desesperados subisse pela lateral do navio.

— Estou indo — respondeu Marretas. Cada vez que uma cabeça apontava acima da amurada, o bárbaro dava uma marretada com seus punhos pesados, como se estivesse brincando em uma daquelas máquinas que você tem de acertar a cabeça das toupeiras com um martelo. Gustavo, para não ficar para trás, começou a correr ao longo da amurada, jogando de volta na água todos que tentavam subir a bordo. Duncan também se juntou a eles na luta, roubando penas dos chapéus dos invasores e adicionando-as ao seu.

— Precisamos partir. Imediatamente! — berrou Liam. — Hardrote, você tem uma espada. Corte cada uma das cordas presas à popa do navio.

Hardrote ficou parado, sem saber o que fazer.

— Na parte de trás — esclareceu Liam. — A popa é a traseira do navio. — Enquanto o meio ogro corria, Liam balançou a cabeça com desgosto. — Garáfalo — ele continuou —, você sabe onde fica o leme do navio?

— Sim! — respondeu o pirata, sorrindo. — Fica no convés superior.

— Vá até lá e prepare-se enquanto eu levanto as velas. — Liam tentou desfazer os nós intricados que prendiam as velas enroladas na verga. — Maldição — resmungou. — Nunca vou conseguir desfazer os nós a tempo.

— O Matusquela sabe fazer isso — gritou Gustavo ao mesmo tempo em que dava um chute na cara de um marinheiro que tentava invadir o navio. — Ele é bom com nós.

Os olhos de Duncan brilharam.

— Você lembrou!

Duncan correu até o mastro e atacou o emaranho de cordas, todo animado. Rapidamente ele desatou os nós e — com a ajuda de Liam — levantou a imensa vela mestra triangular. A lona do navio era velha e manchada, mas rapidamente pegou uma rajada de vento e inflou, cumprindo seu papel.

— Uhu! — Duncan festejou enquanto o *Casca de Noz* avançava pelas águas agitadas da baía da Tartaruga.

— Ei! Olhem só para mim! — gritou Garáfalo, todo contente. — Estou no comando de um navio pirata de verdade!

— Acho que finalmente conseguimos nos livrar dos passageiros indesejados — disse Gustavo, esfregando as mãos. Mas, como sempre, falou cedo demais. Eles sentiram um solavanco e, quando viram, o suricato já estava a bordo, rosnando. Verdoso, Pete Azuleno e Erik Malva desceram ao mesmo tempo do lombo do animal.

— Pode deixar que eu cuido desses caras — anunciou Marretas, indo para cima deles. Então ergueu um de seus enormes punhos, e na mesma hora foi agraciado com umas das flechas de Pete na palma da mão. — Ai! — o bárbaro gritou e caiu de joelhos, segurando a mão ferida. — Cara, agora vão me chamar só de Marreta!

Gustavo se preparou para atacar o arqueiro, mas parou relutante quando viu Liam fazendo sinal com a cabeça para que ele não seguisse em frente.

— Vire o navio de volta — ordenou Verdoso.

— Hum, acho que não posso fazer isso — disse Garáfalo.

Pete preparou outra flecha e apontou para o pirata.

— Não, ele está falando sério — interveio Frederico. — Ele não sabe como fazer isso.

Verdoso bufou.

— Cada vez que nos encontramos, fico mais decepcionado com vocês. Ei, Pete, assuma o leme e leve a gente de volta para o porto.

O elfo cerrou os dentes, mas não saiu do lugar.

— Pete! — berrou Verdoso. — Assuma o leme. Você quer pegar a recompensa ou não?

— Quero ser tratado com um pouco mais de respeito.

— Ih, isso não vai acabar bem — murmurou Erik consigo mesmo.

— Será que pelo menos uma vez — continuou Pete —, *uma vez*, você poderia me chamar pelo meu nome élfico inteiro?

— Não — disse Verdoso, irritado. — Não vou te chamar de Pétaladerrosasoprandoaovento. Esse nome é ridículo.

— Para os elfos, não! — ralhou Pete, com as sobrancelhas tão erguidas que parecia até que iam escapar por cima da cabeça.

Liam olhou para Gustavo — que balançava de um lado para o outro, feito um filhotinho tentando desesperadamente se comportar para ganhar um biscoito — e fez um sinal para ele. O príncipe grandalhão deu um chute na ponta da verga, que fez a pesada viga de madeira sair girando sobre o convés. A viga acertou em cheio Pete Azuleno, que tombou por cima da amurada de proteção e caiu no mar com um *tibum*.

Todos perderam o equilíbrio quando o navio deu uma virada brusca. Uma forte rajada de vento soprou, pegando em cheio a vela, que agora estava em um novo ângulo, e empurrou o *Casca de Noz* para a frente de supetão. Garáfalo girava o leme desesperadamente, tentando retomar o curso, e todos os outros — menos Verdoso, que fincou uma de suas espadas no convés para se firmar — escorregaram para a lateral do navio.

— E eu que achei que andar de canoa fosse ruim! — gritou Frederico.

Enquanto todo mundo se amontoava ao longo da amurada, Hardrote gritou, animado:

— Briga! Disso eu entendo! — O meio ogro deu uma mordida na cauda do suricato. O animal ganiu e pulou, e Hardrote deu uma ombrada no bicho, que saiu deslizando mar adentro.

— Meu *surigato*! — Erik Malva correu até a beirada, à procura de seu animal. Mas um golpe da mão boa de Marretas o empurrou para um mergulho.

— Muito bem — disse o capis Garáfalo quando o sobe e desce do navio finalmente acalmou. — Acho que estou pegando o jeito.

Os príncipes e seus aliados perseguiram Verdoso até a ponta da proa do navio.

— Arrá! — exclamou Duncan. — Pelo jeito o caçador virou a caça.

Quando estava na beiradinha da proa, Verdoso virou e encarou seus adversários, agitando a espada que sobrara. Liam sacou o florete e avançou um passo para enfrentá-lo.

— Vá para casa, Verdoso — disse Liam. — A caçada chegou ao fim.

— Eu *nunca* desisto — disse Verdoso com uma risadinha debochada. Em seguida pulou do navio.

Eles estavam a quilômetros de distância da costa, e pelo jeito a multidão do porto estava agitada demais para subir em qualquer barquinho e ir atrás deles.

— Conseguimos — disse Liam. — Estamos a caminho. Agora só falta encontrar a Rosa Silvestre.

— E torcer para que a Lila tenha conseguido chegar em Harmonia para transmitir a mensagem — adicionou Frederico.

Então a menina está em Harmonia?, pensou Verdoso, pendurado na lateral externa do navio. Ele se soltou, caiu na água e saiu nadando de volta para a costa com um novo plano em mente.

15

O FORA DA LEI FAZ BESTEIRA

O *Casca de Noz* sacudia em meio às ondas da baía da Tartaruga, seguindo para oeste, em direção ao pôr do sol. Quando o dia estivesse amanhecendo, eles estariam em alto-mar, e então seriam forçados a tomar uma decisão: virar para o norte e seguir para o mar Frígeo, famoso por seus icebergs, dragões de gelo e camarões da neve (que são, de longe, os menos assustadores dos três) — ou seguir para o sul, rumo às águas azuis e cristalinas do mar Aureliano. Todos os príncipes preferiam seguir para o sul (menos Gustavo, que não tinha a menor noção de geografia).

— Estou até com medo de perguntar, mas você sabe para onde estamos indo? — Liam perguntou para o capis Garáfalo.

— Para lá — respondeu Garáfalo, apontando para a dianteira do navio.

— Obrigado — disse Liam. — Mas o que tem lá?

— Até onde eu sei, nada — falou Garáfalo. — Apenas quilômetros e quilômetros de mar azul, até onde a vista alcança.

— E como vamos encontrar o *Tempestade*? — perguntou Liam.

— Ah, não vamos precisar encontrá-lo — Garáfalo declarou com toda segurança. — *Eles* é que vão nos encontrar. Como eu estava tentando lhe dizer lá na Perdigueiro Rombudo, os piratas do *Tempestade* são muito malvados. Não tem um navio que entre ou saia da baía da Tartaruga que não seja saqueado por eles. Se ficarmos navegando por aqui, o *Tempestade* virá ao nosso encontro.

Liam não gostou nada do plano, mas não lhe restavam muitas opções. O único modo de encontrar Rosa Silvestre era encontrando o *Tempestade*. Por isso, quando já estavam longe o suficiente, a ponto de não conseguirem mais ver a linha costeira, eles baixaram a vela e ficaram à deriva.

Os passageiros (e a "tripulação") tiveram de se adaptar à vida no mar. Nos primeiros dias, o rosto de Frederico tinha um tom pálido esverdeado, que persistiu até seu corpo finalmente começar a se acostumar com o balanço constante. Hardrote, o meio ogro, em contrapartida, teve o problema oposto — ele achou o balanço das ondas extremamente relaxante e dormia umas vinte horas por dia. Quando Frederico se sentiu bem o suficiente para se afastar da amurada, recorreu às dicas de primeiros socorros dadas pelos duendes e enfaixou a mão machucada de Marretas. O que foi bom, uma vez que o bárbaro acabou se revelando um ótimo pescador e começou a servir refeições reforçadas com halibute, robalo e linguado.

Gustavo foi o único que passou fome. Assim que deu a primeira mordida em um peixe, seu corpo ficou todo coberto de brotoejas.

— Não comam o peixe! — ele gritou. — Está envenenado!

— O meu está delicioso — disse Duncan, lambendo dos lábios lascas de carne branca de dourado.

— O meu também está muito saboroso — adicionou Garáfalo.

— Que se danem todos vocês! — berrou Gustavo, jogando o prato longe. Enquanto coçava as costas com uma mão, ele apontou o dedo com a outra, acusando Marretas. — Foi você que fez isso comigo, Chefe Pança! Você colocou algum tipo de maldição bárbara no meu peixe! Está com inveja do meu cabelo, não está?

— Gustavo, talvez você seja alérgico a frutos do mar — disse Liam, tentando acalmá-lo.

— Não sou alérgico a nada — resmungou Gustavo. — As coisas é que têm alergia a mim! — Ele chutou um balde cheio de barrigada de peixe e saiu pisando duro. Frederico foi atrás e o encontrou sozinho à luz do luar, sentado na popa do barco, coçando enfurecidamente os cotovelos.

— Está tudo bem, Gustavo? Você parece um pouco agitado — disse Frederico, com cautela. — Quer dizer, mais do que o normal.

— Sim, e daí? — Gustavo retrucou. Em seguida, adicionou baixinho: — Agitado quer dizer coçando?

— Não — respondeu Frederico. — Quer dizer aborrecido... ou irritado, e não seria de surpreender que você estivesse sentindo tudo isso agora. Você está cheio de brotoejas, estamos presos em alto-mar, *esperando* até que piratas perigosos encontrem a gente, nossos reinos podem estar sendo atacados neste exato momento, e pessoas que amamos estão na prisão.

— Pessoas que amamos? — indagou Gustavo, soltando o colarinho para poder enfiar a mão dentro da camisa e coçar o peito. — A loira pegou você de jeito, hein?

— Quem? A Rapunzel? Não. Quer dizer, sim, é claro. Mas também estou preocupado com Ella e Branca de Neve — Frederico gaguejou. Então fez uma pausa e soltou um suspiro longo e demorado. — Mas, sim, eu gosto muito da Rapunzel. É por isso que você está irritado? Por acaso está bravo comigo porque...

— Porque a lady Cabeluda gosta mais de você? — interrompeu Gustavo.

— Dá um tempo. Estou *irrigado* porque estou cansado de fugir.

— Agitado — Frederico corrigiu. — Ou irritado. Não sei qual das duas coisas você quis dizer.

— As duas — continuou Gustavo. — Você me conhece; estou pinicando de vontade de brigar com os darianos. Quero dar umas cabeçadas, chutar o traseiro de alguém. Não quero passar o dia em um navio, pegando gaivotas para o Matusquela colocar mais algumas penas no chapéu dele.

— Então é daí que têm vindo todas aquelas penas — murmurou Frederico.

— Sim, e é por isso que estou ficando entediado — continuou Gustavo. — Meu mau humor não tem nada a ver com o fato de eu ser o único que não tem uma "amada" para salvar. Não estou *nenhum* pouco preocupado com isso.

Frederico ficou morrendo de vontade de dizer que o correto era "Não estou *nem um* pouco preocupado com isso", mas achou melhor se conter, pois seria muita insensibilidade dar uma aula de gramática naquele momento.

— Gustavo, você é um cara fantástico — falou, em vez disso. — Um pouco rude, talvez, mas é leal e gosta de proteger as pessoas...

— Não se esqueça de dizer "forte" — adicionou Gustavo.

— E forte. Além de tudo isso, você é um príncipe, o que nunca é demais. Existe uma garota por aí para quem você será o cara perfeito. Talvez você não a tenha conhecido ainda. Enquanto isso, você tem a gente.

— E uma urticária — resmungou Gustavo.

Duncan apareceu, trazendo umas coisas farelentas.

— Ei, Gustavo — disse ele. — Como você não pode comer peixe, quem sabe não quer experimentar isto. É um tipo de biscoito de marinheiros conhecido como biscoito duro, mas acho que eles chamam assim porque deve ser tão gostoso que não querem que a gente coma. Tem um montão lá embaixo. Portanto, *bon appétit*! — Ele soltou a pilha de biscoitos, que fizeram um barulhão ao cair no chão, perto de Gustavo.

— Vocês não têm um lenço para dobrar ou algo assim? — disse Gustavo.
— Me deixem resmungar em paz.

Frederico e Duncan assentiram e se foram. Gustavo experimentou o biscoito duro e descobriu que o nome era bem melhor que o sabor. Era como mastigar um tijolo de sal grosso salpicado com areia e vidro moído. Mas pelo menos não dava coceira.

◄•►

— Pois não, senhorita, Vossa Alteza, senhorita.
— Pare com isso — disse Lila.
— Perdão, senhorita, Vossa Al... Quer dizer, perdão. Só perdão.
— Tudo bem — respondeu a princesinha, olhando com um misto de simpatia e dúvida para o rosto vermelho do jovem mensageiro parado à sua frente. O rapazote, apenas alguns meses mais velho que ela, vestia um suéter grosso de lã e bermuda. — Tem certeza de que dá conta do recado, Esmirno? Você parece um pouco exausto.

Não foi a roupa esquisita do mensageiro que despertou a dúvida (Esmirno sempre se vestia assim). Nem sua mania de tratar a todos com respeito excessivo (apesar de ela ter se cansado disso depois da trigésima quinta vez). Nem mesmo o fato de que pelo jeito o rapaz morava em seu escritório de mensageiro (uma salinha apertada com um cobertor amontoado no canto, pratos sujos no chão e várias bermudas velhas dobradas em cima do balcão). Foi o comportamento de Esmirno — durante toda a conversa, ele ficou transferindo o peso do corpo de uma perna para a outra, torcendo o cachecol e balançando a cabeça sem parar. A ansiedade estava estampada em sua testa.

— É muito trabalho para você? — perguntou ela.
— Não, não, de jeito nenhum — disse Esmirno, jogando a ponta do cachecol, que pendeu solta sobre seu ombro. — Eu dou conta de entregar todas as mensagens: Sylvaria, Hithershire, Sturmhagen, Frostheim, Jangleheim, Svenlândia, Carpagia, Valerium e Avondell. Não vou demorar mais que dois ou três dias. Eu sou o seu homem. Quer dizer, não o *seu* homem, mas, ééé... hum... Ah, a senhorita entendeu.

Você está estragando tudo, Esmirno, pensou ele. Fazia seis meses que ele sonhava em ver a princesa Lila novamente, e, agora que ela estava ali, ele estava estragando o grande momento.

— Tem certeza? — perguntou Lila. — Porque sem essas suas botas...

Graças as suas botas sete léguas — o calçado brilhante com chamas vermelhas que permitia que ele percorresse grandes distâncias em segundos —, Esmirno fora um aliado extremamente útil quando a liga invadiu o castelo do rei Bandido. E eram essas botas incríveis que lhe dariam o poder de espalhar rapidamente a notícia sobre a invasão de Dar.

— Não se preocupe, dou conta do recado — respondeu Esmirno. — Se pareço um pouco... agitado, é porque

Fig. 12
Esmirno sendo recrutado

nunca é muito agradável ser o portador de más notícias. Sabe? Como na vez em que tive de contar para a minha avó que deixei sem querer o bode comer a peruca dela.

Lila o encarou.

— Mas a senhorita provavelmente não precisa ouvir essa história — continuou ele. — É melhor eu ir andando, uma vez que a senhorita precisa da minha ajuda para salvar o mundo. Não que *precise* de mim. Na verdade, tenho certeza de que a senhorita *não precisa* de mim. Não que eu não vá cumprir com o meu trabalho! Claro que vou. Sei que a senhorita precisa de mim para *isso*. Eu só quis dizer que provavelmente a senhorita não precisa de *ninguém*, de um modo geral. Pois é uma garota... uma *mulher* muito esperta!

Lila sorriu.

— Sim — concordou ela, divertindo-se. — Eu sou uma garota... uma mulher muito esperta.

— Vou parar de falar agora — disse Esmirno, com o rosto mais vermelho que o seu gorro vermelho de lã. — Adeus, senhorita, Vossa Alteza, senhorita!

Num piscar de olhos o mensageiro desapareceu, e Lila sentiu um sopro de vento quando a porta do escritório se fechou.

— Bom, isso foi... interessante — falou em voz alta consigo mesma. Em seguida, Lila se dirigiu para a porta. Ela estava a apenas alguns quilômetros do palácio real de Harmonia e planejava avisar pessoalmente o pai de Frederico sobre a ameaça dariana.

Mas, assim que colocou os pés para fora, deu de cara com o peito largo de Verdoso. Lila recuou um pouco e ergueu os olhos para o sorriso de dentes tortos.

— Princesa Lila — disse Verdoso. — A menininha que se considera uma caçadora de recompensas.

Lila arregalou os olhos.

— A notícia se espalha rápido — disse ele. — Todo mundo sabe que você era aprendiz do velho Rúfio. E eu também sei o que aconteceu com o trapo chorão. Acho que agora *eu* sou o caçador de recompensas mais perigoso do mundo... *e* o melhor.

— Rúfio era melhor do que você jamais será — Lila esbravejou e tentou sair correndo, mas Verdoso a segurou pelo pulso, torcendo seu braço até ela fazer careta.

— Ná-não, mocinha. — Ele estalou a língua. — Você vem comigo. Por ora, seu irmão pode até ter conseguido escapar. Mas você vai render um ótimo prêmio de consolação.

16

O FORA DA LEI ARRUMA ENCRENCA

— O que você está fazendo com esses baldes de isca? — perguntou Liam para o capis Garáfalo, enquanto o velho pirata virava no mar restos de cabeças de peixe podres, espinhas, rabos e outros pedaços não comestíveis. Ele parou de despejar.

— Baldes de isca? — indagou ele, olhando com outros olhos para os despejos que carregava. — Isso são iscas? Eu já tinha ouvido falar. Servem para pegar peixões.

— Você quer dizer que existe um motivo para termos guardado todos esses restos? — perguntou Frederico. — Pensei que fosse só porque marinheiros são nojentos.

— Os baldes estão cheios de iscas, Frederico — disse Liam.

— Iscas para pegar o quê? — Frederico perguntou.

— Tubarões — disse Garáfalo, com um brilho perverso nos olhos. — Ou, como nós, velhos lobos do mar, costumamos dizer, dentes de serrote.

— Ah, eu quero preparar um suflê de tubarão — disse Duncan. — Como faz para usar esses baldes de isca?

— Acho que é só virar o balde na água...

Garáfalo fez exatamente isso.

— ...*depois* que avistarmos tubarões por perto — finalizou Liam, balançando a cabeça.

— Ah, eu sei o que você está pensando — disse o pirata. — Que o velho capis Garáfalo acabou de desperdiçar as iscas. E é bem provável que você esteja certo. Mas...

— Talvez estejamos com sorte — interpôs Frederico. — Vamos dar uma olhada.

Todos correram para a amurada e olharam para os restos de peixe que boiavam em meio a uma espuma fedorenta.

— Acho que vi um rabo de peixe mexendo — comentou Frederico, otimista.

De repente, veio um baque forte e o navio inteiro chacoalhou. Eles tiveram de segurar na amurada para não cair.

— Será que foi um tubarão que fez isso? — perguntou Gustavo. — Porque, se foi, os tubarões devem ser muito mais legais do que eu pensava.

Outro baque e um estrondo, e o *Casca de Noz* balançou forte pela segunda vez. Todos se viraram.

— Nada de tubarão — disse Garáfalo. — Acho que fomos atingidos por balas de canhão. E aquele navio que está atirando na gente deve ser o *Tempestade*.

Um imenso galeão navegava a menos de um quilômetro de distância, a oeste. Era umas seis vezes maior que o *Casca de Noz*, praticamente um castelo flutuante. Seus quatro mastros eram tão altos que parecia que iam tocar as nuvens, e as doze portinholas a estibordo do navio estavam abertas, revelando pontas de canhões soltando fumaça. Tremulando na ponta de um mastro, acima do cesto da gávea do *Tempestade*, havia uma bandeira vermelha com uma caveira no centro, com olhos de diamantes e um sorriso.

— Como ele chegou tão perto sem percebermos? — perguntou Liam.

— Não faço a menor ideia — respondeu Garáfalo. — Hardrote está na vigília. — Ele apontou para a proa do *Casca de Noz*, onde o meio ogro roncava dentro do cesto, no alto do mastro.

— Não vamos mais colocá-lo nessa função — disse Liam.

— E vamos dar o fora daqui! — berrou Frederico. — Içar velas, pessoal! Capitão Garáfalo, rápido, assuma o leme, por favor!

— Espere! — disse Liam. — Não podemos sair correndo! Estávamos esperando justamente por isso. Finalmente encontramos o *Tempestade*!

— Sim, e eles estão atirando balas de canhão em nós — disse Frederico. Houve um zunido, seguido por um estrondo, quando uma terceira bala de canhão atingiu o *Casca de Noz* bem no meio do convés, a poucos centímetros de Liam e Frederico.

— Certo. Entendi o que você quis dizer — disse Liam. A tripulação se pôs a levantar as velas (após algumas semanas no mar, eles tinham aprimorado em muito a técnica), e Garáfalo correu para o leme. Minutos depois, o *Casca de Noz* estava se movendo, bem na hora em que mais cinco tiros disparados do *Tempestade* caíram inofensivos na água, logo atrás deles.

— Uhu! — Duncan comemorou enquanto o *Tempestade* se transformava em um mero pontinho no horizonte. — Conseguimos escapar!

— Acho que finalmente temos um motivo para ficar felizes com o tamanho deste navio — comentou Frederico.

— Eu disse que o navio era rápido — falou Garáfalo.

— Não, você não disse — retorquiu Gustavo.

— Isso não vem ao caso — disse Liam com um suspiro. — Não estou no clima para comemorar nada. Depois de tanto tempo, finalmente encontramos o que estávamos procurando, e eles quase nos mataram.

— Acho que é isso que querem dizer quando usam o ditado "Cuidado com o que deseja" — adicionou Frederico.

— Sim. Alguns dias atrás, eu desejei que tivéssemos uma piscina — Duncan anunciou, espiando dentro de um buraco no convés do *Casca de Noz*. — E agora o casco do navio está se transformando em uma.

— Não entendo muito de barcos — adicionou Gustavo. — Mas tenho certeza absoluta de que a água deve ficar fora dele, e não dentro.

— Precisamos dar um jeito de fechar o buraco, ou vamos afundar! Duncan, desça e tente conter o vazamento — ordenou Liam. — Os outros, joguem coisas ao mar! Com o excesso de peso da água que está invadindo, vamos precisar deixar o navio mais leve para não perder velocidade. Se virem alguma coisa pesada, atirem ao mar.

Todos os olhares se voltaram para Marretas.

— Por que vocês estão olhando para mim? — reclamou o bárbaro.

— Qualquer *coisa*, não qualquer *pessoa*! — esclareceu Liam, revirando os olhos. Então adicionou baixinho: — Marretas, por que você não desce e ajuda o Duncan? Só por precaução.

O bárbaro enorme desceu correndo a escada atrás de Duncan, que já estava com a inundação até a cintura, lutando contra a água que jorrava a uma velocidade alarmante.

— É como se o oceano estivesse cuspindo em nós — disse Duncan, segurando firme seu chapéu.

— O que podemos usar para tampar o buraco? — perguntou Marretas, olhando para o rombo no casco. — Não tem nada aqui embaixo além de biscoito duro.

Duncan apanhou um dos biscoitos, sólidos como pedra, e socou no buraco. Mas, com a força da pressão, o biscoito foi arremessado longe.

— Humm — ponderou Duncan. E então: — Arrá!

Ele tentou colocar dois biscoitos. Mas deu na mesma.

— Hehehe! — Marretas riu. — Esses biscoitos só vão funcionar dentro da minha barriga.

Duncan teve um estalo.

— Sr. Marretas! O senhor acabou de me dar uma ótima ideia!

— Pausa para o lanche? — O bárbaro encolheu os ombros imensos. — Tô dentro.

— Não, a sua barriga! — respondeu Duncan, cantarolando. — Enfie a barriga no buraco! Ela é do tamanho certinho!

Marretas não gostou muito da ideia.

— Se eu fizer isso, vou ter de passar o resto da viagem aqui embaixo.

— Você será um herói — disse Duncan, dando um tapinha nas costas peludas do bárbaro.

Marretas esfregou a pança, pensando na possibilidade.

— Tudo bem — disse, finalmente. — Mas você tem de prometer que vai trazer lanchinhos para mim. Preciso comer de dez em dez minutos.

— Humm, isso significa várias idas e vindas — observou Duncan. — Não quero perder nada que possa acontecer de legal lá em cima. Que tal a cada *quinze* minutos?

— Doze.

— Fechado! — concordou Duncan enquanto ajudava Marretas a encaixar o barrigão no furo e assim cessar o fluxo de água.

— Aaaiii, acho que uma lasca me espetou! — reclamou o bárbaro. — Ou trinta.

Enquanto isso, no convés, Liam, Gustavo e Frederico corriam de um lado para o outro, jogando tudo que não estava preso ao chão (e, no caso de Gustavo, tudo que estava também). Barris velhos, lanternas quebradas, rolos de corda e caixas de biscoito duro eram atirados ao mar. Gustavo corria na direção da amurada, carregando uma braçada de arpões, quando Frederico chamou sua atenção:

— Ei, Gustavo. Talvez fosse melhor ficarmos com uns desses.

Gustavo atirou os arpões ao mar.

— O Capa disse que era para jogar tudo, estou jogando.

— Problema resolvido! — Duncan apareceu no topo da escada e se curvou em uma reverência.

— Onde está o Marretas? — perguntou Liam.

— No buraco — respondeu Duncan. — Falando nisso, o que posso dar de lanche para ele? Ele vai precisar comer alguma coisa dentro de doze minutos.

— Essa pode até não ser a melhor solução, mas pelo menos impedimos o naufrágio — apontou Liam.

E então o navio estremeceu.

— Essa não! — murmurou Frederico. — Balas de canhão outra vez?

Mas não havia nenhum sinal do *Tempestade*.

— Ei, pessoal — chamou Marretas pelo alçapão no convés. — Tem alguma coisa fazendo cócegas na minha barriga. Alguma coisa *do lado de fora* do navio.

— Ééé... Todo mundo segure firme — disse Garáfalo. — Se as histórias que escutei são verdadeiras... quer dizer, se lembro direito da última vez que naveguei por estas águas, existem coisas piores que piratas rondando por aí.

Uma imensa cabeça prateada despontou do mar, e parecia o cruzamento de uma serpente com uma barracuda (com um toque de dragão porco-espinho). A serpente cuspiu um jato de névoa salgada por entre os dentes afiados, antes de enrolar o corpo escamoso ao redor do *Casca de Noz* e começar a apertar.

— Cecil! — gritou Duncan.

Gustavo olhou desconfiado para ele.

— Fala sério. Você colocou um nome naquilo?

— Segurem firme! — berrou Garáfalo. — Fomos apanhados por um dragão-marinho!

Liam desferiu um golpe de espada no monstro — mas a lâmina partiu ao meio.

— Droga! — soltou Liam. — Se tivéssemos um arpão!

Gustavo encolheu os ombros sem jeito e saiu dando socos no corpo coberto de escamas prateadas da fera, gritando:

— Solte o nosso navio, sua enguia gigante e gorda! Eu odeio enguias!

Em seguida, uma série de estalos horripilantes soou enquanto a serpente do mar apertava ainda mais o navio. A proa e a popa do *Casca de Noz* se ergueram enquanto o meio do navio se desfazia em uma avalanche de tábuas quebradas.

— Arrrr! Meu navio! — berrou Garáfalo. — Quer dizer... o navio de *alguém*!

— Vejam, achei outro balde de iscas! — gritou Duncan, correndo até a serpente do mar. — Talvez possamos enganar a... — Escorrega, tropeça, cai. E o balde estava entalado na cabeça de Duncan. — Não se preocupem comigo! — anunciou ele, recuando. — Eu vou ficar... — Então caiu pelo alçapão no convés.

O dragão-marinho chicoteou a cauda prateada e derrubou o mastro do navio como um lenhador derrubando um carvalho. O mastro veio abaixo, arrebentando tábuas do convés e espatifando a amurada.

— Opa. *Oqueaconteceu?* — exclamou Hardrote, sentado no cesto da gávea. E então o cesto escorregou pelo convés, estraçalhado, e foi parar direto no mar.

Enquanto Gustavo batia inutilmente no monstro marinho, o piso cedeu sob seus pés, e ele mergulhou na escuridão abaixo.

Frederico assistia a tudo apavorado, agarrado à amurada da popa.

— Eu já disse que não sei nadar?

— Vai dar tudo certo, Frederico — disse Liam. — Tente manter a cabeça fora da água...

A cauda do dragão estrondou entre eles, praticamente desintegrando o pedaço do navio onde eles se seguravam. De repente, Frederico se viu cercado de água por todos os lados. Acima, muito acima, à esquerda e à direita; dentro de sua boca e de seu nariz. *O que será que Sir Bertram faria? O que será que Sir Bertram faria?*, pensou ele, antes de chegar à triste conclusão: *Sir Bertram iria se afogar.*

Então Frederico sentiu mãos fortes pegando em seus pulsos, e em seguida ele estava sendo puxado para cima, a água do mar correndo impiedosa por seu corpo, até que finalmente sua cabeça emergiu. Ele tossia e cuspia enquanto Gustavo o puxava para cima de uma porta que boiava.

— Você está vivo? — perguntou Gustavo, nadando sem sair do lugar, a alguns metros de distância.

Frederico assentiu, um pouco atordoado ainda. O *Casca de Noz* tinha desaparecido — o navio fora reduzido a pedaços de tábuas e restos de vigas boiando.

Fig. 13
Não solte

Ele torceu para que os outros também tivessem conseguido improvisar uma jangada; mas, em meio ao vento, às ondas implacáveis e a sua cabeça atordoada, Frederico não conseguia avistar ninguém. Felizmente também não havia nenhum sinal da serpente. O que ele viu, no entanto, foi algo parecido com um peru vindo em sua direção.

— Essa não — sussurrou Frederico. O "peru" era, na verdade, o chapéu cheio de penas de Duncan. Ele o pegou da água quando passou boiando.

— Não saia daqui — disse Gustavo. — Vou atrás dele.

Mas, assim que Gustavo virou, a cabeça brilhante e espinhosa da serpente surgiu bem a sua frente. Frederico soltou um grito quando a criatura imensa abriu a bocarra e, num piscar de olhos, fechou com Gustavo dentro. Um segundo depois, a boca do dragão começou a abrir lentamente. Em seguida, lá estava Gustavo, em pé sobre a língua da fera, fazendo uma força brutal para manter a boca do monstro aberta.

— Sem essa — rosnou o poderoso príncipe. — Se eu não posso comer frutos do mar, não vou virar comida de um. — Mas Frederico podia perceber que seu amigo estava lutando para aguentar firme. A boca do dragão estava começando a se fechar sobre ele novamente.

Quando então — *bum!* Uma bala de canhão acertou a cabeça do dragão. Gustavo foi arremessado da boca escamosa e se estatelou na água a alguns metros de distância. Frederico ficou vendo o dragão tombar atordoado, fechando os olhos lentamente e afundando. *De onde veio isso?*, pensou ele.

Então, de repente, tudo escureceu quando uma sombra imensa encobriu toda a área ao seu redor. Uma corda apareceu, balançando a centímetros do rosto de Frederico. Ele inclinou a cabeça para trás, e seus olhos acompanharam metros e metros de corda até a amurada do imponente *Tempestade*.

— Não vai subir? — perguntou um pirata com uma cicatriz no rosto. — Ou prefere ficar aí embaixo até o dragão-marinho voltar? Para mim tanto faz.

Frederico agarrou a corda.

17

O FORA DA LEI SABE CONVERSAR COM UMA DAMA

Morrendo de medo de se mexer ou de falar, Frederico ficou sentado, pingando água e tremendo, enquanto via piratas musculosos puxando as outras vítimas do naufrágio para o convés do *Tempestade*. Duncan pegou seu chapéu de volta, abraçou-o e o colocou sobre a cabeça; as doze penas penderam, encharcadas.

Ensopado, Gustavo lutava para se manter em pé.

— Coloquei aquela minhoca crescida no lugar dela. — Ele tirou da frente dos olhos os cabelos molhados, revelando o rosto quase todo coberto de brotoejas.

— Ele está com catapora! — gritou um dos piratas, e todos se afastaram com medo.

— Não se preocupem, ele só é alérgico a frutos do mar — esclareceu Duncan.

O pirata da cicatriz riu.

— Então... você *mordeu* o dragão?

Gustavo o encarou.

— E daí?

Nem pense em arrumar briga, Gustavo, pensou Liam. Havia vinte corsários armados ao redor deles, e provavelmente muitos mais trabalhando em outras partes do imenso navio. Ele e os outros príncipes jamais venceriam uma luta corpo a corpo. E, se as coisas chegassem a esse ponto, ele não tinha muita certeza de em qual lado Garáfalo, Marretas e Hardrote iriam ficar. Além disso, ele tinha uma missão. Rosa Silvestre podia estar naquele navio. Eles precisavam dar um jeito de encontrá-la — e isso requeria um pouco de diplomacia.

— Agradecemos por não ter nos deixado morrer afogados, capitão — disse Liam enquanto ele e os outros refugiados ficavam de pé, menos Hardrote, que roncava novamente. — Mas gostaria de saber o que o senhor pretende fazer conosco.

O pirata da cicatriz riu.

— Eu não sou o capitão do *Tempestade* — disse. — Apesar de imaginar que o senhor pode ter se confundido por causa do meu paletó elegante. Sem mencionar meus dezenove brincos de ouro e meu belo queixo anguloso. Dizem que esse é meu traço mais bonito.

— Se eu tivesse um queixo desses... — comentou Garáfalo, balançando a cabeça, admirado.

— Eu sou o imediato deste glorioso navio — prosseguiu o pirata. — Meu nome é Chaves. Rodrigo Chaves. Quanto ao que vou fazer com vocês, isso vai...

— Vai depender de mim — disse uma mulher alta que surgiu no topo de uma escada, logo atrás do imediato. Ela era quase da mesma altura de Gustavo, tinha ombros largos, olhar firme e cabelos pretos esvoaçantes, presos para trás em um rabo de cavalo frouxo. Vestia um paletó comprido, parecido com o que Garáfalo usava (só que mais elegante, com enfeites dourados nos punhos e nas lapelas), e um chapéu de três bicos parecido com o de Duncan (só que com bem menos penas). Um sabre brilhava pendurado em seu cinto, e os dedos calejados eram adornados por vários anéis.

— Capitá Jerica — disse Chaves, saindo do caminho respeitosamente.

A capitá pirata mediu seus prisioneiros dos pés à cabeça, então se voltou para o imediato:

— Não podem ser eles, sr. Chaves — disse ela. — Por Tritão, eles estão num estado de dar dó. Olhe para o baixinho com o passarinho afogado na cabeça.

Fig. 14
Capitá
Jerica

— Na verdade — iniciou Duncan, e Liam tapou a boca dele com a mão.

— Não queremos que eles saibam quem somos — sussurrou.

— Sei disso — Duncan sussurrou de volta. — De todo jeito, é sempre o Gustavo quem estraga nossos disfarces.

— Vocês dois formam uma bela dupla nesse quesito — respondeu Liam.

Duncan se virou e abraçou Gustavo.

— Você ouviu isso? Formamos uma bela dupla!

Gustavo deu um empurrão nele.

— Prefiro o troll — disse.

Durante alguns minutos, a capitã Jerica discutiu com o sr. Chaves e com os demais membros de sua tripulação. Então ela virou e se dirigiu aos prisioneiros novamente:

— Bom, rapazes — disse, com as mãos na cintura. — Parece que não conseguimos entrar em um acordo sobre o que fazer com vocês. O sr. Chaves acha que vocês podem ser gente importante, que devem valer alguma coisa num resgate. Mas o sr. Flint acha que vocês não passam de mercadores atrapalhados e burros o bastante para invadir o nosso território.

— Atrapalhados! Atrapalhados! — repetiu um papagaio colorido no ombro de um pirata velho.

— *Eu* sou o sr. Flint, por sinal — disse o velho pirata, apontando para si mesmo. — Não o pássaro. Só para deixar claro.

— As penas da Sara Taquara são maravilhosas — comentou Duncan.

— Obrigado — agradeceu Flint. Então piscou, confuso. — Espere, o nome dela não é...

— Basta, sr. Flint! — a capitã Jerica deu uma bronca.

— Ah, sim — disse Flint. — Mas, continuando, Sara Taquara e eu achamos que esses homens não passam de um bando de atrapalhados. E que eles não são príncipes, de jeito nenhum.

— Bom, o que a *senhora* acha, capitã? — perguntou Frederico, forçando um sorriso.

Jerica chegou mais perto.

— Acho que os dois podem estar certos — disse ela friamente. Então deu outra boa olhada nos prisioneiros, e seus olhos se demoraram em Gustavo por mais tempo. — Mas preciso ter certeza, certo? Por isso vou fazer algumas perguntas.

— Ah, eu adoro jogo de perguntas e respostas! — gritou Duncan, avançando um passo. — Se a pergunta for "Quais são os chapéus de pirata mais legais?", eu sei a resposta: o meu, o seu e o listrado daquele sujeito de bigode enrolado.

Liam puxou Duncan pela barra do paletó.

— O que você quer saber? — ele perguntou para Jerica.

— Com base no pouco que restou boiando no mar — ela iniciou —, o navio de vocês estava praticamente vazio. Se não estavam transportando carga, qual era o propósito da viagem de vocês?

Frederico pensou rápido.

— Somos cientistas. Nosso navio era de pesquisa.

— Sem equipamento? — indagou Jerica.

— Nosso equipamento afundou — Liam respondeu. — Tenho certeza de que uma marinheira experiente como você sabe que maquinário pesado não boia.

— Que diabos vocês estavam tentando fazer com esse maquinário pesado? — perguntou ela.

Liam e Frederico abriram a boca juntos para responder, mas Jerica ergueu a mão.

— Já ouvi o suficiente de vocês dois. — Ela virou e encarou Gustavo com seus olhos verdes. — Quero ouvir dele.

— Por que eu? — Gustavo perguntou. Ele sentiu uma agitação estranha, mas tratou de sufocar. — Não tenho medo de você.

— Eu ficaria extremamente desapontada se tivesse — disse a pirata.

— Então por que você está pegando no meu pé... quer dizer, por que escolheu a mim? — perguntou Gustavo. — Por que você simplesmente não deixa, hum, aqueles dois continuarem respondendo suas perguntas?

— Porque eles estão mentindo — respondeu Jerica. — E acredito que vou arrancar a verdade de você. Conheço o seu tipo.

— Ha! Boa sorte, moça! — Gustavo riu e bateu o dedo indicador na têmpora. — Ninguém sabe o que se passa dentro dessa cachola. Nem mesmo eu.

Jerica deu uma risadinha maliciosa.

— Vamos ver.

— Sim, vamos ver — respondeu Gustavo. Ele envergou os ombros, e aquela conhecida sensação fervilhou dentro dele.

Frederico e Liam se entreolharam, preocupados (enquanto Duncan não tirava os olhos do papagaio do sr. Flint).

— Você confirma que você e seus amigos estavam em um barco de pesquisa? — perguntou Jerica.

— Não — respondeu Gustavo com firmeza. — Nós estávamos em um *navio* de pesquisa. — Então cruzou os braços e assentiu resoluto, como se tivesse acabado de vencer a discussão.

— O que faz um navio de pesquisa?

Ele limpou a garganta.

— Por acaso você engoliu uma água-viva? — perguntou Jerica, debochada.

Gustavo encarou a capitã.

— Você quer saber o que um navio de pesquisa faz? Nós pesquisamos — disse ele. — Quando você está procurando algo e não consegue encontrar, contrata a gente. E nós fazemos uma pesquisa minuciosa para você.

— E, hum, o que vocês estavam pesquisando? — Seus homens davam risadinhas, mas Jerica tentava aguentar firme. Gustavo percebeu quando os lábios dela subiram discretamente, e ficou furioso. Pelo menos ele achava que era fúria, um sentimento a que estava habituado. E ele tinha certeza de que fora isso que aquele sorrisinho de Jerica o fez sentir. Certeza absoluta.

— Vocês! — berrou ele. — Nós estávamos procurando vocês!

— Gustavo, não... — Liam começou.

— Calado, Capa! — berrou Gustavo.

— Mas ele não está de capa — Jerica apontou.

— Gustavo, sério, não... — gaguejou Frederico.

— Agora não, Trancinhas!

— *Ele* não tem nenhuma trança — refletiu Jerica.

— Espere, Gustavo — disse Duncan. — Acho que...

— Feche a boca, Matusquela!

— Certo, essa eu entendi — disse Jerica, assentindo.

Furioso, Gustavo encarou a capitã e disse:

— Sim, você estava certa. Não somos uma equipe de pesquisadores. Nós estávamos atrás de *vocês*. Somos caçadores de piratas!

— Fascinante — disse Jerica. — Caçadores de piratas sem canhões. Aparentemente sem nenhum tipo de arma.

— Isso se chama disfarce — Gustavo retrucou com sarcasmo. — Procure saber do que se trata.

Um pirata alto de bandana assobiou para chamar atenção.

— Capitá, encontramos *isto* fincado em um pedaço de madeira à deriva. — Ele jogou uma espada de lâmina curva para Jerica, uma das espadas de Verdoso. Ela pegou a arma e a examinou.

— Sim, é minha — disse Gustavo. — É a minha espada de caçar piratas. Porque eu sou um caçador de piratas. E finalmente encontrei o famoso *Ventania*.

— *Tempestade* — corrigiu Jerica. — Mas tudo bem, vamos prosseguir com essa história. Vocês são caçadores de piratas. E vocês *nos* pegaram... Somos o maior achado de vocês. O que vão fazer agora?

Por favor, não grite "Sturmhagen" e parta para cima deles, Liam repetiu mentalmente. *Por favor, não grite "Sturmhagen" e parta para cima deles.*

E Gustavo não o fez. Ele gritou:

— Caçadoooores de piraaaatas! — e partiu para cima deles. Conseguiu derrubar sete corsários que foram pegos de surpresa. Porém ainda restavam aproximadamente catorze ou mais.

Liam voltou-se para Frederico e Duncan.

— Vamos perder essa briga — disse ele rapidamente. — Por isso, nem tentem vencer. Tentem encontrar vocês sabem quem. — Eles assentiram e saíram em direções opostas, desviando das mãos dos piratas que tentavam detê-los. Liam deu um chute na barriga de um pirata baixinho e roubou-lhe a espada antes de desviar dos golpes de outros dois. — Vocês estão do nosso lado? — ele se dirigiu a Garáfalo e Marretas (Hardrote dormia profundamente).

— Estamos! — gritou Garáfalo, ficando em pé com um pulo e acertando a cara de um dos inimigos com uma sardinha que tinha entrado na manga de seu paletó.

Marretas chacoalhou seu amigo meio ogro.

— Acorde, acorde, Dagomiro. Briga!

Hardrote arregalou os olhos, cheio de vontade.

— Você disse *briga*?

Marretas o empurrou como um míssil na direção de um grupo de piratas que vinha em ataque.

Enquanto Liam, Gustavo e Garáfalo enfrentavam os piratas do *Tempestade*, Frederico e Duncan corriam sorrateiros pelo imenso convés, tentando escapar dos inimigos ao mesmo tempo em que procuravam por Rosa Silvestre. Duncan olhava embaixo de baldes, dentro de rolos de cordas e dentro do cano dos canhões, enquanto Frederico checava todos os lugares *sensatos*. E, a cada porta por onde passava, ele gritava um "Olá?" ou "Iuhu!". Ele disparou para a cabine de comando do navio, mas, antes mesmo que tentasse entrar, a porta se abriu e um pirata de ombros largos e peito robusto saiu lá de dentro. Frederico trombou de cara com o peitoral duro como pedra do homem musculoso e cambaleou para trás, caindo diretamente nos braços dos piratas que estavam no seu encalço.

— Tanto esforço para nada — murmurou Frederico. Mas, naquele momento, um grito agudo ecoou do outro lado da cabine de comando, seguido por uma exclamação de Duncan:

— Arrá! Encontrei você!

Ele encontrou Rosa Silvestre!, pensou Frederico — isso até ver Duncan surgir carregando orgulhosamente Sara Taquara e espetando um punhado de penas vermelhas na aba do próprio chapéu. Um segundo depois, o dono do papagaio o pegou de volta.

— Tire esses seus dedos imundos da minha ave! — berrou ele enquanto os dois fugitivos davam no pé, levando junto o papagaio.

Enquanto isso, Liam batia espadas com o sr. Chaves, que, pela melodia animada que assoviava, parecia estar se divertindo muito com o duelo. Marretas fazia o que podia para derrubar os inimigos com uma mão apenas, enquanto Hardrote engatinhava pelo convés mordendo calcanhares e Garáfalo encarava uma briga de tapas contra Scotty, o mal-humorado grumete.

Entre todos os combatentes, porém, Gustavo era uma verdadeira máquina de força. Ele batia e esmurrava cada pirata que vinha para cima dele, sem se dar o trabalho de olhar para a cara do opositor. Enquanto batia nos inimigos, seus olhos buscavam em meio à confusão, na esperança de encontrar Jerica. Até que finalmente ele a viu parada no convés superior, na proa do navio.

— Você é minha, Dona Pirata! — gritou ele.

Ela cortou o ar com a cimitarra de Verdoso.

— Você é tão bom de briga quanto eu esperava! Mas acha mesmo que tem alguma chance enquanto eu estou com esta linda espada na mão? Na verdade, duas. — Com a mão esquerda, ela sacou o seu alfanje.

Gustavo subiu para enfrentá-la.

— Sou capaz de vencer qualquer luta com as mãos vazias — gabou-se, estalando as juntas.

— Sejamos justos. — Ela jogou o alfanje para ele. Em um típico dia, assim que Gustavo tivesse pegado a espada, teria partido para cima do inimigo, cortando e dilacerando com uma força selvagem. Mas, neste dia, ele parou. Ficou no lugar, segurando o imenso sabre árabe de lâmina curva, olhando curioso para Jerica.

O que ela está fazendo com a boca?, pensou ele. *Por que ela está curvada para cima daquele jeito? E ela tem tantos dentes.*

— Oi? Estou cansando de esperar — disse Jerica.

Gustavo despertou de seu devaneio e partiu para cima dela. Ela se defendeu e avançou. As espadas tilintavam no mesmo ritmo até que Gustavo se viu encurralado na beiradinha do convés.

— Você só está ganhando porque me fez lutar com uma arma de mulherzinha — ele reclamou.

— O homem que perdeu essa espada para mim ficaria ofendido — disse Jerica. — Mas tudo bem, vamos trocar. — Antes que Gustavo se desse conta do que estava acontecendo, ela arrancou o sabre da mão dele e o substituiu pela espada de Verdoso.

— O que...? — indagou Gustavo, confuso.

Jerica recuou, dando a ele uma chance de se afastar da beirada.

— Venha — ela provocou. E Gustavo obedeceu, mais empenhado do que nunca. Novamente ela se defendeu de todas as estocadas, só que conseguiu inverter a sua posição e encurralar Gustavo na amurada da popa do navio, a poucos centímetros de outro mergulho, nas ondas agitadas do mar azul.

Ele não se deixou intimidar.

— Ha! Você se acha muito durona, mas não passa de uma...

— De uma o quê? Uma garota? — perguntou Jerica, pressionando a espada contra o corpo dele.

Gustavo zombou.

— Nenhuma garota jamais conseguiu me vencer.

— Nem mesmo a Rapunzel?

Ele ficou vermelho.

— Eu teria sobrevivido sem a ajuda dela! — gritou.

— Arrá! Então você *é* o príncipe Gustavo — disse Jerica enquanto o puxava para longe do perigo.

— Não! Hum, não! — ele respondeu, meio gaguejando. — Não foi isso que eu disse. Não dê ouvidos ao que eu digo! Não sei o que... estou... Arrrr! Você me enganou! Agora eu vou...

— Vai o quê? — indagou Jerica. — Por favor, estou morrendo de curiosidade.

Mas, antes que Gustavo tivesse a chance de responder (o que foi bom, pois ele não tinha uma resposta), um assobio alto soou do convés intermediário. O pirata corpulento que tinha capturado Frederico o segurava pelos tornozelos, pendurado para fora do navio.

— Acho melhor vocês pararem com essa confusão — disse o pirata. — Pelo que vi, o magrelo aqui não sabe nadar muito bem.

Atrás dele, estavam o sr. Flint e Duncan, que tentava proteger a cabeça das bicadas do papagaio enfurecido.

— Rendam-se, rapazes — disse Liam. — A luta acabou. — Ele soltou a espada, e, assim que o fez, Chaves lhe deu um soco no queixo.

— Isso foi por ter feito um talho no meu paletó — disse o imediato, examinando o rasgo na manga. — Você faz ideia de como é difícil encontrar um bom alfaiate em alto-mar?

Jerica avançou até a beirada do convés superior para se dirigir a sua tripulação. Ela não perecia nem um pouco preocupada com o fato de Gustavo estar ao seu lado, com a espada dela em punho.

— Acabei de confirmar, como já suspeitávamos, que esses homens são os membros da Liga dos Príncipes — anunciou a capitã. — Bom, pelo menos quatro deles. O maltrapilho, o cabeludo e o quase sem roupa devem ter sido contratados para ajudar.

Garáfalo deu uma cotovelada em Marretas.

— Ela está falando da gente.

A tripulação comemorou. Vários falavam de ouro e riquezas incalculáveis. Liam olhou para Gustavo, meio esperando que ele desse uma cabeçada nela por trás, mas o príncipe grandalhão continuou parado, olhando silenciosamente para os cabelos de Jerica. De repente, a voz de Frederico se destacou em meio a toda aquela balbúrdia.

— Com licença, senhorita capitã?

— Apenas capitã — respondeu Jerica, e fez sinal para que seus homens se calassem. — O que foi?

— Bom, considerando a euforia da sua tripulação, presumo que vocês estejam planejando... Hum, podemos continuar essa conversa comigo virado do jeito certo?

— Pode ser, Tauro — disse Jerica. O pirata enorme colocou Frederico de volta no convés.

— Obrigado — ele continuou. — Como eu ia dizendo, presumo que estejam planejando nos entregar ao reino de Avondell em troca da recompensa.

— Presumiu corretamente — disse Jerica.

— Bom, acho que a informação que você tem já não é mais válida — disse Frederico. — Há quanto tempo estão em alto-mar?

— Eu diria que há quase dois meses — respondeu Chaves.

— Ah, isso explica tudo — falou Frederico. — Vocês não ficaram sabendo: a recompensa pela nossa cabeça foi cancelada. Apresentamos provas para os avondelianos de que a princesa Rosa Silvestre não foi assassinada, e sim raptada por darianos. Nosso nome foi limpo na hora.

Uma onda de bufadas e grunhidos se ergueu entre os piratas.

— Será mesmo verdade? — perguntou Jerica para o sr. Chaves. O imediato encolheu os ombros. — Bom, mesmo que seja — continuou a capitã —, vocês ainda são prisioneiros muito valiosos.

— Claro, não tenho como argumentar quanto a isso — disse Frederico, recostando despreocupado no mastro. — Mas será que vocês não estariam interessados na nova recompensa?

— Que nova recompensa? — perguntou Chaves.

— Ah, claro! Vocês estavam em alto-mar, não ficaram sabendo — disse Frederico. — A recompensa que os avondelianos estavam oferecendo por nós, "uma fortuna incalculável", agora eles estão oferecendo a mesma quantia para quem levar Rosa Silvestre de volta para casa sã e salva. Vocês não fazem ideia de onde a princesa está, fazem?

Jerica girou a espada na mão.

— Não precisa se fazer de inocente, príncipe Frederico — disse ela. — Sim, o nosso navio foi contratado pelos darianos para levar a princesa para o mar. Mas isso você já sabia. A única dúvida é o que faremos com essa nova informação.

A tripulação murmurou ansiosa, enquanto Jerica esfregava as pontas dos dedos umas nas outras, ponderando as opções.

— Piratas do *Tempestade* — anunciou ela, finalmente. — Inverter curso! Vamos resgatar uma princesa. — Ela se voltou para Gustavo. — Pelo jeito, vamos passar muito mais tempo juntos.

Ele engoliu em seco.

Rodrigo Chaves, em vez de usar os degraus, pulou agilmente a amurada do navio até onde ficava o leme.

— De volta para a ilha então, capitã? — perguntou ele.

— Isso mesmo, sr. Chaves.

— Rosa Silvestre está em uma ilha? — Liam quis saber.

— Não — Jerica retrucou. — Vamos dar uma passadinha pelos trópicos porque estou louca de vontade de beber água de coco.

— Sério?

Ela revirou os olhos.

— Vocês acabaram de contar que tem uma recompensa esperando por mim se eu encontrar a princesa desaparecida — continuou. — Você acha mesmo que eu perderia tempo para ir atrás de uma bebida refrescante?

Liam ficou vermelho.

— Não, claro que não — murmurou.

— Viu, é aí que você se engana — disse Jerica, balançando um dedo insolente para ele. — Você não devia confiar em mim. Sou bem capaz de fazer algo desse tipo.

Gustavo não conseguiu segurar uma risadinha. Dava para ver as têmporas de Liam pulsando de raiva.

— Então Rosa Silvestre está *mesmo* em uma ilha? — Liam perguntou.

Jerica lançou um olhar para Gustavo, do tipo "Esse cara existe?", e os dois caíram na gargalhada.

— Tudo bem — resmungou Liam. — Podem tirar sarro de mim quanto quiserem...

— Faz tempo que eu espero ouvir isso de você! — Gustavo deixou escapar. — Seu cabelo parece capim caído, e seus olhos são muito pequenos para a sua cabeça. E, quando você fica bravo, sua cara fica igual à de um cavalo com dor de barriga.

Liam bufou e rangeu os dentes.

— Assim mesmo — adicionou Gustavo, apontando.

Liam cruzou os braços e não disse nada.

— Ceeeerto — Jerica falou lentamente para ele. — Pelo jeito você não é o engraçado da turma.

— Não, esse sou eu — disse Duncan, em um tom agudo. Em seguida, pulou por cima da amurada do convés superior, deu várias piruetas gritando e acabou pulando no mar. Por sorte, ele caiu em uma rede cheia de lulas prestes a ser puxada para cima.

— Nem... — observou Jerica. — Já vi mais engraçados. — Voltou-se para os outros príncipes. — Se me derem licença, tenho um navio para comandar. Podem explorar toda a embarcação, mas fiquem longe da minha cabine. Ela é zona proibida. Vai ser bom vocês se familiarizarem com o *Tempestade*, afinal aqui vai ser o lar de vocês por um bom tempo. Pelo menos três semanas de viagem até a ilha onde deixamos a sua princesa reclamona.

— Três semanas — Frederico repetiu, desanimado.

— Preparem-se para o trabalho duro — disse Jerica. — Enquanto estiverem neste navio, vocês são parte da tripulação. Joe Sem-Nariz! Barba de Aço! Mostrem para os novatos onde ficam as cordas.

Garáfalo bateu palmas.

— Viva! Vou fazer parte da tripulação do *Tempestade*! Isso é muito mais legal do que ser dono do próprio navio!

— Essas três semanas vão ser muito interessantes — disse Frederico enquanto eles seguiam os piratas pelo convés. — Não é mesmo, Gustavo? Gustavo?

Mas Gustavo nem ouviu. Ele estava era olhando por cima do ombro para Jerica.

18

O FORA DA LEI FICA MUDO

— Se eu soubesse que navegar era tão divertido, teria dado um jeito de ser sequestrado por piratas há anos — disse Duncan alegremente, balançando no cordame que descia ao longo dos mastros de madeira vermelha do *Tempestade*. Com suas velas abertas, o poderoso galeão cortava as ondas a toda velocidade, espirrando sal e espuma pelas amuradas, molhando os homens que puxavam as redes, Liam e Gustavo entre eles. Os príncipes soltaram no convés a pesada carga de peixes se debatendo, e Frederico começou a separá-los, pegando cada peixe na pontinha dos dedos e com o braço esticado. Gustavo ria de chacoalhar.

— Se tivessem me dado o avental que solicitei, eu não precisaria tomar tanto cuidado — disse Frederico, em defesa própria.

— O quê? — exclamou Gustavo. — Não estou rindo de você, Trancinhas. Eu só estava lembrando... "Podem tirar sarro de mim quanto quiserem." Ha. Foi hilário.

Liam bufou e balançou a cabeça.

— Isso foi há três dias. Você nunca mais vai me deixar em paz, não é?

— Não — Gustavo respondeu, ainda rindo.

Duncan escorregou pela corda e aterrissou entre os amigos.

— Hum, isso aí é um peixe voador? — perguntou, muito animado.

— Ele não tem penas, se era isso que você esperava — Frederico respondeu, soltando o peixe com todo cuidado em sua devida caixa. — Ah, *agora* você ficou aborrecido? Caçadores de recompensas, naufrágio, sua esposa na prisão... Com tudo isso você continuava rindo. Mas de repente ficou triste porque um peixe não tem penas?

Duncan sentou na amurada do navio e encolheu os ombros.

— Às vezes rir me ajuda a esquecer que estou com medo — disse. — E às vezes dou risada só porque é engraçado mesmo. Quer dizer, esta tem sido uma das nossas melhores aventuras: piratas, monstros marinhos, este chapéu incrível... Mas, com a Branca de Neve correndo perigo, sempre haverá uma parte de mim muito, muito preocupada. Acho que é o meu cotovelo esquerdo.

— O Duncan tem razão — falou Liam, todo sério. — Não podemos esquecer que as garotas estão correndo perigo. Elas contam conosco para salvá-las. Isso é muito sério. Mas parece que nem todos aqui estão cientes disso. — Ele encarou Gustavo.

— O quê? — o loiro irrompeu.

— Não seja injusto com o Gustavo — disse Duncan. — Você não pode culpá-lo por estar se divertindo com a Dona Pirata, afinal ele está apaixonado por ela.

— Apaix... O quê? Você está maluco! — Gustavo soltou. — Não estou nada por ninguém! Aliás, estou é com vontade de dar uma cabeçada em você.

— Talvez "apaixonado" seja muito forte por enquanto — disse Frederico enquanto separava cuidadosamente alguns arenques por tamanho. — Mas está na cara que você está interessado na Jerica.

Gustavo começou a transpirar. E a ficar vermelho. Parecia um tomate derretendo.

— Não é... Argh! Não é, sabe, *esse* tipo de interesse. Só estou... É que ela faz aquilo com a boca.

— Você quer dizer "sorri"? — perguntou Frederico.

— Não — disse Gustavo. — Não é um sorriso normal. Sorriso normal é aquele que você dá quando bate em alguém ou depois que termina de comer um bom bife. O dela é... é... — Ele bufou e chacoalhou a cabeça. — Ela é a *inimiga*, gente!

Um silêncio desconfortável se seguiu enquanto Gustavo ofegava, tentando recuperar o fôlego.

— Não acho que ela seja tão má quanto tenta parecer — disse Duncan, finalmente.

— E, para piorar — adicionou Frederico baixinho —, acho que ela também tem uma quedinha por você.

Gustavo arregalou os olhos.

— Sério?

Os três amigos concordaram.

— Tudo bem, então — disse ele. Em seguida deu uma ajeitada nos longos cabelos loiros e passou a mão no rosto. — Ainda estou com brotoejas?

— O que você está tramando? — perguntou Frederico.

— Vou falar com ela — ele respondeu. Então limpou a garganta, esticou o pescoço e tomou o rumo da cabine da capitã.

— Pensei que *falar* fosse a única coisa que você tivesse medo de fazer — disse Liam.

— Eu sou Gustavo, o Poderoso. Não tenho medo de nada.

◄●►

Mavis e Marvella se entreolharam, convencidas de que o elefante imaginário que elas estavam escovando tinha acabado de soprar uma lufada de ar na cara delas com sua tromba invisível. Na verdade tinha sido Esmirno, que passara correndo por elas quando estava a caminho do trono de Castelovaria. Era praticamente impossível vê-lo quando ele estava correndo a toda velocidade, por isso todos os membros da família real de Sylvaria ficaram surpresos quando o jovem mensageiro pareceu surgir do nada. A rainha Apricotta, que estava desenhando carinhas nas frutas, levou um susto tão grande que jogou para o alto a sua tigela cheia de ameixas sorridentes. Somente o rei Rei mal se mexeu no assento.

— Bom dia, senhores, Vossas Altezas, senhores. Peço perdão se os assustei, mas as notícias que trago são de extrema urgência.

O rei balançou a cabeça igual a um filhote curioso.

— Trago uma mensagem da Liga dos Príncipes — disparou Esmirno. — Bom, tecnicamente foi a princesa Lila quem me enviou, mas ela trabalha com a Liga. O que tenho certeza de que os senhores já sabem, por isso provavelmente eu não precisaria ter dito isso. Mas, continuando, vocês precisam tomar cuidado com os darianos.

— Quem são Dário e Ana? — perguntou a rainha Apricotta.

— Darianos, senhora, Vossa Alteza, senhora. Eles têm uma pedra mágica, e estão vindo para os Treze Reinos com a intenção de tomar o poder de tudo.

Vai ser uma cena muito desagradável, senhora. Pior que da vez em que a perna de pau da minha avó pegou fogo.

O rei despertou de repente. Levantou os braços, remexeu os dedos e ergueu o punho — mas seu olhar continuou distante.

— O senhor está bem, senhor, Vossa Alteza, senhor? — perguntou Esmirno, preocupado. — O senhor está com um... olhar esquisito.

— Não ligue para o papai — disse Marvella. — Ele *sempre* foi um pouco esquisito.

— Eu não quis dizer esquisito normal — falou Esmirno. — Eu quis dizer *esquisito* esquisito. Do jeito que a minha avó ficou depois que bebeu um galão de tinta.

O rei Rei abriu a boca como se fosse soltar um grito, mas não saiu nem um som.

Esmirno contraiu as sobrancelhas.

— Muito bem, senhor, acho que vou indo — disse ele. — Mas espero que o senhor siga o conselho da princesa Lila e prepare o exército de Sylvaria.

— Sylvaria não tem exército, meu jovem — disse a rainha. — Talvez ela tenha sugerido que façamos alguns exercícios? — Ela começou a bater os braços, como se fosse um passarinho.

— Não tem exército? — perguntou Esmirno. — Então quem são aqueles homens armados lá fora?

Nesse momento, uma cabeça apontou de um nicho nos fundos da sala — uma cabeça careca, com uma pele pálida, meio azulada, e dentes pontiagudos. A barracuda humana mal olhou para Esmirno e se pôs a bater em um gongo que estava ao lado. Um bando de soldados, armados de espadas e lanças, invadiu a sala do trono. Esmirno levou um susto quando os viu e saiu correndo no mesmo instante. Os guerreiros pararam no meio do caminho, assombrados com o súbito desaparecimento do mensageiro.

A rainha Apricotta olhou para o homem medonho que estava atrás e perguntou:

— Você é o Dário?

Frustrado, o homem acenou para os outros darianos e voltou para seu esconderijo — um canto empoeirado cheio de prateleiras vazias. Havia uma plaquinha no alto do nicho, na qual estava escrito: "LUGAR PARA COISAS QUE NOS ESQUECEMOS DE JOGAR FORA".

Fig. 15
Bola
de
cristal

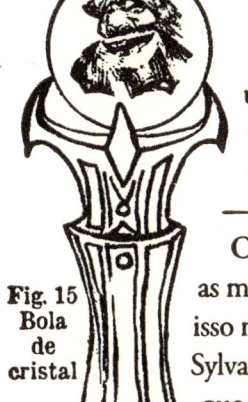

Na escuridão de seu esconderijo, o dariano pálido ergueu uma bola de cristal brilhante. Ele a esfregou, e uma névoa verde se contorceu dentro da bola para depois se abrir, revelando o rosto de seu mestre.

— O que foi, Falco? — perguntou lorde Randark.

O dariano mudo executou uma série de gestos rápidos com as mãos, e Randark assentiu. (Sim, Falco não sabia falar — mas isso não impediu o chefe militar de lhe dar a função de controlar Sylvaria por intermédio da pedra; naquele reino, ele logo percebeu que qualquer comportamento estranho passaria despercebido.)

— Continue fazendo conforme o combinado, Falco — respondeu Randark. — Não se preocupe. Nossos homens estão a postos. E os príncipes estão a caminho do destino final deles.

Falco guardou a bola de cristal e deu uma olhada na família real. As gêmeas estavam andando pela sala, tateando o ar com as mãos espalmadas, na esperança de encontrar o mensageiro, que elas imaginavam estar invisível. A mãe continuava desenhando olhinhos nos limões. Tudo tinha voltado ao normal.

Mas, no reino ao lado, em uma câmara subterrânea mal iluminada, lorde Randark estava preocupado. Ele deu as costas para a imensa bola de cristal instalada sobre um pedestal de ossos humanos.

— Eu devia matar os príncipes agora mesmo e acabar logo com isso — disse ele nas sombras.

— Paciência — respondeu uma voz estridente. — Vai ser muito melhor assim. Inesquecível.

— Estou pouco ligando — disse Randark.

— Em breve você vai ter tudo o que deseja — disse a voz, num tom irritadiço. — Agora é a minha vez. E lembre-se de que sem mim você não poderia ter nada disso; não sem muitos anos de guerra e esforço. Quem lhe ensinou a dividir a gema? Quem aumentou os poderes dela? Quem lhe deu as bolas de cristal?

— Basta — vociferou Randark. — Vou honrar com o nosso acordo. — Ele se aproximou de um mapa enorme preso na parede, embaixo de duas arandelas cobertas de parafina derretida. Era um mapa dos Treze Reinos; não que fosse tão fácil de identificar, por conta dos vários "x" vermelhos marcados por todos os lados. — Afinal, você tem razão: esse nosso acordo me *deu* o mundo.

19

O FORA DA LEI BOTA PARA QUEBRAR

Foi um pouco estranho quando Gustavo tentou "falar" com Jerica pela primeira vez. Para quebrar o gelo, ele mandou um:

— E aí, Dona Pirata! O que está rolando em alto-mar?

Ao que ela respondeu:

— Eu prefiro que você me chame de capitã. Ou, quando muito, Jerica.

Ao que ele respondeu:

— Vou continuar te chamando de Dona Pirata.

Ao que Jerica respondeu chamando-o de Cachinhos Dourados.

Ao que Gustavo respondeu chutando um barril para o mar.

Ao que o sr. Flint respondeu, gritando:

— Ei, aquilo era a comida do meu papagaio!

Mas o clima melhorou na segunda vez. E, nas semanas que se seguiram em alto-mar, eles passaram quase todos os dias juntos (quer dizer, Gustavo e Jerica — o sr. Flint, não). Eles contaram histórias e piadas de mau gosto, duelaram, pescaram tubarão. Competiram para ver quem subia mais rápido o mastro, quem arremessava barril mais longe e até quem comia mais (o *Tempestade*, para alívio de Gustavo, tinha um bom estoque de frutas, grãos e carne-seca). Eles pregaram peças um no outro (Gustavo levou dias para conseguir tirar a tinta de lula do cabelo) e se aproveitaram de todas as oportunidades para tirar sarro de Liam.

— Ele com certeza está se divertindo muito — Frederico disse para Liam numa tarde enquanto observavam Gustavo e Jerica rindo juntos no cesto da gávea.

— Eu gostaria de poder dizer o mesmo — respondeu Liam, irritado, arrancando um papel de suas costas, em que estava escrito: "ME JOGUE NA ÁGUA".

— Acredite, divertimento é a última coisa que passa pela *minha* cabeça — disse Frederico. — Estou preocupado com Rapunzel, Ella e Branca de Neve. Sem falar que este navio não tem uma barrinha de sabonete sequer. Ou uma pinça. E você já percebeu o que o sal está fazendo com a minha pele? Olhe para as minhas mãos! Parecem iguanas mumificadas saindo das minhas mangas! Mas estou mais preocupado com as garotas. E sei que o Gustavo também está. Mas, no meio de todo esse trabalho duro e horroroso, ele conseguiu encontrar um pequeno oásis de felicidade. E vê-lo sorrindo tem sido a única coisa que torna a minha estada neste navio tolerável.

Liam assentiu.

— Você tem razão. É animador ver uma luz neste momento de trevas. — Em seguida, com um baque e um jato, uma laranja podre se espatifou na cabeça dele, enquanto, metros acima, Gustavo e Jerica batiam as mãos no alto.

E assim eles seguiram, passando por águas calmas e agitadas, sol escaldante e chuvas torrenciais, dias de silêncio solene e noites de cantos roucos. O tempo todo, Chaves, o imediato, não tirou as mãos do leme, guiando o navio rumo ao sul e fazendo o possível para aturar os ataques de perguntas disparados por Duncan.

— O que é mastro da mezena? — Duncan estava deitado no convés, olhando para cima.

— É aquele que fica na popa — respondeu Chaves, de olho no mar adiante.

— Como você conseguiu essa cicatriz no rosto?

— Cortei sem querer, fazendo a barba.

— Ah, não foi em um duelo?

O imediato soltou uma risadinha maliciosa.

— Eu não me machuco em duelos. Só o meu adversário.

— *Touché* — disse Duncan. Agora ele balançava em uma viga. — Por que você não fala como um pirata?

— Eu falo como um pirata.

— Você não fala igual ao capis Garáfalo.

— Garáfalo fala como um idiota.

— Quem ganharia: um pirata ou um ninja?

— Você tem muita energia, não é? Sabe, o convés é ótimo para correr, caso esteja precisando queimar um pouco dessa sua energia.

Duncan se equilibrava em cima de um barril.

— O que é aquela coisa brilhante na água?

— Acho que você já fez muitas perguntas por hoje.

— Não, sério, o que é aquela...

— Chega!

Duncan soltou um grito e deu no pé.

Enquanto isso, Gustavo preparava uma surpresa para Jerica. Ele planejava revidar a pegadinha da tinta de lula, apanhando-a em uma emboscada com um ataque surpresa de biscoito duro. Carregado, ele seguiu na ponta dos pés para a cabine da capitã, abriu a porta e se pôs a arremessar os biscoitos sem gosto. Jerica não achou a menor graça.

— Dá o fora daqui! — berrou ela, escondendo embaixo da mesa um objeto de vidro brilhante. Na hora, Gustavo parou de jogar biscoitos e encolheu os ombros com ares de inocência.

— O que foi que eu...

— Tem *um* lugar! — ela gritou enquanto se levantava com tanto ímpeto que até derrubou a cadeira. — *Um* lugar em que eu disse que você não podia entrar! Agora, dá o fora daqui!

E bateu a porta na cara estupefata de Gustavo.

— Mas... — Ele largou o restante dos biscoitos duros e foi embora. Antes, quando Gustavo ficava aborrecido, ele subia em uma árvore e ficava lá até voltar a sentir vontade de falar com humanos novamente. Preso em um navio, ele fez o melhor que pôde.

Jerica o encontrou dez minutos depois, sentado no alto da viga mestra do mastro principal do navio.

— Você está ridículo — disse ela enquanto subia para se sentar ao lado dele. Gustavo apenas respondeu com uma cara de emburrado. — Pensei que Liam fosse o depressivo — ela provocou.

Ele soltou uma risadinha abafada.

— Eu devia te jogar no mar por ter feito uma comparação como essa.

— Quero ver — respondeu Jerica, e esperou um segundo para ver se ele iria mesmo tentar. — Olha, eu admito que tivemos ótimos momentos durante esta viagem. Mas isso não significa que você pode entrar na minha cabine particular daquele jeito. Eu dei uma ordem, e você desobedeceu. Devo ou não ficar brava por isso?

— Pensei que fôssemos...

— Não somos nada — disse ela. — Nada além de companheiros de viagem que deram algumas risadas juntos.

Gustavo olhou no fundo dos olhos dela.

— Isso não é verdade — disse, com muito mais convicção do que esperava. — É diferente, e você sabe disso.

— Tudo bem. Sim, é diferente. Porque você era meu *prisioneiro*. E não sou conhecida por me dar muito bem com meus cativos. Mas, ei, por um motivo qualquer, nós nos demos bem. E é exatamente por isso que é preciso pôr um fim nisso. Estamos ficando muito próximos, e isso não pode acontecer. Sou uma capitã de navio, e você tem alergia a frutos do mar. Isso nunca vai dar certo.

Gustavo resmungou.

— Eu nunca devia ter confiado em uma garota.

— Eu sou uma mulher — disse Jerica.

— Sim, a primeira mulher com quem já me diverti — ele murmurou. — Tudo bem, Dona Pirata. Só me diga uma coisa. Com o que você estava mexendo quando entrei de surpresa? Parecia uma...

Ela se inclinou para a frente e lhe deu um beijo. Gustavo arregalou os olhos.

— O que... — ele gaguejou. — O que foi... isso... por que... isso?

Jerica ia responder quando houve um estrondo e o navio inteiro foi jogado de um lado para o outro. Gustavo perdeu o equilíbrio e escorregou da viga, mas Jerica o segurou pela mão. O príncipe era duas vezes mais pesado, e ela fez o que pôde para tentar segurá-lo enquanto, abaixo deles, toda a tripulação corria, descontrolada.

— Dragão-marinho! — gritou sr. Chaves.

— A coisa brilhante na água! Era isso que eu estava tentando lhe dizer — falou Duncan, saindo de trás de um caixote cheio de cascas de caranguejo.

A serpente marinha se ergueu acima das ondas e esguichou uma baforada quente e salgada contra os piratas desesperados. Ela era toda coberta de escamas prateadas, salvo por um círculo preto escuro na face esquerda.

— Vou virar conserva de camarão — disse Chaves, esforçando-se para firmar o leme. — É a mesma fera que afundou o navio de vocês. Ela deve estar nos perseguindo há semanas. Homens, os canhões! A única coisa pior do que um dragão-marinho é um dragão-marinho *vingativo*!

O *Tempestade* era muito grande para o mostro se enrolar ao redor, como tinha feito com o *Casca de Noz*, mas a criatura era forte o suficiente para conseguir fazer um buraco na lateral do sólido galeão — e era exatamente isso que estava tentando fazer. O dragão sibilante batia com a cabeça encrespada na lateral direita do navio, e, a cada pancada, os tripulantes escorregavam dolorosamente pelo convés. Uma dessas pancadas arremessou Frederico pelos ares, em direção à amurada. Tauro, o brutamontes bom de briga da tripulação, pegou o príncipe no colo como se ele fosse um bebê.

— Precisamos parar de nos encontrar em situações assim — gracejou o pirata grandalhão. Então colocou Frederico no chão e correu até um canhão próximo. Tauro puxou um caixote de munição. Mas, antes que pudesse preparar algo, a cauda do dragão, grossa como um elefante, bateu contra a amurada e ele caiu, inconsciente. Frederico soltou um grito e se escondeu atrás de uma barrica.

Cadê os tiros de canhão?, pensou Frederico. Então olhou ao redor: o dragão se debatia enfurecido, e a situação no *Tempestade* era caótica. Velas rasgadas, o mastro da mezena estava partido em dois. Várias pessoas tinham caído ao mar. Dos três canhões que havia no convés, um estava tombado para o lado e o segundo tinha escorregado e desaparecido por uma parte quebrada da amurada. E a escada que descia até os canhões do convés abaixo estava bloqueada pelo pedaço imenso de um mastro tombado. Só restara um canhão, bem na frente de Frederico.

— Acho que isso não deve ser tão difícil de usar — disse ele. — Coloque a bala dentro do canhão, acenda o pavio e... *bum*. Sim, eu dou conta disso. — Ele se abaixou e tentou pegar uma bala. Ela era a coisa mais pesada que ele já tinha tentado erguer. Quem sabe não estava colada no convés. — Isso é ridículo — disse, largando-se sentado no chão. — Onde está o Gustavo quando a gente precisa dele?

E então ele olhou para o alto. Quase vinte metros acima, Gustavo se debatia igual a uma roupa no varal, enquanto Jerica se segurava como podia, deitada ao longo da viga mestra do mastro. Se Frederico pudesse ouvi-los, teria escutado Gustavo dizendo:

— Me solte dentro da boca do monstro. Nós sabemos o motivo pelo qual ele nos seguiu. Ele gostou de mim e agora quer mais. Sou delicioso.

E então ele teria ouvido Jerica respondendo:

— Cale a boca, Cachinhos Dourados.

Mas, em vez disso, tudo que Frederico conseguiu ouvir foi:

— Por que eles ficam balançando nos mastros enquanto nós temos de enfrentar o dragão?

— Duncan! — berrou Frederico. — De onde você surgiu?

Liam apareceu logo atrás dele.

— Ficamos presos embaixo do Marretas — disse ele, ofegante. — Demorou um pouco para conseguirmos sair de baixo dele.

— Precisamos... — Frederico foi interrompido por outra pancada que quase os derrubou.

— ... deter o dragão — concluiu Liam.

— Devíamos usar o negócio de atirar — sugeriu Duncan, muito orgulhoso da ideia.

— Sim — respondeu Frederico, segurando-se no convés instável. — Mas preciso de uma ajudinha para carregar o canhão.

— Pode deixar comigo — disse Liam. Então agachou e, com um grito de dor, ergueu a alguns centímetros do chão uma bala de canhão. — Minha nossa. Por que fazem essas coisas tão pesadas?

Frederico perdeu o fôlego. O dragão tinha parado de bater e agora encarava Gustavo, que se contorcia feito uma minhoca na cara da fera.

— Trabalho em equipe, pessoal! — gritou Liam. — Força! Força!

Frederico e Duncan agacharam ao lado dele, e juntos o trio conseguiu arrastar a bala até a ponta do cano do canhão e empurrá-la para dentro.

— Duncan, me dê um fósforo — pediu Liam, apressado.

— Por que eu teria um fósforo?

— Porque você é você.

Duncan enfiou a mão dentro do bolso e tirou um fósforo. Liam pegou e acendeu o pavio do canhão.

— Afastem-se! — gritou ele. Todos saíram correndo de perto da poderosa arma e de seu pavio incandescente e foram se esconder atrás de uma lata de provisões para assistirem a uma distância segura.

— Tenho uma pergunta — disse Duncan.

— Agora não — respondeu Liam.

— Foi o que o pirata que tem uma cicatriz no rosto falou quando tentei avisar sobre o dragão — Duncan observou. — Acho que as pessoas precisam parar de me impedir de fazer perguntas.

— Tudo bem, Duncan — disse Liam. — O que é?

— Nós não devíamos ter apontado o negócio de atirar na direção do dragão?

— Droga! — O canhão estava prestes a disparar para a água. E a serpente do mar balançava sua língua bifurcada bem pertinho dos pés pendurados de Gustavo.

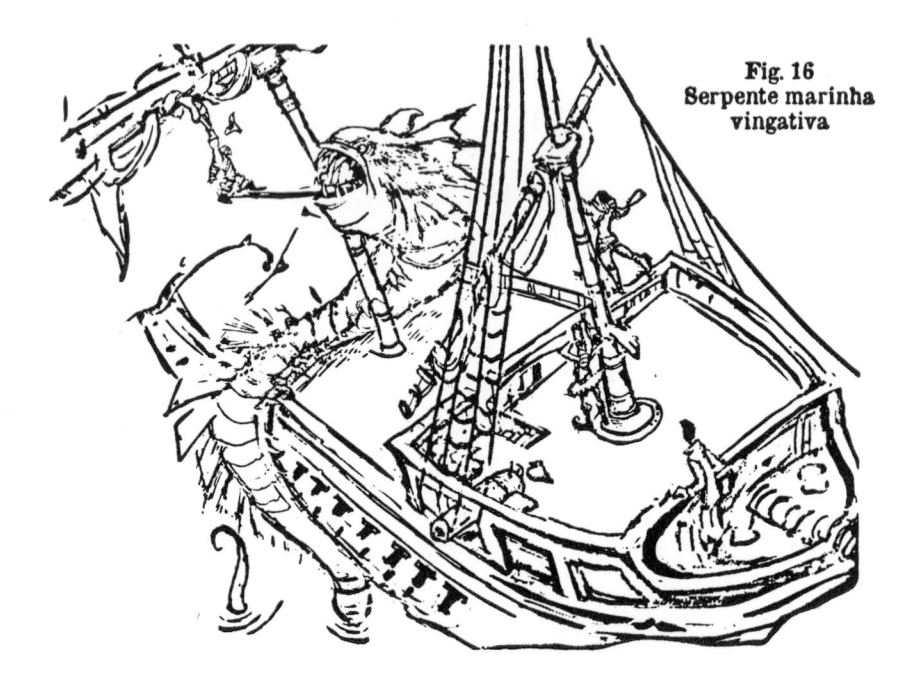

**Fig. 16
Serpente marinha
vingativa**

— Façam muito barulho! — gritou Liam. Ele, Frederico e Duncan saíram correndo do esconderijo, pulando, gritando e agitando os braços feito malucos.

— Ei, Cecil! — gritou Duncan. — Aqui, Cecil!

O dragão-marinho virou a cabeça na direção deles. A coisa abriu tanto a boca que era possível engolir os três de uma vez só. Liam recuou, puxando os outros junto, e os dentes do dragão cravaram no convés. A fera arrancou um naco do navio — convés, amurada, incluindo o canhão.

Os príncipes se encolheram quando a poderosa criatura se ergueu sobre eles outra vez, mostrando suas presas fatais em algo que parecia ser um sorriso. E então eles ouviram o estouro abafado do canhão disparando no fundo do estômago do dragão. A fera ficou vesga, e uma fumaça preta escapava por entre seus dentes enquanto lentamente ela afundava de volta para o fundo do mar.

O sr. Chaves, que se manteve firme no leme o tempo todo, soltou um grito de vitória.

— Não foi a maneira mais ortodoxa de usar um canhão — disse ele. — Mas serviu ao propósito.

No alto do mastro principal, Jerica ficou aliviada quando o navio finalmente parou de chacoalhar. Ela respirou fundo e puxou Gustavo para cima. O príncipe se apoiou sobre a viga e olhou para ela. As mangas de Jerica estavam rasgadas, os cabelos bagunçados. Ela estava suada, descabelada, com o rosto vermelho. *Ela está magnífica*, pensou ele.

— Ei, Dona Pirata — ele ia dizendo, mas ela o interrompeu.

— Agora não, Cachinhos Dourados — disse, olhando para o horizonte ao sul. — Lá está a ilha.

20

O FORA DA LEI SE ESQUECE DE LEVAR UMA TROCA DE ROUPA

A ilha surgiu no horizonte, um montinho de terra marrom casando com a beleza suave do mar tão azul quanto o céu límpido ao alto. Para ser sincero, chamar aquilo de "ilha" era elogio. Ela estava mais era para um bloco de terra flutuante. Tirando alguns arbustos secos e uma saliência rochosa, aparentemente não havia mais nada. Só vazio. A vários quilômetros de distância, na proa do *Tempestade*, os príncipes revezavam para olhar pela luneta.

— Tem certeza de que foi lá que vocês deixaram a Rosa Silvestre? — perguntou Liam, desconfiado. — Porque para mim não tem ninguém lá.

— Não tem outra ilha por vários quilômetros, em todas as direções — disse Jerica, enquanto seus tripulantes jogavam a âncora. — Aquela montanhazinha que você está vendo tem uma caverna. Ela deve estar lá dentro. A menos que você ache que ela tenha sido estúpida o bastante para tentar sair nadando de lá.

— A Rosa nadar? — disse Liam, quase rindo. — Não, se foi lá que vocês a deixaram, tenho certeza de que ela ainda está lá.

— Bom, então é isso — disse Jerica. — Acho melhor vocês irem andando. — E começou a se afastar.

— Espere aí, Dona Pirata — disse Gustavo, segurando-a pelo braço. — Você não vem junto?

— Não. — Ela então olhou por um segundo no fundo dos olhos dele, antes de virar novamente. — Caso você não tenha notado, seu amigo escamoso causou um belo estrago no meu navio. É preciso providenciar alguns reparos.

— Aquele sujeito cujo nome eu não lembro pode cuidar disso — disse Gustavo. — E aquele outro cara também.

— Eu sou a capitã deste navio. Tenho responsabilidades — disse ela. — Aceite isso. — E saiu andando na direção de alguns piratas que consertavam a amurada quebrada.

— O que deu nela? — indagou Gustavo em voz alta.

— O capitão sempre fará o que é melhor para a tripulação — disse o sr. Chaves. Então fez uma pausa e respirou fundo. — Mesmo que isso signifique abandonar os companheiros que acabaram de salvar o seu navio.

— Bom, "abandonar" é uma palavra muito forte — observou Liam.

Chaves balançou a cabeça.

— Mas, como disse a capitã, é melhor vocês irem andando.

— Vocês não vão chegar mais perto? — perguntou Frederico, olhando para os quilômetros de azul que os separavam da ilha.

— Os recifes podem partir o casco de um navio deste tamanho — disse Chaves. — Vocês terão de ir de bote.

— Eu vou levar vocês até lá — falou Tauro, subindo em um pequeno bote de madeira pendurado do lado de fora da amurada. Os príncipes foram atrás, e dois piratas fortes giraram as manivelas de madeira para descer o bote até a água. Tauro desamarrou as cordas e se pôs a remar na direção da ilhota.

◆•◆

À medida que o bote se aproximava daquela praia escura e desolada, Frederico não conseguia espantar a estranha sensação de que havia algo errado. Ele não estava gostando de não ter visto nenhum sinal de Rosa Silvestre ainda. Assim que ficou mais raso, Liam, Duncan e Gustavo pularam do bote feito molas e saíram espirrando água até a praia, chamando por Rosa Silvestre. Mas Frederico não conseguia criar coragem para ir junto.

— Vá com seus amigos — disse Tauro. — Pode deixar que eu cuido do bote.

Frederico respirou fundo, desceu do bote, afundando até a altura dos joelhos, e foi atrás dos amigos, jogando água para os lados. Seu coração martelava dentro do peito. Na verdade, parecia que todos os seus órgãos pulsavam descontrolados — até mesmo aqueles que normalmente não pulsam.

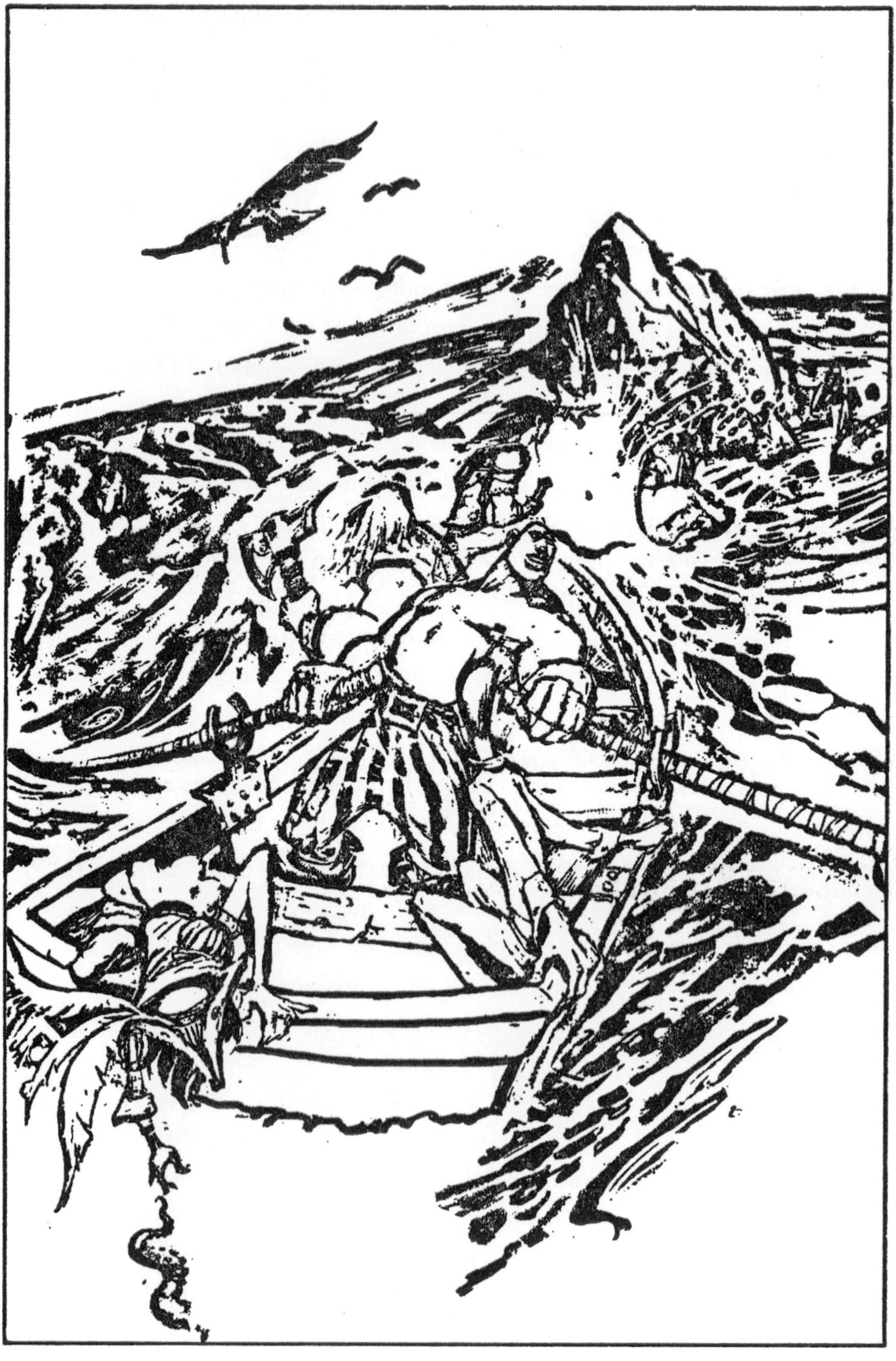

Mas então, por trás da elevação rochosa, surgiu um coque torto de cabelos castanho-avermelhados sujos. E ele estava no alto da cabeça da princesa Rosa Silvestre. Ela estava pálida e magra (mais que o normal), e seu vestido, que um dia fora elegante, estava reduzido a trapos. Ela estava suja e descalça. Mas estava viva.

Rosa deu uma olhada ao redor, a princípio um pouco confusa por estar ouvindo seu nome — ou vozes humanas. Mas, assim que avistou os príncipes, arregalou os olhos. Em seguida começou a acenar desesperadamente, ao mesmo tempo em que corria ao encontro deles.

— Liam! — gritou ela.

— Rosa! — Ele abriu os braços e saiu em disparada.

— Liam! — ela gritou novamente, e dessa vez soou um pouco brava.

— Rosa? — disse Liam assim que chegou perto e a envolveu em um abraço.

— Liam, seu idiota! — berrou Rosa Silvestre, empurrando-o para poder continuar correndo. — Vocês são todos uns idiotas! — ela xingou ao passar pelos outros príncipes.

— O que foi? O que foi? — Frederico repetia confuso.

— Vocês os deixaram ir embora! — disse Rosa Silvestre, apontando enlouquecida para a praia. Todos se viraram. Tauro estava voltando para o *Tempestade*.

— Espere! Espere! — chamou Frederico, correndo de volta aos tropeços para a água. — Sr. Tauro! Volte!

Liam e Duncan se juntaram a ele, pulando e acenando. Mas foi em vão. Rosa Silvestre deu um tapa na testa.

— Eles não vão voltar, seus tontos — disse. — Eles não *esqueceram* vocês. Esse era o plano deles. Abandoná-los em uma ilha deserta. Deixá-los neste pedaço de terra para apodrecerem comigo.

— Essa não. — murmurou Liam, quando se deu conta da situação terrível. — Não, não, não, não, não.

— Eu não entendo — disse Frederico, chateado.

— Claro que você não entende — Rosa Silvestre revirou os olhos. — Se entendesse alguma coisa, não teria caído nessa armadilha.

— Armadilha?

— Isso mesmo, uma armadilha do Randark — berrou ela. — Faz uns três meses ele me raptou e mandou aqueles piratas me abandonarem nesta pilha de pedras medonha. Minha única esperança era que vocês, os gênios, não deixassem que ele fizesse o mesmo com vocês. Portanto, obrigada mais uma vez por serem tão paspalhos.

— Espere, você disse Randark? — perguntou Liam. — Mas o Randark está morto.

— Errou novamente, sr. Inteligência — debochou Rosa Silvestre. — Venha comigo.

Ela voltou pisando duro para o outro lado da montanha, e os homens a seguiram, relutantes.

— Quando seus amigos piratas me abandonaram aqui para morrer, eles me deixaram uma coisa... *isto*. — Ela se abaixou e os conduziu por uma abertura na rocha que dava em uma caverna úmida e fria. No centro havia um pedestal de pedra, e sobre ele uma bola de cristal.

— Nós vamos jogar boliche? — perguntou Duncan.

— Cale a boca e espere — disse Rosa Silvestre. — Tenho certeza de que os piratas estão passando uma mensagem neste exato instante. A bola deve... *ligar* a qualquer momento.

Como se tivesse entendido a deixa, a bola de cristal começou a brilhar. Uma névoa verde se contorcia sob a superfície de vidro, e então se abriu para revelar uma face. Os príncipes conheciam muito bem aqueles olhos sombrios, as sobrancelhas cerradas e a barba trançada. Lorde Randark.

Eles ficaram perplexos quando viram a cara do chefe militar na bola de cristal, mas ficaram ainda mais surpresos quando ouviram a sua voz.

— Ah, vejo que meus parceiros do *Tempestade* estavam certos... Vocês finalmente conseguiram — disse ele. — Suponho que devo agradecê-los. Foi muito útil vocês terem se mantido ocupados com aquele joguinho de pega-pega com os caçadores de recompensas enquanto eu iniciava a minha conquista dos Treze Reinos. E depois colaboraram imensamente seguindo todas as pistas que deixei de propósito... e até conseguiram *encontrar* os comparsas que contratei para raptá-los. Muito bom mesmo.

— Por que sempre acabamos fazendo isso? — murmurou Liam, puxando os cabelos.

— E agora adeus — continuou Randark. — Aproveitem a estada na ilha. É aí que vocês repousarão por toda a eternidade. — A fumacinha se intensificou e encobriu a cara sorridente do chefe militar.

— Randark! — chamou Liam. Mas o brilho diminuía rapidamente até a bola de cristal voltar a ficar totalmente escura e sem sinal. Liam começou a andar de um lado para o outro. — Isso não pode ser verdade — ele resmungava. — Jerica estava trabalhando com Randark o tempo todo?

— Bem que ela falou que não devíamos confiar nela — disse Duncan, na esperança de ajudar.

— Alguma coisa não se encaixa — insistiu Liam. Havia certo pânico em sua voz. Esse poderia ser o maior fracasso de sua vida. Não apenas porque os Treze Reinos poderiam acabar subjugados pelas forças do mal de Dar, mas porque Ella, Rapunzel e Branca de Neve jamais conseguiriam provar que eram inocentes. Elas poderiam acabar sendo executadas. Ele não queria acreditar nisso. — Precisamos enviar um sinal para o *Tempestade* — disse. — Randark estava mentindo. Ele não tinha como se comunicar com Jerica, seja lá onde estiver.

Gustavo soltou um gemido longo e aflito.

— Ela tinha uma dessas bolas de cristal na cabine dela — disse ele. — Tudo que Randark falou é verdade. E tudo que Jerica disse era mentira. — Ele deixou a caverna, voltou para a praia e ficou vendo o *Tempestade* diminuir até virar um pontinho no horizonte. Mesmo depois que o navio desapareceu por completo, ele se recusou a voltar para dentro da caverna. Ficou um tempão sentado na areia escura, com os cotovelos apoiados nos joelhos e a cabeça entre as mãos. De todos os hematomas, surras e queimaduras sofridos ao longo de sua vida, ele não conseguia se lembrar de nada que tivesse doído tanto.

Enquanto isso, na caverna, os outros também estavam muito perturbados.

— Então estamos presos nesta ilha para sempre? — indagou Liam. — Abandonados para definhar até a morte?

— Ah, não — respondeu Rosa Silvestre. — *Eu* fui abandonada aqui para definhar até a morte. Apesar de *não ter morrido* ainda! Isso porque não tenho medo de comer girinos e algas! — Ela mostrou a língua para a bola de cristal.

— Mas, de qualquer maneira, *vocês quatro* não terão o prazer de definhar. Randark planeja destruí-los de um modo espetacular e deixar que todo mundo assista por essas bolas de cristal.

— Com você sabe disso? — perguntou Liam.

— Ele costuma ligar a bola mágica no meio da noite, e depois fica tagarelando só para me torturar enquanto tento dormir.

Todos ficaram calados por um momento, até que Frederico se manifestou:

— Esse plano não parece ser coisa do Randark. Imaginei que ele fosse mais direto, o tipo de vilão que esmaga seus inimigos. Isso tudo parece ser muito elaborado para ele.

— E desde quando ele começou a fazer uso de magia? — perguntou Liam.

— Isso mesmo, algo não se encaixa. Talvez Randark não esteja trabalhando sozinho.

— Tem três coisas que eu não entendo — disse Duncan, e começou a contar nos dedos: — Como Randark voltou da morte... Como pode estar usando a Gema do Djinn... E como as pessoas conseguem colocar aqueles naviozinhos dentro de garrafas.

— Sabe de uma coisa, rapazes? — disse Rosa Silvestre, cansada. — Ficar brincando de detetive é muito legal, mas o que vocês acham de tentarmos bolar um plano para escapar desta ilha?

— Ela tem razão — disse Liam, impondo-se em toda a sua altura e incorporando sua voz de líder valente. — Não são só nossos amigos e entes queridos que estão em perigo, mas o mundo inteiro. Precisamos salvar o dia. Mas não podemos fazer isso aqui, neste pedaço de terra, no meio do mar. Portanto, qual é a prioridade número um?

— Escapar! — gritou Frederico.

— Escapar! — gritou Duncan. — Depois fazer miniaturas de navios!

— Vamos pensar juntos, pessoal — disse Liam. — Podemos fazer isso!

Os três príncipes comemoraram e se abraçaram, sentindo que naquele momento eram capazes de fazer qualquer coisa. O que foi legal, apesar de isso estar bem distante da realidade. Na verdade, eles nunca conseguiram pensar em um jeito de sair daquela ilha.

PARTE III
NA PRISÃO

21

O FORA DA LEI APROVEITA UMA HOSPEDAGEM ACONCHEGANTE

O povo de Avondell não era apenas rico — ele tinha classe. As pessoas daquele reino valorizavam a beleza acima de tudo. Desde o palácio até o depósito de ferramentas, quase todas as construções da capital do reino eram decoradas com mosaicos maravilhosos, murais com pinturas vibrantes ou elegantes aplicações rendadas de ouro. Experimente visitar a casinha simples de um camponês e você vai encontrar uma mesinha de centro com tampo de vitral e maçanetas de marfim talhadas à mão, tudo oferecido pelo governo. Para a elite de Avondell, não existe punição pior do que ser privado de estilo. E é por isso que a masmorra real — localizada no subterrâneo do palácio — foi especialmente projetada para ser fria e feia. As celas eram cubículos austeros de pedra forrados de palha e infestados de vermes rastejantes. Para piorar, as paredes tinham sido pintadas com cores vibrantes. E decoradas com gravuras consideradas de péssimo gosto para ser penduradas no lar de cidadãos de bem: retratos de palhaços chorando feitos de veludo, por exemplo, ou colagens de unicórnio que brilhavam no escuro.

Era nessas celas extremamente cafonas que Ella, Branca de Neve e Rapunzel estavam preparadas para passar o resto da vida — o que, se dependesse das autoridades, não seria muito tempo. Mas, em vez de entrarmos direto nesse momento de tristeza e desespero, voltemos uns dois meses, muito antes daquela armadilha para os príncipes na ilha, para um dia que foi *um pouco menos* triste e desesperador — o dia em que as fugitivas foram levadas por Barba Ruiva e os gêmeos para a masmorra de Avondell. Elas foram obrigadas a vestir um uniforme bege e sem graça e a prender os cabelos em um coque desmazelado (e, como o cabelo volumoso de Rapunzel ia até os joelhos, ficou parecendo que ela tinha uma segunda cabeça). Muitos foram os rostos tristes que olharam para as garotas por trás das grades quando elas passaram. Assim como poucos foram os rostos enfurecidos e os xingamentos.

— Eles são os verdadeiros criminosos — disse Rapunzel, encolhendo os ombros. — Nós somos inocentes. Não merecemos estar aqui.

— Espero que não esteja imaginando que é a primeira pessoa a dizer isso — respondeu um dos guardas. Ele e seu companheiro trajavam uniformes azuis de listras prateadas impecavelmente passados e com um cravo preso na lapela. Mas também tinham espadas afiadas presas ao cinto de camurça.

— Mas, no nosso caso, é verdade — disse Branca de Neve. — Nunca fiz nada que pudesse ferir Rosa Silvestre. Exceto quando a derrubei no circo. E daquela vez que prendi os dedos dela na porta da carroça. E quando a empurrei em cima de uma mesa cheia de ovos recheados no baile. Mas algumas vezes foi sem querer! Bom, uma vez. Tudo bem, nenhuma.

— Branca de Neve, você não está ajudando — disse Ella abruptamente.

Os guardas pararam no final de um longo corredor escuro.

— Entrem aí — disse um deles, empurrando Ella e Branca de Neve para dentro de uma cela berrante, rosa e azul-petróleo. — Desculpem, mas vocês terão de ficar em duplas. Estamos lotados. As duas últimas semanas foram muito movimentadas para o xerife real e seus homens. — Ele trancou a porta de barras de ferro.

— E eu? — perguntou Rapunzel, estendendo as mãos.

— Você vai ficar na cela da frente. — Os guardas destrancaram uma cela do outro lado do corredor e deram um empurrãozinho em Rapunzel para que ela entrasse. A porta fechou com um estalo, e os guardas desapareceram pelo corredor.

— Não pedi para mandarem uma companheira de cela — disse uma voz atrás de Rapunzel. Quando virou, ela se deparou com uma mulher de um metro e noventa de altura, ombros largos e braços que pareciam colunas de pedra. O rosto rude da estranha era emoldurado por fios ruivos que escapavam de um coque no alto de sua cabeça, dando a ela uma aparência de Medusa.

Rapunzel recuou contra as barras de ferro.

— Eu também não pedi — balbuciou enquanto a mulher gigantesca a encarava.

— Não se aproxime dela — berrou Ella do outro lado do corredor. — Ou então...

— Ou então o quê? — perguntou a valentona. — O que você vai fazer daí?

Branca de Neve jogou um pistache, acertando em cheio entre os olhos da mulher.

— Ai! — ela gritou, erguendo as mãos em sinal de rendição. — Certo, fiquem calmas. Não vou machucar ninguém. É que, sabe, isso aqui é uma *prisão*. Eu estava bancando a durona.

— *Bancando* a durona? — indagou Rapunzel, assustada. — Então você não é durona *de verdade*?

— Não, eu sou — respondeu a mulher. — Fui durona quando eles apareceram. Um grupo de bandidos que tentou roubar a minha vaca. O que foi um grande erro. Vocês já viram um cara sendo atingido por uma vaca giratória? — Ela fez uma pausa e abriu um sorriso tristonho. — Mas não sou uma criminosa ou algo assim. A maioria dos que estão aqui também não é; só tiveram o azar de desobedecer a uma das novas leis malucas do rei. — Ela estendeu o braço, e Rapunzel trocou um aperto de mãos relutante. — Meu nome é Val — continuou a companheira de cela. — Val Jeanval.

Fig. 17
Val Jeanval

— O que você roubou para vir parar aqui, Val? — perguntou Ella.

— Roubei um pão — respondeu a mulher. — E bati em doze soldados do rei com ele. Era uma baguete *muito* velha; uma verdadeira arma.

Todas ficaram olhando para ela.

— Então você *é* uma criminosa — disse Rapunzel.

— Não — insistiu Val. — Eu luto pela liberdade! Faço parte da Resistência! Ou pelo menos faria, se houvesse uma. O rei precisa cair fora. Ele se transformou em um tirano. Tem forçado as famílias pobres a gastarem o único ouro que têm em bobagens, como candelabros de rubi. Proibiu qualquer música que não tenha sido escrita por nosso bardo pomposo, Reinaldo, o duque da Rima. E criou "leis de estilo" severas. Vi um homem sendo preso só porque estava usando meias com sandálias. Admito que o visual não era dos melhores, mas dá um tempo!

— Uau — exclamou Ella. — Pensei que *Rosa Silvestre* fosse a tirana da família. Sempre imaginei que os pais dela fossem soberanos justos.

— As coisas mudaram depois que perderam a preciosa princesa deles — disse Val num tom sóbrio. — Veja bem, não sou uma pessoa sem coração, mas, seja lá qual for o motivo que levou o rei a entrar na Abilolândia, o modo como ele tem abusado do poder não está certo. — Ela encolheu os ombros. — Bom, essa é a minha história. E o que vocês fizeram?

Ella deu uma risadinha sem graça e disse:

— Fomos acusadas de ter sido as *causadoras* da perda da preciosa princesa do rei.

— Mas nós não fizemos isso! — Rapunzel tratou de completar.

— Opa! Então vocês são... — Val bateu com o longo dedo indicador nos lábios. — Uau! Companheiras de cela famosas. Não se preocupem, eu acredito em vocês. Mas que azar! Entre tantas outras coisas das quais vocês poderiam ter sido falsamente acusadas... Francamente, estou surpresa por terem colocado vocês em celas normais. Eu esperava que fossem mandá-las para a Geladeira.

Branca de Neve bateu palmas.

— Será que tem sorvete?

— Não. A Geladeira é para onde eles mandam os... prisioneiros que causam problemas — explicou Val. — É uma cela especial, que fica em algum lugar lá em cima. Os presos tomam muito cuidado para não serem mandados para a Geladeira, por isso não sei muito mais a respeito. Mas, se eu fosse vocês, ficaria esperta. Com o rei no modo ditador, é de esperar que ele trate as três com rigor.

— Isso mesmo! Sua Majestade *vai* fazer vocês pagarem caro pelo crime que cometeram! — A fala em tom ríspido veio de um homem que tinha acabado de surgir no corredor: um sujeito com cara de cera e cabelos amarelo-neon. Ele usava um uniforme parecido com o dos guardas da prisão, mas com dragonas sobre os ombros e um lenço de seda azul no pescoço. — E, se quiserem que os últimos dois meses de vida de vocês sejam razoavelmente suportáveis, é melhor pararem de se referir a Sua Majestade com palavras como "ditador".

— Últimos dois meses? — perguntou Ella.

— Vim informá-las de que a execução de vocês foi marcada para a véspera do solstício de inverno — disse ele, olhando para elas com desprezo. — Por mim vocês já estariam na forca. Mas, considerando a natureza hedionda do crime que cometeram, Sua Majestade decidiu que a vingança de Avondell deveria ser o ponto alto das celebrações do solstício.

— Quer dizer que não vamos ter um julgamento? — perguntou Rapunzel, esperançosa.

O oficial soltou uma risada fria e forçada.

— Ha. Ha. Ha. Sua Majestade já as declarou culpadas.

— Com base em quê? — interpelou Ella.

— As provas de que vocês são culpadas foram relatadas nas músicas dos bardos — respondeu ele. — De que provas mais precisamos?

— Desculpe, sr. Guarda da Prisão — disse Branca de Neve, espremendo o rosto entre as barras da cela, na esperança de ver melhor o homem. — Mas tem algo que o senhor deveria explicar para o seu rei. Como alguém que já serviu de tema para algumas músicas de bardos, posso lhe dizer que aqueles sujeitos nem sempre...

— Não sou um simples guarda da prisão! — falou o homem aos berros. — Sou o *capitão* da guarda. Capitão Eufrásio Boaventura. E vocês devem se dirigir desse modo à minha pessoa.

— Tudo bem, sr. Pessoa — disse Branca de Neve.

— Não! — berrou o oficial. — Vocês devem me chamar de capitão Eufrásio Boaventura.

— Vou ter de dizer tudo isso todas as vezes? — perguntou Branca de Neve, sofrendo com a ideia.

— Sim — respondeu Boaventura, olhando do alto de seu nariz empinado. — E sabe o que mais? Vocês devem se referir ao rei de Avondell como "Sua Majestade, o mais justo e correto rei Basílico Primeiro, vida longa ao rei".

— Peço desculpas, capitão Eufrates Desventura — disse Branca de Neve, levantando a mão. — Mas o "vida longa ao rei" também faz parte do nome dele? Ou é só um fru-fru que você adicionou no final?

O capitão bufou.

— Isso não faz parte do nome de Sua Majestade. Mas mesmo assim você tem de dizer. E meu nome é capitão *Eufrásio Boaventura*. Agora, coloque a cabeça de volta para dentro da cela!

— Eu gostaria muito, capitão Eurípedes Rapadura — disse Branca de Neve, sem jeito. — Mas acho que estou entalada.

Com um grunhido aborrecido, Boaventura espalmou a mão contra a testa de Branca de Neve e tentou empurrá-la. Ela fez uma careta.

— Não toque nela — ameaçou Ella, segurando o pulso do capitão. Do outro lado do corredor, Rapunzel escondeu o rosto, enquanto os olhos de Val brilhavam.

Boaventura virou o rosto lentamente e encarou Ella.

— Tire a mão de mim — disse ele, praticamente num sussurro.

— Só depois que você tirar a sua — respondeu Ella, sem piscar.

— Está tudo bem — disse Branca de Neve, sacudindo a cabeça do lado de dentro da cela novamente. — Viram, estou livre.

Mas Ella continuou encarando com frieza o oficial, segurando firme o pulso dele.

— Largue-me — disse Boaventura. — Ou vai arcar com as consequências.

— O que você vai fazer? — perguntou Ella. — Vai mandar me prender *outra vez*?

— Solte-me — disse Boaventura entredentes. — Ou você vai passar *uma semana* na Geladeira.

Ella soltou — mas antes fez com que ele desse uma bofetada em si mesmo.

— Para a Geladeira — disse ele.

— Sinto muito — disse Branca de Neve para Ella enquanto Boaventura saía pisando duro pelo corredor, chamando os guardas aos berros. — Não era minha intenção te meter em encrenca.

— Você não me meteu em encrenca; fiz de propósito — sussurrou Ella. — Preciso encontrar um jeito de fugirmos daqui, e essa pode ser uma boa oportunidade.

Boaventura voltou com mais dois guardas a tiracolo. Eles destrancaram a cela e puxaram Ella para fora.

— A gente se vê daqui a uma semana — disse ela, animada, enquanto era levada pelos guardas. Boaventura olhou com desprezo para as outras prisioneiras e foi embora.

— Uau, isso foi emocionante — disse Val.

Rapunzel saiu andando de um lado para o outro.

— Como fui me meter nisso? — murmurou. — O que foi que eu fiz de errado? Sempre ajudei as pessoas. Curando seus males! Eu tinha uma bela cabana na floresta, alguns amiguinhos azuis, nabo em abundância. O que tem de errado nisso? Nada! Estava tudo muito bem! Eu estava me saindo bem! Mas por que não me dei por satisfeita com a minha vidinha solitária? Ah, não! Eu tinha de dizer: "Espere, Frederico, vou invadir o castelo de um bandido com você! Vou me envolver com esse tipo de gente que... que... usa capa! Provoca caçadores de recompensas! E bate em guardas de prisão!" Por que não? É a minha cara, não é? Será que enlouqueci de vez?

— Eu apostaria que sim — disse Val, olhando desconfiada.

Assim que Branca de Neve teve certeza de que não havia mais ninguém ouvindo, contou o que Ella tinha sussurrado no seu ouvido. Rapunzel sentou na cama velha e apoiou a cabeça entre as mãos.

— Acho que eu devia estar animada com isso — disse. — Mas não estou. Estamos no corredor da morte, Branca de Neve. Sem nem uma chance de provar a nossa inocência. E a única de nós que tinha alguma experiência de verdade nessa vida de heroína acabou de ser levada para uma misteriosa câmara de tortura. É difícil não sentir o peso sobre a minha cabeça.

— É só o seu cabelo — respondeu Branca de Neve. Então sentou no chão com as pernas cruzadas. — É como Frank, o anão, costuma dizer: "Quando a vida lhe der limões, jogue-os em Duncan". Mas acho que o que ele quer dizer de verdade é: "Quando estiver em uma situação ruim, tenha fé que seus amigos vão ajudá-lo".

— Não acho que é isso que ele quer dizer — falou Rapunzel. — Mas também não acho que temos outra opção. Só nos resta esperar para ver o que vai acontecer quando Ella voltar. *Se* ela voltar.

22

O FORA DA LEI NÃO SABE BRINCAR

Ella não voltou. Pelo menos não no dia que deveria ter voltado. A longa e cansativa semana de espera acabou se transformando em um mês ainda mais longo e cansativo de desespero para Rapunzel e Branca de Neve. Lá pela quinta semana na prisão, parecia que elas tinham desistido de ter esperanças. Provavelmente sim, pois abraçaram uma atividade à qual as pessoas só se dedicam quando têm certeza de que ficarão presas em um lugar por muito, muito tempo: elas começaram a brincar de Vinte Perguntas.

— Você é um animal? — perguntou Val, sentada no chão, mordendo um pedaço de palha.

— Sim — respondeu Rapunzel, largada em sua cama. — Restam dezesseis perguntas.

— Você é um pássaro? — perguntou Val.

— Sim. Quinze.

— Ah! — exclamou Branca de Neve, pulando na "cadeirinha" de palha trançada que ela mesma tinha feito. — Você é a Mirna?

— Branca de Neve — disse Rapunzel com toda delicadeza —, quantas vezes vou ter de lhe dizer que não sei o nome dos animais que andam pelo seu quintal?

— A Mirna é uma pata — disse Branca de Neve, na esperança de ter acertado.

— Não sou a... Mirna — respondeu Rapunzel. — Catorze.

— Eu conseguiria esmagá-la com uma mão apenas? — foi a vez de Val. Rapunzel se encolheu.

— Não tem uma pergunta... menos *assustadora*?

— Só estou tentando estreitar as opções — disse Val. — Tem passarinhos que eu poderia esmagar com uma mão, e outros que eu precisaria das duas.

— Imagino que sim — disse Rapunzel. — Mas o que quero dizer é... você poderia ter perguntado: "Você é maior do que a minha mão?" Não teria funcionado do mesmo jeito?

— É que tem pássaros que são maiores do que a minha mão e mesmo assim eu poderia esmagá-los com uma mão só — respondeu Val.

Rapunzel enterrou o rosto no travesseiro. Então olhou para cima novamente quando ouviu o barulho de passos se aproximando pelo corredor.

— Ella! Graças a Deus! — Ela deu um pulo e correu até as barras de ferro, enquanto Val fazia o mesmo. Um guarda empurrou Ella para dentro da cela com Branca de Neve e saiu marchando pelo mesmo caminho do qual tinha vindo. — Você está bem? — Rapunzel foi logo falando.

— Como era lá? — atravessou Val.

— Fiz uma cadeira de palha — disse Branca de Neve, orgulhosa.

— Opa, uma de cada vez — disse Ella, erguendo as mãos. — Rapunzel, não se preocupe, estou muito bem. Val, a Geladeira não é tão ruim quanto você imagina. E, Branca de Neve, isso é... impressionante.

— Por que você demorou tanto? — perguntou Rapunzel.

— Fiz a besteira de chamar o plastrão de seda do Boaventura de lenço. — Ella revirou os olhos só de lembrar. — Desculpe se assustei vocês. A Geladeira fica no alto da torre mais alta do palácio. Mas lá dentro não é muito diferente das celas daqui. Só a decoração que é *bem* pior.

— Pior que *isso*? — perguntou Val, apontando para um quadro com vários bebês de olhinhos grandes brincando, e escrito "ADOLO VOCÊ".

Ella assentiu e Val estremeceu.

— Mas, no geral, a Geladeira não é... nada de mais — continuou Ella. — Acho que eles chamam de Geladeira porque lá venta muito.

— Bom, não faz nada bem dormir com uma corrente de ar — disse Rapunzel.

— Concordo — respondeu Ella. — Mas o negócio é o seguinte: entra muito vento porque tem uma janela. Uma janela *aberta*!

— Você quer dizer sem barras de ferro nem nada? — Val perguntou. Todas ficaram de orelha em pé.

— Nada — disse Ella. — Acho que viram que não ia precisar colocar barras de ferro, porque lá é muito alto. Deve estar uns vinte metros acima do telhado do castelo. E abaixo do telhado ainda tem mais três andares até o chão.

— Ah, então você não conseguiu encontrar um jeito de fugirmos — disse Rapunzel, desanimada.

— Não, eu consegui — Ella respondeu. — Estou convencida de que a Geladeira é a nossa porta de saída. Só precisamos descobrir um jeito de usá-la. Ainda temos... quase um mês pela frente para encontrar um jeito?

— Xiu! — alertou Val. — Temos visitas.

O som de passos ecoou pelo corredor, e não demorou muito e a cara carrancuda do capitão Boaventura surgiu. Ele trazia um novo prisioneiro, cujas mãos estavam amarradas para trás — uma mocinha com uma cabeleira encaracolada presa num coque.

— Lila! — gritou Ella, furiosa e preocupada ao mesmo tempo.

— Ella! — Lila exclamou, tentando correr, mas Boaventura a deteve.

— Mais devagar, pirralha — ralhou. — Você não vai escapar de mim outra vez.

— Por favor, sr. capitão da guarda — implorou Lila.

— O nome dele é capitão Eucalipto Buonagente — disse Branca de Neve, solícita.

— Eu já disse — continuou Lila — que não estava tentando fugir. Eu estava tentando chegar até o rei.

— Sim, é claro — ironizou Boaventura. — Mas ainda bem que consegui frustrar seu plano de assassinato.

— Eu não quero ferir o rei — insistiu Lila. — Só preciso falar com ele. É urgente! Eu juro. Nem precisa me desamarrar. Só preciso falar com ele.

— Vamos — interferiu Ella. — Escute o que a menina está dizendo, Boaventura.

A cara de cera do oficial ficou vermelha de raiva.

— O que essa traquina teria para dizer que poderia interessar ao rei Basílico?

— Que a filha dele está viva, por exemplo! — De repente, um murmurinho e um tilintar de metal tomaram conta do corredor quando todos os outros prisioneiros seguraram nas barras de ferro de suas celas. — E também preciso avisá-lo de que o reino dele corre perigo — continuou Lila. — Os darianos estão de posse da Gema Jade do Djinn, e já a usaram para conquistar Eríntia e Yondale. Sinto muito, Branca de Neve, mas eles pegaram seu pai também. Rúfio e eu os encontramos lá e... Bom, continuando, é apenas uma questão de tempo até que cheguem a Avondell.

Os prisioneiros mal podiam crer no que tinham acabado de ouvir, mas mesmo assim acreditaram em Lila. Boaventura, não.

— Você tem uma mente fértil, criança. — Ele ria enquanto destrancava a cela e a empurrava para junto de Rapunzel e Val.

— E se for verdade? — indagou Ella. — Pense no erro que você estaria cometendo.

Boaventura ergueu o queixo.

— Em toda a história da guarda real de Avondell, nenhum homem recebeu mais honras do que eu. Cada medalha, placa e troféu que me foram entregues por Sua Majestade ao longo dos últimos dez anos estão guardados na minha estante pessoal. Resumindo, eu não cometo erros.

— Você não precisa nos dizer quanto se dedica a este reino, capitão Eufrásio Boaventura — disse Ella, recorrendo à mesma estratégia diplomática que usara tempos atrás para escapar quando era prisioneira de um gigante. — Mas todos cometem erros de vez em quando. E, se essa for a sua primeira vez, parabéns. Mas pense nas consequências que isso poderia trazer para Sua Majestade, o mais justo e correto rei Basílico Primeiro, vida longa ao rei.

Boaventura fez uma pausa. Contraiu as sobrancelhas amarelo-neon, ponderando suas opções. Então respirou fundo, mas, antes que tivesse tempo de dizer uma palavra sequer, Lila interveio.

— Tudo bem, continue sendo um fracassado, Desventura! — ela berrou, furiosa. — Só quero ver essa sua cara de convencido e orgulhoso quando os darianos esmagarem esse seu exército de almofadinhas! Espero que eles não desfaçam o laço do seu lencinho de pescoço!

— É um plastrão — bufou Boaventura. — E pensar que eu já estava quase acreditando na história de uma assassina. — Ele saiu pisando duro.

— A menina é ousada — disse Val.

Mas Ella inclinou a cabeça para trás, frustrada.

— Por quê, Lila? Faltava tão pouco para ele...

— Desculpe — disse Lila, jogando-se sobre uma das camas e escondendo o rosto entre as mãos. Uma lágrima desceu por seu rosto. — Só tenho estragado tudo ultimamente. O Liam me deu uma missão boba... só uma! E o Verdoso me pegou com a maior facilidade. Ele é um idiota, mas estava certo quando disse que sou uma princesa, não uma caçadora de recompensas. A culpa foi toda minha pelo Ruf ter... — Ela ergueu os olhos para Rapunzel. — Lembra quando aquele homem-cobra gigante picou a Rosa Silvestre? Você acha que ela teria sobrevivido se você não a tivesse salvado?

— Não sei — respondeu Rapunzel, acariciando os cabelos da mocinha. — Foi isso que aconteceu com o Rúfio?

Lila assentiu.

— Eu não devia ter saído de perto dele.

— Lila, desculpe por ter dado uma bronca em você — disse Ella. — Eu não sabia...

— Não precisa ser tão dura consigo mesma — disse Rapunzel. — Você só tem treze anos.

— Treze?! — Val exclamou, surpresa. — Uau. Além de cobras gigantes e dos darianos, você também está lutando contra o pior inimigo de todos: a puberdade!

Lila riu.

— Obrigada, hum... quem quer que seja você.

— Meu nome é Val. Eu bati em doze pessoas com uma baguete.

— Legal! — exclamou Lila.

Nesse momento, ecoou um barulho de passos. E a cabeça fluorescente do capitão Boaventura despontou no corredor novamente.

— A mocinha tem uma audiência com Sua Majestade — anunciou ele, com a voz entrecortada e abafada.

Ella ficou em pé com um pulo.

— Ótimo. Vamos nessa.

— *Só* a princesa — disse Boaventura, destrancando a cela.

— Você falou para ele sobre a Rosa Silvestre e os darianos? — perguntou Lila enquanto saía da cela.

Boaventura a olhou com desdém.

— Você é uma tola se pensou que eu correria o risco de fazer o meu rei perder tempo com as histórias fantasiosas de uma prisioneira arruaceira — disse o velhaco. — Conte você mesma as suas histórias, e depois *arque* com as consequências.

— Mesmo assim, obrigada — agradeceu a menina. — Eu sabia que você voltaria.

O capitão da guarda respondeu com uma bufada arrogante e acompanhou Lila pelo corredor. Ele nunca iria admitir, mas Ella estava certa. Boaventura era um servo fiel da coroa; a possibilidade de que algum mal pudesse acometer o reino por uma omissão sua pesou na consciência. *Mas, se eu descobrir que essas garotas me fizeram de bobo,* pensou ele, *elas vão se arrepender de terem pisado em solo avondeliano.*

23

O FORA DA LEI FALA ADEQUADAMENTE

Seus pais já arrastaram você para uma daquelas lojas que vendem bugigangas bem pequenininhas e muito caras? Coisas como pimenteiro de porcelana em formato de cisne e pires em miniatura pintados com o rosto de pessoas famosas que você não reconhece? E você não sabe ao certo *por que* todas essas coisas custam tão caro, mas o que não sai da sua cabeça é o tamanho da encrenca em que você vai se meter se quebrar algo sem querer? Foi exatamente assim que Lila se sentiu quando entrou na sala do trono do rei Basílico e da rainha Petúnia. Ela já tinha estado na sala do trono de Rosa Silvestre antes — que era bem luxuosa —, mas não se comparava à câmara de recepção do casal real.

Em meio a todos aqueles vasos de cristal dispostos ao longo do seu caminho, os móbiles de vidro coloridos pendurados no teto abobadado e as máscaras cravejadas de pedras preciosas que enfeitavam as paredes, Lila estava com medo até de soluçar. Ela seguiu, com os olhos voltados para baixo, torcendo para que seus pés sujos de barro não manchassem o tapete meticulosamente bordado à mão. Somente quando ouviu Boaventura limpando a garganta às suas costas, ela ergueu os olhos.

O rei Basílico, de rosto barbeado e trajando uma roupa azul-royal de caimento perfeito, parecia mais jovem do que era. Os cabelos ruivos desciam de uma coroa de platina cintilante numa cascata de cachos até os ombros. Sua fisionomia, no entanto, era indecifrável — nem ameaçadora, nem amigável.

A rainha estava ausente; mas Reinaldo, o bardo, estava sentado ao lado do rei em um banquinho forrado de veludo, com a boina espalhafatosa de sempre emoldurando seus cabelos ondulados como se fosse um halo. Ele dedilhava o alaúde preguiçosamente, e mal viu quando a princesinha entrou.

Lila não sabia se deveria ou não tomar a iniciativa de começar a conversa, mas o rei Basílico resolveu o dilema.

— Ah, a irmã do meu ex-genro — disse ele com indiferença. — Se tem novidades, então fale. Meu tempo é valioso.

— Bom — começou ela —, hum... a boa notícia, Vossa Majestade, é que a sua filha está viva! Mas a má notícia... — Daí em diante as palavras jorraram. Ela contou detalhadamente todas as aventuras da Liga até então, as duas partes que ela tinha presenciado e as outras que ficara sabendo por seus companheiros heróis. O rei, o bardo e Boaventura ouviram tudo atentamente. Ela concluiu, esbaforida: — Portanto o senhor precisa reforçar as defesas de Avondell imediatamente. Mande o general Costas preparar as catapultas. E se eu fosse o senhor...

— O que certamente você não é — o rei a interrompeu abruptamente. — Pois, se fosse, não seria tola o bastante para tentar enganar o rei de Avondell. Que sou eu. Apesar de que, nesse caso, você seria eu. Portanto você seria o rei, tentando se enganar. O que seria uma tolice dupla.

— Senhor? — Lila não fazia ideia de onde aquilo ia dar, mas não parecia nada bom.

— Como eu estava dizendo: chega de inventar histórias! — Basílico voltou-se para o bardo. — Reinaldo, meu talentoso amigo, componha uma canção nova para nós: *A tragédia de Lila, a mentirosa*.

O bardo deu uma ajeitadinha nos longos cabelos, alisou o bigode e se pôs a cantar:

Ouçam todos, meus amigos, a história absurda que vou contar
Sobre a bela princesinha que disse uma lorota de arrepiar.
O grande e sábio rei Basílico ela pensou que podia enganar,
Mas seus talentos de enganadora deixavam a desejar.

O instinto de sobrevivência de Lila entrou em ação. Ela deu um pisão no pé de Boaventura e saiu correndo.

— Ai! Detenham-na! — gritou o capitão da guarda. E, logo em seguida, Lila topou com duas figuras de uniforme listrado bloqueando seu caminho.

— Droga — murmurou ela enquanto Boaventura se aproximava mancando e a segurava pelo braço.

— Criança tola — disse ele, esbaforido. — Ou o tolo sou *eu*? Eu devia ter desconfiado.

— Capitão Boaventura, entendo a falta que o senhor deve estar sentindo da nossa pobre Rosa Silvestre, por isso o perdoo por ter se deixado enganar por essa prisioneira traidora — disse o rei Basílico. — No entanto, não podemos permitir que espalhem falsas esperanças entre os súditos do nosso bom reino. Não nos resta outra opção a não ser adiantar a execução. Preparem as forcas para amanhã de manhã.

Lila tentou dizer algo, mas não lhe ocorreu uma palavra sequer que pudesse dizer enquanto Boaventura a arrastava para fora da sala do trono.

24

O FORA DA LEI PRECISA DE UM BOM CABELEIREIRO

— Amanhã? — Branca de Neve perguntou, apavorada. — Não vou conseguir terminar de trançar esta almofada até lá *de jeito nenhum*!

Lila estava de volta à cela e tinha acabado de dar a notícia entre lágrimas.

— Sinto muito, pessoal — disse ela. — Eu devia ter ficado quieta no meu lugar.

— Vou sentir saudades de você, companheira — Val se dirigiu a Rapunzel. — Nunca vou descobrir que tipo de pássaro você era.

— Eles vão *enforcar* todas nós — Rapunzel murmurou, andando freneticamente de um lado para o outro.

— Pessoal! — Ella chamou a atenção de todas. — Ninguém vai ser enforcado. A única coisa que mudou foi o tempo que tínhamos. Precisamos fugir hoje.

— Em vez de amanhã, *depois* que já tivermos sido enforcadas? — disse Rapunzel, sem emoção.

— Desde quando você se tornou sarcástica? — perguntou Ella.

Rapunzel deu de ombros.

— A prisão transforma uma mulher.

— E como! — disse Lila, com conhecimento de causa. — Mas não vou deixar que isso me derrube. — Ela se ergueu, arregaçou as mangas e encarou Ella. — Qual é o plano?

— Nós quatro vamos cair fora deste palácio hoje à noite, pela janela da torre da Geladeira — disse Ella. — Depois vamos atrás dos rapazes. E, se não conseguirmos encontrá-los... nós mesmas vamos deter os darianos.

Todas a olharam, inexpressivas.

— Somos ou não somos heroínas? — perguntou Ella.

Mais olhares sem expressão.

— Branca de Neve, quem salvou minha vida quando eu estava sob o encanto da Gema? — Ella indagou. Havia paixão em sua voz e um brilho de entusiasmo em seus olhos. — Rapunzel, quem foi atrás de um perigoso caçador de recompensas na floresta? Lila, quem cruzou o fosso cheio de enguias-dentes-de-aço, desceu pelo buraco escuro de uma cobra e enfrentou cara a cara o rei Bandido? Caso não estejam acompanhando o meu raciocínio, a resposta é vocês! Vocês três! Vocês são capazes de fazer isso. Vamos conseguir! Talvez os rapazes apareçam e salvem o dia no final, mas talvez não. E, se for esse o caso... quem vai salvar?

Branca de Neve ergueu a mão.

— Nós?

Ella assentiu.

— Isso mesmo! — Branca de Neve pulou e deu um soco no ar. — Vou mostrar para o Dunky que ele não é o único na família capaz de entrar de cabeça em situações perigosas!

— Não é exatamente o que eu estava pensando, mas vamos nessa — disse Ella. Então desviou o olhar para a outra cela. — Lila, você é a pessoa mais corajosa que eu conheço. O Rúfio ficaria orgulhoso de você.

— Você tem razão — respondeu a mocinha com uma piscadela. — Tô nessa.

Rapunzel, no entanto, permaneceu em silêncio, perdida em pensamentos. *Não se pode ganhar todas*, Ella refletiu.

— Então, como você planeja descer da Geladeira? — perguntou Val. Que até então escutara tudo calada. — Você disse que a torre deve ter uns vinte metros de altura, certo?

— Isso mesmo... — Ella contraiu as sobrancelhas, pensando. — Branca de Neve, será que daria para desmanchar esses móveis de palha que você fez e trançar uma corda?

— Claro — ela respondeu e na hora iniciou o trabalho. Suas mãos se moviam com a velocidade de um beija-flor (ela tinha aprendido com os anões, que eram *especialistas* na arte de trançar); desfez as minicadeiras e os minissofás e começou a transformar as tiras de palha em uma corda grossa. Cinco minutos depois, com um orgulhoso *Tãrã!*, ela apresentou o produto acabado. Era uma corda. O problema é que não chegava nem até o chão.

— Acho que tinha menos palha do que eu pensei — disse Ella com um suspiro.

— Vai dar um cinto legal — Branca de Neve observou, tentando enrolar a corda ao redor da cintura. — Prêmio de consolação!

— Talvez a gente possa roubar uma corda de algum lugar — sugeriu Lila.

— Ou rasgar os lençóis — Ella falou, tentando calcular o comprimento que daria.

— Ah! Já sei! — exclamou Branca de Neve. — Águias gigantes!

— Hum, meninas? — disse Rapunzel, soltando os grampos que prendiam seu coque. Cabelos dourados desceram em cascata sobre seus ombros, caindo até o chão e se amontoando em uma pilha sedosa a seus pés.

Fig. 18 Rapunzel na prisão

— Eu não lembrava que o seu cabelo era *tão* comprido — observou Ella, surpresa.

— Não era — disse Rapunzel. — Mas já faz um mês que estamos aqui.

— Ah, tá! Meu cabelo também cresceu — disse Ella. — Um *centímetro*.

— O meu é mágico — Rapunzel explicou. — Costumo cortar de dois em dois dias, para não arrastar no chão. Mas nosso anfitrião não fez a gentileza de providenciar uma tesoura para mim. Por isso meu cabelo não para de crescer. Tenho de ficar apertando o coque.

As outras mulheres olharam, encantadas. A cela de Rapunzel estava praticamente toda coberta de cabelos dourados.

— Com que comprimento você acha que ele deve estar agora? — perguntou Ella.

Rapunzel não sabia ao certo, então Lila pegou um fio e acompanhou toda a extensão, desde o couro cabeludo até a ponta, em algum lugar embaixo da cama de Val. Elas estimaram que o cabelo devia ter uns catorze metros de comprimento.

— Vamos sobreviver a seis metros de queda — disse Ella, enquanto Lila e Val ajudavam Rapunzel a prender o volumoso cabelo em um coque gigante novamente (o que não foi nada fácil). — Então só precisamos dar um jeito de subir até a Geladeira.

— E como vamos conseguir isso? — perguntou Rapunzel.

— Vamos nos comportar mal.

25

O FORA DA LEI USA A CABEÇA

Ella foi a primeira a ir para a Geladeira.

Minutos depois de terem prendido de volta o cabelo de Rapunzel, as damas receberam a visita dos mesmos guardas entediados (mas muito elegantes) que traziam as refeições diariamente.

— Adivinhe o que vamos dar de almoço para as moças hoje, Simpson? — um dos guardas falou de um jeito arrastado.

— Não sei, Wilford — resmungou o outro. — Será que é mingau outra vez?

— Como você adivinhou? — disse Wilford, categórico.

Assim que abriram a cela, Ella passou correndo por eles. Os guardas soltaram as bandejas, que caíram no chão com um estrondo, e foram atrás dela. Eles a pegaram poucos metros à frente, depois de Ella ter convenientemente levado um tropeção.

— Você achou mesmo que ia conseguir fugir? — perguntou Simpson enquanto os dois a seguravam pelos braços.

— Nenhuma cela pode me prender! — Ella berrou (de um modo um tanto dramático).

— É mesmo? — disse Wilford. — Vamos ver como você se comporta na Geladeira.

Quatro horas depois, na hora do chá da tarde (sim, os avondelianos cuidavam para que seus prisioneiros nunca perdessem a hora do chá), foi a vez de

Lila. Quando Simpson lhe entregou a xícara, ela despejou todo o chá na cabeça dele.

— Por que você fez isso? — perguntou o guarda, mais confuso que bravo.

— Sou uma criminosa malvada e impiedosa, lembra? — Lila respondeu e deu um beliscão no nariz dele.

— Chega! Para a Geladeira! — berrou Simpson.

— Você pode fazer isso? — indagou Wilford. — Já tem uma prisioneira lá.

— Não vejo que diferença faz. Tomara que as *duas* peguem um resfriado com as correntes de ar que invadem aquele lugar. — E com isso eles se foram.

Na hora do jantar, Branca de Neve entrou em ação.

— O rei Basilisco não passa de um velho bobo e fedorento — disse em alto e bom som, enquanto os guardas colocavam no chão as tigelas de mingau.

— Isso não é jeito de uma dama falar — disse Wilford, com um olhar de reprovação.

— Mas quem é esse rei Basilisco? — perguntou Simpson. — Por acaso é o rei de Svenlândia?

Branca de Neve piscou.

— É o rei de vocês — disse.

Simpson torceu os lábios.

— Que atrevimento. Você sabe muito bem qual é o nome do nosso rei.

— Posso lhes assegurar que não — disse Branca de Neve com toda sinceridade.

Os guardas se entreolharam.

— Sabe qual é a punição por afronta — disse Wilford.

Simpson concordou.

— Geladeira.

Quando chegou a hora da sobremesa, os guardas elogiaram Rapunzel.

— Depois do péssimo comportamento exibido hoje, gostaríamos de agradecê-la por ser uma prisioneira exemplar. É bom ver uma condenada que não se esqueceu das boas maneiras.

— Obrigada — disse ela, instintivamente. — Hum, quer dizer... — Deu uma olhada ao redor da cela, procurando desesperadamente um meio de cometer alguma infração. Val ficou observando, curiosa. — Vejam isso, guardas — disse Rapunzel, finalmente. Ela tirou um quadro da parede, o retrato de filhotinhos de cachorro com saia de bailarina, e desferiu um soco bem no meio da tela.

Os guardas ficaram surpresos.

— Você não pode tratar assim uma obra de arte — disse Wilford. — Nem mesmo uma medíocre como essa.

Val fez sinal de positivo, e Rapunzel não conseguiu conter um sorriso.

◄•►

Rapunzel ficou observando enquanto os guardas trancavam a porta da Geladeira e desciam o primeiro dos muitos degraus da escadaria.

— Muito bem, eles já foram embora — disse ela para as outras. Então esfregou as mãos sobre seus braços arrepiados. — Nossa, é muito gelado aqui em cima.

Ella, Lila e Branca de Neve esperavam perto da janela aberta; o uniforme de prisioneira pouco as protegia do vento cortante de outono. Trinta metros acima do chão, elas tinham uma vista perfeita não apenas dos jardins do palácio, mas de quilômetros de campos verdes em todas as direções, apesar das sombras que avançavam rapidamente sobre a paisagem devido ao pôr do sol.

— Está ficando escuro, pessoal. É hora de entrarmos em ação — disse Ella. — Rapunzel, você precisa de ajuda com o cabelo?

**Fig. 19
A
Geladeira**

— Pode deixar comigo — respondeu ela, soltando seu megacoque. Ella e Lila a ajudaram a colocar as longas madeixas para fora da janela. Assim que terminaram de pendurar todo o cabelo de Rapunzel, Branca de Neve soltou um gritinho de alerta.

— Alguém está vindo!

— O quê? Quem? — perguntou Ella, irritada.

— Não sei. — Branca de Neve encolheu os ombros. — Mas ouvi um *tec-tec*. E um *toc-toc*. E também um *tumpet-tum*. E esses barulhos geralmente são de passos. Eles estão quase chegando.

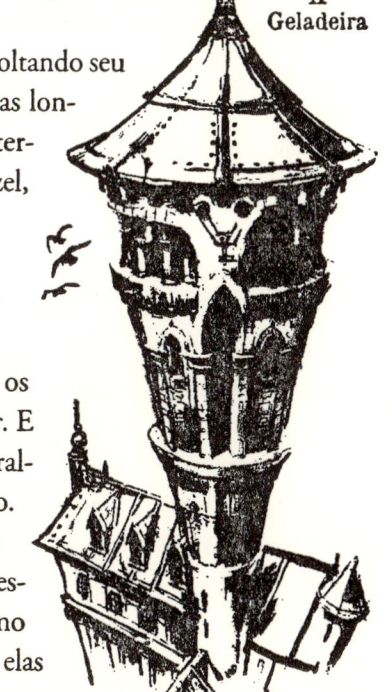

As quatro se embaralharam, colocando-se ao redor de Rapunzel e tentando agir como se estivessem sentadas no parapeito da janela, como quem não quer nada. Quando a porta se abriu, elas viram Wilford, coberto com uma gosma verde. Ao lado dele estava Simpson, com as roupas em trapos, como se tivesse sido atacado por um lobo feroz. Os dois estavam soltando faíscas. Eles empurraram Val para dentro da Geladeira, resmungaram algumas poucas palavras, bateram a porta e desceram a escada pisando duro.

— Vocês não acharam que eu ia deixá-las fugir sem mim, não é? — Val indagou.

— Você quase estragou tudo — disse Ella, irritada.

— Mas não estraguei — Val argumentou, animada. — Portanto, vamos dar logo o fora daqui, tá?

Rapunzel olhou desconfiada para ela.

— Nem quero perguntar o que você fez para aqueles guardas.

— Tem certeza? — disse Val. — Porque foi incrível.

— Ahh, eu adoraria ouvir... — iniciou Lila.

— Depois — atravessou Ella. — Val, se você também quer vir, ajude. Caso contrário, saia do caminho. Qual o peso máximo que seu cabelo consegue aguentar? — ela perguntou para Rapunzel.

— Eu consegui suportar o peso do Gustavo — ela respondeu. — Então vocês podem descer de duas em duas que eu aguento. Mas a Val é melhor descer sozinha. Não leve a mal.

— Eu vou primeiro — disse Ella. — Para verificar se tem alguém fazendo a ronda no terraço, depois faço sinal para Lila e Branca de Neve descerem juntas. Em seguida é a vez da Val. — Ela arrancou o lençol da única cama da cela. — Depois a Rapunzel pula, e nós a amparamos com este lençol.

Rapunzel ficou pálida.

— Pensando melhor, vou passar a noite aqui. Como você disse, a Geladeira nem é tão ruim assim. Vocês voltam amanhã cedo e me tiram daqui.

— Vamos nessa — disse Ella. — Ah, e se a gente topar com algum guarda...

— Pode deixar que eu cuido deles — disse Val, desferindo um soco na palma da própria mão.

— De jeito nenhum — Ella alertou.

— Ah! Pode deixar comigo — disse Branca de Neve. — Eu sei cuidar direitinho das pessoas. Cuido do Duncan sempre que ele escorrega em uma casca de banana, ou queima o nariz no forno, ou fica com a mão presa dentro do vidro de picles.

— Não creio que ela esteja se referindo a esse tipo de "cuidado" — disse Rapunzel.

— Ah, entendi — disse Branca de Neve, decepcionada. — Acho que *você* quer ficar com o trabalho. Só porque é uma curandeira mágica.

— Não olhe para mim — Rapunzel reagiu. — Não vou "cuidar" de ninguém.

— Por que não? — perguntou Branca de Neve, chocada. — Você é uma curandeira mágica!

— Eu dou conta de *cuidar* de vocês duas — Val riu.

— Espere, agora vocês me deixaram confusa — disse Lila. — Vocês estão falando de "cuidar" no bom ou no mau sentido?

De repente, Ella passou a respeitar Liam muito mais. *Ele lida com isso o tempo todo*, pensou. *É um milagre a Liga ter conseguido fazer alguma coisa.*

— Tô indo nessa, pessoal — disse ela enquanto subia na janela. — Por favor, não façam nenhuma bobagem. — Sob a luz do luar, ela deslizou pelos cabelos de Rapunzel e se soltou quando estava uns quatro metros acima do telhado. A aterrisagem foi perfeita, e, equilibrando-se sobre as telhas verdes escorregadias, Ella contornou a torre e ficou feliz quando percebeu que não havia nenhum guarda por perto. Só então fez sinal para as outras. Lila e Branca de Neve desceram pela torre e se soltaram, uma de cada vez, nos braços estendidos de Ella. *Até agora, tudo certo.*

Val jogou uma perna para fora da janela e então parou.

— Hum, acho melhor eu não fazer isso — disse. — Devo ser mais pesada que aquelas três juntas. Não quero ser responsável por sua morte nem nada.

Rapunzel se ofendeu com o comentário.

— Escute, eu escolhi estar aqui — disse. — Confesso que essa coisa de aventura é um pouco estranha para mim. E, no fundo, eu preferiria resolver tudo isso sentando com os darianos e conversando enquanto a gente comia uma bela salada. Se tivesse croûtons não seria nada mal. Mas estou envolvida nisso tanto quanto Ella, Branca de Neve e Lila. Bom, talvez não tanto quanto Ella; ninguém está tão envolvido quanto ela. Mas, enfim, hum... feche a matraca e desça pelo meu cabelo.

— Matraca fechada — Val disse e desceu.

◄●►

Vários andares abaixo, Simpson e Wilford se limpavam no vestiário. Simpson olhava concentrado no espelho enquanto alisava o paletó amassado. Wilford estava diante de uma bacia com água, lavando a gosma do rosto. Só que o vestiário dos guardas tinha uma janela voltada para a torre da Geladeira. E, quando Wilford pegou uma toalha para enxugar o rosto, seus olhos captaram a movimentação do lado de fora.

— Simpson, veja! — disse, apontando.

— Mas o que... — ele ofegou. — Fugindo da torre penduradas no cabelo da Rapunzel! Quem iria imaginar isso?

Eles dispararam o alarme.

26

O FORA DA LEI OUVE SINOS

Lila deu um puxão no braço de Ella.
— Você ouviu o barulho de um sino? — perguntou a menina. — Um sino muito alto?

— Fomos vistas — respondeu Ella, nervosa. Então gritou para Val: — Rápido!

Val tinha chegado quase até o meio da torre quando de repente sentiu que estava sendo puxada de volta para o alto. *Essa não*, pensou. *Ainda faltam uns dez metros. Eu consigo pular desta altura, mas a Rapunzel...* Ela segurou firme e esperou enquanto os cabelos desapareciam lentamente para dentro da torre.

Na Geladeira, três guardas cercavam Rapunzel. Um segurava a espada ameaçadoramente, enquanto os outros lutavam para puxar de volta a "escada de fuga" improvisada. Pelo peso, eles tinham certeza de que estavam puxando muito mais que cabelo. Mesmo assim, não estavam esperando quando Val apareceu de repente na janela, urrando feito um urso que tivesse acabado de descobrir que o mel do mundo ia acabar, e partiu para cima deles. Ela agarrou os dois pelos braços e os arremessou contra a parede oposta.

— Vou te pegar! — gritou o terceiro guarda, correndo na direção de Val com a espada erguida. Mas tudo que conseguiu foi cair de cara no chão, graças a Rapunzel, que esticou a perna e lhe passou uma rasteira. Val pegou a espada que escapou da mão do guarda. Em seguida, encaixou Rapunzel embaixo do braço esquerdo e correu de volta para a janela.

— Preparem o lençol! — gritou e pulou.

Ella e as outras abriram o lençol, mas Val e Rapunzel nem chegaram a cair nele. Na metade do caminho, a queda foi interrompida abruptamente. Elas ficaram suspensas, balançando como um pêndulo, uns seis metros acima do telhado do palácio.

— Hum? — Val olhou para cima e viu os três guardas pendurados na janela, segurando os cabelos de Rapunzel pelas pontas. Resmungando, começaram a puxá-las de volta outra vez.

— Parece que não dói? — Rapunzel choramingou. — Mais dói, viu!

— Você disse que o seu cabelo cresce rápido, certo? — Val perguntou. Então ergueu a espada e, com um golpe certeiro, cortou as madeixas douradas de Rapunzel. As duas se estatelaram no lençol aberto, e em seguida as amigas as colocaram no chão com cuidado. Enquanto Rapunzel se levantava fazendo uma careta, passou a mão na cabeça. Seu cabelo estava mais curto que o de Ella — e espetado para cima.

— Bom, ficou diferente — comentou. As garotas correram para o beiral do telhado.

— Pensei rápido, hein? — disse Val, orgulhosa de si.

— Sim, essa foi boa. Só que agora temos um novo problema — disse Ella, olhando para baixo, por cima do beiral do telhado. — Ainda estamos três andares acima do chão.

— Bem que eu sugeri usarmos águias gigantes — resmungou Branca de Neve.

O alarme soou novamente, e elas ouviram gritos abafados, vindos lá de baixo.

— Pessoal, venham comigo! — disse Lila. — Sabem quantas vezes já escalei e desci as muralhas deste palácio?

O grupo a seguiu pela calha até a face leste do castelo. Abaixo, havia dúzias e dúzias de topiarias — arbustos e árvores podados em formato de animais. Lila pulou em cima do pescoço longo e curvado de um dragão, desceu por suas costas cobertas de folhas, deu uma cambalhota no ar e aterrissou no gramado. Branca de Neve, Ella e até mesmo Rapunzel foram atrás — os gritos não muito distantes e as pisadas furiosas dos soldados eram um ótimo incentivo. Mas, quando Val tentou descer pelo mesmo caminho, o pescoço do dragão cedeu e foi abaixo. O pescoço quebrado do dragão tombou sobre as topiarias de um gnu e de um porco-espinho, e, quando Val percebeu, estava enroscada entre os galhos espinhosos de um esquilo. Assim que as outras a ajudaram a sair da enroscada, todas olharam para o topo do telhado, de onde tinham acabado de pular. Sete guardas enfurecidos berravam e batiam os pés, sem ter como ir atrás das garotas, que já estavam lá embaixo.

— É isso aí! — Val gritou para eles. — Fiz isso de propósito.

Elas saíram correndo sob gritos de "Parem!" e "Atrás delas!" ecoando pela noite.

— E agora para a muralha — disse Ella enquanto seguiam em frente. Um muro de pedra altíssimo, lindamente decorado com espirais pintados em tons pastel, circundava todo o palácio e seus luxuosos jardins. — Vamos para aquele pé de pera, atrás das topiarias. Acho que conseguimos chegar ao alto da muralha se subirmos por ele.

— Esperem... o portão! — sussurrou Lila.

Ella parou na hora. O belo portão de ferro dos fundos, a uns cinquenta metros de distância seguindo pela calçada de pedra ladeada de flores, estava escancarado.

— É impossível terem deixado o portão aberto — disse ela. — Deve ser uma armadilha.

— Mas está tão perto — disse Rapunzel. E ela tinha razão. Dava para ver o vulto dos guardas armados com lanças contornando o palácio e vindo atrás delas. Elas mudaram de rumo e seguiram para o portão.

— Não acredito que vai ser assim tão fácil — disse Lila.

Rapunzel franziu o cenho.

— Você já ouviu falar de pé-frio?

— É aquela doença que dá no pé? — perguntou Branca de Neve.

— Não — respondeu o capitão Eufrásio Boaventura, saindo das sombras com o florete em punho para bloquear a saída do portão. — Pé-frio é quando você atrai o azar.

Fig. 20
Capitão
Eufrásio
Boaventura

Val avançou com a espada em punho, mas, após um golpe rápido da lâmina de Boaventura, foi desarmada. Ella estendeu os braços para os lados e se colocou na frente das outras. Então encarou o capitão da guarda, esperando que ele fizesse seu movimento. Os três segundos de silêncio que se seguiram pareceram durar um mês.

— É verdade? — disse Boaventura, finalmente.

— O que é verdade? — Ella perguntou.

— Tudo o que a princesa Lila disse sobre Rosa Silvestre estar viva e sobre o ataque iminente dos darianos. É verdade?

Lila assentiu com veemência.

— Eu juro pela minha vida.

Boaventura deu um passo para o lado. As garotas ficaram confusas.

— O que estão esperando? — berrou ele. — Não vou conseguir despistá-los para sempre.

Não foi preciso falar duas vezes. Sob o tropel e os gritos dos soldados que se aproximavam, elas passaram correndo por Boaventura, que fechou o portão logo em seguida. Segundos depois, elas o ouviram berrando com seus homens:

— Por que estão perdendo tempo aqui nos fundos? Este portão está trancado! Elas devem estar escondidas entre as topiarias! Comecem as buscas! Uma recompensa para o homem que conseguir capturar as fugitivas!

Na escuridão envolvente, as cinco correram pelos campos avondelianos.

PARTE IV
DEPOIS DA VERDADE

27
O FORA DA LEI METE A CARA NOS LIVROS

São poucos os seres do tamanho de Baltasar que podem ser chamados de humanos. Deve ser por isso que poucas pessoas que o conheciam costumavam usar essa palavra para descrevê-lo. Sua figura imensa, assim como sua propensão a grunhir e a mania de engolir perus assados inteiros, fazia a maioria das pessoas nos arredores do castelo de Sturmhagen imaginar que se tratava de um animal em vez de um humano. (Ou talvez que se tratava de um *bigode* ambulante, não de um humano, graças às duas tranças grossas que pareciam chicotes, nasciam acima de seus lábios e chegavam até a ponta do cinto.) Ninguém conseguia entender por que o rei Olaf nomeara a montanha de músculos sorumbática seu conselheiro número um, mas ninguém ousou questionar a decisão.

— Estamos com fome — Baltasar fez o rei barbudo de Sturmhagen dizer. — Tragam-nos mais uma carrada de perus.

Os criados saíram agitados da sala do trono, deixando o monarca e seu "sábio" dariano corpulento sozinhos. Baltasar abandonou o rei com o olhar distante, deu a volta atrás do trono e pegou uma bola de cristal brilhando de dentro de um baú. Esfregou a bola conforme tinham lhe ensinado e ficou vendo a fumacinha verde começar a se contorcer dentro dela. Não demorou muito a bruma se abriu, e a cara tatuada de Madu, o homem-cobra, apareceu.

— Já terminaram a construção? — grunhiu Baltasar.

— Sim, estamos prontos aqui em Yondale — respondeu Madu. — E vocês?

— A nossa está pronta — afirmou Baltasar. — Pelo que ouvi, as de Svenlândia, Jangleheim e Carpagia também.

— Então agora os príncipes estão acabados, sim? — adicionou uma terceira voz.

— Vero, é você? — perguntou Madu com um silvo. — Você estava escutando a nossa conversa?

O rosto garboso de Vero, com seu rabo de cavalo, surgiu ao lado do de Madu na bola de cristal.

— Peço desculpas, meus amigos darianos — disse ele com seu carregado sotaque carpagiano. — Não era minha intenção, como dizem no meu país, *ficar na escuta*. Eu precisava falar com Baltasar, mas, quando liguei o globo, *puf*, aqui estavam vocês dois. Interessante, não é?

— Vero tem razão — disse Baltasar.

— Sim, essa conversa a três é bem conveniente, não?

— Não é *disso* que estou falando — resmungou Baltasar. — Os príncipes. Nossos homens estão a postos, as megabolas estão quase prontas, e os príncipes estão presos em uma ilha, completamente à nossa mercê. Com certeza podemos matá-los *agora*. Estou cansado de brincar de marionete com esse rei velho, gordo e com cara de texugo.

— Concordo — disse Madu. — Está na hora de Dar sair das sombras. Vamos mostrar a todos quem somos de verdade: os soberanos de um novo império! Além do mais, este castelo em Yondale cheira a batata podre. Não entendo por quê. Não tem nenhuma batata aqui. Acho que é esse velho. Eu mandei que ele tomasse um banho, mas o cheiro continua... Espere, tem mais alguém entrando.

Outro rosto, pálido e sinistro, começou a se materializar na bola de cristal.

— Essa não. É o Falco — disse Vero, revirando os olhos. — Juro que nunca consigo entender nada do que o homenzinho vesgo tenta falar.

Falco rosnou e apontou para a orelha, querendo dizer: "Estou ouvindo!"

— Viram? — prosseguiu Vero. — É impossível.

— Bem-vindo, Falco — disse Madu. — A sua megabola está pronta?

— Sim, estamos prontos para disseminar caos e destruição!

— Espere. Quem disse isso? — perguntou Madu.

— Fui eu, Matapríncipe — disse um rosto coberto por uma barba pontuda que acabara de surgir.

— Esta bola esta ficando muito cheia, não? — disse Vero.

— Temos um general que se chama Mataprincipe? — Madu perguntou.

— Não — respondeu Baltasar. — É o Randy.

— Não me chamo mais Randy, cara! Mudei meu nome para Mataprincipe. Combina mais com um vilão, não acham? E, pelo jeito, agora finalmente vou poder matar alguns príncipes!

— Não vai, não — entoou uma nova voz. Era lorde Randark. E, em cada uma das salas do trono de cada um dos distintos reinos, cada um dos cinco generais quase derrubou sua bola de cristal.

— Estou sentindo certo negativismo no grupo, não? — resmungou Vero.

— Se está tão ansioso para prosseguirmos com nosso plano — disse Randark —, por que não coloca logo um ponto-final nos ataques desses supostos guerreiros da liberdade? Ao longo dos últimos dois meses, eles armaram emboscadas contra meus homens em quatro reinos diferentes!

— Mas o estrago que eles causaram foi muito pequeno, não? — indagou Vero, na defensiva. — Eles roubaram um punhado de armas e cavalos. Isso, como dizem no meu país, *não é nada*.

Falco levantou a mão e agitou os cinco dedos.

— Falco tem razão — disse Baltasar. — Ouvi dizer que são apenas cinco.

— E *eu* ouvi dizer que são só mulheres — disse Madu com uma risadinha. — O que não deve ser verdade, claro.

— Não tire conclusões precipitadas, meu amigo serpenteante — falou Vero. — Tive o prazer de duelar com lady Ella, e devo confessar que sua habilidade com a espada é... *smack!* — ele fez barulho de beijo.

— Sim, mas não temos por que nos preocupar com lady Ella — disse Madu. — Uma vez que ela e suas companheiras foram enforcadas em Avondell, na véspera do solstício de inverno.

Os generais começaram a falar ao mesmo tempo, até Randark soltar um grunhido que silenciou a todos.

— Não quero nem saber quantos são esses malditos rebeldes! — As palavras eram cuspidas, como se fosse fogo saindo da boca de um dragão. — Assim como pouco me interessa se eles usam calça ou saia! Eles não passam de uma distração. E não vamos dar nosso último passo contra os reinos até eu ter certeza de que eles estão fora do jogo. — Ele fez uma pausa, respirando pesado por um segundo, em seguida continuou em um volume mais razoável: —

Entendo a impaciência de vocês. Ninguém mais do que eu deseja ver o fim da Liga dos Príncipes. Ninguém está mais ansioso que eu para hastear a bandeira de Dar em cada um dos palácios dos Treze Reinos. Mas, como já disse, vamos fazer isso do jeito certo. Vamos fazer de um modo que possa garantir o domínio de Dar sobre o mundo *para sempre*.

De repente, uma sétima voz entrou na conversa, embora não tenha surgido nenhum rosto novo. Era uma voz que os generais já tinham ouvido antes, apesar de não saberem a quem pertencia.

— Esses príncipes são famosos — disse a voz misteriosa. — A morte deles tem de ser *lendária*.

— Meu... aliado tem razão — disse Randark, mas havia um brilho de frustração em seus olhos quando ele olhou por cima do ombro protegido por uma couraça. — Os príncipes serão eliminados de modo espetacular diante dos olhos do mundo todo. Depois disso, ninguém ousará opor resistência a nós. Randark saindo. — Sua imagem se desfez.

Os generais guardaram suas bolas de cristal e voltaram a assumir o controle de seus monarcas cativos. Mas, enquanto Madu fechava a cortina de sua câmara oculta, na sala do trono do castelo de Yondale, ele ficou de orelha em pé.

— Hum? — Ele girou a cabeça tatuada para dar uma olhada nas janelas empoeiradas. Todas estavam fechadas para impedir que o vento frio de inverno entrasse. — Estranho — murmurou. — Eu podia jurar que senti uma brisa.

◆●▶

Os cinco "guerreiros da liberdade" sobre os quais o chefe militar ficara sabendo eram, é claro, Ella, Lila, Branca de Neve, Rapunzel e Val — e elas estavam vivinhas da silva. Depois de fugir da prisão de Avondell, seguiram para norte e cruzaram a fronteira com Sylvaria, para alertar a família de Duncan sobre a iminente ameaça. Porém, assim que viram os darianos armados de machados de guerra patrulhando a agora ironicamente chamada Floresta Muito Mais Feliz, elas se deram conta de que Sylvaria muito provavelmente também já tinha sido tomada.

Disfarçadas sob pesados mantos de inverno com capuz, foram para Harmonia e de lá seguiram para Jangleheim, mas...

O que foi? Você achou que fôssemos dar uma olhada nos Príncipes Encantados? Sério, não aconteceu nada com aqueles caras. Eles continuaram presos na ilha deserta, quase mortos de tédio. Gustavo ficou batendo nas ondas, alegando que estava "dando socos no oceano", enquanto Frederico não parava de reclamar, dizendo que estava cansado da areia que entrava em seus sapatos e de ter de comer cogumelos encontrados na caverna, e Duncan passou a maior parte do tempo dando nome para as pulgas-do-mar ou alisando seu chapéu. Liam e Rosa Silvestre trocaram insultos durante as primeiras semanas, mas acabaram conversando sobre outras coisas — sonhos não concretizados, mágoa por não serem compreendidos, e como ambos achavam que poderiam ser governantes melhores que seus pais. Mas nada de mais emocionante aconteceu além disso. Como eu disse, eles nunca conseguiram descobrir um jeito de sair daquela ilha.

Voltemos então às guerreiras da resistência, que a essa altura estavam em *plena* atividade.

As fugitivas tinham um ponto a favor — quase todos pensavam que elas tinham morrido. Na manhã seguinte à fuga, o rei Basílico fez um pronunciamento público, dizendo que as assassinas de sua filha tinham sido capturadas novamente (apesar de a única pessoa que passou aquela noite atrás das grades ter sido o capitão Eufrásio Boaventura). Então, na noite do solstício de inverno, Basílico disse a seu povo que, receando outra tentativa de fuga, tinha cancelado a execução pública e enforcado as assassinas na masmorra. (Na verdade, as únicas coisas penduradas lá, naquela noite, eram alguns quadros de macacos com chapéu de aniversário.)

Ella e as outras concluíram que o rei só poderia ter levado adiante a farsa por vergonha — mas não estavam preocupadas com isso. Elas estavam livres. Agora, o mais importante era manter a identidade delas em segredo. Para garantir isso, pularam de reino em reino em busca de um lugar seguro, mas acabaram topando com darianos espalhados por todos os lados. E não receberam nenhum tipo de ajuda dos súditos desses reinos, uma vez que estes imaginavam que seus monarcas tinham recebido os darianos "como amigos e aliados de além das montanhas" — e também tinham sido instruídos a notificar as autoridades sobre quaisquer rumores de rebelião. Foi assim que nasceu o grupo Guerreiras Implacáveis da Liberdade (ou "GIL", como Branca de Neve gostava de se referir a elas). Elas ziguezaguearam pelo mapa, desceram pelos lagos congelados de Jangleheim, passaram pelas montanhas cobertas de neve de Carpagia e pelas ruas dos vilarejos bucólicos de Valerium, armando emboscadas contra os darianos que encontravam pelo caminho. Usando a furtividade de Lila, o espírito de liderança de Ella, as habilidades manuais de Branca de Neve e a força bruta de Val — com o dom da cura de Rapunzel, só para garantir —, elas conseguiram não apenas um belo estoque de suplementos, mas também irritar profundamente o exército dos darianos.

Fig. 21
GIL

Elas estavam acampadas em uma vasta floresta na fronteira ocidental de Valerium, saboreando sanduíches que tinham "libertado" dos darianos, quando foram surpreendidas por um alarido. De repente, Esmirno surgiu do nada, derrapando, e só parou quando trombou em um fardo de panelas, colheres e utensílios de cozinha. O mensageiro vermelho e esbaforido olhou sem jeito para Lila enquanto tentava desesperadamente se desvencilhar dos badulaques.

— Olá, senhorita, Vossa Alteza, senhorita — disse ele, ofegante. — Eu estava mesmo à sua procura.

Lila caiu na risada. Foi a primeira vez em meses que ela dava uma boa risada, e a sensação foi agradável. Esmirno não fazia a menor ideia do que tinha dito de tão engraçado que fizera a princesa rir tanto, mas, seja lá o que fosse, isso a fez sorrir, para ele já foi o suficiente.

Ella avançou.

— Esmirno, como você sabia onde nos encontrar?

— Eu não sabia, senhora, Vossa Alteza, senhora — respondeu, afrouxando o cachecol. — Eu tinha algo muito importante para contar para a princesa Lila, mas não fazia a menor ideia de onde ela estava, por isso simplesmente saí correndo por aí, procurando.

— Aleatoriamente? — perguntou Lila.

— Achei que, se corresse por *todos os lugares*, acabaria encontrando-a — disse Esmirno. — Foi o que eu fiz. E só demorou dois meses e meio.

— O que você precisa contar para ela? — perguntou Ella. Todas se aproximaram para ouvir o que ele tinha a dizer.

— Bem, senhorita, Vossa Alteza, senhorita — iniciou Esmirno —, entreguei a mensagem para todos os reis e rainhas que Vossa Alteza me pediu. Mas estou certo de que todos estão sendo controlados por aquele treco, a Gema do Djinn.

— Todos eles? — perguntou Ella.

— Sr. Esmirno, o senhor por acaso viu o meu pai, o rei Edvin, de Yondale? — perguntou Branca de Neve, num tom de voz muito mais brando e suave do que o normal. — Como ele estava?

Esmirno ficou cabisbaixo.

— Ele estava muito magro, senhora, e muito pálido. Tão curvado em seu trono que o queixo quase encostava no chão. As pálpebras estavam caídas, e o corpo estremecia cada vez que ele respirava.

— Ah, graças a Deus ele está bem! — disse Branca de Neve, aliviada. — É do jeitinho que estava da última vez que o vi.

— Esmirno, existe algum reino do qual os darianos ainda não tenham conseguido se apoderar? — perguntou Ella.

O mensageiro sugou o ar entre os dentes e balançou a cabeça.

— Até onde eu sei, somente Avondell.

— E não podemos voltar para lá — disse Lila, tristonha.

— Esmirno, você aceitaria um sanduíche? — perguntou Rapunzel, um tanto pálida. — Acho que perdi a fome.

— Oh, obrigado, senhora, Vossa Alteza, senhora — disse Esmirno, juntando-se às mulheres ao redor da fogueira. — Acho que não como desde... novembro.

O sol se pôs no horizonte, e as árvores ao redor transformaram-se em vultos escuros contrastando com o céu azul de fim de dia. Já era quase janeiro, e um manto fino de neve já encobria as terras no extremo sul. Elas estavam quentinhas em seus casacos de pele, mas Esmirno tremia, batendo os joelhos.

— Você tem algo a mais para nos contar que possa ser útil? — perguntou Ella. — Algo estranho que tenha visto durante as suas viagens?

— Bolas de cristal gigantes valem? — perguntou Esmirno. — Porque colocaram uma na frente de cada um dos palácios reais.

— Bolas de cristal gigantes? — ecoou Rapunzel.

— Não sei qual outro nome poderia usar, senhora. Elas foram instaladas no alto de pedestais de madeira imensos, para que todos possam ver... São bolas brilhantes, redondas, enormes. Elas pareciam um pouco com o olho de vidro da minha avó, só que bem maiores.

— O que será que elas fazem? — ponderou Lila.

— Globos de neve! — arriscou Branca de Neve, empolgada. Todos os olhares se voltaram para ela.

— Ah, também tem algumas bolas de cristal menores — adicionou Esmirno.

— Globos de neve! — repetiu Branca de Neve.

— Vocês se lembram daquele homem no castelo do rei Bandido, aquele, desculpem meu linguajar, que tinha uma aparência nada agradável e era cheio de tatuagens? Ele tinha uma bola de cristal menor no castelo de Yondale. E falava com ela. E ela respondia. Eu escutei toda a conversa deles.

Elas se inclinaram para ouvir. Esmirno deu uma mordida no sanduíche.

— O que foi que eles disseram? — elas perguntaram ao mesmo tempo.

— Ah! Desculpem — murmurou Esmirno de boca cheia. Em seguida limpou a boca e continuou. — A boa notícia é que seus amigos príncipes ainda estão vivos.

As garotas comemoraram.

— A má notícia é que lorde Randark vai matá-los — completou Esmirno.

— Mas lorde Randark morreu — disse Ella. — Todos nós vimos quando ele foi tragado por aquelas enguias-dentes-de-aço.

— Mas vocês não estavam lá quando as enguias cuspiram o esqueleto, estavam? — arriscou Val. — Talvez os homens de Randark o tenham tirado da água depois que vocês foram embora.

— Fiquei naquele fosso por três segundos, e aquelas enguias quase me mataram — disse Ella. — Randark ficou por muito mais tempo. Mesmo que tenha conseguido sair, ele não teria sobrevivido aos ferimentos. Além do mais, a Rapunzel nem estava por perto para curá-lo ou algo assim. — Ela voltou-se para Rapunzel, contraindo os olhos. — Você não fez isso, fez?

— Claro que não! — protestou Rapunzel. Mas então, de repente, ela arregalou os olhos e empalideceu. — Minha nossa! As minhas lágrimas. Eu estava preocupada com o Frederico, por isso dei a ele um frasco cheio delas. Mas os caras do mal tiraram dele antes que ele pudesse usar. Essa não. Foi tudo culpa minha. As minhas lágrimas curaram lorde Randark.

— Não temos certeza disso — disse Lila.

— O que mais poderia explicar Randark estar vivo? — Rapunzel estava ofegante. — O que foi que eu fiz?

— Ei, está tudo bem — garantiu Ella.

— Você não entende — disse Rapunzel, andando em círculos ao redor da fogueira. — Tenho dedicado minha vida a curar os doentes e os mutilados. E, para ser honesta, se alguém tivesse me pedido para curar Randark, eu o teria feito.

— O quê? — interpelou Val.

— Não posso virar as costas para ninguém — continuou Rapunzel. — Não é da minha natureza. Vocês fazem ideia de quantos desses soldados darianos que pegamos em emboscadas eu salvei, porque voltei depois, escondida, para chorar sobre eles? Consertei o dedão quebrado do Barba Ruiva durante a perseguição da carroça. Por isso, sim, se tivessem me pedido naquela ocasião, eu teria curado Randark. E aparentemente foi o que eu fiz. Mas agora que sei tudo o que ele fez desde então, não posso deixar de me sentir responsável por todas as vidas que ele destruiu e por todo o estrago que causou.

— Pega leve com ela, Val — disse Ella, pousando o braço ao redor do ombro de Rapunzel. — Veja bem, você pode até não ser a guerreira mais corajosa de nós, mas é o melhor *ser humano*.

— Por acaso estamos disputando isso? — perguntou Branca de Neve. — Porque eu gostaria de participar. Sou um ser humano muito bom.

— Escutem — disse Ella. — Talvez a Rapunzel seja em parte culpada pela retomada do poder de Randark, mas não mais do que todas nós. Nós invadimos aquele castelo, e sem querer acabamos colocando a Gema do Djinn nas mãos do chefe militar.

— Eu não — disse Val.

Ella bufou.

— Será que vocês precisam levar tudo ao pé da letra o tempo todo? Ah, deixa pra lá. Não importa quem criou o problema; nós vamos dar um jeito de resolver. Esmirno, conte tudo que você viu em Yondale.

Esmirno recontou cada detalhe da conversa que tinha ouvido entre Randark e seus generais. Depois que terminou, Ella se levantou e esfregou as mãos enquanto os outros permaneceram sentados em um pequeno semicírculo formado por troncos cobertos de flocos de neve e ouviram atentos.

— Pelo jeito Randark está trabalhando com um vilão misterioso — disse Ella, assumindo a sua voz de comando. — Aposto que é o Deeb Rauber. Aquele meu primo adora um showzinho criminoso.

— Mas o sr. Randark e o garoto Rauber não pareciam muito amigos da última vez que os vimos — observou Branca de Neve.

— Isso foi há seis meses —- argumentou Ella. — Os vilões às vezes precisam se associar a inimigos para atingir seus objetivos diabólicos. Pelo menos foi o que aconteceu em várias histórias que eu ouvi.

Um galho estalou entre as árvores. Lila foi a única que ouviu o estalo.

— Continuando — prosseguiu Ella —, graças à esperteza de Esmirno...

— Obrigado, senhora — agradeceu Esmirno, erguendo a cabeça orgulhosamente.

Ella continuou, sem se dar o trabalho de explicar para ele que ela estava se referindo a outro tipo de esperteza.

— ... nossa prioridade está clara: precisamos deter Randark antes que ele execute os príncipes. O que, pelo jeito, ele não fará enquanto seus homens não tiverem capturado as Guerreiras Implacáveis da Liberdade.

— Mas essas somos nós — disse Branca de Neve. — Nós somos as GIL!

— Só que Randark não sabe disso — prosseguiu Ella. — Ele pensa que estamos mortas. Isso nos dá a chance perfeita de apanhá-lo de surpresa.

— Deixa comigo — disse Val, admirando seu punho cerrado. — *Bum!* Dou um de direita no queixo.

— Acho que nem vamos chegar tão perto assim dele, Val — disse Ella. — Nosso grande obstáculo será a Gema do Djinn. Randark pode usá-la para fazer com que nos voltemos umas contra as outras. Da última vez que o enfrentei, ele quase me fez matar o Liam.

— Ainda acho que posso dar cabo dele — disse Val. — Mas, considerando que o que você disse sobre a gema seja verdade, o que vamos fazer então?

— Precisamos combater fogo com fogo — respondeu Ella.

— A gema também pode fazer fogo? — perguntou Branca de Neve, preocupada.

— É só uma expressão, Branca de Neve — disse Ella.

— A gema é capaz de fazer expressões? — indagou Branca de Neve novamente. — Ela tem uma face?

— Ela tem várias facetas; é uma gema! — gracejou Lila.

— Pessoal! — Ella deu bronca. — O destino do mundo está ameaçado! Vamos nos concentrar! — Todos se calaram. — Para derrotar a gema, precisamos de alguma coisa tão poderosa quanto ela.

— Um soco de direita no queixo! — sugeriu Val, triunfante.

— Não! — resmungou Ella. Então fez uma pausa para respirar fundo. — Trabalhamos muito bem em equipe, mas às vezes...

— Ei, eu tenho uma pergunta — interveio Val. — O que é um djinn?

— É um gênio — respondeu Lila. — Uma criatura mágica que realiza desejos. A gema foi criada por um djinn.

— Por que não pedimos para esse gênio fazer uma arma para nós? — perguntou Val, como se fosse óbvio. — Uma que possa derrotar a gema.

— Isso é brilhante! — concordou Lila. — Se encontrarmos a garrafa com o gênio, ele pode nos conceder um desejo!

— Opa! — exclamou Rapunzel. — De acordo com a história, o djinn estava em algum lugar no meio do deserto de Aridia. Não vamos conseguir encontrar uma garrafa em meio a quilômetros e quilômetros de areia.

— Mas não é uma garrafa qualquer — disse Ella, com um conhecido brilho audacioso nos olhos. — Na história, a garrafa foi encontrada em uma ruína coberta de areia, e o ladrão que roubou a gema vagou pelo deserto e voltou para morrer na mesma ruína. E foi lá que o tatara-tatara-tatara-tatara--tatara-tatara-tataravô de Liam, o príncipe Dorun, encontrou a gema.

— E o livro de Rosa Silvestre vai nos mostrar como chegar lá! — gritou Lila, empolgada.

— Eu perdi um montão de coisas por não ter participado da última aventura de vocês, não é? — indagou Val.

— Rosa Silvestre tem um livro chamado *Recordações dos reis antecessores* — explicou Lila. — O livro conta toda a história da família real de Eríntia. E tem um capítulo inteiro sobre a gema, incluindo trechos do diário do príncipe Dorun, que foi quem encontrou a gema nas ruínas, séculos atrás. Ei, Esmirno, eu odeio lhe pedir isso, mas...

Esmirno largou o sanduíche.

— Onde está o livro? — perguntou ele com um suspiro.

— Na gaveta de cima da penteadeira dentro do quarto da Rosa Silvestre.

Esmirno desapareceu com um minitornado de flocos de neve. Antes que o último floco tivesse assentado no chão, ele reapareceu com um livro de capa de couro nas mãos.

— Você é demais — disse Lila. E Esmirno ficou feliz por já estar com as bochechas vermelhas por conta do frio, pois sentiu o rosto corando.

Lila e Ella se debruçaram sobre o livro, lendo atentamente o diário de Dorun em busca de pistas do caminho que ele fizera. Mas tudo não passava de anotações vagas de direções e pontos de referência: "parti do coqueiral no extremo sudoeste", "passei por uma formação rochosa em forma de coxa de galinha", "virei para norte em um cacto gigante carregado de frutinhas", "passei por um arco de pedra vermelha que parecia uma bengalinha doce de Natal" (Dorun era obcecado por comida).

— Então vamos partir agora mesmo para o deserto — disse Lila.

— Sim — concordou Ella. — Só precisamos de um estoque de suplementos e...

Uma rajada de vento e de repente Esmirno estava de volta, trazendo cantis e cestas com pães e carne-seca. Elas nem tinham notado a ausência dele.

— Obrigada — agradeceu Ella. — Mas preciso lhe pedir mais um favor. E esse é dos grandes.

— Diga, senhora, Vossa Alteza, senhora.

— De acordo com o que você disse sobre a conversa de Randark com essa outra pessoa misteriosa, pelo jeito ele vai executar os príncipes assim que nossos ataques aos soldados darianos cessarem — disse Ella. — Você poderia se passar pelas Guerreiras Implacáveis da Liberdade enquanto estivermos longe? Continuar armando emboscadas para as tropas darianas?

— Posso fazer isso, senhora — respondeu Esmirno, batendo continência.

— Pode demorar um pouco — avisou Ella. — Vamos ficar lhe devendo até tudo isso acabar.

— Ah, não vou cobrar nada, senhora, Vossa Alteza, senhora — disse Esmirno. — É sempre um prazer ajudar a Liga dos Príncipes.

— Não somos da Liga dos Príncipes — interpôs Branca de Neve. — Somos as GIL! E vamos *salvar* a Liga dos Príncipes.

28

O FORA DA LEI NÃO SUPORTA CALOR

— Pensei que eu fosse gostar do deserto — disse Branca de Neve. — Mas não gostei. É tudo muito... bege.

— Você só percebeu isso agora? — perguntou Val, tomando um gole do seu cantil.

— Não, notei no primeiro dia, mas não quis fazer um julgamento precipitado do lugar — respondeu Branca de Neve.

As Guerreiras Implacáveis da Liberdade vagavam pelas dunas de areia escaldantes do deserto de Aridia havia sete dias, e, entre a luz ofuscante e o calor intenso, o sol se tornara o pior inimigo. As mulheres usavam panos molhados amarrados ao redor da cabeça — menos Branca de Neve, que usava um chapéu de sol de abas largas, e Rapunzel, cujos cabelos já tinham crescido e estavam presos em um coque que mais parecia um turbante loiro.

Elas tinham trocado os cavalos por camelos — Cammy, Carmela, Carmen, Camila e Camembert, nomes dados por Branca de Neve — em um pequeno mercado nos coqueirais ao sul de Valerium, por isso pelo menos seus pés tinham sido poupados. Mesmo assim, a viagem era dura. Além do calor sufocante, Aridia era um tédio só. Havia menos coisas para fazer ali do que nas celas da prisão de Avondell.

Exceto por alguns cactos aleatórios, o mercador de camelos foi o último ser vivo que elas viram desde que tinham se embrenhado pelo deserto — apesar de o homem ter alertado sobre "seres que se movem embaixo dos grãos de areia". E, vez ou outra, Lila olhava para trás, como se estivesse procurando por algo. Mas, sempre que lhe perguntavam, ela resmungava um:

— Nada.

Ella montou a rota de acordo com as dicas do diário de Dorun, e até então elas tinham passado por todos os pontos de referência — apesar de a distância entre os pontos ter sido muito maior que a estimada. De acordo com os registros do diário, por exemplo, a caravana de Dorun tinha percorrido em um dia a distância que se estendia desde o "oásis em formato de jujuba" até as "rochas em forma de bolas de sorvete", mas elas demoraram três para fazer o mesmo percurso. Quando finalmente chegaram às formações rochosas arredondadas, elas pararam para um descanso, descendo dos camelos para se refrescar à sombra produzida pelas pedras imensas.

— A estimativa do tempo de viagem está toda errada — reclamou Ella.

— O livro foi escrito há centenas de anos — disse Rapunzel. — Talvez a paisagem tenha mudado com o passar dos anos.

— Ou Dorun não sabia cronometrar direito — supôs Lila.

— Seja lá o motivo, a situação... não é das melhores — disse Ella, sentindo-se culpada por ter sido tola em acreditar na palavra de um príncipe de séculos atrás que podia muito bem ter se enganado. — O livro nos levou a pensar que a viagem duraria dez dias, mas partimos há uma semana e não chegamos nem na metade do caminho.

— Estamos um pouquinho atrasadas — comentou Val, como se não fosse nada de mais, socando um punhado de biscoitos na boca e tomando uma golada de água para ajudar a descer. — Não foi por isso mesmo que trouxemos mais comida e água?

— Sim, Val — respondeu Ella, muito séria. — Trouxemos suprimentos para vinte e três dias de viagem, portanto...

— Portanto, mesmo que a gente leve duas semanas para chegar lá — iniciou Val —, teremos...

— Teremos de voltar — finalizou Ella. — Não sei quanto a vocês, mas eu gostaria que esta fosse uma viagem de ida e volta.

Val tratou de fechar o cantil.

— Talvez fosse melhor voltar agora — sugeriu Rapunzel, relutante. — Pelo menos sabemos que temos comida e água suficientes para retornar até a civilização.

— Mas e o djinn? — indagou Ella. — Não podemos derrotar Randark sem ele.

— Não sou do tipo de voltar atrás — disse Lila, meio que em tom de desculpa —, mas a Rapunzel pode estar certa. Talvez seja melhor a gente voltar, reabastecer e tentar novamente.

Ella sugou o ar entre dentes. As opções não eram das melhores.

— Temos suprimentos para mais dezesseis dias — disse ela. — Vamos prosseguir por mais cinco dias. Se não encontrarmos as ruínas até lá, voltamos. Ainda teremos comida e água suficientes para fazer a viagem de volta de cinco dias em segurança.

Lila olhou por cima do ombro.

— E se tivermos de dividir a água em *seis*?

Todas olharam desconfiadas para ela.

— Apareça, Deeb — gritou Lila.

Um menino descabelado, quase da mesma idade de Lila, surgiu de trás de uma duna não muito distante e veio na direção delas. Ele estava com olheiras profundas, os lábios rachados e a pele queimada de sol. Grãos de areia caíram dos trapos que ele usava e pararam nos cantos de sua boca. As viajantes olhavam para ele ao mesmo tempo surpresas e confusas.

— Você só me viu porque eu deixei — disse o menino, em um tom áspero e rouco.

Lila revirou os olhos.

— Estou de olho em você desde Sturmhagen — disse ela.

— Deixa pra lá — respondeu ele, erguendo as mãos vazias. — E aí, meninas, será que dá para descolar um lanchinho? Faz três dias que não como.

— De onde você veio? — Ella quis saber. — Você estava nos seguindo, Deeb? Por quê? Algum tipo de vingança doentia?

— Ha! Pense em todas as noites que vocês dormiram ao relento — disse ele. — Por acaso alguém acordou com um bigode pintado no rosto? A resposta é *não*. Então, obviamente, eu não vim em busca de vingança. Afinal teria sido bem legal pintar os bigodes.

— Ah, agora estou te reconhecendo! — disse Branca de Neve, apontando para ele e pulando. — Você é o menino bandido!

— *Rei* Bandido — corrigiu ele, desafiador. — Deeb Rauber, o rei Bandido. O monarca tirano da Soberana Nação de Rauberia. O flagelo do universo e inimigo de todos que são bons e nobres. Temido por todos e igualado por ninguém. E por acaso vocês não me ouviram dizer que estou morto de fome?

— Ele está falando sério? — perguntou Val. — Vocês não vão dar nenhum pouco da nossa... *Ei!*

Rapunzel jogou o cantil e um pãozinho, que ele apanhou mais que depressa.

— Bom, não vamos deixá-lo morrer — disse ela.

— Ele deve estar mentindo! — vociferou Ella. — Não se pode confiar nesse garoto...

— Veja lá quem você chama de garoto — resmungou Rauber, soprando farelos.

— Você espera que a gente acredite que você não é um espião do Randark? — Ella interpelou.

— Randark? — ele repetiu em tom de deboche. — Minha nossa! Uau. Acho que o sol deixou vocês de miolo mole. Deixe-me fazer uma pergunta: Da última vez que vocês me viram, o que eu estava fazendo?

— Saindo de trás daquela duna ali — respondeu Branca de Neve.

— *Antes* disso — resmungou Rauber.

— Você estava empurrando Randark para um fosso cheio de enguias carnívoras — disse Lila.

— *Bingo!* — proclamou Rauber, batendo na ponta do nariz. — Isso mesmo, aquele cara e eu *não somos amigos*. E, quando os capangas dele o ressuscitaram com um frasco de lágrimas mágicas — Rapunzel escondeu o rosto atrás de uma mecha de cabelo —, ele se autoproclamou rei e tentou me prender. Mas não rolou. Fui mais esperto e mais rápido.

— Como a tartaruga e a lebre em um só? — sugeriu Branca de Neve.

— Na mosca — disse Rauber. — Então, numa noite, eu estava no meu esconderijo planejando a minha volta, quando de repente ouvi vozes embaixo da minha casa na árvore. Sabe, vocês mulheres deviam falar mais baixo se estão fugindo da lei. Mas, quando ouvi tudo, percebi que tínhamos o mesmo objetivo: acabar com Randark. Por isso comecei a seguir vocês. E tenho de admitir: a ideia de ir atrás daquele gênio é muito boa. Na verdade, era exatamente isso que eu ia fazer.

— Até parece! Você nem sabia o que era a Gema do Djinn quando a viu pela primeira vez — falou Lila, irritada.

— Isso não importa — Val rebateu com rispidez. — O pirralho cometeu um erro e agora vai morrer no deserto.

— Não, não vai — insistiu Rapunzel. — Pelo menos não enquanto tivermos água e comida para dividir. Não vou deixar isso acontecer.

— Estou com a Rapunzel — disse Lila, lançando um olhar de desdém para Rauber. — Que fique bem claro que eu odeio esse garoto. Mas olhe para ele; ele não vai durar nem mais um dia se ficar por conta própria.

— Ei, eu também odeio você — disse Rauber, contente. — Todas vocês. Não vou fingir o contrário. Especialmente você, pequena miss Eríntia. Está me devendo uma por ter me jogado no Buraco da Cobra. E Ella, prima, nosso ódio um pelo outro vem desde a infância.

— Você ainda é uma criança — disse Ella com indiferença.

— Meu ponto é que ninguém alcança o posto de gênio do mal sem admitir que às vezes é preciso fazer acordos — disse Rauber. — Você pode até não gostar do parceiro, mas o trabalho precisa ser feito. Então você tampa o nariz e trabalha com ele assim mesmo. E digo isso literalmente. Vocês já se cheiraram? *Eca!*

— Não sei não — disse Ella, olhando muito séria para o primo. — Você já causou muita dor em doze anos. E não só para nós. Por um lado, acho que você devia apodrecer no deserto de Aridia. Mas... bem, temos dois votos a seu favor. E um contra. Branca de Neve, de que lado você está?

— Deste aqui, perto da pedra — respondeu Branca de Neve.

— Não, quero dizer... — Ella parou no meio da frase quando viu Deeb correr para o camelo mais perto, pegar um pacote de comida preso ao lombo do animal e sair em direção a uma duna próxima.

— Aquele pirralho! — berrou Val, e estava prestes a sair correndo quando Lila disse:

— Espere. — E a segurou pelo braço. — Talvez seja melhor deixá-lo ir embora. Ele não vai sobreviver por muito tempo mesmo.

— Aquele pacote que ele pegou era o livro — disse Ella, apavorada.

— Ferrou! — exclamou Lila. — Vamos atrás dele.

— Fiquem aqui — disse Ella para Branca de Neve e Rapunzel, enquanto ela, Lila e Val saíam correndo atrás do rei Bandido.

— Pelo menos não vai ser difícil segui-lo — comentou Val, apontando para uma trilha de pegadas que se estendia na areia. Elas correram, seguindo a trilha que subia e descia por dunas de areia muito altas. Quando contornavam o pico da sexta duna, trombaram com Rauber, que vinha correndo da direção oposta. Os quatro rolaram até o sopé de areia, onde Val segurou Deeb pelo tornozelo antes que ele pudesse fugir novamente.

— Parado aí — disse ela com um sorriso. — Se pensou que...

— Se quiser, pode me segurar aqui e continuar com seu sermão — disse Rauber. — Mas acho que você vai preferir fugir *daquilo*. — Ele apontou para o alto da duna. Um inseto gigante e cascudo se equilibrava na beiradinha sobre as patas segmentadas longas e peludas, estalando as mandíbulas serrilhadas para elas. Parecia o cruzamento de um rinoceronte com uma tarântula e um garfo enfurecido.

— Aquele é um besouro derretedor de cérebro! — gritou Lila enquanto tentava correr na areia fofa. — Não o deixem chegar perto da cabeça!

— Se eu fosse vocês, não deixaria esse bicho chegar perto de nenhuma parte do corpo — completou Rauber.

Val soltou o garoto e sacou sua espada para enfrentar o inseto gigante. Mas o que ela não esperava é que a criatura fosse pular do alto da duna e cair bem em cima dela.

— Não! — gritou Ella, atacando a fera com sua espada, mas a lâmina simplesmente tilintou contra a carapaça do monstro. Ele virou e jogou Ella para o lado com uma de suas patas, que mais pareciam lanças.

Fig. 22
Besouro derretedor de cérebro

Enquanto o besouro estava distraído com Ella, Lila tentou puxar Val debaixo dele, mas foi em vão. De repente o inseto girou a cabeça grotesca para Lila, abriu a mandíbula a poucos centímetros do rosto dela, e um fio de baba amarelo e comprido escorreu de sua boca. Lila nem tinha tido tempo de ficar apavorada quando ouviu um chiado e viu uma fumacinha saindo do olho direito do monstro. O besouro sibilou, saiu de cima de Val, se enterrou na areia e desapareceu.

Deeb Rauber estava no alto de uma duna, segurando uma lupa acima da cabeça. Ele veio correndo ao encontro delas.

— Viram, eu posso ser útil — disse ele.

— Como você sabia fazer aquilo? — perguntou Ella.

— Bom, em primeiro lugar, eu sou demais — disse ele, estufando o peito magricelo. — Em segundo, fritar insetos com uma lupa é praticamente a minha segunda carreira.

Enquanto ele se exibia, Ella tirou o pacote dele.

— Eu fico com isto. Obrigada — disse. — E você pode vir conosco. Mas *eu* vou racionar a sua comida. E você só vai pegar o que eu lhe der.

— Sim, senhora — disse ele com uma continência escrachada.

Eles seguiram os próprios rastros de volta até a formação rochosa, onde encontraram Branca de Neve e Rapunzel escondidas entre duas pedras em formato de cones de sorvete. E apenas um camelo.

— Graças a Deus vocês voltaram! — exclamou Rapunzel.

— Foi horrível — disse Branca de Neve. — Quatro grilos gigantes brotaram do chão e levaram nossos camelos.

— Tenho certeza de que eram besouros — falou Rapunzel.

— Não, definitivamente eram camelos — Branca de Neve argumentou.

— Nossas montarias se foram? — disse Val, desesperada.

— E todas as nossas coisas — Lila adicionou.

— De nada! — disse Rauber mais alto, com uma expressão de satisfação no rosto. — Se eu não tivesse *salvado* o pacote com o livro, vocês estariam perdidas aqui para sempre.

Ella abriu os dois últimos pacotes que restaram.

— Estamos em, hum, *seis*, portanto a comida e a água que temos mal vão dar para cinco dias.

— Então, mesmo que a gente volte agora, não vamos conseguir chegar em Valerium — disse Rapunzel. Ela estava quase chorando, mas achou melhor não desperdiçar suas lágrimas.

— Opa, espere aí! — disse Rauber. — Que papo é esse de voltar? Estamos na metade do caminho! Ainda temos o diário do velho príncipe paspalhão, graças a mim. Basta continuar seguindo as instruções. E rezar para encontrarmos as ruínas dentro de cinco dias.

— E quanto à viagem de volta para casa? — perguntou Rapunzel.

— Nós não vamos falar com um *gênio*? Dã! — respondeu ele. — Basta a gente desejar voltar para casa.

— Isso é surpreendentemente lógico — disse Ella.

— Mas, de acordo com a história, o djinn só concede um desejo para aquele que encontrar a garrafa — observou Lila.

— Sim, um *por pessoa* — disse Rauber. — A menos que eu tenha contado errado, o que pode ser possível, porque nunca fui bom em matemática, nós estamos em mais de um.

— Oba, se cada um tiver direito a um desejo, já sei o que vou pedir — disse Branca de Neve. — Um sanduíche. Estou faminta.

Ella a olhou de soslaio e perguntou:

— E quanto ao Duncan?

— Ele provavelmente também iria pedir um sanduíche — respondeu Branca de Neve.

— Não foi isso que eu quis dizer, mas... esqueça. Vamos nessa.

Assim que o sol começou a se pôr, cobrindo o céu de raios rosa e laranja, as Guerreiras Implacáveis da Liberdade — e o rei Bandido — iniciaram a longa marcha, de olhos e ouvidos atentos a quaisquer movimentos e estalidos na areia. Sorte que eles não encontraram mais nenhum besouro derretedor de cérebro. Azar que a comida deles acabou no quarto dia. E a água, no final do quinto. E, na manhã do sexto dia, eles ainda não tinham encontrado as ruínas.

29

O FORA DA LEI BRINCA DE GIRAR A GARRAFA

— Não entendo — murmurou Ella, com a voz rouca. — Passamos pelo planalto em forma de presunto ontem de manhã. Aquele era o último ponto de referência que Dorun mencionou. E ele disse que encontrou as ruínas a três horas de caminhada, a leste, a partir desse ponto.

— Cheguei à conclusão de que Dorun era um idiota — disse Val, que seguia a pé com Ella, enquanto Lila, Branca de Neve e Rapunzel iam apertadinhas no lombo da extremamente infeliz Carmela. Rauber se arrastava vários metros atrás delas.

— Ei, Rapunzel — chamou o rei Bandido. — Se eu estiver prestes a morrer de sede, suas lágrimas podem me socorrer?

— Só se você estiver planejando bebê-las — respondeu ela.

Rauber encolheu os ombros.

— Se funcionar.

— Esperem, vejam! — gritou Lila, apontando para uma elevação a leste. — Aquilo é uma miragem, ou estou vendo colunas de pedra? — Ela pulou do camelo e saiu correndo. — É aqui! — gritou segundos depois. — Achamos!

Ao seu redor, projetavam-se da areia colunas de pedra quebradas e desgastadas. Sob uma fina camada de grãos arenosos, era possível perceber um piso de mármore branco. E, no centro de tudo, havia um trono, e sobre ele um esqueleto humano envolto em farrapos de seda lilás, tremulando com a brisa suave.

— É o ladrão da história — disse Lila, boquiaberta.

— Uau — exclamou Ella.

— Viva! — comemorou Branca de Neve. — Finalmente vamos comer!

— Ainda não — disse Rapunzel. — Precisamos encontrar a...

— Garrafa! — gritou Lila, de joelhos, removendo a areia que encobria um objeto verde e brilhante encaixado em uma rachadura no mármore. Assim que conseguiu tocar o objeto há tempos esquecido, ele se soltou. *Parecia* uma garrafa, mas não era possível saber ao certo. Com certeza era algum tipo de recipiente, de vidro verde-escuro, mas o formato lembrava mais uma berinjela. Isso se um crânio pudesse ser parecido com uma berinjela. Pois o objeto também se parecia com um crânio, com a cavidade dos olhos, nariz e boca nos devidos lugares.

— Isso é horripilante — disse Lila, de repente desejando que o artefato sinistro não estivesse em suas mãos.

— Quer que eu abra? — Ella perguntou.

— Não — respondeu a menina, considerando o tipo de poder que estava prestes a obter se aquela fosse de fato a legendária garrafa do djinn. — Pode deixar comigo. — Havia uma tampinha prateada com uma argolinha de metal entre os olhos do crânio em formato de berinjela. Lila enfiou o dedo na argolinha e puxou. A tampa saiu muito mais fácil do que ela esperava. E em seguida veio o bum.

Parecia que todo o vento do planeta de repente tinha soprado de uma só vez. Os cabelos de Lila esvoaçaram para trás, e ela quase deixou a garrafa cair. Mas felizmente ela aguentou firme quando uma forma emergiu de dentro do recipiente. A coisa tinha um formato humanoide — pelo menos do torso para cima —, com braços musculosos, pescoço grosso e rosto anguloso. Sua "pele" brilhante, que estava mais para uma névoa, era de um vermelho intenso, e uma chama flamejava no alto de sua cabeça, como se fosse o penteado mais esquisito do mundo. Da cintura para baixo, o djinn não tinha nada além de uma fumaça vermelha tremulante, que parecia estar presa a algo dentro da garrafa.

Todos ficaram paralisados de medo e espanto. Até que o djinn falou.

— Parabéns! — gritou ele, em um tom de voz muito mais animado que o esperado. E então olhou para Lila. — Você é a detentora da lendária Garrafa de Baribunda, o portal para o reino de Baribunda, o lar do Djinn de Baribunda. Ao abrir esta passagem entre nossos mundos, você, a detentora da Garrafa de Baribunda, vai receber como recompensa... um desejo, concedido por mim, um humilde djinn de Baribunda. Eu gosto de falar *Baribunda*, mas raramente tenho a chance. Nós, djinns, nos comunicamos por telepatia apenas. Às vezes eu me pergunto por que eu tenho boca. Só para ficar esperando por, tipo, oitocentos anos, até que um humano abra esta garrafa idiota? Que trabalho mais entediante! Mas então alguém acaba abrindo a garrafa, e eu consigo sair e falar *Baribunda, Baribunda, Baribunda*, e eu fico, tipo: "É isso aí, valeu muito a pena!"

Lila fechou os olhos.

— Não tenha medo, Lila — disse Ella. — Vá em frente e deseje algo que possamos usar para destruir a gema.

— Sinto muito, tarde demais — lamentou o djinn. — Somente um desejo. Ela já fez o dela.

— O quê?! — exclamou Ella.

Lila arregalou os olhos.

— Eu... eu só *pensei* uma coisa! — disse em defesa própria.

— Mas já conta — falou o djinn.

— Espere — disse Lila. — Então se tornou realidade? O desejo foi concedido?

— Adeuzinho de Baribunda! — gritou o djinn. E em seguida foi sugado de volta para dentro da garrafa.

Todos começaram a falar ao mesmo tempo.

— O que foi que você desejou? — perguntou alguém, que Lila nem sabia ao certo quem foi.

— Não importa — ela respondeu, jogando a garrafa com raiva.

Branca de Neve avançou e a pegou antes que caísse no piso de pedra. Ainda estava destampada. *Bum!* O djinn saiu da garrafa.

— Parabéns! — disparou a criatura. — Você é a detentora da lendária Garrafa de Baribunda, o portal para o reino de Baribunda, o lar...

— Eu desejo um sanduíche de geleia, pitaia e gengibre — Branca de Neve foi logo dizendo.

— Você só me deixou dizer *Baribunda* duas vezes — reclamou o djinn, de cara feia. — Mas tudo bem. Aqui está!

Um sanduíche apareceu na mão de Branca de Neve. Ela deu uma mordida enquanto o djinn gritava:

— Adeuzinho de Baribunda! — E com isso voltou para dentro da garrafa.

Branca de Neve engoliu a segunda mordida antes de erguer os olhos e perceber que todos olhavam para ela.

— Por acaso estou com o rosto sujo de geleia?

— Onde você estava com a cabeça? — Ella perguntou.

— Eu falei que ia pedir um sanduíche — Branca respondeu.

— Mas ninguém achou que fosse sério! — vociferou Val.

— Bom, problema de vocês — disse Branca de Neve. — Eu nunca fiz uma brincadeira em toda a minha vida. Mas fiquem calmas. Ainda temos... um, dois, três, *quatro* desejos. E não precisam se preocupar que eu vou dividir o sanduíche.

— Me dá isso — disse Val, arrancando a garrafa da mão de Branca de Neve. — Vou cuidar do nosso problema chamado Randark.

Bum! O djinn reapareceu.

— Parabéns! Você é a...

— Eu desejo dar um soco bem dado no queixo desse tal de lorde Randark — Val declarou em voz alta.

— Outra vez? Fui interrompido outra vez? — reclamou o djinn. — Esquece. Desejo concedido. — E voltou para dentro da garrafa.

Val olhou ao redor.

— Onde está o Randark? — perguntou aos berros.

— Talvez o seu desejo só vá lhe dar a *chance* de dar um soco no queixo dele — observou Branca de Neve, e deu outra mordida no sanduíche.

— Posso esperar por esse dia — disse Val, sorrindo enquanto imaginava a cena.

— Não! — gritou Ella. — Não, não, não, não, não! — Ela foi para cima de Val, com os dentes e os punhos cerrados. — Agora é a *minha* vez! A *minha* vez! Eu fico com a garrafa agora. E vou fazer o pedido que viemos até aqui para fazer. — Ela apanhou a velha garrafa da mão de Val. E *bum!*

— Baribunda! — gritou o djinn. — Baribunda, Baribunda, Baribunda, Baribunda! Ah! Falei!

Ella ignorou o imenso homem-névoa flamejante.

— Estamos aqui para tentar salvar o mundo! — berrou ela para suas companheiras. — Não para comer!

Branca de Neve limpou a boca e baixou os olhos.

— Nem para mostrar quanto somos valentes e machonas — continuou Ella.

Val coçou a cabeça e franziu o cenho.

— Ou para ficar de segredinho com o restante do grupo.

Lila pareceu culpada.

— Tenho medo de contar e não se tornar realidade.

— Não é seu *aniversário*, Lila — disse Ella. — É... Esquece. Minha nossa! Às vezes vocês me deixam louca.

— Eu não fiz nada de errado — Rapunzel tratou de se defender.

— Por que você precisa ressaltar isso?! — berrou Ella. — Você é igualzinha ao Frederico, não pode deixar passar uma. Xiu! Na maior parte do tempo, eu consigo aturar as loucuras de vocês. Na maior parte do tempo, nós formamos um ótimo time. E funciona muito bem. Mas às vezes... e odeio ter de admitir isso... vocês me fazem desejar que o Liam estivesse aqui.

— Desejo concedido — disse o djinn.

— O quê? — perguntou Ella, confusa.

De repente, uma fumacinha com cheiro de abacaxi surgiu a poucos metros de distância. E, quando desapareceu, lá estava Liam, parado no templo em ruínas, com cara de quem não estava entendendo nada. Ele estava mais magro, com a barba por fazer cobrindo as bochechas chupadas. O cabelo estava escorrido e embaraçado, e ele parecia estar vestindo uma fantasia velha de pirata que alguém tinha jogado no lixo depois de ter sido comida por traças famintas e pisoteada por ratos de patas sujas.

— Liam! — gritou Lila, sem acreditar no que estava vendo. As outras se aproximaram, dizendo o nome dele.

— De onde vocês surgiram? — ele murmurou. — Onde foi parar o oceano?

A frustração de Ella pelo desejo mal interpretado logo desapareceu.

— Você está aqui — disse ela baixinho. — Acho que eu trouxe você para cá.

Mas, quando a fumaça se dissipou, eles perceberam que Liam não tinha vindo sozinho. Rosa Silvestre estava junto. E estava péssima — muito pálida, os fartos cabelos castanho-avermelhados, que normalmente ficavam presos para cima em um penteado imponente, agora desciam até a cintura em uma profusão de mechas embaraçadas. Seu vestido estava reduzido a algo que se parecia mais com a mortalha roubada de um defunto.

— Que raios ela está fazendo aqui? — perguntou Ella, num tom bem menos suave.

— Não pergunte para mim — disse Rosa Silvestre, com um olhar fuzilante. — Que lugar é *este*, afinal?

— Vejam só — disse o djinn. — Veio mais uma. Eles deviam estar de mãos dadas quando eu o teletransportei.

Liam e Rosa Silvestre soltaram as mãos mais que depressa.

— Ei, o mais importante é que vocês estão vivos, certo? — disse Ella, com um sorrisinho sem graça. Então deu um abraço formal em cada um. E ficou grata quando Lila entrou no meio para abraçar o irmão. O djinn, que ainda estava fora da garrafa, observava os procedimentos com uma curiosidade estranha, até que de repente Rapunzel se apossou da garrafa.

— Você pode teletransportar pessoas? — perguntou ela.

— Alôôô? Eu acabei de fazer isso — respondeu a criatura mágica.

— Eu desejo que os outros membros da Liga dos Príncipes também estejam aqui conosco — disse ela.

— Concedido — disse o djinn. *Puf!* Mais fumaça com cheiro de abacaxi, e Gustavo apareceu, com a pele morena, os cabelos mais claros e o rosto coberto por uma farta barba loira. Frederico estava ao lado, coçando a barba por fazer. Em seguida veio Duncan, cujas bochechas estavam lisinhas como uma maçã. Duncan podia ficar sem fazer barba por um século que não brotava nem um fio sequer.

As ruínas foram tomadas por uma confusão de boas-vindas e xingamentos, abraços e discussões. O djinn não estava entendendo nada.

— Que raios aconteceu?

— Você voltou!

— Estou vivo!

— Por onde vocês andaram?

— Como vocês puderam nos abandonar daquele jeito?

— O que *você* está fazendo aqui?

— Tem alguma coisa comendo a sua cabeça!

— É só o meu chapéu incrível.

— Quem é você?

Fig. 23
Os abandonados

— Larga do meu pé!
— Minha nossa! Vocês viram o gigante vermelho flutuando logo ali?
— Você faz ideia de tudo que passamos?
— Não me abrace.
— Eu senti sua falta.
— Nos viramos muito bem sozinhas.
— Vocês são todos uns fracassados.

Durante a confusão, Deeb Rauber se aproximou de Rapunzel e sorrateiramente tirou a garrafa das mãos dela. Ella percebeu e gritou para Gustavo, que era o que estava mais próximo do garoto:

— Gustavo! Pegue o Deeb! Não o deixe fazer um pedido para o gênio!
— O Rauber está aqui? — perguntou Gustavo, surpreso.
— Parabéns! — disse o djinn para Rauber. — Você é o detentor da lendária Garrafa de Baribunda!

Gustavo colocou a mão no alto da cabeça de Rauber e o levantou alguns centímetros do chão. Em seguida, arrancou a garrafa das mãos do garoto e o jogou sobre um montinho de areia.

— Parabéns! — disse o djinn para Gustavo. — Você é o detentor da lendária Garrafa de Baribunda!
— Cara! — resmungou Rauber do chão, esfregando as costas. — Estamos do mesmo lado, seu idiota.
— Desde quando? — Liam perguntou.
— Há quase uma semana — disse Ella. — Preste atenção, vou tentar ser o mais breve possível. Randark usou a gema para conquistar os Treze Reinos, menos Avondell. Ele é imbatível, a menos que consigamos uma arma muito mais poderosa do que a gema. E é por isso que estamos aqui, em Aridia, com o djinn da história da gema, que é aquele cara vermelho soltando fumacinha.
— Sou do reino de Baribunda — disse o djinn. — Baribunda!
— O Rauber não está exatamente trabalhando conosco — prosseguiu Ella. — Mas está aqui porque também quer se livrar do Randark.
— Consequentemente, somos parceiros — concluiu Rauber, levantando-se devagar.
— Agora, Gustavo — disse Ella. — A garrafa está com você. O djinn vai lhe conceder um desejo. Somente um. Pense com muito cuidado no que você vai dizer.

— Não se preocupe — disse Gustavo. — Saquei tudo que você disse. Vou salvar o mundo para você. — Com a garrafa embaixo do braço, ele olhou para todos ao redor. — Mas, primeiro, quero saber quem é a Madame Ombros--Largos e de onde ela veio.

— Essa é Val Jeanval, uma ex-rebelde de Avondell que foi parar na cadeia por ter atacado uma dúzia de soldados com uma baguete dura, mas que depois escapou com a ajuda das suas amigas — respondeu o djinn. — Desejo concedido.

— O quê? Espere! Não! — Gustavo xingou, berrou e sapateou. — Criatura idiota — resmungou. Então dobrou a perna para trás, pronto para chutar a garrafa para o cafundó das areias do deserto.

— Gustavo, não! — gritou Rapunzel. — *Cada um* de nós tem direito a um desejo!

Liam pegou a garrafa.

— Eu assumo agora — disse ele.

— Parabéns! — disse o djinn, e Liam permitiu que ele fizesse todo o discurso sobre Baribunda, o que o deixou muito feliz.

— Muito bem — disse Liam. — Precisamos tomar muito cuidado com as palavras. Sabemos quanto esse gênio pode ser ardiloso. Sem querer ofender.

— Vou encarar como um elogio — disse o djinn.

— E cuidado com o que você pensa — alertou Lila. — Se pensar em algo, também conta!

— Bom saber — disse Liam.

— Fale apenas: "Desejo algo que possa destruir a gema" — Frederico sugeriu.

— Ou: "Desejo que a gema pare de funcionar" — Rapunzel deu sua contribuição.

— Ou diga: "Desejo que a gema nunca tivesse existido" — tentou Ella.

— Não — disse Gustavo. — Destrua a gema! Ou, você sabe, deseje que a gema seja destruída.

— Deseje que a gema pare de ser má e seja só bonita — falou Branca de Neve.

— Deseje que não existam essas tais gemas — sugeriu Duncan.

— Eu queria voltar para a ilha deserta — resmungou Rosa Silvestre.

— Calados! — berrou Liam. — Preciso me concentrar.

Todos ficaram quietinhos.

— Uau — ele exclamou com uma risadinha. — Eu desejaria que fosse sempre fácil assim fazer vocês ficarem quietos.

— Desejo concedido — disse o djinn.

— NÃÃÃÃÃÃÃOOOO! — berrou Liam. Foi um berro tão alto e demorado que alpinistas que estavam escalando uma montanha em Carpagia relataram ter ouvido o grito trazido pelo vento.

— Minha vez — disse Rauber, e então se lançou para cima da garrafa. Liam tentou segurar, mas Deeb deu um tapa na garrafa com tanta força que ela saiu voando. O djinn uivava enquanto a garrafa girava em círculos. Todos entraram em pânico, sem saber o que iria acontecer se a garrafa quebrasse.

— Duncan, ela está indo na sua direção! — gritou Frederico.

Duncan olhou para cima e viu a garrafa caindo. Ele correu, deu um mergulho e conseguiu segurá-la enquanto deslizava pelo chão.

— Boa, Matusquela! — comemorou Gustavo.

Mas Rauber vinha correndo na direção dele.

— Faça um desejo, Duncan! Faça um desejo! — Branca de Neve gritou para o marido.

Ele deu uma olhada para o djinn, que balançava atordoado no ar.

— Hum — murmurou. — Ééé...

— Rápido, Duncan!

— Eu desejo um sanduíche! — ele soltou.

Dez pessoas bateram na própria testa ao mesmo tempo.

— Desculpem — disse Duncan enquanto um sanduíche aparecia em sua mão. — Foi muita pressão. Um sanduíche foi a primeira coisa que passou pela minha cabeça. Mas, já que ele está aqui... — Ele levantou a fatia de cima e deu uma olhada no recheio. — Ah, droga. É linguiça de fígado. — E jogou o sanduíche na areia.

— Eu teria comido! — reclamou Gustavo.

Rauber se aproximou de Duncan, que se encolheu, protegendo a garrafa com o corpo.

— Duncan, meu velho — disse Deeb, dando um tapinha nas costas do príncipe. — Me dê uma chance, cara. Por favor. O que foi que eu fiz de mal para você?

— Você me amarrou a uma árvore uma vez — disse Duncan. — Roubou as minhas coisas um montão de vezes. E tentou cortar os meus pés.

— Nos últimos seis meses — recolocou Rauber. — O que eu fiz de mal para você nos últimos seis meses?

— Nada.

— As pessoas mudam — disse Rauber. Então se dirigiu ao grupo. — Estamos todos atrás da mesma coisa. Queremos que o Randark desapareça. Dou minha palavra que, se me deixarem pôr as mãos nessa garrafa, vou desejar algo que possa nos ajudar a atingir esse objetivo.

Liam olhou para Ella.

— Quem ainda falta fazer um desejo? — perguntou ele.

— Hum, acho que o Frederico e a Rosa Silvestre.

— Quer dizer que as mocinhas desperdiçaram seus desejos antes mesmo de a gente aparecer? — reclamou Liam.

— Ah, e os senhores fizeram um excelente trabalho desde que chegaram — retorquiu Ella com a mesma moeda.

— Escutem — disse Duncan, endireitando-se e segurando a garrafa. — Por que não damos uma chance ao Frederico de...

— Ha! — Rauber deu um gritinho enquanto roubava a garrafa da mão de Duncan.

— Parabéns! — falou o djinn.

— É minha, é minha, é minha! — Rauber ria. — Afastem-se, senhoras e paspalhões. Está na hora de ver o que o rei Bandido faz quando tem direito a um desejo e precisa fazer com que ele valha a pena. Gênio, eu desejo me tornar o ser mais poderoso do planeta!

— Boa pedida — disse o djinn.

Um trovão crepitou ao alto e raios rasgaram o céu. O vento soprou. A areia se ergueu em redemoinhos. E Deeb Rauber cresceu. Cresceu e cresceu até ficar mais alto que todos, mais alto que qualquer criatura que já tinha vivido. E então ele começou a flutuar, levitando vários metros acima do chão. Rauber ria enlouquecido enquanto lançava chamas dos dedos, tostando besouros derretedores de cérebro que estavam a quilômetros de distância. Então agitou seus dedos gigantescos e, usando apenas o poder da mente, arrancou várias colunas de pedra do antigo templo. As colunas ficaram suspensas até ele disparar raios pelos olhos e explodir tudo, causando uma chuva de entulho de dez mil anos. Para aqueles que estavam no chão, as ruínas se transformaram em um lugar extremamente perigoso.

— Ele está tentando nos matar, ou está só se exibindo? — berrou Ella.

— Quem vai se importar se morrermos? — Rosa Silvestre gritou de volta.

Enquanto a risada de Rauber ecoava pelo deserto, Frederico notou que Rapunzel corria em sua direção. Essa era a única coisa no mundo capaz de fazer com que ele se esquecesse, ainda que momentaneamente, do perigo que corria.

— Estou feliz de poder vê-la novamente, antes de sermos todos exterminados por um gigante engraçadinho — disse ele enquanto ela o envolvia em um abraço. Ele retribuiu o afago, até perceber que ela estava tentando tirá-lo do caminho de um pedaço de mármore três vezes maior do que eles que tombava naquela direção. Eles caíram juntos na areia, a poucos metros do ponto de impacto da pedra assassina. — Ah — murmurou Frederico. — Eu pensei que você estivesse me dando um abraço.

— Mais tarde, talvez — respondeu Rapunzel, olhando horrorizada para o rei Bandido, que não parava de crescer. A garrafa do djinn não passava de um grãozinho de arroz entre os dedos colossais. E logo ele ficou tão grande que não conseguia segurá-la mais, nem notou quando ela escapou de seus dedos. A garrafa veio direto para o chão, bem na direção de Frederico, que era péssimo em pegar as coisas, por isso a deixou escapar. Por sorte, Rapunzel conseguiu pegar e a entregou para ele.

— Parabéns! — proclamou o djinn, ao surgir de dentro do recipiente em formato de berinjela. Ele iniciou o discurso de praxe, mas Frederico mal conseguia ouvir com todo o barulho que Rauber estava fazendo enquanto destruía o templo ao redor.

— Desejo que Deeb Rauber volte ao normal — disse Frederico. De repente, a barulheira cessou, como se alguém tivesse baixado o volume do mundo. Rauber, de volta ao tamanho normal de doze anos, caiu atordoado sobre uma pilha de areia e escombros. Em segundos, sua confusão se transformou em fúria. Ele ficou em pé com um pulo.

— O que você fez? — gritou. — Seus idiotas! Vocês não percebem? Aquilo poderia ter funcionado! Com todo aquele poder, eu teria destruído o Randark! E a gema idiota dele!

— E com certeza o resto do mundo junto — disse Liam.

— Cara, vocês *não têm* senso de humor — resmungou Rauber, e sentou emburrado em um canto.

— Por que eu fui dizer "voltar ao *normal*"? — murmurou Frederico. — Eu devia ter usado alguns adjetivos positivos. Quem sabe cortês. Educado. Qualquer coisa do tipo.

Ele se aproximou de Rosa Silvestre e estendeu a garrafa para ela. O djinn ainda estava do lado de fora, esperando para ver quem seria o próximo.

— Está em suas mãos, Rosa Silvestre — disse Frederico. — Tenho certeza de que você vai fazer a coisa certa.

— Ela vai — Liam garantiu, mais para assegurar a si mesmo do que para apoiar a ex-esposa. Ella mordeu o lábio.

— Ora, ora, ora — começou Rosa Silvestre enquanto contornava casualmente um pilar em ruínas, alisando a velha garrafa. — Vejam só quem está precisando da minha ajuda agora. As mesmas pessoas que, há menos de um ano, acreditavam que só havia maldade dentro de mim.

— Isso não é justo, Rosa — disse Liam. — Estávamos nos entendendo muito bem na ilha.

— Xiu, estou fazendo um discurso — ela vociferou. — Onde eu estava mesmo? Ah, sim... As mesmas pessoas que...

— Tem certeza de que este é um bom momento para discursos, Rosa Silvestre? — perguntou Ella.

— Sou uma princesa — estrilou Rosa. — Preciso fazer a minha encenação! Mas tudo bem. O que eu estava tentando dizer é que todos vocês me odeiam e eu odeio todos vocês, mas passamos por algo juntos, algo assustador e difícil e... Bom, mesmo que nunca venhamos a amar uns aos outros, eu gostaria de imaginar que pelo menos existe um pouco de respeito mútuo entre nós. Obviamente, não estou incluindo o moleque Rauber; todos nós ainda o odiamos. E esse discursinho que acabei de fazer é sem sombra de dúvida a coisa mais cafona que poderia ter saído da minha boca, portanto espero que vocês tenham gostado, bando de fracassados. — Ela fez uma pausa. — Eu desejo um meio de destruir a Perigosa Gema Jade do Djinn.

O djinn franziu o cenho.

— Nossa! É assim que vocês a chamam? Que nome *horrível*. Mas... desejo concedido.

Um frasquinho com uma tampa de rolha surgiu na mão livre de Rosa Silvestre.

— O que é isto? — perguntou ela.

— Um ácido mágico — respondeu o djinn. — Três gotas no centro brilhante da gema são suficientes para acabar com todo o seu poder.

— Uau, é isso que você nos dá? — reclamou Rosa Silvestre. — Eu estava esperando algo que pudesse, sei lá... explodir a pedra ou algo assim. Algo que não necessitasse de tanta *precisão*.

— Seja mais específica da próxima vez — disse o djinn com uma risadinha maliciosa. — Ah, só que... não haverá próxima vez. — A criatura mágica voltou para dentro de sua garrafa.

Todos reclamaram. Resmungando, Rosa Silvestre jogou a garrafa para Gustavo.

— Pegue — disse ela. — Pode chutar isso para bem longe. Divirta-se.

— Espero que o velho Cabeça-de-Fogo tenha uma dor de cabeça daquelas depois que eu espatifar a casinha dele — falou Gustavo enquanto pegava a garrafa e mais uma vez se preparava para chutá-la para bem longe. Mas, um segundo depois de ele pegar o frasco, o djinn saiu de dentro da garrafa num rompante, com certo nervosismo nos olhos. — O que você está fazendo aqui fora, Garoto da Garrafa? — Gustavo perguntou. — Ficou com vontade de dar uma voltinha?

— Espere! Não chute a garrafa! — alertou Frederico. — Eu sei por que o djinn voltou. O Gustavo é o detentor da garrafa outra vez. E ele ainda tem direito a um desejo.

— Não tem, não — disse o djinn, na defensiva. — Ele quis saber quem era a senhorita Jeanval, e eu lhe concedi o desejo. Fim da história.

— Esse não foi o *desejo* dele — contestou Frederico. — Ele disse: "Eu *quero* saber..." Querer não é desejar.

O djinn soltou uma fumacinha rosa pelas narinas.

— Muito bem, se você quer ser detalhista... — ele bufou. — Tecnicamente você está certo. Não foi um desejo. Ah, vamos lá... Parabéns, príncipe Gustavo. Você é o detentor da lendária Garrafa de Baribunda. Faça um desejo.

— Tome muito cuidado, Gustavo — alertou Liam. — Escolha bem as palavras.

— Sim, seja superespecífico — disse Ella. — Peça para a gema explodir, ou derreter, ou...

— Não, só temos mais um desejo — Lila interveio. — Precisamos usá-lo para voltar para casa.

— Mas deter Randark é... — iniciou Liam.

— É algo que nunca vai acontecer se todos nós morrermos — disse Ella. — A Lila tem razão.

Liam assentiu.

— Deseje que todos nós voltemos para Avondell, Gustavo.

— Não. Para Avondell, não! — irrompeu Rapunzel. — Péssima ideia! Mais tarde explico por quê.

— Tudo bem, apenas deseje que voltemos para casa — sugeriu Frederico.

— Não — disse Lila. — Se você disser só "casa", provavelmente cada um será mandado para a sua. Nós seríamos separados.

— E por que isso seria ruim? — perguntou Rosa Silvestre.

— Deseje que todos nós vamos para a Terra da Alegria — disse Duncan. — Não sei onde é, mas não deve ser ruim, não é mesmo?

— Acalmem-se, todos. Já sei — falou Gustavo. Então olhou no fundo dos olhos do djinn. — Desejo que todos nós... todos nós que estamos *aqui*... todos os seres humanos que estão neste lugar...

— E um camelo — adicionou Branca de Neve.

— E um camelo — repetiu Gustavo. — Desejo que todos nós sejamos transportados para a Perdigueiro Rombudo.

— Desejo concedido — disse o djinn. — Baribunda! — A palavra foi se esvaindo, como se seu locutor tivesse sido sugado para dentro de um longo túnel.

E então, com um flash de luz intensa e uma rajada de vento com cheiro de fruta, os onze fugitivos famosos — e um camelo — de repente se materializaram a quilômetros e quilômetros de distância, a noroeste de Sturmhagen, na cidadezinha de Flargstagg, dentro da Perdigueiro Rombudo.

Como você pode adivinhar, o lugar foi à loucura.

30

O FORA DA LEI LIMPA O PRATO

A Liga dos Príncipes e as Guerreiras Implacáveis da Liberdade ocuparam duas mesas grandes que foram unidas nos fundos da Perdigueiro Rombudo — onde comeram. E beberam. E comeram e beberam mais um pouco. Ninguém nem ligou quando encontrou alguma coisa boiando na água ou mordeu algo crocante que não deveria estar no pudim. Todos estavam com tanta fome e sede, como nunca tinham estado em toda a vida. Frederico até mandou vir um prato que era descrito como "cozido de mamífero" — apesar de ter tido de solicitar o talher correto quando Ripsnard serviu por engano o prato acompanhado de um garfo de salada.

Durante toda a refeição, Duncan pareceu triste, o que não era de seu feitio.

— Achei que fôssemos encontrar o capitão Não-Lembro-O-Nome ou o Duas-Mãos aqui. Ou o dorminhoco — disse ele. — Mas pelo jeito eles não voltaram.

— Mais traidores — resmungou Gustavo, e tomou um gole de um "suco" cinza gosmento.

— Sinto muito pelo que aconteceu com a pirata — disse Rapunzel para ele, fazendo um afago em seu ombro.

— Já superei isso — ele falou bruscamente, empurrando a mão dela. — Não quero mais saber de mulheres. Nunca mais.

Assim que todos terminaram de comer e voltaram a sentir a energia da vida pulsando nas veias, conversaram sobre os desafios e atropelos que tinham enfrentado nos últimos meses. E logo ficou claro que ninguém sabia direito o que estava acontecendo. Então, juntando um pouquinho daqui e dali, eles foram encaixando as peças.

— Afinal, agora a coisa está feia ou boa? — perguntou Branca de Neve, erguendo a cabeça igual a um filhotinho curioso.

— A situação não é das melhores — disse Ella. — Mas...

— Poderia estar pior — concordou Liam.

— A coisa está feia — disse Rosa Silvestre, revirando os olhos. — Por favor, será que podemos chamar as coisas pelo nome certo? A situação é péssima. Catastrófica. Funesta. Vocês ainda não se deram conta? — Ela afastou com a pontinha dos dedos um osso roído que Gustavo tinha jogado perto do prato dela. — Só estou aqui por causa da gravidade da situação — continuou. — Vocês entendem o que significa eu, Rosa Silvestre, estar sentada aqui? Em um lugar como este? Ao lado de gente como vocês? O simples fato de eu ter concordado em entrar em um lugar que se autointitula "estalagem" já deveria ser o suficiente para mostrar quão importante é esta missão. Devo ter contraído umas sete doenças só de sentar nesta cadeira. Por isso, esqueçam o otimismo inútil e vamos pensar em um plano.

Por alguns segundos, ninguém abriu a boca.

— Rosa Silvestre tem razão — disse Liam.

— Claro que tem — resmungou Ella.

— Não, sério — prosseguiu Liam. — A coisa *está* feia. E essa é mais uma razão pela qual *precisamos* vencer.

— Bom, temos o frasquinho de ácido que podemos usar para destruir a gema do Randark. Isso *se* conseguirmos chegar perto dela o suficiente — disse Ella. — O que vamos fazer, então?

— O que não deveríamos fazer de jeito nenhum é ficar aqui por muito mais tempo — colocou Frederico, limpando a boca com um guardanapo. — Mais cedo ou mais tarde, um dos frequentadores vai acabar deixando escapar que nos viu, e a pessoa errada pode ouvir.

Liam pegou dois garfos, uma faquinha de manteiga e um saleiro e começou a espalhar tudo ao redor da mesa.

— Hum — murmurou. — Droga, não. — Trocou o saleiro de lugar com um dos garfos. — Hummm... não. Assim também não.

— O que você está fazendo? — perguntou Ella.

— Não estou conseguindo visualizar — disse Liam, colocando uma colher entre dois garfos e virando a faca em ângulo.

— Você está fazendo errado, querido — Rosa Silvestre arrulhou. — Espete o garfo na carne e depois movimente a faca para a frente e para trás para cortá-la, assim. — Ela demonstrou, curvando a boca para baixo, como se estivesse com pena.

Liam contraiu as sobrancelhas.

— Rosa, não foi você quem acabou de dizer que é importante bolarmos um plano?

— Eu sei, querido — respondeu ela. — Continue. Termine de descobrir como vamos dar um fim na gaveta de talheres do Randark.

— Você pode me explicar o que está pensando? — Ella perguntou para Liam.

— Bom, o saleiro é o castelo, e os garfos são... Esqueça — disse ele. — Não sei como vamos conseguir chegar perto o suficiente de Randark para pegar a gema.

— Já invadimos aquele castelo antes — falou Gustavo.

— Não foi exatamente *fácil* daquela vez — retrucou Liam.

— Precisamos encontrar um jeito de transpor a Muralha Sigilosa e o Fosso dos Mil Dentes e os milhares de guardas darianos enormes e assustadores, é isso? — perguntou Frederico.

— É aí que eu entro — disse Deeb Rauber. Todos levaram o maior susto.

— Você ainda está aqui? — perguntou Liam, erguendo a sobrancelha.

— Claro que ainda estou aqui. — Rauber puxou uma cadeira e se espremeu entre Liam e Ella. — Vocês são os únicos que têm meios de lutar contra Randark.

— Você está dizendo isso por causa do frasquinho de ácido — disse Duncan.

— Não, estou dizendo isso porque vocês são guerreiros incrivelmente hábeis — falou Rauber, e caiu na risada. — *Claro* que é por causa do frasquinho de ácido. Mas vocês vão precisar entrar no Castelo von Deeb para usá-lo. E é aí que eu posso ajudar. Eu construí aquele castelo, sabe... muito antes do Bundark e seus comparsas se mudarem para lá. E eles não conhecem a minha entrada supersecreta. É um túnel que começa na base do monte Morcegasa e acaba dentro da masmorra do castelo.

— E você está disposto a nos mostrar onde fica essa entrada secreta? — perguntou Liam, desconfiado.

— Com uma condição.

— Eu já imaginava — disse Ella. — O que você quer?

— Você não presta a menor atenção, não é mesmo? Eu quero o meu reino de volta! — disse o menino, encarando todos com um olhar malvado. — Coloco vocês lá dentro se me prometerem que, depois que Randark desaparecer, vão dar no pé e deixar que eu retome meu trono e assuma o posto de monarca de Rauberia. Essa é a minha oferta. — Ele se recostou na cadeira e apoiou os pés sobre a mesa. — Se não concordarem — adicionou —, vou jogar ovos na casa de cada um de vocês.

Ninguém disse nada.

— Por acaso esqueceram suas falas? — debochou Rauber, equilibrando a cadeira nas pernas traseiras. — Vou ajudá-los a lembrar. — Ele apontou para Frederico e assumiu um tom de voz chorona: — O Rauber é tão malvado e assustador. Não acho que devemos confiar nele. — Em seguida, apontou para Gustavo e disse em uma voz grossa e resmungona: — Acho que devemos atacar Randark sozinhos, porque eu sou um palermão fortão e gosto de dar cabeçadas em qualquer coisa que se mova! Grrr, grrr, grrr! — Voltou-se para Liam, colocou as mãos nos quadris e falou em um tom melodramático: — Acho que eu sou mais esperto que todos, por isso vocês deveriam me ouvir, e digo que o rei Bandido é a nossa única esperança. — Divertindo-se com a própria atuação, ele olhou então para Duncan, ergueu os braços e agitou as mãos no ar, gritando: — Farei qualquer coisa! Porque eu sou um cabeça-oca! Upa-zupa! — Então apontou para Ella e cantarolou numa voz aguda: — Não importa o que eu penso, porque sou uma garota! Blá-blá-bláÁÁÁÁ!

Liam deu um chute na cadeira, e Rauber caiu de costas em cima de uma poça grudenta de farelos, cascas de frutas e leite azedo.

— Peguei muito pesado? — perguntou ele.

Fig. 24
Deeb Rauber,
o estrategista

31

O FORA DA LEI DESCAMBA PARA O MAU CAMINHO

A entrada do túnel ficava entre uma clareira de pinheiros inclinados e algumas pedras à sombra do pico torto do monte Morcegasa, na divisa de Sturmhagen com Nova Dar. Ficava oculta atrás de uma imensa pedra oca que, com um chute apenas de Rauber, saiu rolando com a maior facilidade.

— Por que você não tranca melhor a entrada? — perguntou Frederico.

— Não precisa — respondeu Rauber. — Ninguém vai encostar um dedo naquela pedra. Dê uma olhada. — Ele apontou para um crânio e dois ossos cruzados pintados na frente da pedra falsa. Abaixo do desenho estava escrito: "AQUELE QUE TOCAR NESTA PEDRA, O ROSTO DERRETERÁ. AVISA O ESPÍRITO DO MAL DO MONTE MORCEGASA". Ele deu uma risadinha. — Não existe nenhum espírito do mal. *Eu* escrevi aquilo.

— Eu nunca teria imaginado — disse Liam.

Rauber acendeu uma tocha e entrou no túnel escuro e úmido, seguido por Liam, Frederico, Ella e Val, que teve de se abaixar para não bater a cabeça no teto. Como a missão em particular exigia a máxima discrição, o grupo decidiu que seria melhor se dividir. Antes de saírem da taverna, os onze se equiparam com armas novas e roupas mais adequadas à estação: calças de lã grossa, casacos forrados de pele, botas pesadas e gorros com abas de proteção para as orelhas. (Graças à clientela propensa à prática de roubos, sempre tinha mercadoria nova na Perdigueiro Rombudo.) De Flargstagg, o grupo se embrenhou pela floresta nevada de Sturmhagen e seguiu até a surpreendentemente bem construída casa na árvore de Deeb. Que contava com um piso de madeira encerada, janelas com batente, dois lustres e uma mesa de pebolim. (*Os trolls poderiam aprender muito com você*, pensou Frederico ao ver tudo aquilo.) De lá, os quatro membros do grupo de ataque — mais Gustavo e Rapunzel — seguiram com Rauber para o monte Morcegasa. Rapunzel e Gustavo foram escalados para montar guarda na entrada — o que não era a primeira opção de Gustavo, como você já deve ter imaginado, mas ele acabou concordando depois que Frederico prometeu lhe dar as sobras do seu "cozido de mamífero".

— Não demorem muito — disse Gustavo para os outros enquanto eles desapareciam pelo túnel escuro. — Está frio aqui. Estou falando pela Rapunzel.

Com um sorrisinho malicioso, Rapunzel ofereceu seu casaco para ele.

◄•►

A passagem subterrânea que corria sob o deserto de Nova Dar era longa e escura — mas era pavimentada, por isso foi quase a mesma coisa que caminhar por uma típica rua de pedra.

— Teria ajudado muito se soubéssemos deste túnel em junho passado — comentou Frederico.

— Outra regra nova — ralhou Rauber. — Nenhuma palavra sobre junho passado.

Eles tinham a impressão de que já estavam andando havia horas quando finalmente chegaram a uma porta — ou melhor, a uma parede de pedra com um formato de porta incrustada, igualmente de pedra. Rauber puxou uma alavanca e, com um leve rangido e uma nuvem de poeira, a parede deslizou para o lado. Havia um corredor curto adiante, com três celas vazias de cada lado. O chão de uma das celas estava cheio de pedaços de tecido amarelo-canário. Frederico ficou surpreso.

— Foi aqui que Liam e eu ficamos presos? — indagou ele.

— Irônico, não? — disse Rauber com uma risada.

— Vá na frente para mostrar o caminho — disse Liam para o garoto.

— Não, vocês seguem sozinhos daqui em diante — respondeu Rauber. — Eu disse que colocaria vocês aqui dentro. Nada mais. Vou esperar aqui até terminarem o serviço.

Irritados, mas nem um pouco surpresos, eles seguiram pelo corredor carcerário. Assim que saíram de lá, Rauber voltou pelo mesmo caminho por onde tinham vindo. De algum lugar, nas profundezas do túnel, ecoou o estrondo de outra porta de pedra sendo aberta.

— Tem um segundo túnel — disse Ella. — Por que fomos confiar nele?

— Vocês acham que o Rauber *é* o cumplice secreto do Randark? — perguntou Frederico.

Liam bufou.

— Não, acho que a única coisa sobre a qual ele não mentiu foi o ódio que sente pelo chefe militar. Mas ele obviamente tem outros planos. E, seja lá o que esteja tramando, Rauber já está pondo seu plano em ação. Por isso vamos logo.

Eles seguiram por um corredor. Frederico estremeceu quando eles passaram por uma parede de tijolos destruída, com um imenso buraco no meio e um carretel jogado entre os escombros espalhados pelo chão.

Naquele momento, dois guardas darianos surgiram de uma passagem que vinha de um corredor adjacente, gritando:

— Pois não, lorde Randark! Imediatamente, lorde Randark!

Liam e os outros se esconderam em um canto e os guardas passaram por eles, apressados, rumo à escada que levava para o andar de cima. Os heróis se aproximaram na ponta dos pés de uma porta que tinha ficado entreaberta, e Liam aproveitou para dar uma espiada. A iluminação era precária, mas deu para perceber que era uma das câmaras de tortura de Rauber. Os instrumentos de terror do rei Bandido — um puxador de cabelos mecânico, um sarcófago cheio de pó de mico e um mecanismo identificado com uma etiqueta como "CUSPIDOR DE BOLINHAS DE PAPEL" — tinham sido demolidos e seus pedaços estavam amontoados ao longo das paredes. Quatro pilares de pedra formavam um quadrado no centro da sala, e no meio havia um pedestal feito de dúzias de crânios empilhados. No alto do pedestal havia uma mão de pedra — ou uma mão de verdade talvez, não era possível saber ao certo — de punho cerrado. Uma luz alaranjada sinistra pulsava entre os longos dedos fechados: a Perigosa Gema Jade do Djinn.

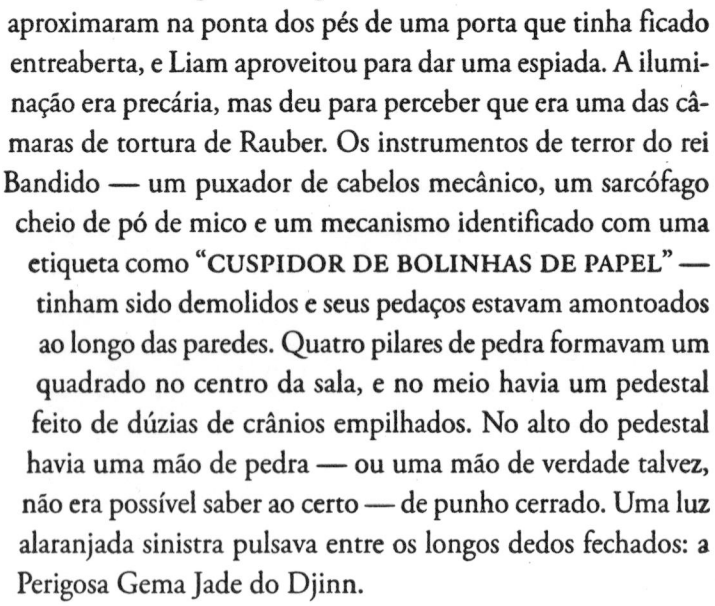

No outro extremo da sala se encontrava o vulto familiar de ombros largos de lorde Randark. Ele estava de costas enquan-

Fig. 25
A PGJD

to falava baixinho com uma bola de cristal brilhante sobre uma mesinha à sua frente. Liam pousou o dedo indicador sobre os lábios, em sinal de silêncio, enquanto eles entravam sorrateiramente na câmara — Liam e Ella se esconderam atrás de um pilar largo, Frederico e Val atrás de outro. Ella murmurou:

— Vou nessa.

Liam negou com um aceno de cabeça enfático, mas Ella já seguia em frente. Ela andou na ponta dos pés até o centro da sala, se agachou ao lado do pedestal e começou a abrir as garras da mão (que definitivamente era de verdade — apesar de não dar para saber ao certo a que tipo de criatura pertencera).

Não era nada fácil mover os dedos mumificados, mas ela estava conseguindo. Um, dois, três dedos abertos. E Randark ainda estava ocupado com a bola. Quatro, cinco, seis.

Cara, essa coisa tem um monte de dedos, pensou Frederico, prendendo a respiração. Val estava logo atrás dele, segurando em seus ombros (e apertando com muita força para o gosto de Frederico).

Sete, oito. Ella mordia o lábio. Já estava quase lá.

Liam olhava de um lado para o outro. Para Ella, para Randark. Para Ella, para Randark. O chefe militar deu uma coçadinha atrás da orelha. *Ela vai ser apanhada!*, pensou Liam.

Nove! Ela moveu a última das garras monstruosas. A gema estava livre. Mas, antes que Ella pudesse pôr as mãos nela, Liam saiu de trás do pilar e a segurou pelo braço. Então tentou puxá-la de volta para a proteção da coluna. Mas ela fincou os pés no lugar.

— *Me solta* — resmungou furiosa, sem emitir nenhum som.

— *Ele vai te ver* — murmurou ele de volta, também sem som.

Os dois continuaram com a guerrinha de forças, enquanto Val e Frederico assistiam sem saber o que fazer.

— Você vai estragar tudo — sibilou Ella.

— *Você* vai estragar tudo — sibilou Liam de volta.

E então eles estragaram tudo. Ella puxou o braço com força, e Liam cambaleou para trás e acabou trombando com pedaços do cuspidor de bolinhas de papel.

O chefe militar virou, chacoalhando as tranças da sua barba. Quando viu Ella, ergueu as sobrancelhas, assombrado.

— Você, minha querida — disse ele —, deveria estar morta.

— Eu diria o mesmo de você — retorquiu Ella.

— Creio que fui um tolo em confiar naquele almofadinha de Avondell — disse Randark. — Mas vou consertar esse erro. — A porta da câmara fechou sozinha, com um estrondo.

Ella levantou e pegou a gema, mas Randark avançou com uma velocidade incrível e a segurou pelo pulso. A gema escapou da mão dela; Liam se esticou e conseguiu pegar.

— Arrá! — exclamou ele. — Pegamos a gema, Randark!

— E, pelo que lembro, *você* não pode usá-la — disse o dariano com toda frieza.

— Nós não estamos aqui para usá-la — disse Frederico, saindo de trás do pilar. — Estamos aqui para destruí-la.

— E como, diga-me, por favor, vocês planejam fazer isso? — perguntou Randark enquanto virava Ella de costas, puxando dolorosamente o braço dela para trás.

— Com um frasco de ácido mágico — respondeu Liam.

— Que está no *meu* bolso, Liam — resmungou Ella, debatendo-se, mas Randark a segurava com firmeza.

Isso até Val aparecer. Ela pulou de trás do pilar, gritando:

— Um direto no queixo! — e acertou um soco de direita na cara do chefe militar. Randark cambaleou, soltou Ella e bateu de costas contra a máquina quebrada de puxar cabelos.

— Desejo concedido! — comemorou Val, erguendo os braços, triunfante.

— Você está derrotado, Randark — disse Liam, enquanto o chefe militar se levantava. — Somos quatro contra um.

Randark riu. Olhou para Frederico, que tentou fingir que não estava roendo as unhas.

— Três. São três contra um — disse o chefe militar. — E três contra um pode até parecer vantagem para vocês. Só que eu não valho exatamente por *um*.

Ele estendeu o braço para a frente e uma misteriosa energia luminosa azul se projetou adiante, como se fosse um raio saindo da ponta de seus dedos. A rajada atingiu Val bem no meio do peito, que caiu encolhida aos pés de Frederico.

— Esses raios azuis — murmurou Ella.

— São iguaizinhos... — iniciou Liam.

De repente, todos viram a estranha aura esverdeada que cercava Randark. Lentamente a nuvem de vapor verde foi deixando o corpo do chefe militar e formando uma segunda figura, totalmente distinta. Sua forma parecia a de uma mulher velha e magra, trajando um vestido de trapos esvoaçantes. O nariz era pontudo, e os dedos, mais pontudos ainda. Tufos de cabelos despontavam aleatoriamente de sua cabeça em várias direções.

— Ah, mal posso descrever como estou feliz em ver a expressão de espanto na carinha patética de vocês — zombou a aparição, em uma voz tão estridente que parecia uma gaita de fole quebrada. — Eu estava começando a achar que vocês tinham se esquecido de mim.

— Zaubera — disse Frederico (pois ele era o único que se lembrava do nome da bruxa velha).

32

O FORA DA LEI DERRETE CORAÇÕES

Frederico, Ella e Liam ficaram atordoados — parados no lugar, ou melhor, suspensos diante da mesma bruxa de quem eles tinham salvado seus reinos quase dois anos antes. (Val também estava atordoada, mas no sentido literal, uma vez que fora atingida por um raio mágico de Zaubera e não conseguia se mover.)

— É mesmo você? — murmurou Liam.

— Claro que sou eu, seu galãzinho cabeça-oca — berrou a bruxa vaporosa. — Quem mais tem cabelos como os meus?

— Mas você morreu — disse Frederico.

— Hum, muito observador — debochou Zaubera. — Vai ganhar um ponto por ter prestado atenção.

— Mas você morreu — repetiu Frederico.

— EU SOU UM FANTASMA, SEU CÉREBRO DE MINGAU!

Os heróis se encolheram. Zaubera era ainda mais assustadora morta.

— Mas como? — foi tudo que Ella conseguiu dizer.

— Como virei um fantasma? — ecoou o espectro. — Eu morri! Não foi aí que a conversa começou?

Fig. 26
O fantasma da bruxa

— Vou explicar — interveio Randark, colocando-se na frente do fantasma flutuante. — Depois que destronei aquela piada que se autointitulava rei Bandido, minha primeira ordem foi mandar limpar o castelo, para deixar o lugar mais com a minha cara. Os brinquedos infantis que estavam espalhados por esses corredores tinham de sumir. Eu estava arrebentando as geringonças ofensivas nesta câmara de tortura quando senti uma presença estranha. Eu já tinha sentido várias vezes, desde que pisei nesta fortaleza, mas naquele momento a sensação foi ainda mais forte. Finalmente percebi que se tratava de um espírito agitado, de alguém que tinha morrido neste castelo.

— Era eu! — interveio Zaubera, colocando-se à frente do chefe militar e mostrando uma fileira de dentes verdes e translúcidos. — Pelo jeito eu ainda não estava pronta para usufruir a vida após a morte. Os seres encarregados vieram com um papo de que eu não tinha realizado "boas ações" o suficiente e blá-blá-blá. Por isso, desde que você e seus amigos me transformaram em comida de dragão, estou presa aqui, condenada a assombrar este lugar para sempre como um espectro esvoaçante. Ainda tenho meus incríveis poderes mágicos, mas não posso usá-los! Porque, para isso, é preciso ter um *corpo*. Estas mãos nebulosas não são boas para lançar nem mesmo um bom míssil mágico. Isso me mata. Figurativamente, é claro. E o que piorou ainda mais a minha situação foi ter de ficar aqui vendo aquele pirralho do rei Bandido entrar e tomar posse da minha fortaleza. E toda esta decoração cafona que ele espalhou por aqui. E ele deixou marcas grudentas de dedos em tudo. Mas nem isso me irritou tanto quanto ver *vocês* ciscando por aqui novamente! Fiz tudo que pude para ajudar a detê-los.

— Pensei ter ouvido você dizer que não tinha poderes como um fantasma — falou Ella.

— Poderes de bruxa, não — continuou Zaubera. — Mas tenho poderes de fantasma! Claro que eles nem se comparam. Faço coisinhas simples, como mover objetos com o poder da mente e coisas do tipo. Mas, ei, consegui dar uns bons golpes em vocês! Foi um prazer, por exemplo, destrancar certa porta e garantir que os bandidos encontrassem meu velho caixote cheio de poções do sono quando eles precisaram. E fui eu quem ajudou a soltar aquele homem-cobra idiota quando ele ficou amarrado naquela cerca no telhado. Mas acho que o mais divertido foi quando cortei a corda do elevador de comida. No fim, confesso que me diverti muito em ver a ridícula tentativa de invasão de vocês indo por água abaixo.

— Ei, nós conseguimos cumprir a nossa missão! — disse Liam, muito ofendido.

— Conseguiram? — entoou Randark, balançando os braços e espantando a figura nebulosa de Zaubera, que se recompôs alguns passos para o lado, resmungando. — Do meu ponto de vista — continuou o chefe militar —, tudo que vocês fizeram foi me ajudar a conquistar o mundo. Antes de vocês chegarem, eu não fazia a menor ideia de que a lendária Gema Jade do Djinn estava neste castelo. Vocês praticamente a colocaram nas minhas mãos.

— Mas ele não podia fazer nada com ela! — adicionou Zaubera. — Nada muito espetacular, pelo menos.

— Quem está contando a história? — reclamou Randark, olhando feio para ela. Então se voltou para os heróis. — É verdade. A gema me concede o poder de controlar a mente de qualquer monarca, e consequentemente o reino dele. Mas eu queria os Treze Reinos. E iria demorar décadas para conquistar um por um.

— Foi por isso que eu me revelei para o chefe militar e ofereci um acordo — disse Zaubera, empurrando Randark para o lado. — Eu estava aqui com meus poderes mágicos, mas sem um corpo. E lá estava Randark, um corpo sem nenhum poder mágico. Por isso eu disse que, se ele me emprestasse seu corpo de vez em quando, eu poderia ensiná-lo a usar minhas habilidades mágicas de que ele tanto precisava para a sua farra de conquistar o mundo. Ele concordou! Foi uma união feita no... hum, *aqui mesmo*. Foi uma união feita aqui mesmo.

— Foi a bruxa quem me ensinou como ampliar o poder da gema — disse Randark. — Seguindo as instruções dela, cortei a gema em treze pedaços e dei cada um para meus generais. Com o feitiço correto lançado, o pedestal que está diante de vocês transformou a gema em uma fonte de energia que envia seu poder para os fragmentos.

— É por isso que a gema parecia estar em todos os lugares ao mesmo tempo — observou Liam.

— Cada um dos meus generais comanda um rei — disse Randark. — E eu comando os meus generais, sem precisar colocar os pés para fora desta câmara. Tenho certeza de que vocês já tiveram contato com o imenso poder das minhas bolas de cristal. — Ele apontou para a esfera de cristal brilhante que estava sobre a mesa às suas costas.

— Outra criação minha. Obrigada! — Zaubera curvou-se em uma reverência. Em seguida, entrou na frente de Randark e dirigiu-se aos heróis, rosnando:

— Assim como também fui eu quem esboçou o grande plano que daria fim em vocês. Espalhei bombas mágicas por toda aquela ilha, cada uma com energia explosiva suficiente para arrasar com uma cidade de pequeno porte. Eu ia detoná-las e deixar que descarregassem contra vocês todo o poder carbonizador e derretedor de carne e ossos. E, através das minhas bolas de cristal colossais, todo o mundo iria testemunhar, ao vivo, a morte de vocês. Teria sido glorioso! Isso se vocês não tivessem sumido da ilha, o que nos forçou a reformular nossos planos!

— Se você não tivesse insistido desde o começo em um plano tão grandioso — Randark disse para ela —, meus homens já teriam mandado os príncipes para a cova há meses.

— E de que teria adiantado? — vociferou Zaubera.

— Isso teria nos poupado desta conversa inútil — retorquiu o chefe militar.

— Governar não é o suficiente — disse a bruxa. — É preciso governar com estilo! Se quiser que seu reinado de terror seja lembrado por eras, você precisa começar agora, impressionando a todos.

— A única impressão que quero deixar é a marca do meu punho na testa dos meus inimigos — berrou Randark.

— Seu bruto sem criatividade!

— Sua descabelada!

Enquanto os dois vilões discutiam, Ella fez sinal para Liam.

— Agora é a nossa chance — sussurrou ela. Então tirou o frasquinho de ácido de dentro do bolso e o jogou para Liam, que se esticou para pegar. Mas o frasquinho nunca chegou até sua mão. Ele ficou parado, suspenso no ar.

— Pelo visto vocês esqueceram como é difícil me distrair — disse Zaubera, tocando as têmporas com seus dedos fantasmagóricos, com os olhos voltados para a ponta do nariz enquanto o frasquinho flutuava na direção dela, até se acomodar sobre a mesa.

— Ferrou! — exclamou Liam.

Em seguida, Zaubera esfregou as têmporas um pouco mais. A gema pulou da mão de Liam como se fosse uma barra de sabão e pairou acima da mesa, até se colocar ao lado do frasquinho.

— Ferrou ao quadrado! — disse Liam.

— Então essa era a arma secreta de vocês? — a bruxa caçoou.

— Outra tentativa ridícula de deter o irrefreável poder de Dar — disse Randark com todo o desprezo. — Que estava fadada ao fracasso desde o começo, pois vocês chegaram tarde demais.

— Isso mesmo, tarde demais — ecoou Zaubera, voltando-se para Randark. — Tarde demais para quê?

— Nós não precisamos mais da gema — disse o chefe militar. — Já vencemos.

Naquele momento, a bola de cristal se iluminou, e a cara bigoduda de Baltasar apareceu.

— Lorde Randark, o senhor está aí? — chamou o dariano grandalhão. — Tem alguma coisa errada com a gema. Ela parou de funcionar. Tive de dar uma cacetada na cabeça do velho rei gordo para impedir que ele fugisse.

A névoa dentro da bola tremeluziu, e o rosto de Vero também apareceu.

— Olá? — chamou ele. — Desculpe pela interrupção, chefe, mas parece que a pedrinha que o senhor me deu, como dizem no meu país, *não está funcionando direito*.

— O coração da gema foi removido do seu transmissor — respondeu Randark. — Mas não tem importância. Joguem fora esses pedregulhos inúteis. — Mais dez rostos desesperados surgiram na bola. — Chegou o momento de nos revelarmos — continuou o chefe militar. — Prendam os monarcas e se apresentem ao povo. Agora eles serão *seus* súditos. Vocês são os novos reis dos Treze Reinos. E eu sou o imperador de todos. — Ele pegou o frasquinho de ácido e lentamente despejou o conteúdo sobre a Perigosa Gema Jade do Djinn. O ácido cor de âmbar se espalhou sobre a pedra, causando um chiado e uma fumacinha. Em questão de segundos, não havia mais nada sobre a mesa, além de uma pocinha soltando fumaça.

Os heróis se entreolharam, chocados.

— Seu tolo! — Zaubera berrou com o chefe militar. — Você não pode iniciar um império assim, do nada! Sem nenhuma pompa! Sem nenhum auê! Sem glamour!

— Mas eu o fiz — disse Randark. — Meus generais, quer dizer, meus *reis* devem estar se pronunciando ao povo deles neste exato momento. — A bola de cristal apagou.

— E você espera que o povo vá receber de braços abertos seus governantes darianos? — perguntou Zaubera.

— Não é sempre que concordo com o fantasma de uma bruxa, mas ela tem razão — disse Val com um pouco de dificuldade, ainda caída no chão. — O povo vai se rebelar.

— Ah, não vai — disse Randark, ardilosamente. — Porque eu usei um poder ainda mais persuasivo do que o da Gema Jade do Djinn. Eu usei os *bardos*!

— Eu odeio os bardos! — berrou Zaubera. — Eu disse para você não usá-los! Você disse que também não gostava deles!

— Eu disse. Mas percebi que estava cometendo um erro. Fiquei intrigado com a maneira como um garoto tolo como Rauber tinha conseguido alcançar uma reputação tão terrível... então tive um estalo. Os bardos. Se os bardos não tivessem espalhado quão esperto e temível que ele supostamente era, Rauber não seria nada. As pessoas acreditam em tudo o que ouvem em uma canção. Por isso raptei todos os bardos e os forcei a escrever algumas melodias épicas, exaltando Dar. Músicas que falam sobre o modo de governar benevolente e sábio de lorde Randark. Há meses as músicas estão nas paradas de sucesso. As pessoas já estão influenciadas.

— Você me negou o direito à minha gloriosa vingança contra os príncipes! — troou Zaubera, rodeando o chefe militar, impaciente. — Caso não tenha percebido, eu só me associei a você com esse objetivo. Que me importa se *você* governa o mundo? Sou um fantasma! Se terei de passar a eternidade vagando neste castelo, pelo menos quero fazer com um sorriso no rosto!

— Você se dá por vencida tão fácil assim, minha amiga fantasma? — indagou Randark. — Por acaso não estamos diante de três dos seus arqui-inimigos? E uma outra mulher também? Ative as bolas de cristal. Vamos oferecer um espetáculo para o povo. Agora mesmo.

Resmungando, o fantasma de Zaubera voou para o corpo de Randark.

— Ahhh! — exclamou o chefe militar assim que se viu novamente cercado por uma aura verde-clara. — O poder. — Ele ergueu os braços, dobrou os dedos e moldou duas bolas imensas de energia azul entre as mãos em formato de concha.

Val tentou proteger Ella, que gritou:

— Pegue o Frederico!

Frederico tentou contestar, mas Val o jogou por cima do ombro e disparou em direção à porta. Liam e Ella foram logo atrás. Mas nenhum deles conseguiu cruzar a soleira.

ZAP! PLOFT!

Ella e Liam, atingidos por dois raios bem no meio das costas, foram arremessados para a frente e colidiram com Val, derrubando-a. Frederico escapou das mãos dela, foi jogado para a frente e bateu contra a porta com um baque. De joelhos, ele ainda tentou alcançar a maçaneta.

— Sempre covarde — falou Randark. — Seus dias de fuga acabaram. — Os dedos iluminados estalaram e chiaram enquanto ele produzia outra bola de energia. Mas, antes de disparar o raio mágico, ele parou. Um barulho. Todos tinham escutado. No começo foi baixinho, mas rapidamente foi ficando mais alto, até a fonte do grito vir diretamente do lado de fora da sala:

— Stuuuuuuurrrm-haaaaaaaa-geeeeennnnn!

Com um ranger de dentes e uma rosnada, Gustavo arrancou a porta e a atirou contra Randark. O chefe militar foi apanhado de surpresa, caiu de costas sobre a mesa e acabou derrubando a bola de cristal do alto do pedestal de madeira. A bola saiu rolando, e Randark ainda tentou segurá-la. O momento de distração foi o suficiente para os heróis partirem em fuga.

— Pegue os dois e corra — gritou Frederico, apontando para Liam e Ella, que gemiam caídos. — Não dá tempo de explicar.

Gustavo pegou os amigos feridos e saiu correndo. Frederico se jogou de volta sobre o ombro de Val, e ela também correu.

Enquanto seguiam em disparada pelos corredores da masmorra, eles podiam ouvir Randark e Zaubera discutindo.

— Você estragou tudo! Deixou que eles escapassem!

— Não, *você* está deixando que eles escapem! Enquanto conversamos! Incorpore em mim novamente!

— Bah! Seus dedos desajeitados não dão conta da minha mágica!

— Incorpore em mim!

— Tudo bem!

Gustavo diminuiu um pouco o ritmo.

— Isso pareceu...

— É isso mesmo! Corra! — apressou Frederico.

Eles alcançaram o pavilhão das celas e entraram no túnel, onde Rauber aguardava por eles. Passaram correndo pelo menino, que logo em seguida ergueu a trava e deslizou a parede falsa de volta. Enquanto isso, na masmorra, Randark — brilhando por conta do poder do fantasma de Zaubera — entrou no pavilhão da carceragem e não encontrou nada além das celas vazias. Ele xingou entre dentes e desferiu um soco contra a parede de tijolos.

Pouco tempo depois, na floresta nevada, aos pés do monte Morcegasa, Rapunzel deu um pulo quando seus companheiros saíram do túnel. Gustavo colocou Liam e Ella sobre a neve, e na mesma hora Rapunzel correu para perto deles e derramou suas lágrimas.

— Alguém pode me dizer o que está acontecendo? — disse Gustavo, finalmente. — Eu poderia jurar que ouvi a Velha Aperitivo de Dragão lá dentro. Eu nem teria entrado se não tivesse apanhado o bandidinho dando no pé sozinho, assoviando igual a um palhaço feliz.

— Você não me *apanhou*. — Rauber estava a poucos metros de distância, fazendo malabarismo com bolinhas de neve. — Não se pode apanhar alguém que não está fugindo.

Liam jogou o menino de costas sobre um montinho de neve e o segurou firme, de frente para ele.

— O que você aprontou lá dentro? — berrou Liam. — Estava saindo sorrateiramente. O que foi que você fez?

— Nada! Eu juro! — Havia um tremor na voz de Rauber que os príncipes nunca tinham ouvido antes. E isso foi porque o rei Bandido viu uma fúria nos olhos de Liam que *ele* nunca tinha visto antes. — Não fiz nada de mais.

— Juro para você — disse Liam de um jeito sinistro — que se isso tudo foi um tipo de traição elaborada...

— Não estou mentindo — disse Rauber enquanto os flocos de neve se acumulavam sobre o seu rosto. — Só achei que tinha uma grande chance de vocês estragarem tudo, como sempre, por isso tratei de pôr em ação o meu plano B de vingança.

— Que plano B é esse? — Liam perguntou aos berros.

— Não foi nada de mais — respondeu Rauber. Gustavo chutou um monte de neve na cara do garoto. Rauber cuspiu nacos de lama fria e molhada. — Eu coloquei uma tachinha no trono, tá bom? Entrei escondido na minha ex-sala e coloquei uma tachinha no trono. Estão felizes agora?

Liam soltou o menino e saiu andando, balançado a cabeça.

— Acho que eu odeio esse garoto mais do que odeio Randark e Zaubera juntos — murmurou.

— O que me lembra... — disse Frederico, apressado, e saiu na direção de Sturmhagen, puxando Rapunzel pela mão. — Vamos terminar de fugir?

33
O FORA DA LEI TEM JEITO COM AS PESSOAS

Por toda a floresta de Sturmhagen, raposas erguiam suas orelhas pontudas e corujas viravam a cabeça coberta de penas. Os animais não estavam acostumados a ouvir tantas vozes ecoando pela mata ao mesmo tempo.

— Zaubera? — perguntou Lila. — *Aquela* Zaubera?

— Isso é loucura — disse Gustavo. — *Ninguém* fica morto neste lugar?

— Bom, Alfaiade, o Pequeno não voltou — disse Frederico, torcendo o nariz.

— Sei que é difícil de acreditar — insistiu Liam. — Mas nós vimos a Zaubera.

— Fui prisioneira daquela mulher por anos — disse Rapunzel com um tremor. Frederico segurou a mão dela.

— Ela parece terrível — disse Duncan. — Ainda bem que nunca topei com ela.

— Mas foi você... que meio que deu um fim nela — disse Liam. — Seu dragão, pelo menos.

— Ah, *ela*! — Duncan exclamou ao lembrar. — Por algum motivo coloquei na cabeça que o nome da bruxa era Wendy. Mas você tem razão, eu não gostava dela. E o que aconteceu com aquele dragão?

— Liam — interveio Frederico. — E o plano de ataque?

— Mesmo sem a gema, Randark ainda está no comando dos Treze Reinos — disse Liam. — Está mais do que claro que, enquanto ele e Zaubera estiverem mancomunados, não vamos conseguir chegar a lugar nenhum. Por isso acho que teremos de voltar ao Castelo von Deeb. Rauber, você pode nos dizer algo sobre as defesas de Randark? Qualquer coisa? — Ele deu uma olhada ao redor da pequena mas bem equipada casa na árvore de Rauber. Havia pufes confortáveis, bomboneiras cheias de balas, alvos de dardo com retratos dos príncipes, mas nada de Rauber. O rei Bandido tinha desaparecido de novo. — Cara, eu odeio aquele moleque. — Liam bufou. — Bom, definitivamente não vamos dar conta de lidar com essa situação sendo apenas dez. Teremos de fazer isso do jeito tradicional: precisamos de um exército.

— Concordo — disse Rosa Silvestre, orgulhosamente. Ela estava sentada em cima de um carrinho de pipoca com uma pose tão imponente que parecia que estava em um trono. — O exército de Avondell é o melhor do mundo.

— Você por acaso não ouviu quando eu disse que o seu pai é aliado de Randark? — indagou Liam.

— É mais fácil acreditar que uma bruxa velha ranzinza ressuscitou do mundo dos mortos do que acreditar que o meu pai é aliado dos darianos. — Rosa Silvestre tamborilava os dedos sobre o tampo de metal da pipoqueira.

— Sinto muito, Rosa — respondeu Liam. — Mas Randark disse que tinha um homem de confiança em Avondell encarregado de executar Ella e as outras.

— O que o seu pai estava prestes a fazer antes de fugirmos — adicionou Ella.

— Obviamente ele estava sendo controlado pela gema — retrucou Rosa Silvestre.

— Mas quem estava com a gema, então? — indagou Liam. — Não tinha nenhum sinal de darianos em toda a Avondell.

Rosa Silvestre torceu os lábios.

— Veja bem, meu pai foi induzido a acreditar que vocês, um bando de fracassados, tinham me matado — argumentou ela com rispidez. — Claro que ele colocou vocês na prisão. Quem pode culpá-lo por isso? Neste momento, eu gostaria de mandar todos vocês de volta para a prisão. — Ela deu uma olhada nos rostos ao seu redor. — Bom, nem todos. — Pausa. — Um, talvez. O ponto é: meu pai não se aliou voluntariamente a um tirano maluco para conquistar o mundo. Esse é o tipo de coisa que eu faria. Ou melhor, teria feito. Alguns meses atrás.

— Estivemos em Avondell há menos tempo que você, Rosa Silvestre — disse Ella sobriamente. — Se pai tem imposto leis rígidas e opressoras, e tem mandado prender todos que ousem levantar a voz contra as extravagâncias malucas dele. Ele não é apenas aliado de um tirano... ele se *tornou* um.

Rosa Silvestre enrubesceu.

— Não sei do que vocês estão falando — berrou. Então se levantou e anunciou: — Vou voltar para Avondell. Quem vem comigo?

Ninguém se mexeu.

— Pelo menos *você* vem comigo, não vem, Liam? — ela indagou, encarando o ex-marido.

— Veja bem, Rosa, entendo por que você não quer acreditar na traição do seu pai — disse ele. — Mas a Ella falou...

— Entendi tudo — bufou Rosa Silvestre. — Eu era uma ótima companhia quando você estava preso naquela ilha deserta. Mas assim que a Cinderela pintou no pedaço novamente...

— Não é o que você está...

— Adeus, seu bando de fracassados! Quem sabe eu envie o exército de Avondell para salvá-los depois que vocês tiverem sido capturados pelos darianos! — Ela atirou a escada de corda com um gesto dramático pela porta da casa na árvore. — Ou talvez não. — E com isso se foi.

Liam quebrou o silêncio desconcertante que se seguiu:

— Por acaso eu falei algo errado?

— Do meu ponto de vista, não — respondeu Ella.

— Tecnicamente, você e o Liam têm o mesmo ponto de vista — Duncan e Branca de Neve disseram juntos. Então sorriram um para o outro e se abraçaram.

Ella prosseguiu, olhando no fundo dos olhos verdes de Liam.

— Sabe, depois do jeito como você interferiu no meu plano, lá na masmorra do Randark, eu *quase* abandonei o grupo. Eu não conseguia parar de pensar: *Depois de tudo que passamos juntos, ele ainda não confia em mim.*

— Eu sempre confiei em você, Ella — disse ele, tomando a mão dela. — Só tentei impedi-la de pegar a gema porque eu não queria que você se machucasse. Porque eu me preocupo com você. Sou *eu* que deveria arriscar a própria vida para...

— Espere. Você deveria? — Ella puxou a mão da dele. — Então você ainda *se acha* melhor do que eu. Em tudo.

— Ella, não. Você está levando para o lado pessoal. — Liam ficou confuso. — Eu sou assim mesmo. É assim que reajo quando estou em uma situação de perigo: corro para ajudar quem quer que esteja ao meu redor. Assim como fiz nas ruínas, quando protegi a Rosa Silvestre com meu próprio corpo...

— Ah, sim... a Rosa Silvestre — disse Ella, revirando os olhos. — Já entendi. Está tudo muito claro agora, o problema é entre mim e você. Você não consegue lidar com uma mulher que seja capaz de se cuidar sozinha. — Ela se levantou, enfurecida. — Tudo bem. Vou sair do seu caminho então. Vou fazer as coisas do meu jeito. Boa sorte, pessoal. — E com isso desapareceu escada abaixo.

— Espere! Vou junto para onde quer que você esteja indo — disse Val, indo logo atrás.

— Não me deixe só porque o meu irmão tem agido como um idiota! — Lila deu um pulo e disparou rumo à saída. Antes de descer pela escada, apontou para Liam e disse: — Você fez isso consigo mesmo.

— O que está acontecendo? — perguntou Liam, atordoado, como se tivesse sido atropelado por uma manada de grifos.

— Coisa de mulherzinha, sr. Capa — resmungou Gustavo. — Mulherzinha.

— Não, *você* pisou na bola, Liam — disse Frederico, aproximando-se. Pousou a mão sobre o ombro do amigo e olhou no fundo dos olhos dele. — Espero que escute o que vou lhe dizer, como um conselho de amigo: você parecia o meu pai falando.

Liam estremeceu.

Duncan olhou ansioso para a esposa.

— Você não vai embora também, vai, Branca?

— Não — respondeu Branca de Neve num tom agridoce. — Gostei de fazer parte das **GIL**. Mas senti muita saudade de você para abandoná-lo tão cedo de novo.

— Parte do *quê?* — perguntou Gustavo.

Rapunzel olhou na direção da porta aberta, então virou o rosto de volta e olhou para Frederico.

— Você está dividida, não está? — perguntou ele. — Você e Ella passaram por muita coisa juntas. Eu entendo se quiser ficar com ela, em vez de continuar com o Liam.

Rapunzel fez um afago no rosto dele.

— Às vezes você age como um bobo — disse num tom terno. — Quero ficar com *você*.

◆•◆

A quase um quilômetro de distância, Ella, Val e Lila transpunham os montes nevados, ziguezagueando entre os pinheiros altos, seguindo uma trilha de pegadas muito pequenas.

— Quando encontrarmos a Bela Adormecida, o que vocês vão querer que eu faça com ela? — perguntou Val.

— Ah, essas pegadas não são da Rosa Silvestre; as dela com certeza rumariam para oeste, na direção de Avondell — explicou Lila. — Estamos seguindo as pegadas do Rauber. Mas entendo por que você se confundiu: os pés deles são do mesmo tamanho.

— Estou pouco preocupada com aquela princesa esnobe — disse Ella, com desdém. — Tenho certeza de que o tonto do Liam vai acabar indo atrás dela. Na verdade, aposto vinte pratas que ele ignorou tudo que dissemos e vai direto para Avondell. No fim, nós é que vamos salvá-lo de novo. Provavelmente das garras da Rosa Silvestre. Aquela mulher é uma cobra, você não acha, Lila?

Lila parou e ficou olhando fixamente para as pegadas.

— Não é mesmo, Lila? — perguntou Ella outra vez.

— Hum? — indagou Lila. — Ah, sim, uma cobra. — Elas retomaram o passo.

— Mas, enquanto Liam corre atrás da diva selvagem, nós três vamos deter Randark — disse Ella, empurrando um galho do caminho ao passar por uma árvore. — Só precisamos descobrir qual é o ponto fraco do chefe militar. E é por isso que vamos arrancar o máximo de informações que conseguirmos do meu primo.

— Plano brilhante — disse Val, e então adicionou, sem jeito: — Apesar de ser quase que a mesma coisa que o Liam tinha sugerido. Tem certeza de que não devíamos trabalhar juntos?

— Se você quiser voltar... — iniciou Ella.

— Não! Estou com você para o que der e vier — disse Val.

— Obrigada — agradeceu Ella. — De todos os outros que estavam na casa na árvore, você é a que tem menos motivos para ser leal, e eu quero que saiba quanto aprecio a sua ajuda.

Val ficou vermelha.

— Isso pode ser um choque para vocês — disse ela —, mas, historicamente falando, sempre tive dificuldade para fazer amizades. Especialmente com garotas. Acho que sempre me meti em muitas brigas. Sei que praticamente forcei a minha presença no grupo de vocês, mas estou muito feliz por terem me deixado ficar.

Ela deu um tapinha nas costas de Val. Então se voltou para Lila, que parecia estranhamente calada. A cabeça da mocinha obviamente estava em outro lugar.

— Você está bem, Lila?

— Hum, na verdade, me sinto um pouco mal em dizer isso, especialmente agora, depois de todo esse discurso de lealdade e tudo o mais — disse a menina, parando ao lado de uma árvore, tirando flocos de neve dos olhos. — Mas acho que preciso ir embora. Eu gosto do fato de vocês reconhecerem as minhas habilidades e me pedirem para rastrear o Rauber, mas, honestamente, com toda essa neve, não vai ser muito difícil para vocês continuarem seguindo os passos dele sozinhas.

— Você precisa dar apoio ao seu irmão — reconheceu Ella, com uma pontinha de decepção. — Eu entendo.

— Não, o Liam foi um idiota — respondeu Lila com uma bufada. — Preciso ir para Yondale. Preciso ver... Preciso ver um negócio lá.

— Por que você não espera e vai depois que pegarmos o moleque rebelde? — sugeriu Val. — Assim Ella e eu podemos ir com você.

— Não, vão na frente e encontrem o Rauber — disse Lila. — Isso é importante. E o meu negócio em Yondale... é algo que sinto que preciso resolver sozinha.

Ella olhou preocupada para Lila. *Ela é igualzinha eu teria sido*, pensou, *se tivesse tido a mesma liberdade que ela tem.*

— Tome cuidado — disse.

Lila deu um abraço em cada uma e seguiu sozinha para o norte.

◄•►

Enquanto isso, Liam tinha bolado um plano.

— Todos nós sabemos quanto as músicas dos bardos podem ser destrutivas, mas os súditos dos reinos não são bobos — disse ele, vestindo seu casaco forrado de pele. — Nossa melhor opção é despertar o povo, incitá-lo a se rebelar. Se conseguirmos montar um exército formado pelo povo, não tenho dúvida de que conseguiremos retomar o castelo de Sturmhagen.

E assim eles colocaram em ação a Operação Rebelião. Que na verdade acabou sendo o maior fracasso. Em cada cidade por onde passaram, eles de fato agitaram as massas. Só que infelizmente foi contra a Liga. No vilarejo de Schnitezelpratus, por exemplo, eles encontraram darianos obrigando as pessoas a garimparem ouro de um rio congelado. Mas nenhuma dessas pessoas molhadas e tremendo de frio queria parar, pois elas tinham ouvido uma música que dizia que Randark iria autografar um machado de guerra para aquele que conseguisse encontrar a pepita mais preciosa. Os encharcados súditos se recusaram a ouvir o que os príncipes tinham para dizer. Eles se voltaram contra os heróis, chamando-os de traidores, e os expulsaram cantando uma música que parecia vagamente conhecida: "Ouçam todos, meus amigos, a história que vou contar/ sobre um herói barbudo vindo da grande Dar!/ Ele é bom e gentil e não sabe blasfemar!/ Quando os reinos estavam por afundar, ele veio nos salvar!"

Para complicar ainda mais, as músicas dos bardos pareciam não apenas ter levado o povo a amar Randark, mas também acabaram envenenando-os contra os monarcas de direito com uma série de mentiras cabeludas. ("Ouçam todos, meus amigos, uma história de arrepiar/ sobre as tramoias do ganancioso rei Olaf que vou contar./ Enquanto seus súditos dormiam, o velho Olaf os traía/ roubando suas renas de estimação para fazer um banquetão.")

E assim os heróis não se saíram melhor na cidade de Nova Moomin, onde os moradores locais alertaram os darianos assim que a Liga colocou os pés na cidade. Ou em Biorkbiork, onde os locais até se ofereceram para expulsar pessoalmente os príncipes. Nos arredores do pequeno burgo de Strudelvária, para fugir da quinta multidão de súditos enfurecidos, o pessoal da Liga buscou refúgio em um pombal sujo para não ser capturado. O lugar era imundo, apertado e coberto de titica de passarinho. Era impossível respirar sem inalar algumas peninhas.

— Estamos em baixa de novo — murmurou Frederico enquanto um pombo pousava em sua cabeça.

— É o pior pesadelo para um herói — disse Liam. — Pessoas que não querem ser salvas.

— Quanto mais escuto essa música, mais furioso eu fico — disse Gustavo.
— Aquelas pessoas realmente acham que meu pai andou treinando em segredo

Fig. 27
Multidão
enfurecida

nossos texugos de estimação para atacarem o povo? E aquela história de que ele vai proibir o consumo de carne?

— Enquanto Randark prometeu distribuir carne de peru de graça para todos os cidadãos — adicionou Rapunzel. — Isso é tão bizarro.

— E mesmo assim o povo parece não ter nenhuma dificuldade para acreditar nisso — comentou Liam.

— Acho que Randark tem razão — disse Frederico, espantando uns pássaros. — Não se pode vencer os bardos.

— Dunky, você e o Gustavo não deram uma prensa num bardo uma vez? — perguntou Branca de Neve. Mas Duncan estava muito ocupado arrumando nome paras os pombos.

— Valesca Jones, Bicudo, Rufino...

Frederico tinha escutado a pergunta e pulou entusiasmado, causando uma revoada de pombos.

— Essa é a solução, Branca de Neve! — gritou ele.

— Obrigada — agradeceu ela. — Mas para qual problema?

— Randark disse que raptou *todos* os bardos, mas não! Reinaldo, o bardo em que Gustavo e Duncan deram uma prensa no verão passado, ainda está em Avondell — disse Frederico, empolgado. Sob a espessa camada de penas sujas grudada em seu rosto, ele praticamente reluzia. — Podemos falar com ele!

— E por que iríamos querer falar com ele? — indagou Gustavo, fazendo careta.

— Você não sacou? — disse Frederico, animado. — Para *derrubar* os bardos, temos de *usar* um bardo!

— Genial! — exclamou Liam. — Se conseguirmos um bardo para escrever músicas que dizem a verdade sobre os darianos, isso pode fazer com que o povo volte para o nosso lado!

— No fim das contas, pelo jeito nós também vamos para Avondell — disse Rapunzel, sem muita empolgação.

Duncan encheu a mão com penas de pombos e as espetou na tira de seu chapéu, que por sinal já estava lotada de penas.

— Estou pronto! Vamos nessa!

34

O FORA DA LEI PODE SALVAR O SEU REINO

Os príncipes foram presos assim que pisaram em Avondell.
— Por favor, senhores — pediu Frederico, enquanto eles eram conduzidos por uma estrada lamacenta que levava ao palácio, estimulados a seguirem adiante pelas lanças de uma dúzia de soldados. — Sei que vocês receberam ordens para nos levarem, mas é de suma importância que falemos com Reinaldo, o duque da Rima. Vocês, por acaso, não poderiam levar uma mensagem para ele?
— Seja lá o que for, você pode falar com o bardo pessoalmente — disse um sargento, ajeitando o plastrão de lã. — Neste exato momento, ele deve estar com a princesa Rosa Silvestre.
— Rosa Silvestre? — repetiu Liam. — Graças a Deus. Ela vai resolver esse mal-entendido.
— Duvido — disse o sargento. — Foi Vossa Majestade quem ordenou a prisão de vocês.
— O quê?!
Mas os soldados não deram mais informações; simplesmente conduziram os prisioneiros em silêncio para dentro do palácio e subiram uma escadaria folheada a ouro até as elegantes portas de vitral da sala do trono, onde de fato encontraram Reinaldo. O bardo estava sentado sobre um banquinho forrado de veludo, dedilhando alegremente seu alaúde. Ao lado, em seu trono, estava Rosa Silvestre, resplandecente em um vestido esvoaçante, cravejado de diamantes, combinando com sua tiara. Os cabelos presos no alto, sua marca registrada, estavam de volta, e em uma das mãos ela segurava um cetro com um rubi na

ponta. Mas sua fisionomia era inexpressiva, os olhos distantes e vazios. Isso até ela ver a Liga.

— Ah, vocês usaram seu precioso tempo para vir até aqui — disse Rosa Silvestre, estampando um sorriso irritadiço no rosto.

Reinaldo olhou na direção dela. O bigodão do bardo, que mais parecia um guidão de bicicleta, tremeu enquanto ele largava o instrumento para esfregar desesperadamente uma pedra que estava na palma de sua mão.

— Vocês fazem ideia de como já cansei de fingir que estou sob o controle desse idiota? — Rosa Silvestre prosseguiu, apontando para o bardo enquanto ele passava a pedra de uma mão para outra. — Já se passou uma semana e meia, e ele ainda não percebeu que a gema parou de funcionar.

Reinaldo levou o fragmento até os lábios e sussurrou:

— Pare, pare, pare...

Rosa Silvestre bateu na cabeça dele com o cetro, e ele caiu no chão. Em seguida, apontou o cetro para Liam.

— Eu falei que o meu pai não estava aliado com Dar — falou com rispidez. — Esse bardo idiota é o traidor. E, quando apareci aqui, ele jogou meu pai na prisão e resolveu que iria me manipular. Desde então, tenho aceitado o jogo, na esperança de escutar alguma conversa dele com Randark. Mas não aconteceu nenhuma. Ele está morrendo de medo do cara, agora que Randark sabe que ele estragou tudo e deixou as damas escaparem. — Ela voltou-se para os soldados parados ao lado, perplexos, tentando entender tudo o que estavam ouvindo. — Sargento, tire meus pais da prisão, imediatamente. Ah, e solte o capitão Eufrásio Boaventura também. Ele nunca deveria ter sido preso.

O sargento saiu correndo.

Rosa Silvestre olhou de volta para Liam e começou a bater o pé, impaciente.

— E agora? Você tem alguma coisa para dizer?

— Hum, obrigado? — disse Liam, com as bochechas vermelhas.

Ela deu de ombros.

— Eu estava esperando por um "Sinto muito, nunca duvidei de você, Rosa. Nunca mais vou subestimar a sua intuição aguçada e profunda inteligência". Mas tudo bem. Agora, será que daria para vocês pararem de me olhar com cara de espanto e se aproximar? Precisamos interrogar o bardo e arrancar o máximo de informações possíveis.

O pessoal da Liga se aproximou mais que depressa. Gustavo ergueu Reinaldo do chão pelo tornozelo e o chacoalhou de cabeça para baixo até ele acordar.

— Ah! De novo! — gritou o bardo. — Não me machuque! Sou um covarde!

— Conte tudo o que sabe sobre os darianos — ordenou Liam.

— Eles... hum, vieram de uma terra que fica ao leste de Carpagia — gaguejou Reinaldo, pendurado. — Gostam de usar roupa de couro preto. Mesmo no verão. O cheiro deles não é dos melhores. Eles...

— Como você acabou virando aliado deles? — Frederico se aproximou.

— Lorde Randark tinha um plano de acusar a Liga dos Príncipes pelo assassinato da princesa Rosa Silvestre — contou o bardo. — Uma vez que tudo girava em torno de uma grande recompensa oferecida pela família real de Avondell, ele sabia que todas as atenções estariam voltadas para o reino, por isso não quis nenhum dariano por aqui. Mas ele queria controlar Avondell. Então me ofereceu o trabalho de mestre titereiro... e eu aceitei. É claro que não informei lorde Randark sobre a pequena fuga da prisão que tivemos alguns meses atrás.

— Por quê? — perguntou Liam, sem disfarçar o asco em sua voz.

— Porque ele não iria ficar feliz com isso — respondeu Reinaldo.

— Quero saber por que você passou para o lado de Randark — perguntou Liam, irritado.

— Ah, o que você *acha*? — disse Reinaldo, agitado. — Eu odeio vocês! Eu amava o meu trabalho... até vocês aparecerem com uma choradeira chata: "Me chame pelo meu verdadeiro nome! Não quero ser chamado de Príncipe Encantado!" E depois vocês me atacaram e destruíram metade da minha coleção de alaúdes. E, quando finalmente consegui emplacar outro sucesso, a minha música sobre o casamento do Príncipe Encantado com a Bela Adormecida, você estragou tudo com a anulação do casamento.

— Mas nós *salvamos a sua vida* quando Zaubera o raptou — disse Frederico.

— O que posso dizer? Não sou uma pessoa boa. — O bardo encolheu os ombros, ainda de cabeça para baixo. — Além do mais, Randark ia se livrar de todos os outros bardos. Fim da competição! Nunca mais eu teria de aturar Penaleve, o Melífluo, se vangloriando. Ou Lero Lira dizendo: "Veja, rimei 'ogro' com 'ovo'". Somente eu: Reinaldo, o único bardo do mundo! — Ele fez uma pausa. — Será que daria para me colocar no chão agora?

— Não — respondeu Gustavo, direto e reto.

— Onde estão os outros bardos? — perguntou Liam. — Eles ainda estão vivos?

O rosto de Reinaldo estava roxo por causa da imensa quantidade de sangue que tinha descido para a sua cabeça.

— Estão vivos — respondeu. — Lorde Randark achou que eles poderiam ter alguma serventia no futuro. Estão no antigo castelo do rei Bandido, aquele que ele abandonou em Sturmhagen. O chefe militar se apossou do lugar só para insultar um pouquinho mais o garoto. Agora, se der para me pôr no chão, por favor?

— Pronto — disse Gustavo. E soltou o bardo de cabeça para baixo mesmo.

As portas da sala do trono se abriram e o sargento voltou acompanhado do rei Basílico, que parecia exausto, e da rainha Petúnia. Eles correram para abraçar a filha, que retribuiu o afeto — apesar de ter recuado ao perceber que os membros da Liga estavam olhando com estranhamento para ela.

— O que foi? — estrilou ela. — Sou humana.

Outro prisioneiro liberto adentrou na sala do trono.

— Capitão Efalante Boca-Dura! — gritou Branca de Neve, empolgada.

O capitão Eufrásio Boaventura franziu o cenho quando viu Branca de Neve e Rapunzel.

— Vocês fazem ideia do que passei por ter deixado vocês fugirem? — disse ele com frieza. — Eu esperava que vocês ao menos tivessem o bom senso de não voltar para cá.

— Acalme-se, Boaventura. Elas estão aqui como... amigas — disse Rosa Silvestre. — Assim como o senhor. Portanto, não se preocupe. Sei de toda a história. E por conta disso o senhor foi renomeado capitão da guarda.

Os soldados bateram palmas enquanto o sargento devolvia para Boaventura a espada, as chaves e colocava o distintivo sobre o seu uniforme bege de prisioneiro.

O rei Basílico, que envergava com toda a dignidade possível seus trajes de prisioneiro, se dirigiu a todos:

— Aparentemente, tenho que agradecer a várias pessoas — disse. — Pelo retorno da minha filha e pela reconquista do meu trono. E enquanto toda essa confusão é resolvida...

O discurso do rei foi interrompido por gritos e brados vindos de além dos muros do palácio. Pedidos de ajuda entremeados por berros de ira e pelo tilintar de metal. Liam correu até a janela mais próxima.

— São os darianos! — disse. — Eles estão atacando! Deve ter uma centena deles.

Todos correram para as janelas.

— Minha nossa, eles estão dando uma surra no pessoal de vocês — disse Gustavo, franzindo a testa.

— Não entendo — disse a rainha Petúnia, nervosa. — Temos um exército de cinco mil homens. Mas não tem mais do que uma dúzia defendendo o palácio. Onde estão nossos homens?

— Os demais estão na ilha Paralaxe — disse Reinaldo, encolhendo-se igual a um bicho de goiaba assustado. — Mandei quase todo o exército para além-mar, com a missão de me trazer as lendárias cordas de teia de aranha de Paralaxe.

O rei Basílico ficou furioso.

— Seu patife conspirador! — vociferou o rei. — Você nos deixou desprotegidos para essa invasão.

— Sinceramente, não; eu nem sabia disso — argumentou Reinaldo. — Eu só queria aquelas belas cordas para o meu alaúde.

Gustavo se afastou da janela.

— Eles estão cruzando os portões! — gritou. — Preparem-se!

— Estão vindo pelos fundos também! — alertou o capitão Boaventura. — Estamos cercados.

Os sons de batalha ecoavam pelos corredores quando o grupo dentro da sala — a família real, a Liga dos Príncipes, dois membros das GIL e vinte guardas de Avondell, leais, mas assustados — se colocou ao redor dos dois tronos e se preparou para o melhor que poderiam fazer.

Cinco minutos se passaram até que finalmente os darianos invadiram a sala pelas duas entradas. Pela porta principal entrou Jezek, o ex-guarda-costas de lorde Randark, liderando os invasores. Jezek não trazia nenhuma arma. Não precisava de uma. A grossa armadura de ferro que o cobria da cabeça aos pés com cravos mortais fazia do seu corpo uma arma letal.

— Seu serviço não é mais necessário, bardo — berrou Jezek ao adentrar na sala. — Fui enviado por lorde Randark para assumir este reino. É isso que você ganhou por ter mentido para... O que é isso? — Ele parou, encarando os príncipes de um jeito perverso. — Não sabia que você estava com visitas. Isso vai ser melhor do que eu tinha imaginado. Peguem-nos, homens!

E foi assim que começou a Batalha do Palácio de Avondell.

Anos depois, artistas iriam reproduzir o banquete da vitória — ocasião em que seria servida uma deliciosa caçarola de mariscos com tofu — em um mosaico colorido na parede da Sala de Guerra de Avondell, de acordo com a tradição. Mas, quanto ao que de fato acontecera na batalha, isso seria transmitido por meio de histórias e músicas, de pai para filho e de mãe para filha, de garçom para freguês e de tratadores de cavalos para cavalos. E quase todas as versões da história sairiam diferentes, uma vez que a confusão e a bagunça na sala do trono foram uma coisa de louco. Mas havia alguns detalhes que a maioria iria se lembrar: Gustavo enfrentou seis darianos de uma só vez — antes mesmo de sacar a espada; Liam bradando a espada e cortando os arcos de um grupo inteiro de arqueiros inimigos; Rosa Silvestre defendendo seus pais, agitando perigosamente seu cetro cravejado de pedras preciosas; Branca de Neve e o capitão Boaventura lutando lado a lado — ele com uma espada, ela com um punhado de botões atirados estrategicamente. Eles se lembrariam de Rapunzel chorando sobre as mãos e lançando suas lágrimas sobre qualquer um que parecesse estar ferido, e Frederico dando tapinhas de encorajamento nas costas dos soldados de Avondell. E com certeza todos iriam se lembrar do bardo traiçoeiro, Reinaldo, tentando sair na surdina durante a confusão, mas que acabou dando de cara com Duncan, que o jogou no chão e roubou a linda pena de faisão da boina dele.

Mas, qualquer que fosse o detalhe que um contador de história iria escolher para incluir ou omitir, ele nunca iria se esquecer do modo como a Batalha do Palácio de Avondell terminou. A Liga e seus aliados lutaram bravamente naquele dia, apesar da imensa desvantagem. Mas então o capitão Eufrásio Boaventura assumiu o controle e mudou a maré. Ele se escondeu atrás do trono da rainha com Branca de Neve e entregou para a princesinha as suas chaves.

— Eu lhe darei cobertura até a porta — disse ele. — Vá até a masmorra e solte todos os prisioneiros. Diga para eles que o verdadeiro rei está de volta e precisa de ajuda. A maioria é patriota. Eles virão.

Sem esperar por uma resposta de Branca de Neve, Boaventura se lançou em meio à luta, derrubando todos os darianos do caminho. Mas os inimigos eram muitos, e nem mesmo as habilidades do capitão foram suficientes para impedir que ele fosse derrubado. Enquanto caía, amparando o ferimento causado por uma espada na lateral de seu corpo, ele viu Branca de Neve correndo e saindo pela porta. Só então ele fechou os olhos e rezou para que ela conseguisse cumprir a missão.

E ela conseguiu.

Justamente quando todas as esperanças pareciam perdidas e os darianos tinham encurralado os heróis entre os dois tronos vazios, centenas de prisioneiros recém-libertados, cientes de toda a verdade sobre Dar, invadiram a sala com sede de vingança. Não demorou muito e os soldados darianos foram rendidos. Todos, menos um.

Jezek foi o único que não quis se entregar.

— Dar dominará a todos! — berrava ele, derrubando um inimigo após o outro. Por um momento, pareceu que o brutamontes coberto de cravos ia conquistar sozinho Avondell. — Seu povo não é páreo para mim!

Então uma voz se ergueu dos clamores: a voz de Duncan.

— Ei, eu me lembro desse cara! Ele é o homem-abacaxi doidão que enfrentei no castelo do rei Bandido. Sei como detê-lo. As coisas grudam nele! Quer ver? — E então atirou uma laranja em Jezek. Onde ele conseguiu arrumar uma laranja, ninguém sabe, mas ela acertou o cravo em cima da testa de Jezek e ficou presa lá, pingando suco nos olhos dele.

Todos seguiram o exemplo de Duncan, atirando contra o dariano qualquer coisa que encontravam pela sala. Jezek berrou e urrou enquanto livros, pranchas de madeira, espigas de milho, pedaços de cortinas e banquinhos de descanso de pés grudavam em todas as partes de seu corpo. Ele terminou com o alaúde quebrado de Reinaldo preso às suas costas e um assento de trono — atirado pelo rei Basílico — na frente do rosto. Sem conseguir enxergar, Jezek acabou contra uma parede e caiu de costas no chão.

Foi assim que Avondell conquistou a liberdade.

Imediatamente, Rapunzel se pôs a atender os feridos. O capitão Boaventura abriu os olhos e sentou, procurando um ferimento que não estava mais lá.

— Abrir aquele portão do jardim foi a melhor decisão que já tomei — disse ele. — Sou profundamente grato a vocês.

Rapunzel, como era de seu feitio, tratou até mesmo dos darianos abatidos, mas só depois que eles foram levados para a prisão.

Enquanto a poeira baixava, rei Basílico mais uma vez se dirigiu à Liga:

— Vocês salvaram o nosso reino — disse ele.

Fig. 28
Duncan, armado

— Um reino foi salvo, mas ainda faltam doze — disse Gustavo.

— Vossa Alteza — iniciou Liam —, conseguimos uma grande vitória hoje, mas a guerra ainda está longe de terminar. Sua ajuda é de extrema importância para nós.

— Avondell deve muito a vocês — disse o rei. — Mas não sei o que mais podemos...

Rosa Silvestre se colocou ao lado do pai.

— Não se preocupe, papai, deixe que eu cuido disso. — Ela voltou-se para o sargento, que estava testando a perna quebrada recém-curada magicamente. — Soldado, corra até o estaleiro. Envie nosso navio mais veloz até a ilha Paralaxe. Traga de volta nossos homens imediatamente. Liam, você terá todo o reforço do exército de Avondell quando precisar. Agora pare de ser uma boa influência sobre mim e saia da minha frente.

— Para onde vamos agora? — perguntou Gustavo.

— O exército de Randark está espalhado — disse Liam. — Ele não deve ter mais que uma centena de homens em cada reino conquistado.

— Sim, mas nunca teríamos vencido aqui sem a ajuda dos prisioneiros libertos — observou Frederico. — Pessoas que ainda não tinham ouvido as músicas dos bardos e que não estavam iludidas por elas.

— Isso mesmo — concordou Rapunzel. — E vencer os súditos desses outros reinos conquistados não vai ser tão fácil quanto virar a chave de uma prisão.

— Ah, mas virar a chave não foi nada fácil — disse Branca de Neve. — Ela estava enroscando.

— Sei o que você quer dizer — disse Duncan, solidário. — As chaves nunca foram minhas amigas também. Com exceção do sr. Chaves, o pirata. Apesar de ele ter se mostrado um traidor. Humm... — Ele apontou com o indicador para cima. — Nunca mais vou trancar nada!

— Continuando... — falou Liam. — Pelo visto voltamos para o ponto de partida: precisamos de um bardo.

— Ou quatro — disse Frederico.

— Diante disso, concluo que teremos de voltar para o antigo palácio do pirralho Bandido — disse Gustavo.

— Oba! — festejou Duncan. — Lá vamos nós salvar os bardos outra vez! Como nos velhos tempos!

PARTE V

AO ATAQUE

35

O FORA DA LEI
FICA SEM PALAVRAS

O antigo castelo de Deeb Rauber não tinha nada de especial. Pelo contrário, era um bloco simples, como se os construtores tivessem simplesmente empilhado uma centena de tijolos sobre uma base quadrada; parecia mais um esconderijo do que uma fortaleza. Na verdade, a coisa toda era o oposto de Rauber: não tinha nada de ameaçador, nada de imponente, nada de divertido (motivos que o levaram a abandonar o local). Mesmo assim, os heróis se aproximaram com cautela. Quer dizer, quase todos.

— Ei, lembram da última vez que estivemos aqui e todo mundo caiu em cima do Frederico, na lama? — perguntou Duncan, todo empolgado.

— Xiu! — sibilou Liam enquanto o grupo se escondia, agachado, entre alguns arbustos à beira da floresta. Ele deu uma olhada no gramado que rodeava o castelo, que por sinal não chegava a ter nem um quilômetro de extensão. — Só tem dois guardas na frente — sussurrou. — E aposto que não deve ter muitos lá dentro. Os bardos não são prioridade para Randark.

— Então vamos tirá-los de lá — disse Gustavo, estalando os dedos.

— Ainda não — disse Liam. — Não queremos que Randark fique sabendo sobre essa missão. O ideal seria entrar e sair sem sermos vistos.

— Tem alguma entrada pelos fundos? — perguntou Rapunzel.

— Ou janela baixa? — indagou Frederico.

— Ou uma porta imaginária? — arriscou Branca de Neve.

— Não, não e... não — respondeu Liam. — Mas é por isso que eu trouxe este gancho de escalada. Vamos subir no telhado.

— O que você acha de Rapunzel e eu ficarmos aqui, de olho nos guardas que estão na porta da frente? — sugeriu Frederico. — Se eles entrarem, ou se alguém mais aparecer, faremos um sinal para avisar.

— Boa ideia — disse Liam. — Qual será o sinal?

Duncan tirou de dentro do bolso um pequeno apito de madeira.

— Use isto — disse ele, entregando o apito para Frederico. — Ele imita o mugido de um búfalo. Se ouvirmos, vamos saber que é sinal de confusão. Mas, se os bandidos ouvirem, vão pensar que é um búfalo.

— Como é o mugido de um búfalo? — perguntou Rapunzel.

— É igual ao barulho que este apito faz — respondeu Duncan.

Ele, Branca de Neve, Liam e Gustavo rastejaram ao longo do limite das árvores até os fundos do castelo, onde deixaram a segurança da floresta e se aproximaram da construção. E qual não foi a surpresa quando se depararam com uma corda pendurada na muralha dos fundos, presa a um gancho brilhante.

— Que estranho — Liam observou.

— Para mim é sorte — corrigiu Duncan.

— Acho que não vamos precisar disto — disse Gustavo, jogando o gancho deles no mato.

Depois de testarem a misteriosa corda e sentirem que estava bem presa, eles escalaram devagar.

— Ei! — disse Duncan, todo empolgado. — Lembram da última vez que estivemos aqui, e todo mundo caiu desta muralha? Foi demais.

— Xiu! — sibilou Liam.

Eles chegaram ao topo da muralha e, um a um, se arrastaram sobre ela, ficando aliviados quando perceberam que não tinha nenhuma sentinela esperando por eles.

— Ei! — disse Duncan, baixinho. — Lembram da última vez que estivemos aqui, e o rei Bandido ia duelar comigo e...

— Tenho uma ideia — interrompeu Liam. — Por que Duncan e Branca de Neve não ficam aqui cuidando da corda?

O casal respondeu com uma continência.

Liam e Gustavo abriram um alçapão em cima do telhado (o mesmo por onde eles tinham saído quando eram prisioneiros de Rauber) e desceram silenciosamente a escada que levava para o interior do castelo. Percorreram na ponta dos pés os corredores de pedra que costumavam exibir os tesouros roubados pelo rei Bandido, mas que agora estavam completamente vazios e desolados. De repente, Liam fez sinal para Gustavo parar. Havia corpos no corredor — eram dois darianos, ambos inconscientes.

— Que estranho — Liam murmurou novamente.

Os dois continuaram pelo corredor, ainda mais atentos. Eles lembravam que no corredor seguinte havia uma porta de madeira que levava às celas da prisão do castelo — onde provavelmente estavam os bardos. Gustavo passou por Liam e enfiou a cabeça no corredor para verificar. Um punho cerrado o acertou em cheio entre os olhos, e Gustavo cambaleou para trás, atordoado.

— Opa! — exclamou Val enquanto o príncipe grandalhão tentava se firmar. Liam saiu disparado de seu esconderijo.

— O que você está fazendo aqui? — exclamou Ella, num sussurro irritado. A porta da prisão estava logo atrás dela.

— O que *você* está fazendo aqui? — retrucou Liam.

— Viemos salvar os bardos — ela respondeu.

— Bom, podem ir embora então — ele disse. — Porque *nós* viemos salvar os bardos.

— De jeito nenhum — revidou Ella. — Seguimos Rauber por dias até que finalmente conseguimos alcançar o pirralho e arrancar informações dele. Foi ele quem nos contou que os bardos estavam aqui. Esse resgate é meu!

— Só que nós acabamos de salvar Avondell — argumentou Liam. — Portanto, esse resgate é *meu*!

Ella, que não estava disposta a perder tempo ou energia com uma guerrinha de palavras com Liam, virou na direção da porta. Ele avançou e a segurou por trás, antes que ela pudesse tocar na maçaneta.

— Ei! — exclamou Val, puxando Liam pelo ombro. — Solte a minha melhor amiga!

Gustavo puxou Val pela manga.

— E você solte o *meu*... amigo de capa.

Ella deu uma cabeçada para trás, acertando o nariz de Liam, que não teve outra opção senão soltá-la. E, assim que ele o fez, Val deu um empurrão em Gustavo, e com isso a manga do seu vestido acabou rasgando na costura. Em seguida, Val ergueu Liam e o atirou contra a porta, que abriu para dentro da prisão. Liam saiu rolando pelo chão e parou bem na frente de uma cela cheia de bardos assustados. Mas eles não eram os únicos no local. Dois guardas darianos, que jogavam baralho em uma mesinha, ficaram em pé com um pulo e sacaram suas espadas.

Ella mal olhou para os guardas enquanto invadia a sala, sacava a espada e ia para cima de Liam. Ele se abaixou, e a espada acertou o capacete de um guarda dariano, que assistia à cena, perplexo. O homem caiu feito uma maçã podre. Ignorando completamente o segundo guarda, Liam puxou a espada e começou a trocar golpes com Ella. O dariano ficou parado, confuso, até ser derrubado por Val e Gustavo, que entraram rolando pela sala, trocando socos, como se fossem uma bola humana. O guarda caiu de costas sobre a mesinha do carteado.

Mais dois darianos que tinham ouvido a confusão invadiram o pavilhão de celas, agitando machados pesados acima da cabeça tatuada. Mas, quando se depararam com a cena, eles pararam. Havia quatro invasores armados, mas aparentemente estavam brigando entre eles.

— Contra quem devemos lutar? — indagou um dos guardas, pouco antes de ser atingido por uma cadeira que Val tinha jogado em Gustavo.

O último guarda que restou correu até a janela, inclinou o corpo para fora e berrou pedindo ajuda. Mas seu berro virou um grito quando Liam empurrou Ella para cima dele, e ele saiu voando pela janela e foi cair em cima de dois guardas que ficavam na porta da frente. Em algum lugar, do lado de fora do castelo, soou um mugido esquisito. Era Frederico soprando desesperadamente o apito. Mas, como ninguém sabia como era o mugido de um búfalo, o barulho foi completamente ignorado.

Ella e Liam grunhiam e rosnavam, suas espadas entrelaçadas, enquanto os bardos assistiam, pulando, bastante animados.

— Desista — disse Liam.

— Não, desista você — retrucou Ella.

Cada um deu um empurrão final, e ambos acabaram perdendo as espadas. Eles cambalearam para a frente, caindo nos braços um do outro enquanto as espadas saíam voando. Mais que depressa, eles se afastaram do abraço acidental. Só então finalmente perceberam os darianos inconscientes caídos ao redor.

— Fizemos uma bela confusão, não é mesmo? — disse Ella.

— Literalmente e em todos os sentidos — respondeu Liam. E, um pouco constrangido, ele pegou as chaves do cinto de um dos guardas inconscientes.

Enquanto isso, Gustavo e Val estavam parados com as mãos na cintura, recuperando o fôlego.

Fig. 29
Um de direita
no queixo

— Sabe, até que você é boa de briga — observou Gustavo. — Para uma garota.

Val deu um soco no queixo dele.

Liam abriu a porta da cela, e os bardos saíram alegremente. Penaleve, o Melífluo, o bardo real de Harmonia, estava lá, aplaudindo com suas mãos delicadas, assim como Lero Lira, de Sturmhagen, Tirésio Melodia, de Eríntia, e Wallace Fitzwallace, de Sylvaria. Os quatro homens em trajes coloridos tiraram suas boinas e se curvaram graciosamente. Obviamente, estavam muito felizes por terem sido salvos, mas havia algo estranho. Eles estavam muito calados. E os bardos nunca ficam calados.

— Penaleve — disse Ella, preocupada —, nunca o vi ficar mais de dois minutos sem disparar um daqueles seus discursos longos. O que aconteceu?

Os bardos apontaram para a boca, balançando a cabeça.

— O que é isso? Vocês viraram mímicos agora? — perguntou Gustavo. — Mímicos são piores que bardos.

Eles negaram com acenos de cabeça.

— O que aconteceu? — perguntou ele.

Cada um dos compositores começou a gesticular e a andar de um lado para o outro, como se estivessem num jogo. Braços se agitavam, cabeças balançavam, homens davam piruetas.

— Mesmo sem falar, esses caras conseguem ser barulhentos — comentou Gustavo.

— Isso não vai nos levar a lugar nenhum — disse Liam. — Sigam-me, todos.

Ele os conduziu pelo corredor e pela escada que saía no telhado, onde Duncan e Branca de Neve aguardavam. Frederico e Rapunzel tinham se juntado a eles.

— Soprei o apito o mais alto que consegui — iniciou Frederico. — Mas não tinha ideia se vocês estavam ouvindo. Por isso subi até aqui para... Oh, Ella e Val! Que prazer encontrá-las.

— Os bardos não conseguem falar — disse Liam, muito sério. — Duncan, dê pena e pergaminho para eles.

Duncan pegou o material de dentro da bolsa que trazia pendurada ao cinto e o entregou a Penaleve.

O bardo sentou sobre a balaustrada que cercava o terraço e se pôs a escrever:

É uma situação deplorável esta em que nós, alegres compositores, nos encontramos. Aquele tirano louco e peludo, lorde Randark — de bigode trançado e sobrancelhas arqueadas e sinistras —, roubou o instrumento que nós, bardos persuasivos, temos de mais sagrado. Aquele criminoso vil surrupiou de nós, compositores, o nosso dom mais precioso. Com uma infame vo...

Gustavo arrancou o papel e a pena das mãos do bardo.
— Alguém que use *menas* palavras! — solicitou.
Wallace Fitzwallace ergueu a mão, pegou o papel e se pôs a escrever:

O CERTO É "MENOS PALAVRAS". NÃO "MENAS PALAVRAS".

Gustavo puxou a boina do bardo para a frente do rosto dele. Então pegou o papel de volta e jogou nas mãos de Tirésio Melodia.

Tirésio escreveu:

Randark nos obrigou a beber uma poção. Ela nos deixou sem voz.

— Sinto muito — disse Liam, tentando soar sincero. Ele não era exatamente fã de Tirésio. — Mas, com a ajuda de vocês, conseguiremos derrotar Randark e depor os darianos. Vamos vingar a perda de vocês.

— Mas precisamos de ajuda para fazer as pessoas mudarem de opinião — disse Frederico. — Precisamos que vocês escrevam novas canções, dizendo a verdade sobre Randark.

Tirésio começou a escrever.

Certamente, trata-se de um bom plano. No entanto, não podemos ajudar.

— Por que não? — vociferou Liam.

Tirésio ergueu uma sobrancelha e apontou para o trecho em que descrevia como os bardos tinham perdido a voz.

— E daí? — foi a vez de Ella. — Vocês não precisam cantar as músicas. Apenas escrevê-las. Tem um monte de menestréis que podem cantá-las.

Tirésio escreveu furiosamente:

Isso só mostra quão pouco você sabe sobre os bardos. Um bardo nunca coloca suas composições no papel. A música de um bardo é uma arte auditiva — significa que deve ser escutada, não lida.

— Compreendo que se trata de uma tradição — disse Frederico. — Mas certamente vocês podem abrir uma exceção quando o destino do mundo está em jogo.

Sinto muito. Não.

Os outros bardos estavam atrás dele, com as mãos na cintura, parecendo determinados. O pessoal da Liga não conseguia acreditar.

— Bom, o que vamos fazer então? — perguntou Rapunzel.

Os olhos de Frederico brilharam.

— Seremos os nossos próprios bardos — respondeu ele.

— Não sei cantar — Gustavo foi logo dizendo.

— Não sou muito boa para compor música — adicionou Ella.

— Eu sou escritor. Deixa comigo! — disse Duncan. Então pousou uma mão sobre o peito, ergueu a outra e se pôs a cantar: — Ouçam todos, meus amigos, a história que vou cantar/ sobre um cara malvado de Dar, lararará! — Então parou e coçou o queixo. — Talvez fique melhor se diminuir o "lararará".

— Não precisamos compor músicas — disse Frederico. — Só precisamos ser ouvidos. Precisamos falar com o povo dos nossos reinos, convencer as pessoas da verdade.

— Acho que você tem razão — disse Liam.

— Ele tem — concordou Ella.

— E, por mais que eu odeie sugerir isso, acho que a gente devia se separar — continuou Liam. — O tempo é precioso. Cada um de nós, príncipes, deve seguir para seu reino e se dirigir a seu povo. Precisamos reunir uma grande massa, o maior número possível, convencendo as pessoas a se rebelarem e lutarem pela liberdade.

— E como vamos fazer isso? — perguntou Gustavo. — Nosso histórico de falar em público não é dos melhores.

— E, mesmo que nos separemos e depois nos juntemos, serão apenas duas pessoas em cada reino — disse Ella. — Como duas pessoas apenas vão conseguir entrar no território ocupado pelo inimigo sem ser vistas pelos soldados darianos e reunir um grande número de ouvintes?

— Quem disse que vamos estar sozinhos? — disse Frederico. — Temos aliados espalhados por toda parte, pessoas que nos conhecem e que vão acreditar em nós. Frank e os anões. Os trolls. Esmirno. Os caras da Perdigueiro. Os gigantes, talvez.

Liam jogou os cabelos para trás e agitou a capa.

— Podemos fazer isso, pessoal — disse ele. — Podemos...

— Ei, ei! — Duncan dava pulos no lugar, com a mão direita erguida para o alto. — Posso fazer o discurso de herói desta vez? Nunca faço o discurso de herói.

Liam suspirou e deu um passo para trás.

Duncan sorriu.

— Podemos fazer isso, meus amigos! — iniciou ele. — Podemos salvar o dia! E ser heróis! Porque heróis são demais! E nós somos heróis! Não temam. Heróis não têm medo, e isso é o que somos. Ter medo é coisa de... Bom, não é coisa de heróis, portanto deve ser de vilões. Mas de quem os vilões têm medo? Ah, eu sei! De nós! Dos heróis! Hum... Nada pode nos deter; deem o melhor de vocês, porque prevenir é melhor que remediar, e não contem com o ovo antes da galinha. Os heróis é que mandam! — Em seguida, ele começou a correr em círculos, gritando, aparentemente muito orgulhoso de si.

— E quanto aos outros reinos? — perguntou Ella.

— Ei, se conseguirmos expulsar os darianos desses quatro reinos, teremos conquistado um terço do império de Randark — disse Liam. — Já é um bom começo.

— Vou com você para Harmonia, Frederico — disse Rapunzel.

— E Dunky e eu vamos para Sylvaria, é claro — falou Branca de Neve.

— E você? — Liam perguntou para Ella.

— A Liga tem menos aliados em Eríntia do que em qualquer outro lugar — disse ela. — Vou com você.

— Eu também vou com vocês — disse Val.

— Tem certeza? — perguntou Ella, com todo jeitinho. — Por que você não vai com o Gustavo?

— Não gosto do Gustavo — Val respondeu bruscamente.

— Tudo bem — disse Gustavo, bem alto. — Eu trabalho melhor sozinho mesmo. Bom, o que estamos esperando? Vamos nessa. — Ele se aproximou do gancho e desceu pela corda até o gramado abaixo. Os outros membros da Liga foram atrás. Liam ficou por último. Quando ele se preparava para descer, Tirésio veio correndo e esfregou um pedaço de papel na cara dele, em que estava escrito:

E nós? Como vamos conseguir sair daqui?

Liam colocou o papel sobre a balaustrada, pegou a pena da mão de Tirésio e escreveu:

SALVEM-SE SOZINHOS.

36

O FORA DA LEI ANDA COM UMA GANGUE DA PESADA

Enquanto seu irmão e seus amigos partiam para tocar o coração e a mente de seus súditos, Lila estava ocupada com uma missão só dela. Envolta em seu manto de lã, com o capuz encobrindo o rosto, ela se embrenhou entre os pescadores do porto de Yondale (que tinham sido forçados a entregar a pesca de um dia inteiro de trabalho aos darianos em troca da promessa de receber bandanas coloridas em algum momento no futuro). Enquanto vagava pelas docas, entrou em todas as tavernas e estalagens que viu, perguntando para garçons grosseiros, marinheiros bocas-sujas e pecadores fedorentos se alguém tinha notícias de Rúfio, o Soturno.

— Ele não aparece aqui há meses — disse o dono da Papagaio Desbocado. — Não desde que tentou surrupiar umas coisas daquele tirano ganancioso, o rei Edvin.

O rei Edvin é um homem bom, pensou Lila, enfurecida. Mas ficou de bico calado.

Um marinheiro barbudo que estava sentado no bar se debruçou sobre o balcão e adicionou:

— Ouvi dizer que o velho Edvin *e* Rúfio, o Soturno, viraram lanchinho de uma cobra.

— Daquela cobrona que os darianos trouxeram com eles? — perguntou outro cliente curioso.

— Isso mesmo, aquela — respondeu o marinheiro. — Ela engoliu os dois de uma vez só.

— Mas isso não passa de boato, não é mesmo? — indagou Lila. Sua voz saiu tão aguda e preocupada que ela ficou com medo de ter se entregado. Ela limpou a garganta e engrossou a voz. — Quer dizer, não há provas disso, certo?

— Você parece muito determinada a ter notícias do Rúfio — comentou o dono do lugar enquanto servia uma dose de rum para um cliente. — Se for isso, sugiro que tente na Espeto de Cavalo-Marinho, no extremo oeste do cais. Os caçadores de recompensas costumam frequentar aquele lugar. E, se tiver alguma novidade, é lá que você vai ficar sabendo.

Lila assentiu sem dizer nada e pegou o caminho de volta para o cais. De cabeça baixa, ela seguiu apressada para o extremo do porto, que acabava do nada em um penhasco. Lá ela encontrou a Espeto de Cavalo-Marinho, um verdadeiro mergulho em um pub. Uma construção atarracada, com duas janelas apenas, ambas lacradas com ripas de madeira carcomidas por cupins. A placa desgastada, presa acima da porta, balançava ao vento. Até mesmo a doca que ficava em frente à Cavalo-Marinho estava quebrada e caindo aos pedaços — e repleta de gotas vermelhas.

Isso deve ser dos peixes que os pescadores pegam, disse Lila para si mesma. *Você já viu coisa pior no seu laboratório quando fazia dissecações.* Ela parou por um momento. *Uau, fazia um tempão que eu não me lembrava da minha casa.*

Ela se preparou, abriu a porta e entrou. O interior da Espeto de Cavalo-Marinho era escuro, mas calmo. Homens mal-encarados ocupavam as mesas, bebendo silenciosamente ou sussurrando desconfiados uns com os outros.

Para quem vou perguntar?, pensou, olhando ao redor. *A maioria desses caras parece ter... Ih, fedeu!* Ela tratou de puxar o capuz para a frente do rosto o máximo possível. Tom Amarelão e Wiley Cabeçabranca estavam sentados no bar. Pelo jeito eles não tinham notado sua chegada, então ela seguiu apressada até os fundos da taverna, para um cantinho mais escuro. Infelizmente, estava tão escuro que Lila acabou trombando com uma cadeira e tropeçando.

Um sujeito que estava em uma mesa próxima agiu rápido e a segurou pelo braço, evitando a queda. Lila olhou para ele e se deu conta de que estava cara a cara com um elfo avondeliano.

— Hum, obrigada por me salvar, amigo — ela agradeceu, tentando parecer despreocupada.

Mas o elfo se aproximou e puxou o capuz de Lila para trás, revelando seu rosto e os cachos castanhos.

— Achei mesmo que tinha reconhecido você — disse ele. — A mocinha do cartaz de "Procura-se".

Lila se afastou, deu meia-volta e estava prestes a cair fora quando outro caçador de recompensas entrou em seu caminho — um homem de nariz pontudo, olhos pequenos e segurando duas canecas com hidromel.

Fig. 30
Lila, em apuros

— Você está certo — disse o recém-chegado. — Ela é a mocinha que estávamos procurando com o Verdoso.

— Vocês estão com o Verdoso? — perguntou Lila, com a respiração acelerada.

— *Estávamos* — respondeu o elfo. — Mas cansamos dos insultos dele.

— Sim, e além disso ele nos abandonou para morrer afogados — adicionou o outro. — Sorte nossa que o meu *surigato* sabe nadar. Mas, de qualquer maneira, Verdoso não é do tipo que se pode chamar de camarada. Por isso cortamos relações com ele. Meu nome é Erik Malva. E ele é Pete Azuleno.

Lila desanimou.

— Então escapei do Verdoso para acabar sendo capturada por vocês dois.

— Ninguém te *capturou*, mocinha — disse Pete. — Você pode ir embora quando quiser. — Erik sentou de frente para Pete, deixando o caminho livre para ela ir. — Mas vamos adorar se você quiser sentar com a gente e contar como conseguiu fugir do Verdoso. A situação foi muito vergonhosa para ele?

A primeira coisa que passou pela cabeça de Lila foi correr. Mas a ideia foi superada pela curiosidade.

— Não estou entendendo. Vocês não querem a recompensa?

— A recompensa foi cancelada — respondeu Erik. — Pelo jeito, a tal Rosa Silvestre não morreu de verdade, por isso ninguém vai nos dar nada por termos encontrado um dos assassinos dela. E não temos nada contra você. Só estávamos fazendo aquilo pelo dinheiro. E agora não tem mais dinheiro.

Lila continuou em pé, calada por um bom tempo, considerando as opções. Em seguida puxou uma cadeira e sentou com os caçadores de recompensas.

— Então vocês estão sem trabalho? — perguntou ela.

— Estamos — disse Pete. — Uma taverna cheia de caçadores de recompensas sem ninguém para caçar.

— Acho que eu tenho a solução para isso — disse Lila. Ela se levantou, subiu em cima da cadeira e anunciou: — Atenção, caçadores de recompensas! — Todos olharam. — Oi, Wiley. Sem ressentimentos, hein? Então... acho que a maioria de vocês sabe quem sou eu. Mas, para aqueles que não sabem, sou uma princesa muito rica. E estou à procura de um exército para invadir aquele castelo velho, no alto da colina, e encontrar algumas pessoas que estão lá. Quem está dentro?

Todos se levantaram. Até mesmo Wiley Cabeçabranca.

— Maneiro! — ela exclamou, então se voltou para Erik. — Você disse que tinha um suricato. Um grandão?

— É do tamanho de dois cavalos de guerra, de ponta a ponta — respondeu Erik.

— Ótimo — disse Lila. — Tenho um trabalho especial para vocês dois.

37

O FORA DA LEI NÃO FICA SEM PALAVRAS

Era começo de março e, apesar de o ar ainda seguir cortante e gelado, os maciços flocos de neve que havia meses bloqueavam as ruas de Harmonia tinham derretido e agora não passavam de poças. E todos os súditos daquele reino que costumava ser muito lindo — na época em que seus moradores não tinham de trabalhar por horas a fio nas fábricas de calças de couro de lorde Randark — retomaram seu passatempo preferido: passear. Um casal, que tentava andar com o máximo de elegância possível, apesar dos ombros caídos e das dores nas costas, foi surpreendido com a inusitada aproximação de um estranho alto, vestindo casaco comprido. O homem estava com o colarinho erguido para esconder o rosto, e a princípio o casal pensou que se tratasse de um inspetor dariano, aparecendo para mandá-los voltar ao trabalho mais cedo. Mas logo eles perceberam que o estranho não era um dariano — ele se portava com muita elegância e sofisticação.

— Desculpem se os assustei — disse Reginaldo. — Só queria saber se os senhores estão sabendo do baile.

— Baile? — perguntou a mulher, com os olhos brilhando só de ouvir a palavra.

— Sim, será hoje à noite, às dezenove horas, na Fábrica de Colheres de Prata Von Torkleton — informou Reginaldo. — Vistam seus melhores trajes.

— Mas e quanto aos darianos? — perguntou o homem, em dúvida.

— Ah, eu não diria nada para eles sobre isso — disse Reginaldo.

— Ah, por favor, vamos — a mulher implorou para o marido. — Já faz tanto tempo que não vou a um baile.

— Não sei não...

— Estou certo de que todos irão — disse Reginaldo. — Contem para seus amigos. Para todos os seus amigos. — Em seguida, ele cruzou a rua apressado para abordar outro casal que passeava.

◄•►

— Você acha que eles vão aparecer? — perguntou Rapunzel, batendo o pé ansiosamente enquanto olhava para o relógio.

— Ah, vão — respondeu Frederico. — Se tem uma coisa que o povo de Harmonia não deixa passar, é uma chance de dançar.

Uma rajada de vento soprou quando as portas da fábrica de colheres se abriram e Esmirno apareceu:

— Sussurrei sobre o baile no ouvido do máximo de pessoas que consegui, senhor, Vossa Alteza, senhor.

As portas se abriram novamente, e Reginaldo entrou.

— Ah, vejo que conseguiram esvaziar o chão de fábrica — disse ele enquanto desabotoava o casaco comprido.

— Sim, eles conseguiram — vociferou um velhinho amarrado a uma cadeira no canto. — Onde foram parar todas as minhas máquinas de fazer colheres? E quando vocês vão me soltar?

— Suas máquinas estão bem guardadas, sr. von Torkleton — disse Frederico. — E sinto muito se fomos obrigados a... detê-lo dessa maneira. A sua fábrica era o único lugar fora do palácio grande o suficiente para acomodar um baile de gala como este. Esperávamos que o senhor fosse cooperar, mas...

— Mas você queria que eu me voltasse contra lorde Randark, e eu não vou — falou o fabricante de colheres. — Ele prometeu enviar suplemento de prata por tempo indeterminado, contanto que eu continuasse fornecendo punhais para os homens dele.

— Lorde Randark não é o homem mais confiável do mundo — adicionou Rapunzel.

Alguém bateu à porta da fábrica. Reginaldo atendeu com toda a sua elegância. E, um a um, vestidos em esplêndidos trajes de festa, os casais foram entrando. Estava longe de ser toda a população da cidade — muitos ficaram com medo de desobedecer aos darianos — mas mesmo assim havia algumas centenas. Frederico começou a suar frio.

— Você vai conseguir — disse Rapunzel, incentivando-o.

Ele subiu em uma plataforma que poucas horas antes servia de base para uma máquina barulhenta de polir colheres.

— Boa noite a todos — disse. — Vocês já me conhecem, sou o príncipe Frederico. Lamento informar que não haverá nenhum baile esta noite. Na verdade, nunca mais haverá outro baile. — Punhos e clamores se ergueram entre os convidados elegantemente vestidos. Muitos deram as costas e seguiram em direção à saída. — Sinto muito, mas essa é a verdade — continuou Frederico. — Nada de bailes reais. Nada de festas, banquetes, danças, cotilhões, festejos, comemorações, nada. Não se lorde Randark continuar no poder.

A porta da fábrica permaneceu fechada.

— Ah — exclamou Frederico. — Vejo que consegui a atenção de vocês.

◄●►

— Cuidado!

— Corram!

— Oh, céus! Eles estão em dois!

Gritos de medo ecoavam pelos campos de Eríntia enquanto dois gigantes, cada um medindo mais de trinta metros de altura, passavam causando alvoroço pelas cidades ao norte do reino. Uma mãe, residente da próspera comunidade de Farturolândia, correu até a janela e abriu as cortinas para ver o que estava acontecendo.

— Eles estão vindo para cá — gritou a mulher. — Querido, precisamos ir embora. Não quero nem saber se isso significa que teremos de quebrar o toque de recolher dos darianos. Não vou ficar aqui sentada e deixar a minha família ser pisoteada. — O marido concordou. Eles pegaram os dois filhos pelas mãos e saíram correndo. Mas é inútil tentar escapar de um gigante. A família toda gritou enquanto era apanhada por uma mão enorme.

— Ah, por favor, não gritem — disse o gigante com uma voz grave, erguendo a família até a altura da sua cara de bonzinho. — Me desculpem se assustei vocês, mas é por uma boa causa, eu juro.

— Você está demorando muito, Reese — disse o outro gigante, que por acaso era a mãe de Reese. Com dentões que pareciam pedras e uma cabeleira assanhada que lembrava uma explosão de fumaça preta, Maude era uma figura ainda mais impressionante que o filho. — Se você não parar de pedir desculpas para todos que pegamos, nunca vamos conseguir dar conta do recado a tempo.

— Você tem razão, mãe — concordou Reese. — Mais uma vez, você sabe o que é melhor. Eu devia... Ei, pare com isso, mãe! Você não pode destruir nada.

— Foi só uma cabaninha — disse Maude, causando uma rajada de vento quando ergueu sua mão imensa num gesto de desdém. — Tenho certeza de que você também deve ter destruído algumas pelo caminho. Como se desse para perceber com esses sapatos ridículos que você está usando.

— Estava cansado de levar facadas no pé — disse Reese. Então olhou para baixo, admirando os sapatos enormes que enfeitavam seus pés. — Acho que eles são bem moderninhos.

Maude balançou a cabeça.

— Um gigante de sapatos. Isso não é normal. — Ela parou para chutar do caminho uma vaca empacada, enquanto Reese colocava cuidadosamente a família dentro de um de seus bolsos espaçosos. Os sequestrados ficaram surpresos quando se depararam com vizinhos, que também tinham sido apanhados.

— Modo interessante de passar a noite, não? — comentou Davi Wilkins, lá dos fundos, estendendo uma caixinha aberta para os recém-chegados. — Aceitam biscoitos?

Os gigantes continuaram a farra da captura de humanos por mais oito vilarejos, até que finalmente chegaram a uma imensa colina, onde pararam e esvaziaram os bolsos, depositando no chão aproximadamente quatrocentos erintianos desorientados e confusos.

— Ei, é o traidor, o príncipe Liam! — gritou Davi Wilkins, apontando para o alto da colina. — Deve ter sido ele quem enviou os gigantes para nos atacar.

— Fui eu mesmo — disse Liam. — Quer dizer, eu não enviei os gigantes para *atacar* vocês. Mandei que eles fossem atrás de vocês. Não *atrás*. Pedi para os gigantes pegarem vocês.

Xingando e arregaçando as mangas, a multidão começou a subir a colina na direção de Liam e dos gigantes. Maude limpou a garganta, e todos pararam na hora.

— Ouçam — disse Liam. — Sei que todos vocês me odeiam. Mas é porque não me conhecem de verdade. Assim como não conhecem esses gigantes. Eu fugi deles pensando que fossem monstros terríveis e destruidores, quando na verdade eles são do bem. Eles são heróis.

— A grandona pisou na minha casa — berrou um homem.

— Aquilo, hum, foi sem querer — disse Maude. Em seguida, desviou o olhar e começou a limpar as unhas.

— Tudo bem — continuou Liam. — Acidentes acontecem. Eu, hum... vou pagar pela reconstrução da sua casa.

— E quanto ao meu celeiro? — indagou uma mulher.

Liam soltou um suspiro.

— Sim, e pelo seu celeiro também.

— E o meu carrossel dourado? — gritou outro homem. — Você vai pagar por isso também?

Liam ergueu uma sobrancelha.

— O gigante destruiu o seu carrossel dourado?

— Não — respondeu o homem. — É que eu queria muito ter um carrossel dourado.

— Ei! — chamou uma mulher. — Eu queria ter uma carruagem com rodas de platina. E quero que ela seja puxada por centauros.

— Eu quero uma cascata de chocolate — falou Davi Wilkins.

— Pessoal — interveio Liam, fazendo de tudo para não perder a paciência —, não estamos aqui para dar presentes a vocês.

— Por que não? — questionou Davi Wilkins. — Lorde Randark vai trocar nossos casebres por templos dourados.

— Ah — Liam exclamou. — É aí que está o verdadeiro problema. Lorde Randark *não* vai fazer isso. Vocês não conhecem lorde Randark tanto quanto eu. Estive *cara a cara* com ele. Vocês gostariam de saber quem é o *verdadeiro* lorde Randark?

E o povo de Eríntia, que sempre gostou de uma fofoca, chegou mais perto para ouvir.

◆•◆

Em uma cabana aconchegante, nos arredores da floresta de coníferas de Sturmhagen, Rosilda Stiffenkraus tinha acabado de chegar em casa, depois de mais um dia duro nas lavouras de lorde Randark, e estava prestes a começar a preparar o jantar quando ouviu o filho mais velho chamando lá fora.

— Mãe! Os trolls estão roubando nossos vegetais!

— De novo! — exclamou a mulher. Ela enxugou as mãos no avental, pegou uma pá e saiu pisando duro. Havia três trolls no quintal; cada um devia medir quase dois metros e meio de altura, tinha o corpo coberto por uma pelagem verde, chifres tortos, garras amarelas compridas e a boca cheia de dentes afiados. E cada um estava com os braços peludos carregados de cenouras, beterrabas e nabos que tinham acabado de roubar. Assim que as criaturas viram Rosilda saindo da cabana, deram meia-volta e saíram correndo com a carga nutritiva.

Rosilda poderia ter deixado por isso mesmo, aceitado o prejuízo e entrado de volta para preparar tranquilamente a refeição de sua família. Mas, assim como muitos outros fazendeiros de Sturmhagen, ela já estava farta dos trolls roubando seus vegetais. E por isso ela não ia permitir que aquelas montanhas de couve sacolejantes levassem a sua produção cultivada a duras penas.

— Atrás deles, crianças! — gritou Rosilda, sua cabeleira ruiva esvoaçando desvairadamente. Ela e seus onze filhos (armados com pedaços de pau, baldes, rastelos e o que quer que encontrassem) foram atrás dos trolls.

— Esperem por mim! — gritou seu marido baixote, agitando um cortador de unhas.

Eles correram e correram, perseguindo os trolls através dos prados e florestas, até que finalmente conseguiram alcançar as feras na fronteira da Terra dos Trolls, um enclave dentro de Sturmhagen governado pelos próprios trolls. Lá eles ficaram surpresos quando viram dezenas de famílias de fazendeiros saindo da floresta, correndo atrás de outros trolls. Rosilda parou, levantando os braços para os lados, impedindo sua família de seguir em frente. Estava

Fig. 31
Sr. Troll,
fugindo

claro que eles — e todos os outros fazendeiros — tinham sido atraídos para aquele local de propósito.

— O que está acontecendo aqui? — ela indagou em voz alta.

— Eu sou o causador de tudo isso — disse príncipe Gustavo, saindo de dentro de uma fortaleza troll (que na verdade não passava de dois troncos em pé com uma pedra equilibrando entre eles).

Sr. Troll, o "prefeito" de um chifre só da Terra dos Trolls, entrou na frente dele e se pronunciou num tom feroz:

— Trolls fizeram o que príncipe Homem Bravo pediu. Trouxeram todos fazendeiros para Terra dos Trolls. Quer dizer, todos fazendeiros que não estavam plantando para Homem Barba Feia.

— Bom trabalho, Peludão — disse Gustavo, dando um tapinha nas costas peludas da fera.

— Por que não estou surpresa em descobrir que o nosso querido Príncipe Encantado está envolvido nisso? — disse Rosilda, e vários fazendeiros resmungaram, concordando. — Você deveria impedir que os trolls roubassem os nossos vegetais, e aqui está você dando ordens para que eles nos roubem!

— Ei, calma aí, sardenta — disse Gustavo. — Eu só precisava de um jeito para trazer todos vocês para cá. Tudo que foi apanhado será devolvido.

— Ops! — exclamou sr. Troll, soltando um arroto com o inconfundível cheiro de nabo. — Homem Bravo não falou nada sobre devolver vegetais.

— Cansamos dessa história — berrou um fazendeiro. — Depois de vinte horas colhendo beterrabas para Randark, não merecíamos chegar em casa e encontrar essas montanhas ambulantes roubando o pouco que plantamos para nós.

— Isso mesmo! — apoiou outro. — Não estou nem aí para o tamanho desses trolls! Vamos pegá-los!

— Estamos prontos para a guerra! — gritou um terceiro.

— Muito bem! — interveio Gustavo. — Esse é o espírito sturmhagenense que estou procurando! Guerra é o que precisamos. Mas não contra os trolls. Temos de lutar contra as pessoas que estão realmente causando todos esses problemas.

— Continue falando, príncipe — disse Rosilda. — Porque eu estou furiosa. Vou bater em alguém com esta pá, e você tem cinco minutos para me convencer de que não deve ser em você.

BLIM! BLEM!

Flik, o anão, tocava um sininho sentado no banco da frente de uma carroça aberta, enquanto eles passavam pelas ruas de Sinovertia, uma vila de Sylvaria.

— Venham todos! — chamava Frank, o anão que estava no comando das rédeas. — Venham ver Duncan, o Ousado, o príncipe renegado, finalmente capturado! Sigam-nos até o local da antiga feira anual para verem Duncan dando um mergulho!

Dúzias de moradores da vila deixaram suas casas para se juntar à multidão de sylvarianos que seguiam a carroça — carroça esta que levava Duncan e Branca de Neve amarrados na carroceria.

— Pare de sorrir, seu idiota — Flik sussurrou para Duncan. — Você é nosso prisioneiro.

— Mas está funcionando tão bem — respondeu Duncan. — Eu sabia que, se tinha algo capaz de fazer com que os sylvarianos quebrassem o toque de recolher do lorde Randark, era a chance de me verem sendo humilhado.

— É isso mesmo, pessoal — Frank continuou gritando. — Duncan, cérebro de minhoca, o Príncipe dos Fracassados, vai levar uma torta na cara e mergulhar no afunda-pirata! Quem sabe um bom banho finalmente tire o cheiro de fracasso dele!

— Frank — interveio Branca de Neve —, não precisa pegar tão pesado.

— Você quer ou não que as pessoas venham? — ele retorquiu.

— Tudo bem, Branca — disse Duncan. — É tudo parte do teatro. Eu sei que meu bom amigo Frank não quis dizer nada disso!

Frank não falou nada.

Flik continuou tocando o sino enquanto mais onze anões, montados em pôneis, ajudavam a organizar os animados espectadores em uma longa fila. Pouco tempo depois, eles chegaram ao local abandonado da antiga Feira Real Sylvariana, uma cidade fantasma com barracas de jogos vazias e brinquedos desativados. Havia anos que a feira não acontecia mais no reino — as pessoas pararam de ir depois que o rei Rei insistiu que todos os visitantes que cruzassem os portões deveriam posar para um quadro de recordação pintado por ele próprio.

Assim que todos os que acompanharam o desfile ocuparam o espaço da feira, Duncan ficou de pé com um pulo e se livrou das falsas amarras.

— *Tarã!* — gritou ele, curvando-se em reverência. — Não fui capturado! Tudo não passou de um truque! Enganei vocês!

As pessoas começaram a atirar coisas nele.

— Dunky, não acho que essa seja a melhor maneira de convencê-los a passar para o nosso lado — disse Branca de Neve, baixinho.

Frank revirou os olhos.

— Caros cidadãos, vocês precisam ouvir as coisas importantes que tenho a dizer — tentou Duncan. — Sou muito importante. Ouçam as minhas palavras, e elas serão muito importantes para vocês, assim como eu! — Ele se abaixou para desviar de um chumaço de lenços usados.

— Ainda não está funcionando — disse Branca de Neve. As pessoas estavam indo embora.

— Não vão embora — chamou Duncan. — Como vocês podem dar as costas para alguém com um chapéu como este?

O número de pessoas diminuiu ainda mais.

— Certo! — berrou Duncan. — Se vocês ficarem e ouvirem o que tenho a dizer, eu mergulho no afunda-pirata.

As pessoas pararam para ouvir.

◄•►

E foi assim que os quatro príncipes, em quatro reinos distintos, iniciaram o discurso mais importante da vida deles.

— Sei que recentemente vocês têm ouvido algumas músicas dos bardos que trazem meu pai como um governante sem coração e traiçoeiro — disse Frederico para o povo de Harmonia. — As mesmas músicas falam sobre lorde Randark como um homem gentil e generoso. As duas coisas estão longe de serem verdadeiras. Mas essas são as músicas dos bardos, vocês diriam. Como não vamos confiar nas músicas deles? Bom, vocês já pararam para pensar sobre as coisas que ficaram sabendo por meio das músicas dos bardos?

Enquanto discursava, ele se impunha, ereto e orgulhoso.

— Todos vocês adoram *A história da Cinderela*, não é mesmo? — continuou. — Aquela música acaba com Ella e eu nos casando e vivendo felizes para sempre. Mas onde está Ella agora? Não se casou comigo, disso eu tenho certeza. Na verdade, estou apaixonado por outra pessoa — ele deixou escapar sem perceber. Mas Rapunzel ouviu. — Viram? — prosseguiu Frederico. — Um boato falso na música de um bardo. E o nome dela nem é Cinderela! É Ella! Vocês sabiam disso? E o meu nome não é Príncipe Encantado, apesar de eu ter gostado do nome. Mas vamos ver mais quantas mentiras ainda podemos encontrar nas músicas dos bardos.

◄•►

— *A história da Bela Adormecida* diz que eu era o amor verdadeiro de Rosa Silvestre — disse Liam para seu povo, em Eríntia. — Mas onde isso bate com a história *A Liga dos Príncipes fracassa novamente*, aquela que fala sobre como eu tentei *fugir* do meu casamento? Não entendo como vocês podem ouvir duas músicas contraditórias e acreditar que as duas estão dizendo a verdade.

— Então você está dizendo que a princesa Rosa Silvestre não é linda e encantadora? — perguntou uma mulher em meio à multidão. — Que ela é má, terrível e feia?

— Bom, não. A Rosa é... — Ele deu uma olhada para Ella, mas não conseguiu decifrar a expressão em seu rosto. — Ela é só... Bom, ela e eu... não somos mais inimigos. Mas, hum... talvez esse não seja um bom exemplo. — Ele enxugou o suor em sua testa.

Ella deu um passo à frente.

— Ei, e quanto à música *O rei Bandido ataca novamente*? — disse ela para a multidão. — Aquela música, composta por Tirésio, diz que o rei Bandido amarra os ossos dos inimigos em sua barba. Mas Deeb nem entrou na puberdade ainda!

Um murmurinho se ergueu em meio à multidão que ouvia. A mensagem tinha atingido o alvo. Ella saiu de lado, deixando Liam assumir o centro do palco mais uma vez.

— Vai nessa, campeão — sussurrou para ele.

— Entenderam o que eu quis dizer? — disse Liam, em tom alto e confiante. — Não se pode confiar em tudo que se escuta em uma música.

◄•►

— Isso mesmo — disse Duncan para as pessoas reunidas na área da feira. — Eu não tinha nenhum anel mágico voador. Simplesmente caí do alto do terraço do rei Bandido. E, quando derrotei a bruxa malvada, não usei uma poderosa espada encantada. Simplesmente joguei um pedaço de carne podre nela.

— Sabe de uma coisa, isso tudo é bem mais fácil de acreditar — comentou um homem com a esposa.

— Isso não é nem o começo — disse Duncan, gesticulando como um louco. — Nas músicas ela é chamada de Bruxa. Mas ela *tinha* um nome! Wendy! Ou algo assim. E ela não tinha três cabeças! Apenas uma!

— A música nunca disse que ela tinha três cabeças — apontou um dos ouvintes.

— Isso não vem ao caso — disse Duncan. — O que quero dizer é...

◄•►

— Bardos. Bah! Não se pode confiar naqueles tangas frouxas fazedores de música — argumentou Gustavo. — Tudo que eles dizem está errado.

— Homem Bravo está certo! — resmungou o sr. Troll em apoio. — Homens do Violãozinho sempre dizem que trolls são monstros.

— Mas vocês *são* monstros — disse Rosilda, impaciente, segurando sua pá. — Essa é a sua prova? Ainda bem que você não é advogado, Príncipe Encantado.

— Ah! Não, eu tenho *mais* provas! — disse Gustavo, sorrindo. — Príncipe Encantado! Esse cara não existe! Eu sou o príncipe da história da Rapunzel. Que está cheia de mentiras.

— Como o quê? — questionou alguém.

— Como... — Havia várias coisas erradas naquela música que Gustavo poderia mencionar, mas isso envolvia detalhes que ele preferia não tornar públicos. Ele abria e fechava as mãos, ofegante. — Como o tempo de duração da minha luta com a bruxa — disse finalmente. — A música diz que a luta demorou horas. Na verdade, durou apenas três segundos. Ela me jogou pela janela assim que me viu.

Todos ficaram boquiabertos.

— E na parte em que fiquei cego, quando a música diz que usei o olfato para caçar ursos e matá-los para me alimentar... Isso também não é verdade — disse ele, abaixando a cabeça, fazendo com que os longos cabelos loiros caíssem sobre seu rosto. — Eu fiquei encolhido e chorei. Eu estava faminto, à beira da morte, quando Rapunzel me encontrou.

— Uau! — exclamou um homem. — A música o retratou como um fracassado comum, mas na verdade você era um fracassado para lá de patético.

— Eu acredito em você — disse Rosilda. — Ninguém iria admitir tudo isso se não fosse verdade.

Gustavo ergueu os olhos e fungou.

— Então vamos começar a falar sobre esse tal de Randark.

◄•►

— As músicas dizem que Randark vai fazer todos vocês felizes — disse Frederico. — Vocês estão felizes?

As pessoas olharam para suas roupas elegantes, as mesmas que Randark tinha proibido que usassem, dizendo que os cordões e as rendas iriam enroscar nas máquinas enquanto eles estivessem trabalhando. Muitos murmuraram palavras impublicáveis sobre os supervisores darianos.

◄•►

— As músicas dizem que Randark é generoso — disse Liam. — Mas o que ele deu a vocês até agora?

— Nada — respondeu uma pessoa.

— Dor nas costas e mãos cansadas — falou outra.

— Baixa autoestima — bradou uma terceira.

◄•►

— As músicas dizem que Randark tem bochechas de querubim — disse Duncan. — Mas vocês já viram o homem? As bochechas dele são sujas.

◄•►

— Que é isso, meu povo — disse Gustavo, erguendo levemente uma sobrancelha. — Randark não vai fazer com que suas plantações cresçam mais rápido. O cara só usou uma pá até hoje para bater na cabeça de alguém. O que, devo admitir, é bem legal, mas mesmo assim não vai fazer com que suas plantações cresçam mais rápido. Acreditem, eu sei o que estou dizendo. Os trolls e eu já tentamos.

◄•►

— Nós, harmonianos, somos pessoas inteligentes — disse Frederico. — O que faz mais sentido? Acreditar em uma música? Ou acreditar naquilo que nossos olhos estão vendo? Nossa vida não era bem melhor antes de Dar assumir o poder? Meu pai pode até ter sido um tanto rígido, mas pelo menos não forçou ninguém a estragar as unhas costurando calças de couro o dia inteiro. Vamos tomar Harmonia de volta!

O povo arregaçou as mangas e entoou um digno e forte:
— Viva!

◀•▶

— Sei quanto os erintianos apreciam sua vidinha confortável — disse Liam. — Mas vocês se sentem confortáveis trabalhando em uma mina de prata com os darianos dando chicotadas na cabeça de vocês? Eu sou o primeiro a admitir que meus pais não são perfeitos, mas vocês não podem dizer que eles não sabem como agradar seus súditos. E, se quiserem a chance de voltar a ter aquela vidinha boa, então terão de trabalhar por isso!

— Eu não quero trabalhar! — berrou um homem. — Só quero ser rico!

— Então vamos lutar para ficar ricos! — bradou Davi Wilkins. E foi ovacionado com gritos de aprovação.

Liam olhou para Ella.

— Não era bem o que eu estava querendo — disse ele. — Mas serve.

◀•▶

— Que conclusão podemos tirar disso tudo? — disse Gustavo. — Que vocês não passam de uns bananas.

— O quê?

— Como ousa!

— Que atrevimento!

Fazendeiros enfurecidos começaram a arregaçar as mangas, prontos para a briga.

— Vocês ouviram direitinho: *bananas* — continuou Gustavo. Então pousou as mãos sobre os quadris, encarando o povo que o ouvia. — Vocês se consideram um povo alto e forte. Que briga com touros só por diversão e corta toras com os dentes. E que nada pode deter, não é mesmo? Mas então aparece um sujeito com um fóssil na cabeça e começa a dizer o que vocês devem fazer, e vocês se calam e fazem. O que estou querendo dizer é que sturmhagenenses de verdade já teriam jogado de escanteio o velho Cabeça de Osso.

A multidão ficou agitada, um sentimento de fúria fervilhava dentro de todos eles. Mas desta vez não era contra Gustavo.

— Você é mais astuto do que imaginei, príncipe Gustavo — disse Rosilda. — Todos aqui somos autênticos sturmhagenenses. Cada um de nós... desde o meu caçulinha. E, se você quer tomar o castelo de Sturmhagen de volta, já tem o seu exército.

Os fazendeiros ergueram suas armas improvisadas, gritando e urrando.

◆•▶

— Portanto, como podem perceber, lorde Randark é na verdade um tirano cruel que está transformando nosso país em uma prisão e vocês em escravos — explicou Duncan com uma clareza espantosa.

— Pode ser — disse um homem em meio aos ouvintes. — Mas mesmo assim ele ainda é melhor do que o seu pai.

— Espere aí! — reagiu Duncan, com as bochechas vermelhas e as narinas dilatadas. Branca de Neve recuou, nunca tinha visto o marido daquele jeito. Na verdade, ela nunca tinha visto Duncan demonstrando nenhuma expressão mais negativa do que um leve erguer de sobrancelhas. — Meu pai é um homem bom! — disse. — Ele pode até ser um péssimo rei, mas é um homem bom, e ele não merece o desprezo de vocês. Nenhum membro da minha família merece. Não importa que os sapatos que as minhas irmãs criam não passem de pedaços de cobertores para enrolar nos pés, ou que a minha mãe chame grama de "cabelo sujo"; eles são pessoas boas que só querem o melhor para este reino. Eles tentaram transformar este reino em um lugar melhor. Mas vocês têm tanta vergonha deles que os abandonaram no desafio. Nenhum de vocês vai dar uma ajudinha sequer? E eles precisam de ajuda, porque não fazem a menor ideia do que estão fazendo! Mas isso não é, eu repito, *não* é pior do que o que Randark está fazendo! Forçando todos a trabalharem pela glória dele? Usurpando os direitos de vocês? Vocês deveriam ter vergonha de si mesmos por pensarem assim. Porque, neste exato momento, eu estou com vergonha de ser sylvariano.

Todos ficaram calados. Muitos afrouxavam o colarinho ou mudavam o peso do corpo de uma perna para outra. Outros olhavam para o alto, envergonhados.

— Caramba — exclamou um dos súditos. — Estou me sentindo extremamente culpado.

Os olhos de Duncan vibraram.

— Isso significa que vocês vão enfrentar os darianos comigo?

— Acho que sim — murmurou uma mulher. — Agora que você conseguiu fazer com que nos sentíssemos culpados por isso.

— Viva! — Duncan festejou. — Está na hora da revolução!

38

O FORA DA LEI INVADE O CASTELO

Anos depois, historiadores iriam escrever livros sobre o dia que ficou conhecido como "O dia mais guerrioso da história dos Treze Reinos", porque esses historiadores eram péssimos para dar nome às coisas. Mas, naquele dia, aquelas terras testemunharam muito mais guerra do que já tinham visto ao longo de toda a sua história. Batalhas aconteceram concomitantemente em cinco reinos distintos. Príncipe Frederico e seu esquadrão de rebeldes elegantes invadiram o palácio real de Harmonia com as únicas armas que conseguiram encontrar: colheres enormes da fábrica Von Torkleton. O povo ganancioso de Liam irrompeu pelos portões do palácio de Eríntia (eles contavam com uma dupla de gigantes para tirar os inimigos do caminho). Lila e seu pelotão de caçadores de recompensas arrombaram as portas do castelo de Yondale, apanhando de surpresa os darianos. O exército de fazendeiros enfurecidos de Gustavo lutou furiosamente — libertando a vila de casinhas com telhados de palha que circundava o castelo de Sturmhagen de uma vez por todas. E Duncan inspirou seus revolucionários sylvarianos com canções encorajadoras e gritos de guerra — enquanto os anões, armados com machados, enfrentavam cara a cara os vilões (afinal de contas, os anões eram *exímios* guerreiros).

Sim, o Dia Guerrioso foi o marco de uma virada crucial na história dos Treze Reinos. E, uma vez que os *historiadores* não puderam recontar as batalhas, ao contrário dos bardos, as pessoas só ficaram sabendo das melhores partes.

A BATALHA DE HARMONIA

A elegante milícia de Frederico marchou com espírito enlevado pelo palácio de Harmonia entoando gritos de "Pela etiqueta!" e "Pelo decoro!". Mas colheres *versus* machados de guerra não foi exatamente uma luta justa, e rapidamente as coisas ficaram feias. Frederico temeu ter cometido um engano, até que certo mensageiro veloz mudou a maré. Graças aos pés ligeiros de Esmirno, muitos soldados darianos ficaram pasmados no lugar, perguntando como era possível que a espada que estava prestes a ser usada para desferir um golpe tivesse desaparecido com uma rajada de vento.

A série de ataques invisíveis de Esmirno deu a Frederico e Rapunzel a oportunidade perfeita de entrarem sorrateiramente no palácio e ir atrás do rei Wilberforce (mas não antes de prometerem dar uma boa recompensa ao mensageiro). Frederico entrou nos aposentos do rei, carregando uma espada que ele esperava não ter de usar, e se deparou com o pai sendo arrastado inconsciente por um corredor de mármore. Uma mancha roxa contornava o olho esquerdo do monarca, e o bigode, sempre impecavelmente erguido, pendia sobre os lábios.

O dariano que o arrastava tinha uma barba pontuda e cabelos que se projetavam das laterais de sua cabeça, parecendo asas. Ele empurrou o rei sobre o beiral de uma janela aberta.

— Não se aproximem ou vamos ver se o rei sabe voar — ameaçou o homem.

— Ah! — exclamou Frederico, mantendo a distância. — Vejo que é um covarde.

O dariano riu.

— Você vai se arrepender dessas palavras.

— Não me arrependo das palavras que digo — disse Frederico. — Amo as palavras. E as palavras que acabei de dizer são verdadeiras. Você é um covarde, pois somente um covarde seria capaz de defenestrar um homem idoso e indefeso em vez de me enfrentar em uma luta justa.

— Eu não ia desinfe...

— Defenestrar.

— Isso mesmo, eu não ia defenestrar o rei — afirmou o homem com cabelo em formato de asas. — Eu ia jogá-lo pela janela.

— Esse é o significado da palavra "defenestrar" — esclareceu Frederico.

— Então por que você simplesmente não disse "jogá-lo pela janela"?

— Porque eu amo as palavras — falou Frederico com ardor. — Mas o que eu disse ainda é válido: você está com medo de duelar comigo.

O dariano soltou o rei Wilberforce e deu um passo incerto para trás. Nunca tinha enfrentado um adversário tão seguro de si. *Esse cara deve ser um excelente duelista*, pensou o vilão. *Ele vai acabar comigo em um segundo.* E ergueu as mãos, rendendo-se.

Mas então o rei acordou.

— Frederico! — gritou ele, tentando se levantar. — O que você está fazendo aqui? Você vai acabar morrendo!

— Fique quieto, pai! — sussurrou Frederico. Atrás dele, Rapunzel balançava a cabeça com firmeza.

Wilberforce não se conteve.

— Pare de bancar o herói, filho! Corra enquanto é tempo!

— Ah, então você é o príncipe Frederico? — perguntou o dariano, abaixando as mãos. — Ouvi dizer que você é bom de lábia. Dizem que é melhor nem deixar você começar a falar, porque você usa as palavras para confundir e enganar as pessoas, e é assim que as derrota.

— É mesmo? Dizem isso de mim? Que fantástico. — Frederico abriu um sorriso radiante.

— Também dizem que você é um péssimo espadachim. — O dariano sacou a espada e foi para cima de Frederico. O príncipe se esquivou do golpe, para sua própria surpresa.

— Bom — disse Frederico. — Isso é o que vamos ver, sr...?

— Sou conhecido como Mataprín100cipe — disse o vilão, debochado. — E hoje finalmente vou fazer jus ao meu nome.

CLINK! CLINK! CLINK! As lâminas batiam juntas. Rapunzel correu até o rei Wilberforce e o ajudou a se levantar.

— Sabe de uma coisa, sr. Matador — disse Frederico, ofegante. — Eu ainda posso — *CLINK!* — usar as minhas palavras contra você — *CLINK!* — enquanto lutamos.

— Ah! — desdenhou Mataprínc ipe. — Não há nada que você possa dizer que vá me derrotar — *VUPT!* —, agora que sei quem você é.

— Nem mesmo — *Vuumm! Clink!* — se eu disser que você acabou de deixar meu pai escapar?

Mataprínc ipe parou e se virou.

— Volte aqui, seu velho... Há? Não, ele está no mesmo lugar em que o deixei.

E Frederico acertou o cabo da espada na cabeça dele. Mataprincipe caiu de cara no chão. Fim da luta.

— Minha nossa! — murmurou Rapunzel, ao mesmo tempo em que tentava conter as lágrimas de alívio que escorriam por seu rosto. — Não posso desperdiçá-las.

O rei Wilberforce tinha caído de joelhos, mas Frederico o ajudou a se levantar. O senhor olhou no fundo dos olhos do príncipe.

Desculpe — disse ele. — E obrigado.

◄●►

A BATALHA DE ERÍNTIA

As forças darianas em Erintiópolis não tiveram chance contra os revolucionários de Liam — especialmente porque dois desses revolucionários tinham mais de trinta metros de altura. Enquanto Liam, Ella e Val enfrentavam os guardas do palácio, Reese e Maude cuidavam do restante da tropa de Vero. Os gingantes soltaram pedras em cima dos lanceiros, chutaram os arqueiros para reinos vizinhos e pisaram sobre os canhões com a maior facilidade.

— Isso é espetacular — disse Reese enquanto estraçalhava uma catapulta com o calcanhar. — Não sinto nem um pinguinho de dor no pé. Eu devia ter começado a usar sapatos antes.

Naturalmente, aqueles que não estão acostumados a usar sapatos no começo não sabem amarrá-los direitinho. Após dez minutos de batalha, o cadarço do sapato do gigante afrouxou, ficando solto. E ele acabou levando um tropeção.

— Ah, droga! — exclamou Reese enquanto caía de cara no chão. Felizmente, ao cair, o gigante conseguiu acertar a maior parte do exército dariano. Infelizmente, Reese também bateu a cabeça na muralha leste do palácio. Uma série de rachaduras começou a estalar pelas paredes laterais do palácio. Em seguida veio uma chuva de escombros, e uma torre desmoronou inteira, espatifando igual a um ovo no pátio central.

Maude balançou a cabeça, resmungando:

— Sapatos.

Nisso Liam entrou em pânico.

— Meus pais estão lá dentro! — gritou quando um pedaço do telhado desabou. Ele, Val e Ella desarmaram os darianos que estavam enfrentando e correram para a entrada aos pés da torre leste do palácio. Quando Liam abriu o portão, tijolos rolaram, indicando que o arco que ficava acima da entrada estava prestes a desmoronar. Mas Val entrou embaixo do arco, sustentando-o com seus braços fortes.

— Entrem, rápido! — disse ela, com dificuldade. — Vou segurar o máximo que conseguir.

— Tem certeza de que você... — Ella ia perguntando, mas Val não a deixou terminar.

— Vá!

Ella e Liam passaram espremidos por Val e entraram no palácio, que desmoronava aos poucos. Os dois correram direto para a escadaria que levava aos aposentos do casal real, enquanto as paredes ao redor rachavam e nuvens de pó branco se propagavam pelo ar. Por pouco escaparam de um lustre que caiu entre eles nos degraus. Eles mal tinham saído da escadaria no terceiro andar quando quase trombaram com Vero, que vinha correndo na direção oposta. O garboso espadachim parou, derrapando, sacudiu o rabo de cavalo sobre o ombro e sacou o florete.

— Por essa eu não esperava — disse ele. — Aqui estava eu, fugindo para salvar a minha vida, quando me vejo cara a cara, mais uma vez, com o homem contra quem há muito venho esperando duelar. Qual das duas opções devo escolher? Salvar a minha vida? Ou a chance de testar a minha espada contra o famoso príncipe Liam? Isso é, como dizem no meu país, *uma parada difícil*, não? Humm... Escolho lutar. — Ele se colocou em posição de combate

Liam se preparou, com a espada em punho.

— Vá atrás dos meus pais — disse para Ella.

— Por que *você* não vai atrás dos seus pais? Eu não sei onde fica o quarto deles — sugeriu Ella, ao mesmo tempo em que se abaixava para desviar de um pedaço de gesso que caía do teto.

— Bem lembrado — disse Liam. — Sinto muito, Vero. — E saiu correndo. Vero bufou.

— Desapontado novamente — reclamou, com a lâmina em riste. — Mas nem tudo está perdido, sim? Ainda anseio por enfrentar o legendário príncipe Liam, mas, enquanto isso, acho que vou ter de me contentar com o segundo melhor, sim?

Ella o encarou com olhos flamejantes.

— Você acabou de dizer a coisa errada, meu caro senhor. — E avançou para cima dele como se tivesse sido lançada de um canhão.

Enquanto isso, Liam encontrou o rei Gareth e a rainha Gertrude algemados ao dossel da cama.

— Mãe, pai — iniciou ele. — Eu sei que vocês não devem estar felizes em me ver, mas...

— Claro que estamos felizes em vê-lo, seu bobo — disse a rainha. — O palácio está desabando. Tire-nos logo daqui!

E foi o que ele fez. No caminho de volta para a escadaria, desviando de tijolos que caíam e pulando buracos no chão que aumentavam de tamanho a cada segundo, eles não viram nenhum sinal de Ella ou de Vero. Mas mesmo assim não diminuíram o passo. Liam e seus pais desceram os degraus apressados e correram para a saída.

— Corram! — gritou Val assim que os viu. — Não vou conseguir segurar por muito mais tempo! — Liam, Gareth e Gertrude passaram segundos antes de Val se jogar no pátio coberto de escombros e a passagem desmoronar.

Liam voltou para a pilha de poeira e escombros que restou da ala leste de seu palácio.

— Ella! Ella!

— O que foi? — respondeu a própria.

Quando virou, Liam se deparou com Ella arrastando Vero pelo rabo de cavalo.

— Ah, sim! — exclamou Val. — Ela desceu antes de vocês.

O espadachim derrotado olhou atordoado para o príncipe.

— Eu ainda quero duelar com você algum dia — disse ele, ofegante. — Mas, sinceramente, não creio que você seja, como dizem no meu país, *melhor do que ela*.

◆•▶

A BATALHA DE YONDALE

Trinta e sete caçadores de recompensas invadiram a sala de jantar do castelo de Yondale, pegando os darianos de surpresa e dando início a uma guerra de comida. Machados partiam escudos ao meio, e empadões de carne eram jogados na cara das pessoas; martelos de guerra acertavam cabeças protegidas por capacetes, e correntes de salsichas eram usadas para enforcar. E, enquanto rolava toda essa confusão, Lila, montada em um suricato gigante, percorria os corredores acinzentados do castelo à procura de algum sinal do seu morador desaparecido.

— Rei Edvin? — gritou Lila.

— Vossa Alteza! — chamou Pete Azuleno, que vinha sentado na garupa do suricato com arco e flecha a postos. — Se estiver ouvindo, faça algum barulho!

Um grito abafado veio de algum ponto da passagem escura e fria que descia para os níveis abaixo da superfície do penhasco que sustentava o castelo. Erik Malva, que estava sentado bem atrás das orelhas pontudas do animal, virou o suricato na direção de onde viera o barulho. A imensa criatura peluda farejou, captou um odor e saiu galopando em disparada. E só parou diante de uma porta coberta de teias de aranha, a entrada das catacumbas reais, o lugar de descanso dos falecidos reis de Yondale.

Outro gemido soou por detrás da porta.

— Desçam todos — disse Erik. — O *surigato* não vai conseguir passar por esse espaço. — Eles desceram, e Erik tentou abrir a antiga porta. — Engraçado — disse. — As teias de aranha só cobrem metade da...

Madu abriu a porta com um chute, pelo lado de dentro, e deu uma paulada na cabeça de Erik.

— Buu! — fez o dariano tatuado enquanto Erik desmoronava no piso de pedra. — Ha! Como foi fácil atrair vocês até aqui.

— Você! — exclamou Lila, puxando seu bastão.

Pete entrou na frente para protegê-la e ergueu seu arco.

— Deixa comigo — disse ele. ZUM! ZUM! ZUM! ZUM! As flechas acertaram o colete e o kilt de Madu, que acabou pregado na parede. Pete entrou nas catacumbas para encará-lo. — Agora, diga onde está o rei.

— Hum, Pete — disse Lila, logo atrás do elfo, puxando a manga dele. — Ele não está tão preso quanto você imagina. Ele...

Mas Madu já tinha se transformado. Ele agora era uma cobra de dez metros de comprimento, contorcendo-se, que não teve nenhum problema para sair das roupas presas à parede. Pete disparou outra saraivada de flechas, todas atingiram a cobra, mas nenhuma conseguiu detê-la. A serpente bateu com a cauda no elfo, que saiu rolando sobre a empoeirada sepultura de um rei havia muito esquecido.

Lila encarou a cobra.

— Venha me pegar — disse ela, e correu de volta para o corredor. A cobra foi atrás, mas parou assim que viu a menina fazendo carinho atrás da orelha de um mamífero imenso. O rosto da cobra se contorceu em algo que lembrava um sorriso.

— Então voccccê trouxxxxe uma doninha gigante — sibilou Madu. — Eu como doninhassss no café da manhã.

— Só existe um porém — disse Lila. — Ele não é uma doninha. Ele é um suricato. E sabe qual é a presa preferida dos suricatos?

Os olhos em formato de lágrima da cobra de repente ficaram redondos de medo. Madu tentou fugir, mas não teve chance. Num piscar de olhos, o suricato avançou sobre a cobra, imobilizando-a, e cravou seus dentes longos e afiados no pescoço coberto de escamas.

Lila nem ficou para ver o que aconteceu em seguida. Ela disparou de volta para as catacumbas. Deu uma olhada rápida em Pete e Erik e viu que eles estavam respirando. Então chamou pelo rei novamente, e agora uma voz fraca respondeu. Seguindo a direção de onde viera o som, Lila acabou dentro de uma câmara bolorenta, cheia de ossos dos antepassados da realeza de Yondale. O rei Edvin também estava lá. E, pela primeira vez, ele era o mais novo no lugar. Mas ele dormia pesado, segurando carinhosamente um pequeno camafeu com o retrato de Branca de Neve.

Lila ouviu a voz fraca mais uma vez, logo atrás dela, só que vindo de outra câmara. Ela correu. E, contraindo os olhos na escuridão, conseguiu enxergar um vulto largado no chão.

— Rúfio — sussurrou ela.

— Lila, é você mesmo? — indagou com voz fraca o velho caçador de recompensas. Então puxou o capuz para trás para poder vê-la melhor.

— Você está vivo — disse ela, tentando conter as lágrimas.

— Sim, não sei como — disse Rúfio. — Minha resistência a veneno de cobra deve ser mais forte do que eu imaginava. Normalmente consigo suportar vários dias após uma picada. Algumas semanas no máximo. Mas já se passaram meses, não é mesmo? Achei que ia morrer, mas não morri. Pensei que nunca mais iria vê-la novamente, mas aqui está você.

— Obrigada, gênio — sussurrou Lila.

Do lado de fora, no corredor, o suricato arrotou satisfeito.

A BATALHA DE SYLVARIA

Enquanto Frank e os anões estavam ocupados enfrentando os darianos além das muralhas cor de salmão de Castelovaria, Duncan se ocupava fazendo algo que nunca tinha feito antes: liderar seu povo. Tudo bem que ele só estava puxando o coro de uma série de gritos de guerra:

— Somos sylvarianos! Vocês vão entrar pelos canos!

— Duncan, Duncan, ele não desiste nunca!

— Avante, anões! Acabem com esses bobões!

Mas o importante é que todos estavam entoando com ele. Na verdade, a maioria de seus súditos parecia estar se divertindo muito. Eles não pareciam ter se dado conta de que estavam em uma zona de guerra — e desarmados (uma vez que Duncan tinha se esquecido de providenciar armas).

Finalmente, Branca de Neve bateu no ombro de Duncan.

— Frank e os rapazes já liquidaram quase todos os caras do mal — disse ela. — Será que não devíamos entrar para ver como está a sua família?

Ele concordou, balançando a cabeça vigorosamente, as penas de seu chapéu chacoalhando tanto que pareciam uma anêmona agitada, e então se dirigiu a seus súditos:

— Vocês fizeram um ótimo trabalho torcendo. Mas agora chegou o momento de invadir o castelo. E uma vez que nenhum de nós está armado... Bom, tirando Branca de Neve, que tem uma porção de avelãs... Não tenho como pedir a nenhum de vocês que me acompanhe. Não se ofendam! Não estou querendo dizer que todos serão derrotados lá dentro, mas... eu não confiaria apenas em gritos de guerra.

E com isso ele e Branca de Neve passaram correndo pelos anões que ainda guerreavam e entraram no castelo, onde encontraram todos os membros da família real amarrados juntos e pendurados por uma corda em cima de um caldeirão borbulhante.

— Oh, Duncan! — chamou o rei Rei, lá do alto, assim que avistou o filho. — Você chegou bem na hora. Nossos inimigos estão preparando uma sopa!

— Acho que você é a sopa, pai — disse Duncan.

— É assim que os jovens se cumprimentam hoje em dia? — perguntou a rainha Apricotta. — Bom, você também é sopa, querido!

— Obrigado — agradeceu Duncan. — Vamos tentar tirar vocês daí.

Nesse momento, uma porta se abriu e Falco entrou correndo, com cara de apavorado. (Ele estava no banheiro quando a batalha começou — o maior pesadelo de todos os vilões.) Ele passou pelo caldeirão borbulhante, desembainhou um punhal de lâmina ondulada e rangeu os dentes pontudos para Duncan e Branca de Neve.

— Eu me lembro de você! — disse ela. — Você veio atrás de mim e da Lila, quando eu estava na minha carroça. Você não foi nada educado.

Duncan olhou desconfiado para o dariano careca de pele pastosa.

— Você é tipo um lobisomem? — perguntou Duncan. — Só que, em vez de lobo, se transformou em uma toupeira pelada?

Falco soltou um rosnado.

— Isso mesmo, faça mais perguntas para ele — sugeriu o rei Rei, lá do alto. — Ele adora brincar de charadas.

Falco apontou para a família suspensa. Então, lentamente e com um olhar malvado, deslizou os dedos sobre o pescoço.

— Um passarinho te deu uma gravata? — perguntou Duncan.

Falco rosnou e repetiu os mesmos gestos.

— Os homens da lua conseguem ver pela sua garganta? — arriscou Branca de Neve.

— Tem uma pastilha para tosse presa no teto? — tentou Duncan.

O dariano de presas afiadas jogou a cabeça para trás e urrou enfurecido.

— Devo ter acertado — sussurrou Duncan para Branca de Neve. — Viu como ele ficou doidão?

— Talvez agora seja um bom momento para atacar — sugeriu Branca de Neve.

— Sim — disse Duncan. — Fique à vontade.

Enquanto Falco sacava seu punhal novamente, Branca de Neve atirou uma porção de avelãs direto na cabeça dele. Os pequenos mísseis machucaram seu rosto. O dariano cambaleou para trás, deixou cair o punhal, tombou sobre o imenso caldeirão e acabou com a calça em chamas.

— Ele deve ser um mentiroso — disse Mavis.

— Nunca acreditei em uma palavra que saiu da boca dele — completou Marvella.

Enquanto Falco rolava no chão, tentando apagar as chamas, Duncan jogou uma tapeçaria pesada em cima dele para tentar conter o fogo, e Branca de

Neve lançou para o alto o punhal que o dariano tinha deixado cair, cortando a corda suspensa e libertando a família real.

— Um viva para Duncan e Branca de Neve! — comemorou a rainha. — Nossos heróis, mais uma vez!

— O importante é que tudo acabou — disse o rei. — Nosso reino voltou a ser um lugar seguro. O que me lembra, Duncan: eu tinha tomado uma decisão...

Com um sibilo e um rosnado — e a calça chamuscada —, Falco reapareceu. Ele pegou Duncan por trás, pulou a janela e, como uma fera selvagem, começou a escalar a parede externa do castelo.

— Para onde eles estão indo? — perguntou a rainha Apricotta.

Eles seguiram até a entrada principal do castelo, onde os anões tinham acabado de dar cabo do último dariano.

— Frank! Frank! — chamou Branca de Neve. — O dentuço pegou o Duncan! Ele está subindo para a torre mais alta! Vocês precisam subir lá para salvá-lo!

Os anões olharam para o alto e viram a figura encurvada de Falco subindo para o topo da torre mais alta de Castelovaria com Duncan jogado sobre o ombro.

— Minha nossa, Branca de Neve — disse Frank. — Eu, hum... Nós não podemos... — Ele bufou.

— Como assim, *vocês não podem*? — disse Branca de Neve aos berros. — Vá até lá e pegue ele!

Frank baixou os olhos e respondeu quase num sussurro:

— *Anões* não são exímios escaladores.

Branca de Neve olhou para a multidão de sylvarianos que assistia à cena.

— Alguém ajude o Duncan! Alguém faça alguma coisa!

Todos começaram a gritar em coro:

— Esse é o Príncipe Encantado! Por favor, não faça nada contra o coitado!

Isso não ajudou em nada. Duncan estava completamente à mercê do violento Falco.

— Acho que estou vendo a minha ex-casa daqui — ele disse para Falco.

Equilibrando-se sobre o telhado em forma de cone da torre, Falco ergueu Duncan para o alto. Mas, quando fez esse movimento, uma das penas do chapéu de Duncan entrou na frente dos olhos do dariano. Falco piscava e balançava a cabeça, mas isso só fez com que mais penas encobrissem sua visão. Elas cutucavam seus olhos e faziam cócegas no nariz. Falco inclinou a cabeça para trás, tentando segurar um espirro. Mas era um desses espirros que não dá para segurar. E, enquanto Falco soltava um espirro daqueles, seus pés escorregaram. Ele soltou Duncan para tentar se segurar, mas não achou nada para se agarrar e despencou de uma altura de mais de sessenta metros, se estatelando no calçamento de pedra.

Acima da torcida, Duncan se agarrava ao pináculo da torre, com os braços e as pernas entrelaçados. Ele tirou o chapéu, deu um beijinho nele e disse:

— Sua missão foi cumprida. Volte agora para o seu povo.

E soltou o chapéu justamente quando estava passando uma daquelas rajadas de vento frio de março, e então ficou vendo-o subir até as nuvens, onde acabou sendo adotado por um bando de gansos que estava passando.

◄•►

A BATALHA DE STURMHAGEN

Lorde Randark tinha subestimado o povo de Harmonia, Eríntia, Yondale e Sylvaria, presumindo que eles fossem muito medrosos, muito egoístas ou muito burros para se revoltar. Mas nunca teve tais ilusões com o povo de Sturmhagen, famoso pela teimosia, orgulho e temperamento explosivo. Foi exatamente por isso que ele enviou para Sturmhagen um exército de centenas e centenas de guerreiros darianos. (Por isso e pelo fato de Sturmhagen ficar bem pertinho de Dar, e assim nem tiveram de andar muito.)

Quando a turba de fazendeiros enfurecidos e com sede de vingança entrou em conflito com os opressores darianos nos corredores e pátios que circundavam o castelo de Sturmhagen, foi uma verdadeira guerra. Os darianos podiam até ter armas melhores — espadas pesadas, clavas com cravos e lanças com lâminas de dois gumes contra rastelos, pás e bastões —, mas os fazendeiros tinham coragem. Assim como também tinham os trolls, o que ajudou bastante.

Enquanto trolls rugiam e arremessavam soldados contra paredes de tijolos, e rebeldes usavam mesas de piquenique como aríetes, Gustavo vibrava. *Consegui*, pensou enquanto arrancava um poste de iluminação do chão e o usava para derrubar um trio de darianos. *Consegui unir o meu povo. Sou o líder deles. Vou vencer esta batalha. Nada pode me deter.*

Então ouviu uma voz.

— Aí está você.

Ela estava parada na escadaria do castelo com suas botas marrons de cano alto e seu casaco comprido. O chapéu de capitão estava virado para trás, e os longos cabelos pretos desciam sobre seus ombros. Um sabre brilhante refletia em sua mão.

Gustavo bateu o pé quando a viu. Suas narinas se dilataram.

— Muito bem! — ele gritou. — Venha! Você e eu! Para uma batalha final! Agora!

— Não estou aqui para brigar com você, Cachinhos Dourados — disse Jerica. — Eu vim ajudar.

— Não acredito em você.

A rebelião corria solta ao redor deles, espadas e pás se enfrentavam a poucos metros de distância. Mas os dois continuavam parados, se encarando.

— Juro que eu não sabia o que Randark estava planejando — disse ela.

— Até parece — retrucou Gustavo. Mas não se moveu, nem para lutar contra Jerica, nem para lhe dar as costas.

— Era um trabalho — disse ela com um encolher de ombros que podia tanto ser um pedido de desculpas ou um sinal de impaciência; Gustavo não sabia dizer. — Randark ofereceu um bom dinheiro para que eu abandonasse você e seus amigos naquela ilha, por isso aceitei o trabalho. Não fiz perguntas. Nunca faço. Essa é a minha conduta. Mas desta vez...

— Desta vez *o quê?* — perguntou Gustavo. Ele sentiu tremer a mão que segurava a espada, e não sabia por quê. — Desta vez você se deparou com um bobalhão e achou que seria divertido aplicar um golpe duplo nele? Desta vez você achou que seria hilário partir o coração de um valentão *antes* de abandoná-lo em uma ilha? Desta vez...

— Eu não esperava que fosse me apaixonar por você, tá bom? — ela berrou de volta. — Isso não costuma acontecer. E sabe o que mais não costuma acontecer? Eu não costumo voltar para buscar pessoas que abandonei no mar.

— Só que isso você não fez — disse Gustavo, erguendo um cotovelo para acertar a cara de um dariano que ia atacá-lo pelas costas.

— Fiz, sim — insistiu Jerica, desviando de um guerreiro alucinado que veio para cima dela. — Quando voltei para o porto e fiquei sabendo o que Randark estava fazendo em terra firme, retornei para o mar e fui atrás de você.

— É verdade! — confirmou Rodrigo Chaves, que lutava contra um soldado dariano a poucos metros de distância. — Foi por causa de você que a capitã nos fez perder nosso dia de folga! Senti falta da farra na Papagaio Desbocado! Não que eu esteja reclamando.

Gustavo olhou ao redor. A alguns passos, Tauro dava uma braçada em dois darianos. Pouco adiante, o sr. Flint batia com uma âncora na cabeça de um fortão azarado — e Sara Taquara bicava a testa de outro. Até Scotty, o grumete, estava lá, agitando duas sardinhas para todos os lados, como se fossem um tchaco.

— Uau, a tripulação toda está aqui? — perguntou Gustavo.

— Bem, deixei Garáfalo e seus homens no *Tempestade* — disse Jerica (enquanto dava uma chave de braço em um dariano). — Meu navio deve estar afundando neste exato momento.

Ele ergueu os ombros e cerrou as sobrancelhas.

— Ainda não sei o que pensar — resmungou.

— Olhe, Gustavo, eu estou *aqui* — disse Jerica, acertando um chute em um dariano que tentara apanhá-la de surpresa. — Vim direto para Sturmhagen à sua procura. Não sabia que ia acabar me metendo em uma revolução. Mas, agora estou aqui, aceite a minha ajuda.

— Preciso perguntar uma coisa — disse Gustavo, todo solene. — Você aceitou o dinheiro?

— Claro que aceitei o dinheiro — respondeu Jerica, meio rindo. — Era *muito* dinheiro.

Ele encolheu os ombros.

— Eu também teria aceitado — disse. — Bem-vinda ao time; é legal ter você a bordo. Ou em *terra firme*. Cuidado!

As pesadas portas de carvalho do castelo se abriram num rompante, e uma tropa de darianos que parecia não ter fim saiu lá de dentro — brutamontes armados até os dentes (quer dizer, eles seguravam punhais não apenas nas mãos, mas também entre os dentes). Os piratas se juntaram para se defender, mas rapidamente foram dominados.

— Eles estão em muitos! — gritou Jerica, aparando os golpes de duas espadas ao mesmo tempo.

— Sei onde podemos conseguir reforço — disse Gustavo. — Venha comigo! — Ele a puxou pelo braço e tentou tirá-la da confusão.

Ela desvencilhou o braço.

— Não posso abandonar a minha tripulação!

Gustavo a encarou. Ela o encarou de volta.

— Que seja — ele resmungou e saiu correndo sem ela.

Ele contornou o castelo, parando para arrancar da parede de pedra um portão enferrujado. Seguiu por um túnel escuro e cheio de lixo, passou por outro portão velho e por uma série de passagens ladeadas de paredes cinzentas, até finalmente chegar a um pavilhão de celas lotadas. Cada uma das grades de ferro encerrava os maiores inimigos de Gustavo — seus irmãos. Os dezesseis: Henrique, Biorn, Alvar, Ulrik, Osvaldo, Teobaldo, Sigurdo, Haroldo, Hans, Frans, Jorge, Lars, Curt, Gunter, Fritz e Victor. Todos ficaram de pé na hora.

— Irmãozinho — disse Henrique, o mais velho. — Ainda bem que você apareceu!

— Rápido! Tire a gente daqui! — disse Jorge. — Estamos escutando a batalha lá em cima.

— Vamos logo! — gritou Teobaldo.

— Estamos aqui há meses — apelou Victor. — Por favor, abra as celas!

— Tire a gente daqui, Gustavo! — berrou Sigurdo, apontando para um gancho na parede ao lado, onde um molho de chave provocava fora do alcance deles.

Gustavo pegou o molho de chaves e ficou olhando para ele. Sua vontade era aproveitar o momento e usá-lo para fazer com que seus irmãos se arrependessem de todos os apelidos maldosos que colocaram nele, de cada pegadinha que pregaram, de cada vez que ficaram com as glórias de algo que ele tinha feito. Ou fazer com que eles prometessem que iriam lavar a roupa dele durante o ano todo. Ou dizer que não iria soltá-los a menos que admitissem para o mundo que tinha sido *ele* quem salvara os bardos das mãos de Zaubera.

Mas Jerica estava precisando de ajuda. Por isso, com os dentes cerrados e os olhos contraídos, ele simplesmente destrancou cada uma das celas.

Seus irmãos saíram alongando os músculos e estalando os dedos. Em seguida, o empurraram do caminho e correram para a batalha, gritando:

— Sai da frente, otário!

Gustavo ficou caído, o rosto em cima de teias de aranha e sujeira, enquanto o estampido dos passos de seus irmãos desaparecia pelo corredor. Ele fechou os olhos.

— Sou mesmo um idiota.

Mas então ouviu o barulho de mais passos, de uma pessoa apenas, vindo em sua direção.

— Deixe-me ajudá-lo.

Uma mão segurou a sua e o ajudou a ficar de pé. E, em seguida, o *suspendeu* do chão. Gustavo olhou para cima e se encolheu. Baltasar — com os ombros arfantes e o bigode balançando — o segurava pelo pulso, a alguns centímetros do chão.

— Posso ter acabado de perder dezesseis príncipes — bramiu o imenso dariano mascarado. — Mas consegui de volta o que eu realmente queria. Nós dois temos um negócio para terminar.

— É mesmo? — falou Gustavo. — Então vamos acabar logo com isso! — E meteu os dois pés contra o peito de Baltasar. Em seguida mordeu o lábio inferior para não gritar de dor.

— Confesso que estava mesmo torcendo por uma rebelião, só para ter a chance de reprimi-la — entoou o ex-carcereiro, seguindo calmamente na direção da porta. — Mas o melhor de tudo é que, ao mesmo tempo, vou terminar algo que comecei no verão passado. O que eu quero dizer é que vou *matá-lo*.

Baltasar ergueu Gustavo para o alto de modo que os pés do príncipe não pudessem mais atingi-lo. Saiu na escadaria de pedras brancas do lado de fora do castelo de Sturmhagen e vislumbrou a batalha épica que era travada ao redor deles. Os príncipes fugitivos estavam dando uma surra nos guardas darianos; fazendeiros batiam com pás nos soldados; piratas quebravam os arcos dos arqueiros; trolls acertavam os lanceiros com mesas de piquenique.

— Isso não pode estar acontecendo — ele murmurou.

Então virou Gustavo de cabeça para baixo e o segurou pelos tornozelos, descendo os degraus e agitando o príncipe de um lado para o outro como se ele fosse um imenso mata-moscas humano. Fosse amigo ou inimigo, Baltasar não queria nem saber em quem estava acertando. O corpo cada vez mais dolorido de Gustavo ia derrubando uma pessoa atrás da outra — e pessoas saíam voando. Sigurdo foi arremessado de cabeça contra uma árvore, Osvaldo foi parar dentro de um poço. Um guarda dariano se chocou contra um trio de trolls aparvalhados. E o sr. Flint acabou em cima do telhado. Gunter derrubou Haroldo, que trombou em Tauro, e os três saíram rolando e derrubaram um esquadrão de arqueiros darianos.

Cortando caminho em meio à multidão, logo Baltasar chegou ao pátio de pedra na parte de trás do castelo de Sturmhagen, a área conhecida como Pátio das Festividades, onde, um ano e meio antes, a Liga dos Príncipes tinha subido em um palco para ser homenageada com a estátua representando a primeira vitória deles. A plataforma permanecia no centro do pátio, mas a única coisa que estava em cima dela agora era um grande pedestal, com uma das bolas de cristal gigantes de Zaubera ao alto.

— Ei, Cara de Sapo! — gritou Jerica, correndo atrás do monstrengo dariano. Baltasar virou. Ela apanhou um capacete que estava caído no chão e atirou nele. O capacete passou longe.

— A sua pontaria é digna de riso — disse Baltasar (sem soltar uma risadinha sequer).

— É mesmo? Vamos ver a sua — ela provocou.

Baltasar ergueu os braços para trás e arremessou Gustavo na direção da pirata. Ele saiu voando pelos ares, parecendo um imenso dardo loiro, e acertou Jerica com um baque. Os dois caíram de costas sobre um banco de madeira.

— Ai, não! Você está bem, Dona Pirata? — Gustavo perguntou, afastando-se, desorientado.

Jerica estava gemendo em meio às tábuas de madeira estilhaçadas, massageando o joelho esquerdo.

— Tirei você das mãos deles, certo? — indagou ela, franzindo a testa. — Será que você consegue andar?

— Claro que sim — ele respondeu, ficando de pé. Mas em seguida desmoronou.

— Tente outra vez — disse ela, levantando. Gustavo ficou em pé. Cambaleou um pouco, mas conseguiu se firmar. — Ótimo — continuou Jerica. — Agora vamos deter aquele... aquele... O que ele é, cruzamento de humano com hipopótamo?

Gustavo olhou para Baltasar por cima do ombro. Depois de perdê-lo como "arma", o gigante dariano agora usava o sr. Troll para atingir as pessoas.

— Muito bem — disse Gustavo, atordoado. Então baixou a cabeça e se colocou em posição de ataque. — Stuuuurm...

Jerica o segurou.

— Assim não — disse ela. — Precisamos distraí-lo.

— Com o quê? — ele perguntou, encolhendo-se com um barulho que pareceu ser de ossos quebrando. — Ele só escuta o chefe dele.

— Então vamos chamar o chefe dele — disse Jerica, apontado para a imensa bola no palco. — Sei como usar aquela coisa, lembra?

Enquanto Baltasar seguia derrubando quem estivesse em seu caminho — urrando de prazer o tempo todo —, Gustavo e Jerica subiram no palco e entraram atrás da bola de cristal gigante. Jerica aproximou as mãos da bola e começou a fazer uma série de gestos esquisitos, sussurrando em uma língua que Gustavo não conhecia. A megabola começou a brilhar. Uma fumacinha sobrenatural se contorceu dentro da bola, e a cara feia de lorde Randark apareceu.

— Baltasar! O que está acontecendo aí? — berrou o chefe militar. O ex-carcereiro parou assim que ouviu a voz cavernosa. Em seguida, jogou o sr. Troll sobre uma pilha de corpos inconscientes e correu até a beira do palco.

— Uma revolta, lorde Randark — respondeu Baltasar, olhando para a imensa bola de cristal. — Mas, como o senhor pode ver, já estou pondo um ponto-final nisso.

— Você é o único que restou? — perguntou rispidamente o chefe militar.

— Não vejo que diferença isso faz — disse Baltasar. — A rebelião já foi contida.

Atrás da bola, Jerica sussurrou para Gustavo:

— Agora.

Eles soltaram um grunhido e empurraram com os ombros a imensa bola de vidro, que despencou do pedestal.

— Baltasar, vou enviar pessoas aí para estudar a situação — disse Randark.

— Não! — Baltasar berrou de volta. — Está tudo sob controle... Por que seu rosto está ficando tão perto?

E a megabola o achatou.

Gustavo e Jerica desceram da plataforma, enquanto príncipes, piratas, fazendeiros e trolls sacudiam a poeira e se punham a amarrar darianos atordoados.

— Tem partes do meu corpo doendo que eu nem sabia que existiam — disse Gustavo. — Mas, ei, acabamos de salvar o meu reino.

— Na verdade — disse Jerica — acho que *eu* salvei o seu reino.

Ele ficou irritado.

— Você nunca teria conseguido derrubar aquilo sem...

— Fecha a matraca, Cachinhos Dourados — disse Jerica. Em seguida deu um beijo nele.

O DIA GUERRIOSO

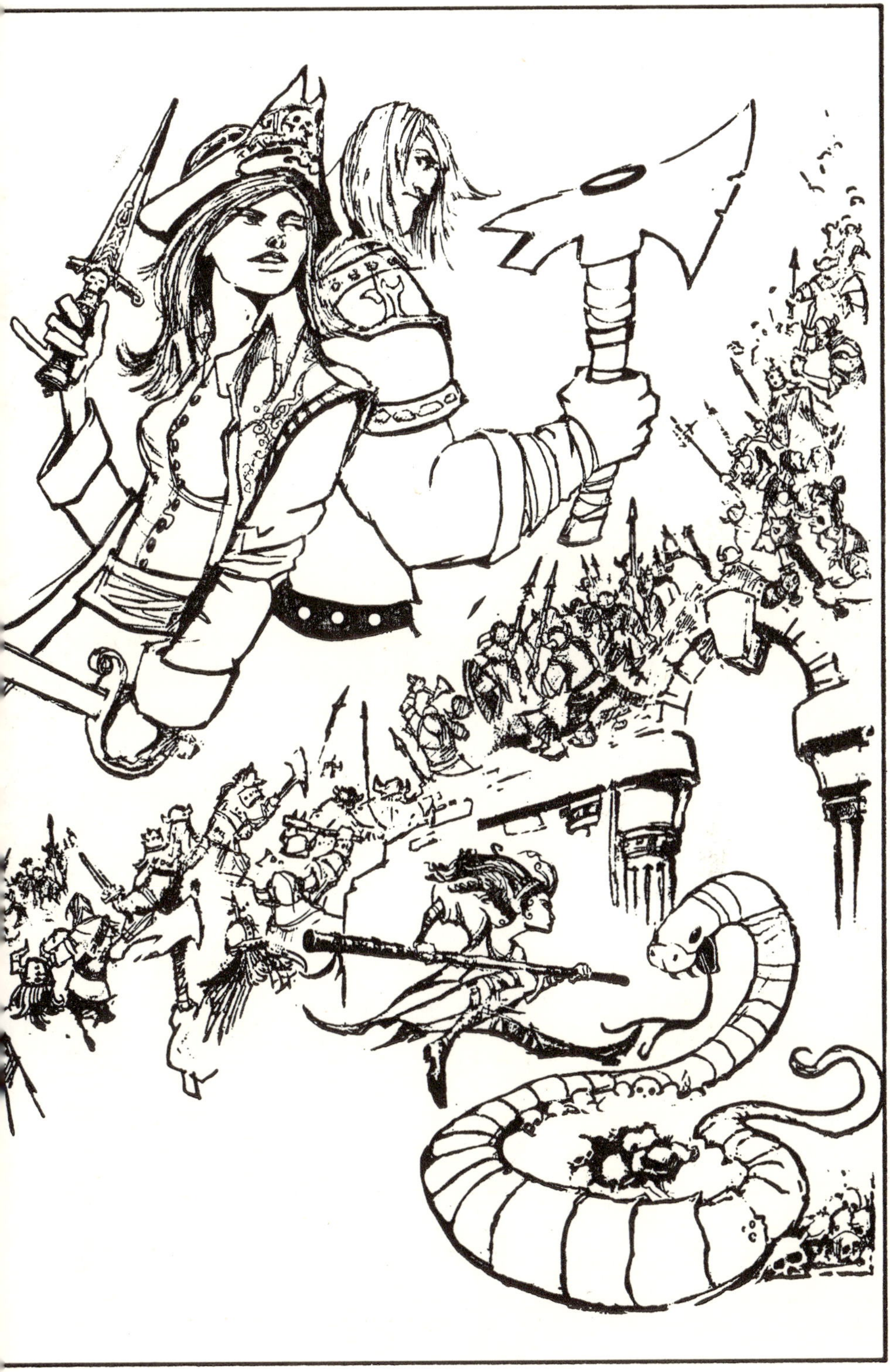

39

O FORA DA LEI RECEBE NOTÍCIAS DOS AMIGOS

Esmirno teve um dia muito agitado. O jovem mensageiro percorreu os reinos a uma velocidade supersônica, levando mensagens para os Príncipes Encantados e seus aliados. Enquanto os moradores das vilas e nobres trabalhavam juntos para remover os rebeldes feridos dos escombros do palácio de Eríntia, Liam e Ella liam uma pilha de cartas. Val, apoiando-se em muletas, ouvia ao lado.

Queridos amigos,

Harmonia está livre! E, por mais incrível que pareça, eu tive alguma participação nisso. Mas eis o VERDADEIRO milagre: meu pai enviou todos os nossos guardas para ajudar o povo de Jangleheim! Ele disse que não podia ficar parado enquanto outros reinos sofriam sob o jugo da opressão dariana. MEU PAI fez isso (tive de ir conferir se ele ainda não estava sendo manipulado pela gema). Mas acho que essa experiência fez com que ele olhasse para o mundo com outros olhos. Espero que todos estejam bem.

Sinceramente,
Frederico

Oi, gente!
O RUFIO ESTÁ VIVO! Ah, e vocês sabiam que Yondale tem uma marinha incrível? É que há anos ninguém

usava os serviços desse pessoal, por isso eles ficavam pescando, fazendo passeios e coisas do tipo. Que desperdício, não acham? Pedi para o bobo do rei Edvin enviar alguns navios até Hithershire e mais alguns para Svenlândia. E eu vou com eles! Acho que, se consegui expulsar os darianos com um punhado de caçadores de recompensas, vai ser moleza derrubá-los outra vez com alguns navios cheios de marinheiros fortões.

Até mais!
Lila

O NEGÓCIO É O SEGUINTE: STURMHAGEN ESTÁ LIVRE. JERICA É UMA BOA PESSOA. BALTASAR ESTÁ EMBAIXO DE UMA BOLA DE GUDE GIGANTE. E MEUS IRMÃOS CONTINUAM OS IDIOTAS DE SEMPRE. MAS METADE DELES PEGOU UM EXÉRCITO E FOI PARA O NORTE LUTAR EM FROSTHEIM. E A OUTRA METADE ESTÁ FAZENDO O MESMO EM CARPAGIA. ENTÃO ACHO QUE TUDO BEM.

GUSTAVO

Companheiros heróis,

Vocês precisam ver a lagarta engraçada que eu encontrei! Parece que ela tem um bigodinho!

Do grande amigo,
Duncan

— Fantástico! — exclamou Liam, erguendo os olhos do papel.

— Você acha? — indagou Val, em dúvida. — Já vi esse tipo de lagarta que ele está falando. É bem comum.

— Não, sinto que estamos entrando em uma nova era — disse Liam. — De pessoas ajudando outras pessoas... de *outros* reinos. Ainda não consigo acreditar que eu convenci meus pais a enviarem as tropas erintianas para Valerium.

— Com licença, senhor, Vossa Alteza, senhor — disse Esmirno, enfiando a mão dentro de sua bolsa de mensageiro. — Tenho mais uma carta aqui. Tecnicamente não está endereçada ao senhor, mas acho que seria melhor o senhor ler. Quando eu estava vindo para cá, passei por uma... uma criatura. Ela era peluda, com orelhas grandes e pontudas, parecia um pouco com a minha avó depois que ela levou uma surra daquele lobisomem. Mas, continuando, a princípio pensei que a criatura estivesse morta... ela estava deitada de lado, na estrada, debaixo da sombra de uma árvore. Mas então percebi que ela estava apenas dormindo. Quando a acordei, ela disse que seu nome era... acho que Hardrote. Depois disse que deveria ter entregado uma carta, mas que acabou cansando de tanto andar. Quando percebeu que eu era um mensageiro, a criatura perguntou se eu poderia fazer o favor de entregar a mensagem. Mas, antes mesmo que eu tivesse tempo de perguntar para quem a mensagem deveria ser entregue, ela apagou outra vez... igual a minha avó depois que perdeu no pôquer para as fadas do sono.

— Me deixe ver a carta, Esmirno — disse Liam. O rapaz a entregou, e Liam deu uma rápida passada de olhos. — É do Garáfalo — disse. — As notícias não são nada boas. Esmirno, preciso que você dê um recado para todos os outros membros da Liga. Diga para eles me encontrarem na entrada do túnel, aos pés do monte Morcegasa, o mais rápido possível. Randark está prestes a aplicar o seu maior golpe e, se não o impedirmos, todas as nossas vitórias conquistadas até agora terão sido em vão.

◀●▶

Mesmo ao redor do monte Morcegasa, as frias temperaturas de inverno já eram mais brandas, cedendo espaço para a primavera. A relva verde agora cobria tudo, em lugar da neve, que enchia as fendas das rochas que se erguiam ao pé da montanha. Os passarinhos cantarolavam entre os galhos dos pinheiros enquanto Liam e Ella adentravam na pequena clareia e desciam dos cavalos para saudar os amigos. Mas qual não foi a surpresa que tiveram ao perceber que apenas Frederico, Gustavo e Duncan esperavam por eles.

Rapunzel, contaram os outros, ficara em Harmonia para cuidar dos feridos. Jerica também acabara com alguns membros de sua tripulação machucados, e foi com dor no coração que ela disse para Gustavo que precisava cuidar deles antes de partir para outra aventura. Lila estava ocupada lutando no cerco ao castelo real de Svenlândia. E Branca de Neve tinha ficado em Sylvaria, tentando convencer o rei Rei a descer de um mastro de bandeira (ele alegava ter adquirido fobia a charadas agora e, apavorado, tinha subido no mastro depois de ter visto alguém fazendo um gesto de mão). Val foi a que mais sentiu por ter ficado para trás, mas viajar com uma perna quebrada era um empecilho e tanto.

— Bom, acho que somos apenas nós cinco — disse Liam.

— Qual é a emergência? — perguntou Frederico. Então Liam sacou a carta que Garáfalo tinha escrito.

— "Para qualquer um dos príncipes" — ele leu em voz alta. — "Sinto ser o portador de más notícias, mas descobri informações que vocês precisam ficar sabendo. Umas coisas assustadoras, um tanto urgentes. Urrrr!"

— Ele escreveu "urrrr"? — perguntou Frederico.

— Sim — respondeu Liam. E continuou a leitura: — "Ancoramos na costa de Yondale para um descanso e, durante a noite, vimos um barco suspeito atracando. Por isso resolvemos dar uma olhada, e então constatamos que era gente de Dar. Eles estavam descarregando a carga mais estranha que os olhos deste velho pirata já viu. Pareciam balas de canhão, quase do tamanho de um caldeirão de bruxa. E brilhavam muito, como se tivesse alguma coisa dentro delas, pronta para explodir. Ouvimos quando eles disseram que aquelas bugigangas eram bombas. E um deles disse que uma daquelas belezinhas era o suficiente para derrubar um castelo inteiro. E outro disse que com seu supercanhão o chefe militar poderia lançar essas bombas de Nova Dar até Frostheim. Um terceiro disse que detestava quando uma mosca caía no seu rum (não acho que isso seja relevante). Mas, continuando, há treze dessas bombas brilhantes em uma carroça que está indo para Nova Dar enquanto nos falamos. Ou melhor, enquanto eu escrevo. Ou eu escrevo e você lê. Sim, é isso. Boa sorte para tentarem deter as bombas! Do velho lobo do mar, capitão Horácio Garáfalo."

— Não acredito! — exclamou Frederico.

— Pois é — disse Duncan, igualmente surpreso. — Horácio? Que nome mais ridículo!

Gustavo ergueu uma sobrancelha.

— Que parte eu não entendi?

— Você não percebe? — indagou Frederico. — Essas balas de canhão brilhantes que o Garáfalo viu? São bombas mágicas que Zaubera planejava usar para destruir a nossa ilha. Os darianos devem ter desenterrado e agora estão levando de volta para Randark.

— Que pelo jeito tem um canhão capaz de lançar as tais bombas para onde ele bem entender — completou Ella. — Se ele não pode controlar nossos reinos, então vai destruí-los.

— Precisamos deter esse carregamento antes que as bombas caiam nas mãos de Randark — disse Liam. — Ella e eu viajamos durante a noite usando o atalho do Rúfio pela montanha, o que levou dois dias apenas. Uma vez que os darianos estão usando uma carroça grande e pesada, podemos presumir que eles vão transportar o carregamento pela estrada principal de Yondale, que requer no mínimo quatro dias de viagem. Portanto a carroça deve chegar depois de amanhã. Temos tempo suficiente para seguir pelas montanhas rumo ao norte de Rauberia e armar uma emboscada.

— Tenho uma pergunta — disse Duncan, levantando a mão. — Se leva quatro dias para vir de Yondale até aqui, como podemos ter certeza de que os darianos vão mesmo chegar depois de amanhã? E se eles pararem na Fazenda de Alpacas Woolly Wally? Eu faria uma paradinha.

— Do que você está falando, Duncan? — perguntou Liam.

— Da fazenda de alpacas que fica no sul de Yondale. Eles deixam a gente alimentar as alpacas. E fazer carinho nelas. Tecnicamente você não pode montar nos animais, mas uma vez eu montei, por isso não posso mais pisar lá.

— Não, Duncan. Eu perguntei por que você está questionando o tempo estimado de chegada deles — disse Liam, irritado.

— Ah. Por causa da data que está aqui. — Ele devolveu a carta para Liam, apontando alguns números rabiscados no verso.

— A carta é de quatro dias atrás — disse Liam, desesperado.

— Vamos nessa! — berrou Ella, já montada em seu cavalo. — As bombas devem chegar hoje!

Eles montaram em seus cavalos e seguiram ao largo do vasto prado que circundava o castelo de Randark. Sempre à sombra da floresta, rumaram para oeste, tentando ficar fora do campo de visão dos guardas que patrulhavam no alto da Muralha Sigilosa. Cinco minutos depois, lá estava o imenso portão de ferro da fortaleza. E os heróis ainda conseguiram ver de relance a carroça carregada de bombas entrando. E o portão sendo fechado.

— Rápido, todos! — ordenou Liam. — Vamos para o túnel secreto! — Ele deu meia-volta com o cavalo, mas Frederico levantou a mão para detê-lo.

— O túnel já era... Nós verificamos — disse Frederico. — Está totalmente lacrado, cheio de pedras e terra. Randark deve ter descoberto a existência dele depois do nosso último encontro.

Liam tombou sobre o cavalo, escondendo o rosto na crina de Trovão, e resmungou:

— Por quê, Garáfalo? Por que você foi enviar aquele meio ogro dorminhoco entregar uma mensagem urgente?

Os outros continuaram sentados sobre seus cavalos, olhando para a fortaleza agourenta. O vulto de pedras acinzentadas contrastava com o vale viçoso, repleto de arbustos floridos em tons de rosa, azul e amarelo.

— É impressão minha — perguntou Duncan — ou este lugar está mais bonito do que dá última vez?

— É primavera — respondeu Ella, encolhendo os ombros.

— Não, o Duncan tem razão — disse Frederico. — Tem algo a mais, além da mudança de estação. Quando invadimos este castelo, no ano passado, a terra ao redor era seca e estéril. Este lugar era conhecido como deserto Orfanado, lembram? Não víamos este vale tão viçoso e vibrante desde que... desde que Zaubera morava aqui.

— Eu tinha esquecido completamente — disse Ella, abaixando-se para apanhar uma florzinha branca. — Mas, sim, quando ela morreu, toda a vegetação morreu junto.

— Este vale sempre foi estéril por natureza — disse Frederico. — Foi a magia dela que deu vida a este lugar pela primeira vez, e deve ter sido ela quem reviveu tudo novamente. O interessante é que, apesar do seu estado fragilizado, ela sentiu necessidade de... — Ele parou e ficou olhando, como se estivesse hipnotizado pelas ondas verdejantes.

— O que foi, Frederico? — perguntou Ella.

Ele balançou a cabeça.

— Nada — disse. — Temos questões mais urgentes para lidar no momento... E uma conhecida. Como vamos passar por cima daquela muralha?

Liam deu uma olhada.

— Bom, primeiro podemos... Não, talvez devêssemos... Quem sabe... Aff. Não sei nem como vamos conseguir *chegar perto* da muralha, muito menos transpô-la. Tem um número cinco vezes maior de guardas lá em cima do que da última vez. Talvez dois gigantes ajudassem. Pena que a Maude colocou o Reese de castigo. Ela disse que nós, humanos, e nossos pés calçados não éramos boa influência.

— E se tivéssemos um exército? — perguntou Ella.

— Claro que isso também seria muito bom — disse Liam com um suspiro. — Pena que enviamos nossos soldados para lutar em outras batalhas.

— Nem *todos* nós — disse Ella, sorrindo. Então apontou para oeste, na direção das montanhas. Centenas de soldados trajando uniformes listrados marchavam pelo campo, seguidos pela cavalaria, com seus cavalos envergando armaduras prateadas. E canhões, lindos canhões, pintados com as cores do arco-íris, eram transportados em carros de guerra robustos. À frente de tudo vinha uma carruagem dourada com o brasão da bandeira de Avondell.

— Rosa Silvestre! — disse Liam, endireitando-se. Todos esporaram os cavalos e correram ao encontro do exército de Avondell. Eles alcançaram a carruagem quando ela estava a três quilômetros da Muralha Sigilosa e fizeram sinal para que o condutor parasse. O homem puxou as rédeas e freou os cavalos. Todo o exército parou enquanto Rosa Silvestre descia da carruagem.

— O que está acontecendo? — vociferou Rosa Silvestre. Ela usava um vestido vermelho e preto, com ombreiras pontudas e luvas de couro. — Vocês estão atrasados para a invasão, seus fracassados, ou começaram sem mim?

— Estamos atrasados — disse Duncan. — Porque o Liam não sabe contar os dias.

Liam olhou irritado para Duncan, em seguida voltou-se para Rosa Silvestre e perguntou:

— Como você ficou sabendo?

— Aquele rapazinho mensageiro me contou. Ele disse que você o enviou. Foi isso mesmo?

Liam sorriu e balançou a cabeça.

— Eu disse para ele dar o recado para os outros membros da Liga.

— E ele achou que eu também fazia parte... Que fofo — disse Rosa Silvestre. — Bom, estou aqui. E com o meu vestido de combate. Do que vocês precisam?

— Randark tem uma carroça carregada de bombas mágicas — disse Liam. — Pelo visto ele construiu algum tipo de megacanhão.

Fig. 32
Rosa, pronta para a guerra

Imaginando o tamanho do canhão e o ângulo necessário para disparar, a arma deve estar no alto do castelo. Portanto...

— Portanto, só para encurtar, vocês precisam entrar lá, Liam. Juro, ninguém enrola mais para falar do que você — disse Rosa Silvestre com uma bufada. — Mas você está com sorte, porque eu trouxe um exército. — Ela deu um giro, levou as mãos em volta da boca e gritou: — General Costas! Derrube aquela muralha!

Com graça e precisão, os elegantes guerreiros avondelianos avançaram contra o castelo de Randark. Assim que chegaram mais perto, os arqueiros darianos começaram a disparar flechas contra eles. Canhões avondelianos atiraram em resposta, arrancando pedaços imensos da beirada da muralha e destruindo os baluartes que serviam de proteção para os arqueiros. Com um rangido, o imenso portão de ferro se abriu, e pelotões de darianos invadiram o campo gritando. Eles foram de encontro aos avondelianos que avançavam — e não demorou muito para que o barulho do tilintar de espadas e o estrépito de armaduras ecoassem pelas campinas.

Os heróis ficaram parados no lugar, assistindo à confusão de uma distância segura.

— Muito bem! — exclamou Rosa Silvestre enquanto entrava de volta na carruagem. — Digam *tchauzinho* para seus cavalos agora e entrem aqui

— Entrar aí? — perguntou Liam.

— Com você? — completou Gustavo.

— Bom, se preferem cruzar o campo de batalha a cavalo... — Rosa Silvestre ia dizendo.

— Chega pra lá, amiga — disse Ella, entrando. Os príncipes entraram logo atrás.

Frederico, que ficou espremido entre a porta e Gustavo, limpou a garganta.

— Hum, Rosa Silvestre... tem certeza de que esta carruagem vai conseguir passar pelo...

— Estou com o Vitório Valente — disse Rosa Silvestre, sagaz. — Ele é o condutor que eu costumava mandar percorrer os circuitos mais perigosos só para me divertir. No tempo em que eu era malvada e perversa. Pé na tábua, Vitório!

O condutor estalou as rédeas, e a carruagem saiu em disparada com um solavanco. O veículo inclinava para a esquerda e para a direita, passando de raspão por guerreiros que duelavam e cavalos desembestados, sem seus cavaleiros. Um esquadrão de lanceiros darianos tentou entrar na frente da carruagem, mas o condutor deu meia-volta, deixando para trás uma nuvem de poeira. Todos estavam morrendo de medo, menos Rosa Silvestre, que assoviava tranquilamente.

A carruagem cruzou o portão, passou pela ponte levadiça e parou derrapando bem em frente às portas do castelo.

— Última parada — anunciou Rosa Silvestre. — Desçam, todos.

Gustavo abriu a porta e seguiu direto para o saguão de entrada do castelo, onde derrubou duas sentinelas que foram apanhadas de surpresa. Frederico, Duncan, Ella e Liam foram atrás dele.

— Ei, seus fracassados — chamou Rosa Silvestre enquanto eles entravam correndo no castelo. — Me façam um favor?

Eles deram uma paradinha e olharam para ela.

— O quê? — perguntou Liam.

— Tentem vencer, só para variar, tudo bem?

Liam assentiu enquanto Rosa Silvestre fechava a porta da carruagem e gritava algo para Vitório Valente. E com isso a carruagem se foi novamente.

— Todos para o telhado — disse Liam para seu pessoal. — Vamos acabar logo com isso.

40

O FORA DA LEI PODE SER UM HERÓI

E foi assim que a Liga dos Príncipes enfrentou seus dois maiores inimigos, em uma batalha decisiva que marcaria para sempre o nome deles na história. Mas, em vez de me estender nesse conflito horrendo e violento, peço licença para contar uma conversa muito interessante que ocorreu entre Reginaldo, o pajem, e Frank, o anão.

— Senhor anão — disse Reginaldo. — Fiquei sabendo que o senhor vai enviar uma petição à Guilda dos Dicionaristas Inter-Reinos para reconhecer oficialmente "anãos" como plural de anão.

— Isso mesmo — resmungou Frank. — Mas por que a pergunta?

— É que eu tenho alguns contatos no conselho da guilda — disse o pajem, ajeitando a gravata. — E o senhor não deve saber, mas foi por influência minha que o trema caiu em desuso na nossa língua.

◂•▸

Ha-ha, brincadeirinha. Voltemos à batalha.

◂•▸

Depois de descer da carruagem de Rosa Silvestre, a turma da liga entrou no primeiro elevador de comida que encontrou e subiu direto para o terraço, no alto do castelo, onde percebeu logo de cara que Randark tinha feito mudanças significativas no local. Todas as barraquinhas de doces e de jogos de argola de

Rauber tinham desaparecido. O terraço agora era um grande retângulo vazio — tirando a cúpula (roubada da catedral de Svenlândia) que ainda se erguia no centro.

— Onde está ele? — perguntou Gustavo. — Onde estão as bombas? E o canhão gigante?

— Quem sabe Garáfalo tenha se enganado? — sugeriu Frederico. — Talvez a carroça só estivesse trazendo um carregamento de melões.

Liam rosnou.

— Odeio melões.

Então um barulho estrondou embaixo dos pés deles, parecido com centenas de engrenagens de metal em movimento. Em seguida veio um estalo, acompanhado de um sopro de ar, quando a imensa cúpula então se abriu ao meio e as duas metades começaram a se separar.

— Oh, espero que saia um pintinho gigante daí — disse Duncan, admirado.

Dentro da cúpula aberta havia uma complicada trama de peças mecânicas em movimento. Sob o coro de rangidos e estalos, surgiu uma plataforma circular: um disco de aço brilhando com sessenta centímetros de espessura e quinze metros de diâmetro no alto de uma coluna giratória. Randark estava em pé na plataforma, acompanhado de seis brutamontes. Ao lado do chefe militar havia uma bola de cristal, em cima de um pedestal feito de ossos. Mas o que mais chamou a atenção dos heróis foi o canhão — vermelho-vivo, dez metros de comprimento e com o cano largo o suficiente para caber uma vaca dentro (no caso de, por um motivo qualquer, você já ter pensado em colocar uma vaca dentro de um canhão). E ao lado do canhão havia uma grande caixa de madeira cheia de bombas brilhantes, do tamanho de um caldeirão.

Randark bufou, irritado, assim que viu a cara embasbacada dos príncipes.

— Somente um tipo especial de mosca é capaz de voltar à teia de uma aranha da qual conseguiu escapar ileso — disse ele.

— Moscas heroicas — falou Liam, orgulhoso.

— Eu estava pensando em idiotas — retorquiu o chefe militar.

— Isso mesmo, é o que nós somos — disse Gustavo. E com isso ele pulou em cima da plataforma que girava lentamente, segurou um dos guardas pelo tornozelo e o jogou para fora. Ella e Liam se agarraram à borda do disco com um pulo e terminaram de subir, impulsionando o corpo para cima. Mas Frederico e Duncan chegaram tarde demais e mal conseguiram alcançar a borda. Enquanto Ella sacava a espada e ia para cima dos guardas, Liam se abaixou e segurou as mãos estendidas de seus companheiros.

O disco continuava subindo, e Frederico e Duncan sentiam seus pés saindo do chão — mas Liam não tinha força nem apoio para puxar os dois de uma vez. Já Gustavo tinha. Ele derrubou um guarda da plataforma com uma cabeçada e em seguida puxou os três amigos de uma só vez.

— Tudo bem com vocês? — perguntou Gustavo. — Muito bem, então vamos à luta.

Ele e Liam sacaram suas espadas e se juntaram a Ella na batalha contra os quatro guardas que ainda restavam. Rapidamente, Liam desarmou um dos inimigos e o empurrou para fora da plataforma. Ella enganou uma dupla que acabou lutando um contra o outro e caindo do disco. Gustavo pegou o último pelo colarinho e simplesmente o jogou para fora.

Os cinco heróis encararam lorde Randark. Ele estava ao lado da bola de cristal, com os braços cruzados. Não tinha feito nenhum movimento para entrar na luta, nem pareceu se importar com seus homens que rolavam e gemiam lá embaixo.

E a plataforma continuava subindo. Passou por um bando de passarinhos. Algumas nuvens. E por algo que parecia um chapéu voador. Duncan ficou na beiradinha, vendo os homens lá embaixo se transformarem em meros pontinhos. Frederico tentou estimar a altura que estavam, mas começou a hiperventilar quando passou de cem metros. Então, de repente, com um rangido metálico, o disco parou. Ella e Liam se aproximaram dos outros e formaram uma parede humana entre o chefe militar e o megacanhão.

— Qual o problema, Randark? — disse Liam para o inimigo emudecido. — Está com medo de nos enfrentar?

— Não — respondeu o chefe militar. — Eu só estava esperando até que estivéssemos alto o suficiente para ter certeza de que a queda de vocês será fatal. — Seus lábios se curvaram num sorriso. À luz do dia, não dava para perceber o brilho de sua aura verde. Ele ergueu as mãos e lançou cinco raios azuis. Todos caíram. Os heróis saíram deslizando pela plataforma, gemendo, enquanto suas roupas chamuscadas soltavam fumaça. Duncan chegou bem pertinho da beirada, mas Ella o segurou pela gola.

— Isso mesmo... Zaubera também está aqui! — berrou a bruxa fantasma com sua voz estridente enquanto sua forma espectral abandonava o corpo do

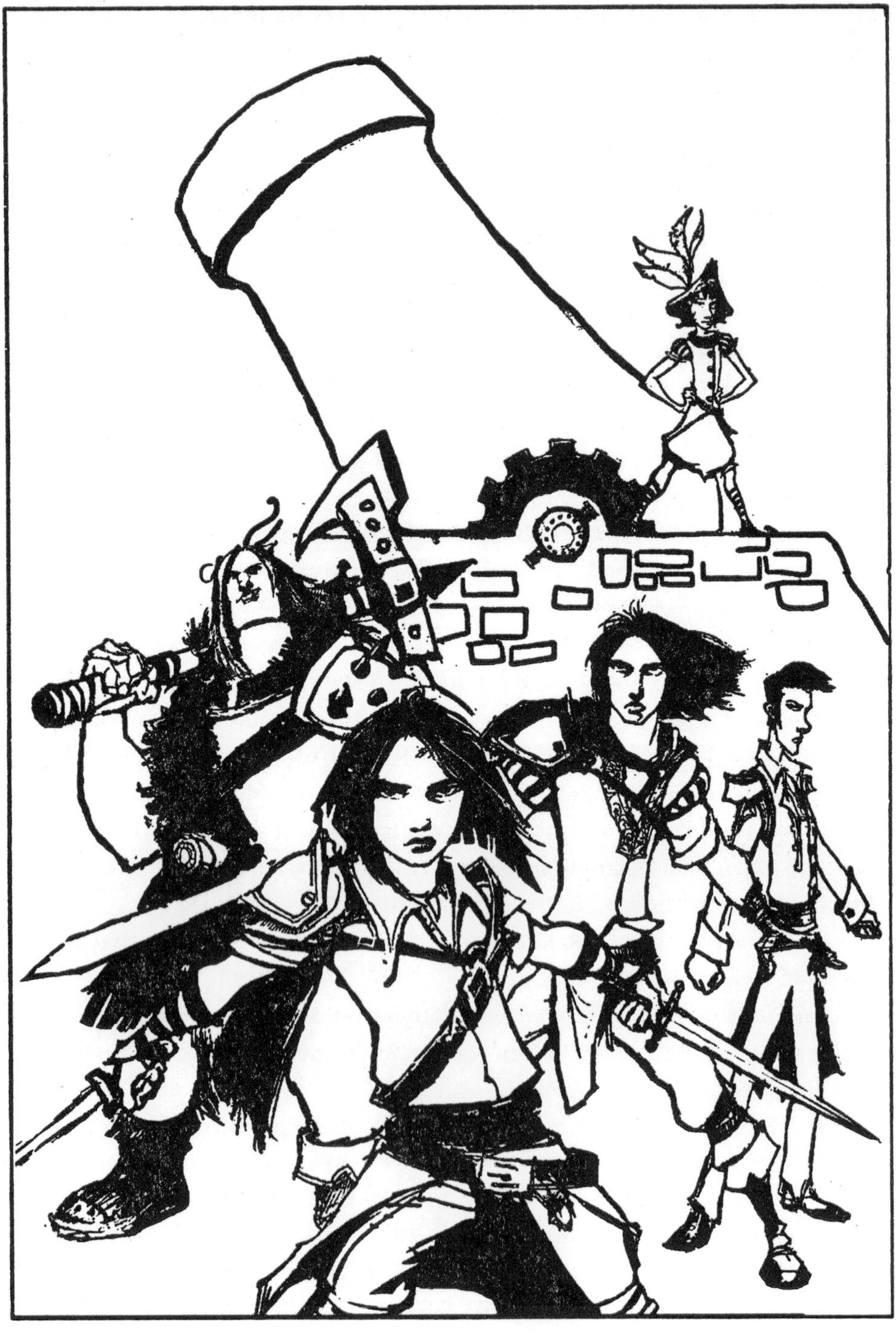

chefe militar e saía dando cambalhotas no ar. — Nunca me canso de disparar raios contra vocês — e soltou uma gargalhada.

— Sim, mas você não conseguiu derrubá-los da plataforma, sua bruxa — reclamou Randark.

— Teria sido fácil demais — retorquiu Zaubera. — Vamos nos divertir um pouco primeiro.

— Bah! — rosnou Randark. — Está na hora de destruir o mundo. — Ignorando os heróis em chamas, ele passou as mãos sobre a bola de cristal para ativá-la. Em cada um dos Treze Reinos, assustadas, as pessoas saíram correndo dos palácios reais para ver as megabolas de cristal crepitando para a vida. A maioria praticamente já tinha se esquecido das imensas bolas de cristal, imaginando que não passavam de alguma instalação artística. Mas agora todas as atenções estavam voltadas para as esferas gigantescas. A névoa dentro delas se abriu, e uma imagem apareceu: o chefe militar de Dar ao lado de um imenso canhão, com o céu azul ao fundo e cinco pessoas se contorcendo a seus pés. Lentamente uma multidão começou a se formar ao redor.

Em Sylvaria, Branca de Neve e a família real chegaram bem perto da bola e ficaram apavorados quando perceberam que Duncan era um dos que se contorciam. Em Harmonia, Rapunzel apertou a mão de Reginaldo quando viu a imagem de Frederico através da bola de cristal. Val deu um soco na esfera gigante de Eríntia, como se isso fosse ajudá-la a chegar perto de Ella. Lila, que tinha acabado de expulsar do palácio real de Svenlândia um general dariano, ficou brava consigo mesma por não estar lá para ajudar o irmão. E em Sturmhagen, quando viu o corpo caído de Gustavo dentro da bola de cristal, Jerica deu um pisão na mão de Baltasar (que ainda estava preso embaixo da bola).

Centenas de pessoas se reuniram ao redor das bolas, assistindo à cena, embasbacadas. E, da plataforma suspensa em Nova Dar, Randark podia ver simultaneamente a multidão que havia se formado nos Treze Reinos. Milhares de rostos tremulando na névoa de sua bola de cristal — rostos que ele estava prestes a apagar.

— Povo dos Treze Reinos — disse o chefe militar. — Ofereci a vocês o paraíso na terra, sob o meu comando. Mas vocês recusaram a minha benevolência. E agora vão arcar com as consequências. Agradeço antecipadamente a todos por terem feito o favor de se reunirem ao redor das minhas bolas de cristal.

A passos largos, Randark se aproximou de um caixote e pegou uma bomba. Ela chiava e emitia uma luz pulsante. Ele carregou o canhão e girou uma manivela para erguer o cano. Em seguida, tirou um fósforo comprido do bolso, riscou em sua perna e o aproximou do pavio do canhão. Mas, antes que o fósforo tocasse o pavio, a chama apagou.

Randark virou e encarou o fantasma de Zaubera, que flutuava acima de seu ombro, os lábios formando um biquinho como se tivesse acabado de soprar o fósforo.

— O que você pensa que está fazendo?

— Não se pode matar a plateia antes do espetáculo — respondeu a bruxa.

— Não tínhamos planejado isso, mas agora os príncipes repugnantes estão bem aqui. E a chorona da Cinderela também. Não podemos deixar passar essa oportunidade de ouro! Vamos destruí-los primeiro. Diante do mundo todo, exatamente como eu havia planejado.

— Problema *seu* que planejou isso — disse Randark. — Eu não tenho necessidade nem tendência para essa sua veia teatral. Só quero a destruição. Além do mais, esse povo nem vai ter muito tempo para chorar pela morte dos seus heróis. Em questão de segundos, estarão todos mortos.

— E que graça tem apanhá-los de surpresa com a destruição deles mesmos — desdenhou Zaubera. — Você é sempre tão prático. Primeiro vamos brincar um pouco com as emoções deles!

Enquanto os vilões discutiam, Frederico se arrastou até o pedestal próximo a Randark e levantou a cabeça para dar uma olhada na bola de cristal.

— Escutem, todos! — gritou ele para a multidão distante. — Randark tem bombas mágicas superpoderosas. E elas serão lançadas diretamente contra essas bolas de cristal, por onde vocês podem nos ver. Vocês precisam ficar o mais longe possível dessas bolas!

E, nos Treze Reinos, sete pessoas ao todo deram as costas para as bolas e saíram correndo. Isso mesmo: sete. Os milhares restantes não saíram do lugar, esperando pela ação. Eles tinham descoberto uma nova forma de entretenimento, e nada iria tirá-los dali.

— Sério, saiam daí! — tentou Frederico novamente. Mas logo em seguida foi interrompido pela figura sibilante do fantasma de Zaubera, empurrando-o de volta para o chão.

— Ná-ná-ni-ná-não! — disse a bruxa, estalando a língua. — Nada de tentar estragar o meu espetáculo. — Ela entrou na frente da bola e dirigiu-se ao público. — Senhoras e senhores, agora vamos apresentar uma cena inédita: a morte da Liga dos Príncipes.

— Bah! Chega de bobagem — disse Randark enquanto acendia outro fósforo.

Duncan se aproximou de Gustavo e disse:

— Me jogue em cima dele!

— Isso já não deu errado uma vez? — perguntou Gustavo, preocupado.

— Sim. Mas nada pode dar errado *duas* vezes.

Gustavo encolheu os ombros.

— Não tenho como contestar essa lógica. — Ele ficou em pé, pegou Duncan e o arremessou de cabeça contra o chefe militar. Randark soltou o fósforo para pegar Duncan.

— Arrá! Viu? — comemorou Duncan, caindo como um bebê nos braços do chefe militar.

Em seguida, Randark arremessou Duncan de volta para Gustavo, como se estivesse atirando uma lança. Com a força da colisão, os dois príncipes foram parar bem na beiradinha da plataforma. Ella e Liam correram para puxar os dois de volta.

— Rapazes — Ella chamou a atenção deles —, não podemos continuar dizendo que são cinco contra um e depois sair atacando individualmente!

— Ela tem razão — concordou Liam. — Precisamos fazer isso juntos. Vou contar até três e...

— Vou acabar com eles de uma vez por todas! — sibilou Zaubera. — Prepare seu corpo para me receber! Vou fritá-los lentamente enquanto seus pais e amigos assistem a tudo!

Ela se aproximou de Randark flutuando, mas ele ergueu suas imensas mãos calejadas e a empurrou de lado, como se ela não passasse de uma rajada malcheirosa.

— Não! — berrou ele. — Vou fechar a minha mente para você. Estou cansado de dar poder para um espírito velho e insignificante. Eu sou o chefe militar de Dar! Não poleiro de fantasma de bruxa.

— Três! — gritou Liam. Ele, Ella, Gustavo e Duncan partiram para cima de Randark. Frederico, que estava do outro lado da plataforma, respirou fundo e correu para se juntar a eles. Ou melhor, tentou. Porque, quando deu o primeiro passo, ele escorregou na poça formada pelo próprio suor. Espectadores de cidades distantes gritaram quando ele tombou para fora da plataforma, e prenderam a respiração quando ele ficou segurando pela ponta dos dedos na beirada.

Enquanto seus amigos tentavam derrubar o chefe militar, Frederico estava pendurado centenas de metros acima do chão, agitando as pernas enlouquecidamente, na esperança de encontrar um apoio para os pés, que simplesmente não existia. Ele olhou para baixo e mordeu o lábio, imaginando se não poderia usar seu paletó como paraquedas e assim descer suavemente até a grama macia.

A grama macia! A grama macia, viçosa e vibrante. Essa poderia ser a chave para salvá-los.

— Zaubera! — ele chamou. A cara espectral da bruxa apareceu na borda da plataforma, exibindo um sorriso malvado.

— Veja só o que temos aqui — disse ela. — Nem preciso do Randark para acabar com *você*. Vou simplesmente soprar em seus dedos até você congelar com o meu sopro fantasmagórico e acabar se soltando.

Ela começou a soprar a ponta dos dedos dele. E a frieza do sopro era tão desagradável que seu plano quase funcionou. Mas Frederico estava determinado.

— Não — disse ele, aguentando firme. — Escute, Zaubera: você não é cem por cento malvada. Existe bondade dentro de você.

— Onde? — indagou o fantasma da bruxa, olhando através de seu torso transparente. — Com certeza não estou vendo nenhuma.

— A relva lá embaixo, as flores — disse Frederico. — Foi você quem fez aquilo. E por quê? Porque deve ter sentido vontade de dar um pouco de beleza ao mundo.

— Qual é? — disse ela. — Uma feiticeira malvada por acaso não pode ter um jardim? Gosto de ter um cenário bonito quando acabo com meus inimigos.

— No fundo, você não deseja nos matar — disse Frederico.

— Desejo sim — afirmou ela, sem pestanejar. — E vou. E, graças a todos que estão nos assistindo através das minhas bolas de cristal, finalmente vou conquistar a fama que mereço.

Frederico podia ouvir a batalha sendo travada na plataforma, acima dele, seus amigos gritando e grunhindo em meio aos estrondos e clamores do combate.

— Liam, não! — *BAM!*

— Cuidado, Ella! Ele está prestes a... — *CRECK!*

— Duncan, o que aconteceu com a sua calça? — *SOC!*

Frederico reuniu todas as suas forças e conseguiu se erguer o suficiente para ver o que estava acontecendo em cima da plataforma. E o que viu foram seus amigos caídos no chão. E Randark com outro fósforo na mão, finalmente acendendo o pavio do canhão.

As forças de Frederico cederam, e ele desceu novamente, ficando outra vez pendurado apenas pela ponta dos dedos.

— Não o deixe fazer isso, Zaubera — suplicou, fatigado. — Pense no seu grande espetáculo. Não deixe que ele roube a cena.

A bruxa fantasma contraiu as sobrancelhas transparentes.

— E o que devo fazer para detê-lo? Soprar e bufar até que ele pegue uma pneumonia?

A mão direita de Frederico escapou. E a esquerda dava sinais de que não iria aguentar muito mais.

— Pode me usar — disse ele. — Vou me abrir de corpo e alma para você. Pode me usar.

— Sério? — indagou Zaubera, interessada. — Não precisa falar duas vezes! — Ela baixou em Frederico. Primeiro ele sentiu um calafrio, mas, um segundo depois, sentiu-se revigorado, mais forte do que nunca. Com a ponta dos dedos da mão esquerda, ele subiu agilmente de volta para a plataforma.

Tenho a força mágica de Zaubera!, pensou. E então percebeu que tinha mais que isso. Ele tinha acesso à mente dela, seus pensamentos e lembranças. Um desfile de imagens passou por sua cabeça. Ele sentiu o medo de Zaubera diante da boca escancarada do dragão. Sentiu sua ira quando ele e os outros príncipes fugiram dela, na primeira vez em que se encontraram, dois verões passados. Sentiu a petulância quando ela teve um ataque de fúria e lançou um raio chamuscante contra um pobre trio de capangas que tinha deixado seus prisioneiros fugirem. Mas viu imagens mais antigas também, e sentiu emoções muito mais distantes — emoções que a própria bruxa não lembrava mais. Frederico viu uma mulher que amava a natureza, que só queria cuidar do seu jardim e compartilhar seus frutos com os vizinhos. Viu uma mulher profundamente magoada com os deboches e as peças pregadas por pessoas cruéis que viviam atormentando-a. Viu uma mulher que sonhava em ser uma heroína, que sacrificou seu querido jardim para salvar três crianças de um incêndio — um ato mal interpretado, pelo qual a bruxa não recebeu nenhum agradecimento, sendo, em vez disso, rotulada como uma vilã perigosa.

— Agora compreendo — Frederico disse em voz alta.

— Já estava na hora — disse Randark. — Você finalmente entendeu que não adianta lutar contra mim. Seu mundo acabou. E eu vou governar aquilo que restar.

Mas Frederico o ignorou. Em vez disso, dirigiu suas palavras a Zaubera:

— O que eles fizeram com você não foi justo. Foi errado. Mas você não precisava ter se transformado no monstro que julgavam que você fosse. Você poderia ter tentado provar que eles estavam errados.

— Ei, Trancinhas — disse Gustavo, tentando ficar em pé. — Com quem você está falando?

— Zaubera — respondeu Frederico. — Ela está na minha cabeça.

— O quê? — vociferou Randark. Pela primeira vez, eles perceberam uma pontinha de medo nos olhos do chefe militar. Ele correu na direção de Frederico, que de repente viu suas mãos se movendo sozinhas. Seus braços se estenderam para a frente, e os dedos começaram a se contorcer, enquanto uma bola de energia azul crepitante surgia entre a palma de suas mãos. Ele arremessou o míssil mágico contra Randark, que explodiu em seu peitoral largo, derrubando-o.

— Mandou bem, Trancinhas Mágicas! — comemorou Gustavo.

Liam e Ella, que ainda estavam caídos no chão, ergueram a cabeça para ver.

— O que está acontecendo? — resmungou Liam.

— Zaubera não é totalmente má — disse Frederico. — Acho que a convenci a mudar de lado. — Então seus braços enlouqueceram. Ele começou a lançar raios de energia para todos os lados. Um acertou a base do canhão, outro passou raspando no caixote cheio de bombas. Uma rajada azul teria feito churrasquinho de Duncan se não fosse por Liam e Ella, que o puxaram pelos pés.

— Vamos, Duncan! Acorde! — gritava Liam.

Duncan pestanejou.

— Papavia, é você?

— Ei, Trancinhas, olhe para onde você dispara essas coisas — disse Gustavo, abaixando-se para desviar de um raio que passou por cima de sua cabeça.

— Não tenho como controlá-los — disse Frederico, com os olhos arregalados de pavor.

— Seu idiota! — berrou Randark, se escondendo atrás do canhão para fugir dos mísseis mágicos que vinham em sua direção. — Viu o que você fez? Ela vai matar todos nós! Eu também já estive dentro da mente da bruxa! Ela é uma fera cruel e sádica. Sente prazer em causar dor aos outros. Foi por isso que achei que poderia usá-la!

— Não dê ouvidos a ele, Zaubera — disse Frederico enquanto seus braços seguiam girando para todos os lados, espalhando fogo pela plataforma. — Ele só enxerga em você o que quer! Você é muito melhor do que isso! O mundo todo está nos assistindo, Zaubera. Se fizer a coisa certa agora, você acha que eles vão se importar com o que quer que você tenha feito no passado? Você será uma heroína, a heroína que sempre quis ser. Você pode traçar o seu próprio destino!

Os raios mágicos cederam com um chiado. Frederico ficou parado, ofegante, sem saber se Zaubera ainda estava no controle ou não. Não havia nenhum barulho, apenas os estalinhos do pavio que estava a poucos centímetros de causar uma destruição em massa.

— Apague o pavio — Ella sussurrou para Liam. — Agora.

Ele disparou. Mas Randark saiu de trás do canhão com sua imponente figura e se colocou na frente do imenso cano, bloqueando o caminho de Liam.

— O fim do seu mundo começa agora — anunciou o chefe militar.

Então Frederico ergueu a mão e disparou um raio de energia que acertou em cheio a base do canhão. A manivela girou descontrolada, e o cano de ferro de dez metros de comprimento despencou sobre a cabeça de Randark. O capacete do chefe militar rachou ao meio enquanto o homem desmoronava. Mas ele não ficou caído por muito tempo. Atordoado, e mais enfurecido do que nunca, ele se arrastou para baixo da arma gigante — que estava a poucos segundos de disparar.

A forma espectral de Zaubera deixou o corpo de Frederico.

— O que você está fazendo? — perguntou Frederico. — Ele ainda vai disparar!

— Você acha que aquelas pessoas vão dar crédito para *mim* se virem o Príncipe Encantado magrelão derrotando o grandão do mal? — indagou a bruxa. — Não, vou terminar o serviço sozinha.

Cego de ódio, Randark rosnou e saiu correndo na direção do fantasma. Zaubera, brilhando intensamente e furiosa, foi de encontro a ele. Porém, em vez de passar através dele, ela o empurrou para trás. Randark cambaleou, confuso. E o fantasma da bruxa o acertou novamente. Ele colidiu diretamente contra a boca do canhão, de olhos arregalados e surpreso. Zaubera desferiu seu golpe final, e o chefe militar tombou dentro do cano do canhão. Em seguida, a manivela começou a girar e o cano a levantar, e, com um estrondo ensurdecedor, o canhão disparou. A bomba mágica saiu zunindo pelo céu com o chefe militar de Dar. Zaubera disparou logo atrás, com um sorriso malvado na cara fantasmagórica. E, quando a forma espectral chegou perto da bomba, ela explodiu. A explosão pôde ser vista pelos Treze Reinos — não apenas através das bolas de cristal, mas no céu, entre as nuvens distantes.

Frederico, sentindo-se confortavelmente fraco outra vez, aproximou-se da bola de cristal.

— Senhoras e senhores — disse ele. — Aquele... espírito que vocês viram era de uma... praticante de magia chamada Zaubera. Ela acabou de impedir que um maluco destruísse o mundo. Não esqueçam o nome dela: Zaubera. Pois ela acabou de salvar o reino de vocês.

Com um estalinho, a bola de cristal — e todas as outras bolas espalhadas pelos reinos — apagou.

— Você está bem? — Ella perguntou para Frederico.

— Estou. E vocês?

— Nunca me senti melhor — disse Duncan. — Tirando o resto da minha vida.

— O que vocês acham que aconteceu com Zaubera? — indagou Liam. — Será que uma explosão mágica como aquela pode *matar* um fantasma?

— Não, eu ainda estou aqui — disse a bruxa, apanhando todos de surpresa. — Só quero que vocês saibam que aquilo não significa que eu goste de vocês ou algo assim. Na verdade, eu... Hum? Onde estão meus dedos fantasmagóricos? E o meu corpo? Ah, isso quer dizer que terei de parar... — Eles não chegaram a ouvir o final da pergunta, pois ela desapareceu completamente, sem deixar rastro.

Os amigos ficaram se entreolhando, calados.

— Sabe, ela disse algo sobre não ter feito coisas boas o suficiente para poder descansar em paz na eternidade — disse Frederico. — Não sei se ela estava dizendo isso literalmente, mas talvez...

Eles ouviram uma badalada aguda.

Os olhos de Duncan brilharam.

— Vocês sabem o que significa quando ouvimos o barulho de sinos, não sabem? — perguntou aos outros. — Sempre que um sino toca...

— Calado, Matusquela — disse Gustavo. — São apenas os duendes.

Piscadinha e Zupi apareceram na borda da plataforma. Assim que viram os príncipes, os pequeninos voadores azuis foram ao encontro deles.

— Zel sabia que vocês estariam aqui! — disse Piscadinha, toda feliz.

— Aguentem firme — falou Zupi. — Encontramos manivela gigante no castelo. Homem muito forte vai girar manivela e descer vocês.

A plataforma deu um solavanco e em seguida começou a descer lentamente.

— Ah, e a guerra acabou — disse Piscadinha. — Nós vencemos!

Os exaustos heróis comemoraram, mas a comemoração foi interrompida assim que a plataforma atingiu a base e eles descobriram quem era o "homem forte" que tinha girado a manivela.

— Pelo visto o rato finalmente pegou suas presas — disse Verdoso.

— Isso quer dizer que somos o queijo? — perguntou Duncan, aborrecido.

O caçador de recompensas sacou o sabre e mostrou seus dentes tortos esverdeados. Eles se prepararam para o pior, mas, cansados como estavam, não se sentiam prontos para a briga. E, além do mais, todos tinham perdido suas armas.

— O que você quer? — perguntou Liam.

— Já falei há meses — respondeu Verdoso. — Eu nunca desisto.

— Mas não tem mais nenhuma recompensa pela nossa captura — disse Frederico, prestes a desmoronar.

— Não estou nem aí. — A narinas de Verdoso pulsavam, dilatadas. — Eu. Nunca. Desisto. — Ele ergueu o sabre e avançou para cima deles. Ella se abaixou. Gustavo cerrou os punhos. Duncan ficou numa perna só.

Mas Liam apenas ergueu as mãos.

— Certo, você nunca desiste. Já sacamos — disse ele, com a voz cansada. — Mas *nós* desistimos.

Verdoso parou na hora.

— O quê?

— Nós nos rendemos — disse Liam. — Você venceu. Pode nos pegar.

Verdoso ficou olhando, com os lábios comprimidos, pensando.

— Certo — disse ele, finalmente. — Missão cumprida. Uma vez que não tenho para onde levar vocês, hum, acho que só me resta dizer... passar bem. — Ele guardou o sabre e saiu andando.

41

O VILÃO VENCE

E foi assim que todos os Treze Reinos ficaram livres do controle dos darianos. Bem, todos menos Eïsborg, cujo povo sempre era esquecido. O reino em questão ficava no extremo norte. E, de qualquer maneira, quase ninguém vivia lá. Tanto que até nos esquecemos de colocá-lo no mapa do primeiro livro. Os quinze darianos que estavam a serviço nesse reino passaram dois anos e meio tentando descobrir por que a bola de cristal deles tinha parado de funcionar.

Na verdade, nenhuma das bolas de cristal voltou a funcionar. Elas eram alimentadas pela magia de Zaubera, e, quando a bruxa morreu pela segunda vez, todas as bolas se apagaram. Apesar dos esforços da população, que chutou e tentou instalar antenas, elas continuaram apagadinhas para sempre. A empolgante perspectiva da imagem em movimento ia ter de esperar um pouco mais.

As bombas mágicas de Zaubera também perderam a força e se transformaram em meras bolas de boliche tamanho gigante. O lado triste é que os lindos campos e jardins floridos que circundavam o castelo murcharam e viraram pó, e assim o vale retomou a aparência seca e acinzentada. Não que Deeb Rauber estivesse preocupado. Ele nunca foi fã de azaleias e petúnias mesmo.

Assim que os soldados avondelianos retiraram os últimos prisioneiros darianos e o imenso castelo ficou vazio novamente, o rei Bandido saiu de dentro da pedra oca onde estivera escondido e correu de volta para o seu antigo lar. O lugar estava arrasado — a sala de doces era só lixo, as pinturas de dedos nas paredes tinham sido removidas, e ele ia ter de recrutar um novo exército de bandidos para fazer tudo outra vez. Mas o reino era todo seu novamente. Ele seguiu diretamente para a sua antiga sala do trono.

— Eu voltei! — gritou na sala vazia. — Deeb Rauber, o rei Bandido, o único e verdadeiro governante de Rauberia! Mais uma vez, eu tenho o poder!

Orgulhoso de si, ele se aproximou do trono e sentou.

— AAAIIIIII! — gritou, pulando com a mão no traseiro, pois tinha se esquecido completamente da tachinha que havia colocado lá.

◆ EPÍLOGO ◆

O HERÓI VIVEU FELIZ PARA SEMPRE... OU NÃO

Três meses depois...

O barquinho de pesca afundava rapidamente. Os três membros da tripulação correram para a proa que desaparecia enquanto ondas agitadas colidiam contra eles e barbatanas de tubarões famintos nadavam em círculo a poucos metros de distância. Mas, apesar dos perigos acima e abaixo, os homens conseguiram ver a figura imponente do *Tempestade* — e do homem que estava pendurado em uma corda, estendendo o braço para eles.

— Segurem firme, amigos — disse Gustavo enquanto puxava os três homens. Assim que foi trazido de volta para o convés do imenso navio, ele colocou os pescadores no chão.

— Você nos salvou — disse um deles, tremendo de gratidão (ou talvez fosse de frio). — Obrigado!

— De nada — respondeu Jerica. E estendeu um pedaço de papel para o pescador ensopado. — E aqui está a sua conta.

O homem olhou para a fatura em sua mão e disse:

— Hum, obrigado mais uma vez?

Enquanto o sr. Flint chegava trazendo roupas limpas para os náufragos, Jerica jogou uma toalha para Gustavo, e os dois saíram andando juntos pelo convés.

— Preciso admitir, Gustavo. Você tinha razão — disse ela. — Com tantos idiotas se aventurando em alto-mar hoje em dia, vamos ganhar muito mais como um navio de socorro do que eu costumava ganhar com a pirataria.

— Eu disse — ele respondeu, bocejando. — Só queria estar um pouco menos cansado.

— Eu já falei: você não pode passar tanto tempo no mar comendo só biscoito duro — Jerica o repreendeu. — Você precisa consumir um pouco de proteína.

— Então arrume uma vaca para mim — retorquiu Gustavo.

Jerica encostou um dedo no queixo dele e balbuciou:

— Acho que você está com medo de que todas aquelas brotoejas horrorosas estraguem o seu rostinho bonito.

Gustavo ficou vermelho.

— Não é nada disso!

Jerica soltou uma gargalhada.

— Ah, é tão fácil zoar você. — Então se dirigiu à cabine do leme. — Sr. Chaves, leve-nos para o porto. O Gustavo precisa de um bife.

O *Tempestade* atracou no porto de Yondale no dia seguinte. Enquanto a prancha era baixada e a tripulação se preparava para desembarcar, veio uma súbita rajada de vento e, num piscar de olhos, Esmirno estava a bordo, indo ao encontro de Gustavo.

— Desculpe pela interrupção, senhor, Vossa Alteza, senhor — disse o mensageiro. — Mas tenho uma mensagem urgente. — Ele entregou um bilhete para o príncipe e desapareceu com a mesma rapidez com que aparecera.

— O que é isso? — perguntou Jerica, espiando por cima do ombro de Gustavo.

Ele ficou muito sério.

— Está dizendo que preciso ir para a Perdigueiro Rombudo... *presto*? Como assim?

— "Presto" quer dizer rapidinho — esclareceu Jerica. — O que você vai fazer?

— Pelo jeito não vou comer o meu bife.

◄•►

Duncan ocupava seu trono em Castelovaria com Branca de Neve sentada ao lado, no seu próprio trono. Uma longa fila de súditos se estendia sobre o tapete de bolinhas diante deles, cada qual aguardando por uma audiência com o casal real. Era um negócio cansativo, mas Duncan e Branca de Neve não se importavam. Eles adoravam conversar com as pessoas. Era o que vinham fazendo desde que tinham sido coroados rei e rainha de Sylvaria.

O rei Rei e a rainha Apricotta chegaram à conclusão de que governar o país era uma carreira muito perigosa para eles, por isso resolveram se aposentar e passar as rédeas do reino para o filho e a nora. Os ex-monarcas deixaram o castelo e se mudaram para a antiga cabana de Duncan e Branca de Neve — o que, como você já deve ter adivinhado, não deixou os anões muito felizes.

— Olá, sylvariana — disse Duncan para a primeira da fila. — Ou será que eu deveria chamá-la de Sylvie, apenas?

— Meu nome é Ágata — respondeu a mulher.

— Sinto muito — disse Duncan. Então ergueu o queixo e proclamou: — De hoje em diante seu nome é Sylvie! Próximo!

— Mas... — a mulher ia dizer algo, mas foi retirada da fila por Mavis e Marvella, as "assistentes reais".

Um velhinho se aproximou do trono.

— Rei Duncan — disse o senhor. — Perdi um dos meus sapatos enquanto lutava na rebelião. Faz três meses que estou com um pé descalço. Eu esperava que o senhor pudesse fazer a caridade de me arrumar outro par.

Duncan ponderou.

— De que lado o senhor lutou?

— Do seu — disse o homem, revirando os olhos.

— Muito bem — falou o novo rei.

— Posso fazer um sapato novo de crochê para o senhor — Branca de Neve se prontificou.

— Ah, o senhor é muito sortudo — disse Duncan. — A Branca... quer dizer, a rainha Branca é muito hábil com as agulhas. Foi ela quem tricotou as nossas coroas. Não tema, senhor, seus pés ficarão em boas mãos.

O homem foi levado embora. Mas, antes que a próxima pessoa da fila pudesse falar, veio uma rajada de vento, e Esmirno apareceu:

— Desculpe por furar a fila, senhor, Vossa Alteza, senhor, mas tenho uma mensagem urgente.

Duncan e Branca de Neve leram a carta enquanto Esmirno dava no pé.

— Acho que teremos de ir para a Perdigueiro Rombudo — disse ela.

Ele franziu a testa.

— Mas agora eu sou um rei. Sou necessário aqui, não sou?

— Não! — gritou o povo que aguardava na fila.

— Bom, acho que está decidido então — disse Duncan. Os dois se levantaram e saíram andando. — Mavis e Marvella, vocês estão no comando durante a nossa ausência!

As gêmeas bateram palmas e pularam em cima dos tronos.

— Quem é o próximo? — perguntou Marvella. — Não, espere. Quem é o décimo quinto?

— Todos os pedidos deverão ser cantados — anunciou Mavis.

— Elas vão se sair bem — comentou Duncan, enquanto ele e Branca de Neve deixavam o castelo.

◆•▶

Em um aconchegante chalé nas montanhas ao norte de Avondell, Rúfio, o Soturno, lia relaxadamente um livro, deitado na cama. Na verdade, ele estava tão relaxado que até estava com o capuz para trás quando Lila surgiu, trazendo uma bandeja com comida. Ela arrancou o livro das mãos de Rúfio — fazendo com que ele perdesse o trecho onde tinha parado, o que fez o velho caçador de recompensas reagir com uma careta — e colocou a bandeja no colo dele.

— Muito bem, Rúfio — disse ela. — Pode comer tudo! Você precisa recuperar suas forças.

Rúfio olhou desconfiado para a bandeja. Havia duas fatias de queijo, uma caneca com água, um belo naco de pão, quatro maçãs, uma tigela com rabanetes e uma cebola grande.

— O que foi? — indagou Lila. — Eu não sei cozinhar.

Rúfio colocou a bandeja de lado.

— Lila, eu agradeço a sua vontade de acelerar a minha recuperação, mas comer um monte de rabanetes crus não vai ajudar muito — disse. — Você pode até ter conseguido arrumar um antídoto mágico para imunizar o meu sistema, mas eu estava à beira da morte quando ele entrou em mim. Agora vai demorar um pouco até meu corpo se recuperar dos efeitos daquele veneno. É possível que eu nem volte à velha forma. Na verdade, meus dias de caçador de recompensas acabaram.

— Impossível! — exclamou Lila. — Você é o melhor caçador de recompensas do mundo!

— Eu fui — disse Rúfio. — Mas agora acho que outra pessoa ocupou o posto.

Ela deu de ombros.

— Não vai me dizer que é o Wiley Cabeçabranca — disse ela, aborrecida. — Ele nem consegue se aproximar sorrateiramente das pessoas, de tanto barulho que a sua pele enrugada faz.

— Não, Lila — disse Rúfio, num tom brando. — Não estou falando do Cabeçabranca.

Ela inclinou a cabeça para o lado.

— O Barba Ruiva, então? Ou o Tom Amarelão? O Barney Desbotado? Ou o Marvin Castor?

Rúfio a encarou com um olhar vazio.

— Às vezes, mocinha, não consigo entender como você...

Lila caiu na gargalhada.

— Estou brincando, Rúfio — disse ela. — Sou eu, certo? Eu sou a melhor?

Ele soltou um suspiro longo e ruidoso.

— Sim, Lila. É você.

— Viva! — ela comemorou. Em seguida correu na direção da porta do chalé, jogou a bolsa por cima do ombro e pegou seu bastão. — Isso significa que preciso partir e pegar meus próprios casos, certo? — perguntou para o seu mentor acamado.

— Sim, mas...

— Beleza! A primeira coisa que vou fazer é...

— Você *não* vai tentar encontrar a minha filha — disse Rúfio, muito sério.

Lila voltou para a beirada da cama.

— Mas, Ruf — disse —, se eu conseguir encontrá-la, você vai ter alguém para amar e se orgulhar, e alguém para também te amar e cuidar de você.

Rúfio não disse nada; simplesmente apanhou a bandeja de café da manhã e a colocou de volta no colo.

Alguém bateu à porta e Lila foi atender.

— Mensagem urgente, senhorita, Vossa Alteza, senhorita — disse Esmirno.

Lila abriu a carta e leu.

— Ei, Ruf — disse ela. — Acho que consegui a minha primeira missão.

— Dor de barriga — resmungou o sr. Troll, deitado em uma maca à sombra do beiral do telhado da cabana de Rapunzel. Ele bateu as garras verdes e longas na pança peluda.

— Vá em frente, Frederico — disse Rapunzel, parada ao lado. — O paciente é seu amigo; você é capaz de cuidar desse caso.

— Hum, bom, sim, vejamos — Frederico gaguejava enquanto amarrava o avental e calçava as luvas compridas. — Você comeu algo diferente hoje?

— Apenas cenouras — respondeu o troll.

— Quantas? — perguntou Zupi. Ele e Piscadinha sobrevoavam a mesa que estava de frente para Frederico, agitando suas anteninhas.

— Umas seiscentas — respondeu o troll.

— Bom, acho que chegamos à *raiz* do problema — disse Frederico. Ele e Rapunzel riram. Os duendes reviraram os olhos. — Bom, sr. Troll — continuou Frederico —, creio que você comeu muito. Se...

Um troar de trombetas anunciou a chegada de dez soldados montados, acompanhando uma carruagem elegantíssima. Quando o veículo parou, Frederico ficou surpreso ao ver Reginaldo descendo, mas ficou ainda mais surpreso ao ver quem saiu logo atrás.

— Pai? Você... você saiu do palácio?

— Isso é algo que eu não poderia deixar a cargo de um mero mensageiro — disse o rei Wilberforce enquanto se aproximava para pousar as mãos sobre o ombro de Frederico. — Estou muito orgulhoso de você, filho. E quero que saiba que tudo está perdoado... pelo menos da minha parte. — Havia uma tristeza e uma humildade em seus olhos abatidos que Frederico nunca tinha visto antes. — Quero que a nossa família volte a ser unida.

— Eu também o perdoo, pai — disse Frederico. — E, acredite, uma *graaaande* parte de mim sente falta da vida no palácio. Mas... espere um minuto. — Ele voltou-se para Rapunzel. — Suponho que não haja a mínima possibilidade de você voltar para Harmonia comigo.

— Ah, Frederico — disse ela, com a voz embargada de culpa. — A minha missão...

Os olhos de Frederico brilharam.

— E se você pudesse continuar curando as pessoas em Harmonia? Temos muitos recursos, sabe. E se prometermos que vamos construir a maior e mais moderna clínica dos Treze Reinos? Equipada com o que tem de mais novo em tecnologia médica: raladores de cogumelos, espátulas para passar unguento, sanguessugas... e o que mais você quiser. Sério. Sou um príncipe... Eu poderia muito bem obter algumas vantagens com isso.

Rapunzel ficou atordoada com as possibilidades.

— Isso certamente mudaria tudo — disse ela. — Eu poderia tratar de muito mais pessoas. E com muito mais eficácia! E nós ainda poderíamos ficar juntos! Ah, obrigada, Frederico!

— Bem, hum, falando em nós... quer dizer, *eu*, nós e eu... Não! *Nós* — Frederico começou a gaguejar. Rapunzel ergueu uma sobrancelha. — Desculpa, hum... o que eu estava tentando dizer é... hum, que você me faz feliz. E felicidade é bom. Por isso eu estava pensando se talvez fosse possível que, além de voltar comigo para Harmonia e abrir a clínica, bem, talvez você aceitasse se casar comigo também.

Rapunzel não conseguiu segurar uma risada.

— Agora entendi por que chamam você de Príncipe Encantado — disse ela, enrubescida. — Mas, sim. Claro que eu aceito, Frederico.

Ele sorriu.

— Desculpe por eu não ter uma aliança — disse.

O sr. Troll pegou Zupi, arrancou o cinto do duende e o entregou a Frederico, que colocou no dedo de Rapunzel.

— Espere aí — disse o rei Wilberforce, aproximando-se do casal sob um tilintar de medalhas sem merecimento. — Frederico, e a sua posição? Você é um nobre de sangue azul. A noiva que você escolher precisa vir de uma linhagem real.

— E...? — indagou Frederico muito sério, segurando firme a mão de Rapunzel, encarando o pai.

— E... — falou o rei. Então engoliu em seco. — E é por isso que eu gostaria de dizer: seja bem-vinda à família, srta. Rapunzel.

Todos os presentes, incluindo os soldados, comemoraram. Eles nem notaram quando Esmirno apareceu de repente com uma rajada de vento.

— Parabéns aos nubentes, senhor, Vossa Alteza, senhor! Tenho uma mensagem urgente. Adeus!

— O que é? — perguntou Rapunzel enquanto Frederico lia a carta que tinha sido deixada em sua mão.

— O que acha de passar a lua de mel na Perdigueiro Rombudo?

◄●►

O ladrão saiu sorrateiramente pela janela da prefeitura da vila, com o brasão de ouro maciço da cidade enfiado embaixo do braço. Só que ele não sabia que Ella, a Dama da Espada, assistia a tudo do alto do telhado do prédio ao lado. Quando o ladrão virou para entrar na ruela entre as duas construções, ela pulou.

Infelizmente, Liam, que esperava atrás do prédio na esperança de apanhar o ladrão de surpresa, pulou assim que o viu virando a esquina. A bota de Ella acertou em cheio o queixo de Liam. Ele bateu contra a parede, e ela caiu sentada.

— O que você está fazendo aqui? — ela gritou para Liam enquanto se levantava.

— O que *você* está fazendo aqui? — Liam gritou de volta, esfregando o queixo dolorido.

Os dois caíram na risada.

— Por quanto tempo ainda vamos continuar fazendo isso? — perguntou Ella, já em pé.

— Não sei. Chega a ser engraçado, não acha?

— Você não acha que está na hora de...

— Está na hora de tentarmos ser parceiros de novo?

Eles trocaram um aperto de mãos. E suas mãos ficaram unidas um pouco mais do que as mãos das pessoas costumam ficar quando trocam um aperto de mãos.

— Ah, não! — exclamou Ella. — O ladrão!

O homem que tinha roubado o brasão da cidade estava a quase dois quarteirões de distância. Eles saíram correndo atrás dele.

— Ele está indo na direção do antigo moinho — disse Liam.

— Mantenha-o naquela direção — Ella instruiu. — Eu conheço um atalho.

Ele assentiu, e os dois se separaram.

Correndo a toda a velocidade, Liam conseguiu diminuir a distância entre ele e o malandro, perseguindo-o ao longo da lateral do velho moinho. Quando estavam quase chegando, Ella pulou na frente do larápio, apanhando-o de surpresa. O ladrão ficou cercado, e Ella o derrubou com um murro na cabeça.

— Até que funcionou bem — disse ela.

— E como! — concordou Liam. — Parceira.

Eles estavam quase terminando de amarrar o ladrão quando... *vupt!* Esmirno apareceu.

— Este lugar parece incrível — comentou Jerica, parada em frente à Perdigueiro Rombudo. — Por que você não me trouxe aqui antes?

Gustavo riu e se aproximou da porta assim que viu Frederico e Rapunzel chegando.

— Gustavo! — disse Frederico. — Nós vamos nos casar!

— Trancinhas! Que legal!

— Olá, amigos do rei Duncan! — o grito veio da ruela ao lado. Duncan e Branca de Neve vieram correndo para se juntar aos outros. Ella e Liam chegaram praticamente juntos.

— Ei, e aí, irmão! — disse Lila, pulando do alto de um telhado próximo.

— Hum, e aí! — respondeu Liam. — Estou feliz em vê-los, mas qual é a emergência?

— Não sabemos — disse Frederico. — Ninguém entrou ainda.

Gustavo abriu a porta, e todos entraram na taverna.

Havia algo errado. Nada de palavrões nem barulho de pratos quebrando na cabeça de alguém. Estava tudo muito quieto. E vazio.

Liam olhou para Ripsnard, que lustrava com cuspe algumas taças de vinho atrás do balcão. O taverneiro lançou um sorriso caloroso para ele e saudou a todos:

— Olá, Liga dos Príncipes.

— Onde estão todos? — perguntou Liam.

— Expulsei todo mundo daqui — respondeu Ripsnard.

— Mas por quê? — perguntou Frederico.

— Porque eu paguei para ele fazer isso — a resposta veio do outro extremo do salão. Todos olharam na direção da Mesa Oficial da Fundação da Liga, que ficava no canto, onde Rosa Silvestre estava sentada à luz de velas, esfregando as mãos de um modo sinistro. — Como este lugar não tem uma sala privativa, resolvi transformar a taverna toda em uma grande sala privativa. Venham, sentem-se. E peguem mais algumas cadeiras... veio mais gente do que eu esperava.

A turma toda se aproximou da mesa. Alguns se sentaram de imediato, enquanto outros, como Lila e Gustavo, foram um pouco mais cautelosos. Ella preferiu ficar em pé.

— Chegue mais perto, venha — disse Rosa Silvestre. — Eu não mordo. Muito. — E abriu um sorriso malicioso.

— Está tudo bem, Ella — disse outra voz. Val saiu de um canto escuro e parou ao lado de Rosa Silvestre.

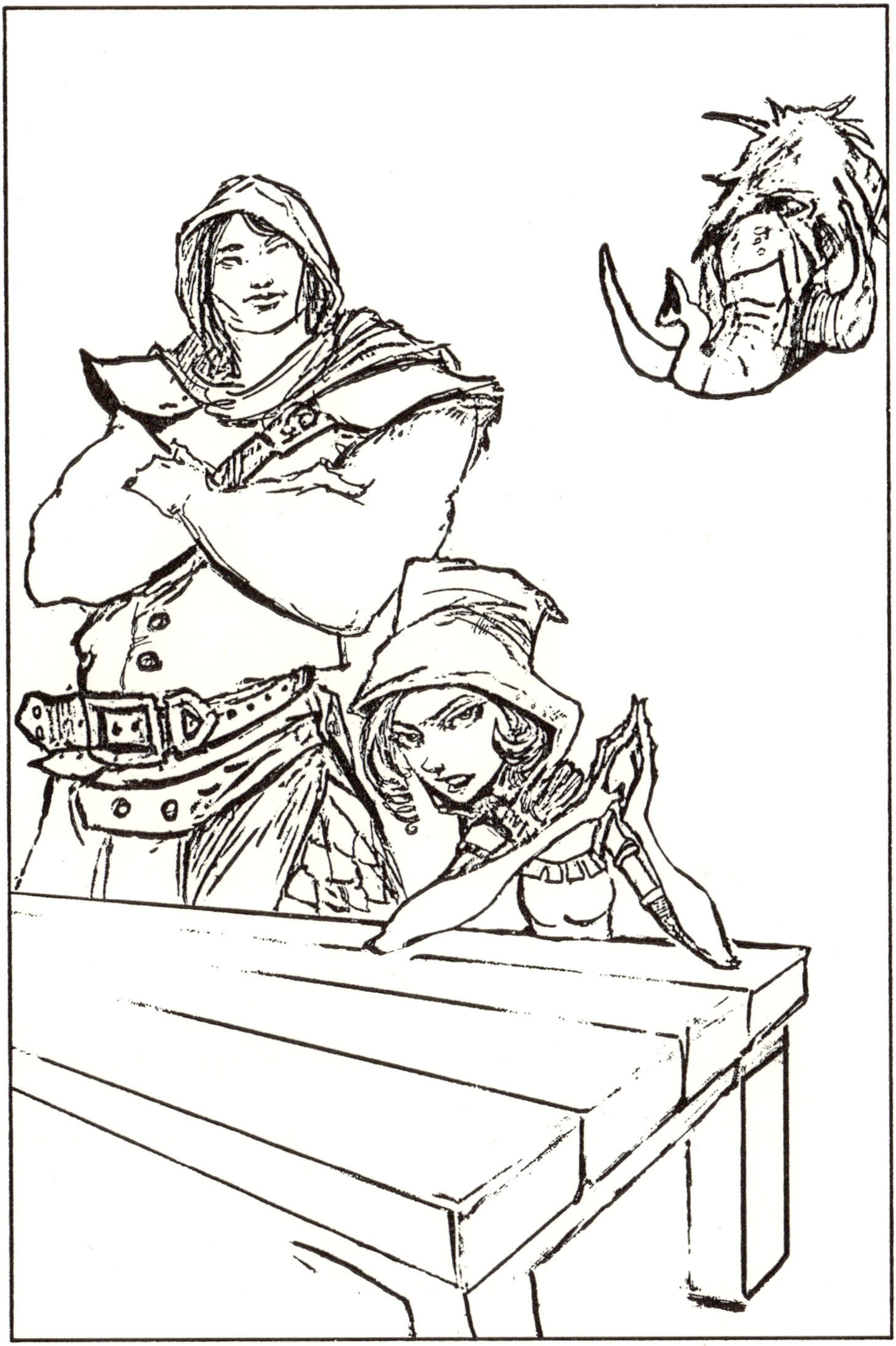

— Val! — exclamou Ella, surpresa. — Como você acabou se envolvendo nisso... seja lá o que for?

— Arrumei um novo emprego — disse Val com orgulho. — Sou guarda-costas da princesa.

— Princesa — Rapunzel repetiu consigo mesma. — Uau, acho que eu também vou virar uma princesa agora. Vai demorar um bocado para me acostumar.

— Você vai se adaptar à vida no palácio — disse Frederico. — Todos gostam de nabos por lá.

— Talvez eu prepare um caldeirão de sopa e ofereça como sinal de paz ao seu pai, quando eu me mudar — adicionou Rapunzel.

— Eu sou uma rainha — anunciou Branca de Neve. — Posso me mudar para onde eu quiser.

— E eu sou um rei — disse Duncan. — Mas ainda sou o filho do rei Rei, portanto isso significa que eu também sou um príncipe? Talvez eu seja um regente. Ou um...

— Quietos — disse Liam, e todos pararam de falar na hora. — Só para lembrar, estou feliz por ter feito aquele pedido para o gênio. Agora, Rosa Silvestre, por que você chamou a gente aqui? O que é tão urgente?

— Bom — iniciou Rosa Silvestre, tamborilando os dedos enluvados sobre a mesa. — Creio que não seja *tão* urgente. Mas, ei, sou assim mesmo... Adoro um drama.

— Então isso tudo não passa de uma brincadeira? — resmungou Gustavo.

— Não, meu querido. Sempre falo sério. Muito sério — disse Rosa Silvestre. Então riu. — Agora feche a matraca e escute. Fiquei sabendo que tem uma fera, um brutamontes peludo, que vem raptando pessoas e levando para um antigo castelo em Carpagia. Ele alega ser uma espécie de "príncipe amaldiçoado" que deseja retomar seu trono de direito, mas não engoli essa.

— E por que exatamente você está nos contando essa história? — perguntou Liam.

— Ah! E vocês se dizem heróis — disse ela, debochada. — Alguém precisa deter essa fera. E isso parece ser um trabalho para nós.

— Nós? — dez vozes perguntaram em coro.

— Isso mesmo, nós. A Liga — respondeu Rosa Silvestre. Então se recostou na cadeira e cruzou os braços. — Vocês topam?

Todos ao redor da mesa se entreolharam. Alguns torceram o nariz, desconfiados, dois deram de ombros, outros assentiram, determinados, e um riu muito (mas só porque Duncan viu outra lagarta engraçada).

— E então? — perguntou Rosa Silvestre, impaciente.

Acho que você já deve ter adivinhado a resposta.

FIM

AGRADECIMENTOS

Gostaria de agradecer a Noelle, meu grande apoio tanto na vida como na arte. Obrigado a você, Bryn (também conhecida como a verdadeira Lila), a garota mais forte e corajosa que conheço. Obrigado, Dash, cujos talentos continuam me surpreendendo a cada dia. Obrigado à minha sempre presente, sempre pronta e sempre solícita agente, Cheryl Pientka, e a toda a equipe da Jill Grinberg Literary Agency. Obrigado ao meu incrivelmente talentoso editor, Jordan Brown, por confiar em mim, estimulando a minha criatividade e me ajudando a dar vida aos Treze Reinos. Obrigado a Kellie Celia e Debbie Kovacs, da Walden Media, minhas guias neste mundo maluco dos escritores desde o comecinho. Obrigado a Casey McIntyre e Caroline Sun, da HarperCollins, pelo trabalho de divulgação. Obrigado a Amy Ryan e sua equipe, por me ajudarem a apresentar minhas histórias ao mundo em um pacote tão bonito. E, mais uma vez, obrigado a Todd Harris pelas ilustrações incríveis — Todd, a sua imaginação não tem limites.

Obrigado aos amigos cujas primeiras observações foram cruciais para o aprimoramento da versão original (vocês sabem quem são). Obrigado a todos os blogueiros, livreiros, professores e bibliotecários que continuam apoiando a mim e ao meu trabalho. Obrigado a todos os leitores maravilhosos que postaram sobre a série O Guia do Herói, recomendando-a aos amigos, solicitando que as bibliotecas de suas escolas adquirissem os livros e até fazendo festas de aniversário com o tema Guia do Herói (Oi, Lilly!). E um obrigadão a todos os meus amigos, familiares, vizinhos, colegas e estranhos de bom coração que nos ajudaram em um momento de crise — para mim, vocês são todos heróis.

Impresso no Brasil pelo Sistema Cameron da Divisão Gráfica da
DISTRIBUIDORA RECORD DE SERVIÇOS DE IMPRENSA S.A.